Sommer
SPROSSEN
Herzen

AF286378

Förderkreis
Literatur e.V.

Printausgabe, erschienen 2025
1. Auflage

ISBN: 978-3-95949-747-3

Copyright © 2025 MAIN Verlag,
im Förderkreis Literatur e.V.
Sitz des Vereins: Chattenweg 1b, 65929 Frankfurt/Main

www.main-verlag.de
www.facebook.com/MAIN.Verlag
order@main-verlag.de

Text © Josi Copper

Umschlaggestaltung: © Dream Design – Cover and Art
Umschlagmotiv: © Shutterstock 2207638491 / 1598747077 / 2472249105
© Envato TETSJGV

Druck: Huter Verwaltungs-GmbH, Bahnhofstr 12, 15806 Zossen

Bibliografische Information der Deutschen Nationalbibliothek:
Die Deutsche Nationalbibliothek verzeichnet diese Publikation in der Deutschen
Nationalbibliografie; detaillierte bibliografische Daten sind im Internet über
http://dnb.d-nb.de abrufbar.

Der Förderkreis Literatur e.V. ist Mitglied im Netzwerk
»Schöne Bücher«, einer Vereinigung unabhängiger Verlage.

JOSI COPPER

Sommer
SPROSSEN
Herzen

Das Buch

Du glaubst, einen Menschen zu kennen, nur weil er dich beschützt, dich begleitet – dich anders sieht, als der Rest der Welt es tut?

Devin und Matthew sind beste Freunde, auch wenn sie sonst völlig unterschiedlich sind. Bevor die stressige College-Zeit beginnt, starten sie zu einem Roadtrip mit dem Camper in die Wälder Kanadas. Nur einer der beiden weiß, dass es ein Abschied werden wird, denn Devin muss weg. Egal wie stark seine Gefühle für Matt auch sind – er kann nicht bleiben.

Erst Jahre später findet er den Mut, dem Mann gegenüberzutreten, der ihm gezeigt hat, wie sich das Glück anfühlt und den er damals im Camper auf dem harten Boden der Realität zurückgelassen hat.

Kann Liebe die Wunden der Zeit heilen oder werden Matt und Dev an der Vergangenheit zerbrechen?

Ein Roman über Freundschaft, Liebe und Schmerz.

Matthew

Prolog

(MATTHEW, 18 JAHRE ALT)

it einem blauen Auge davongekommen.
So sagt man das doch. Dabei wollte ich das gar nicht – davonkommen von ihm. Mein Auge pocht, wenn ich mit dem Ärmel darüberwische. Der Bluterguss färbt sich immer dunkler und der Schnitt an der Braue ist wieder aufgeplatzt. Blut läuft am Augenwinkel hinab. Es vermischt sich mit den salzigen Tränen, die nicht aufhören wollen, über meine Wangen zu laufen.

Aber mein Auge schmerzt nicht ansatzweise so sehr wie der fasrige Klumpen in meiner Brust. Vor wenigen Stunden stolperte mein Herz noch vor Glück. An derselben Stelle, an der es sprang und tanzte, spüre ich jetzt nur noch ein schmerzhaftes Zucken. So als wäre es in Stahlwolle eingewickelt, die bei jedem Schlag in seine zarte Hülle schneidet.

Wie konnte er das nur tun?

Mit jedem Kilometer, den ich mich von ihm entferne, wird der Klumpen dunkler und die Schnitte tiefer. Er hat mich verletzt. Getroffen. Und jetzt schleppe ich mich davon, wie ein angeschossenes Reh. Ich will nur noch einen stillen Platz, an dem ich mich zusammenkauern kann.

Zeit heilt alle Wunden.

Bullshit. Wie soll es jemals wieder gut werden? Was er getan hat, war kein Streifschuss. Es war gezielt. Und er hat sein Ziel nicht verfehlt. Er wusste genau, was er tat. Nur ich hatte keine Ahnung.

Warum habe ich es nicht kommen sehen?

Es ist wie bei diesen Straßenschildern.

Vorsicht – Wildwechsel.

Vorsicht – Herabfallende Steine.

Man nimmt sie im Augenwinkel wahr. Aber niemand erwartet ernsthaft, dass ein Reh aus dem Wald springt oder ein Stein auf das Autodach fällt. Das Unterbewusstsein registriert die Zeichen, aber sie dringen nicht ins Bewusstsein vor.

Ich habe sie übersehen. Die Signale. Es gab genügend davon, aber mein Kopf wollte sie nicht wahrhaben.

Und jetzt sitze ich mit einem blauen Auge in einem Camper und habe noch drei Stunden vor mir, bevor ich mich endlich zusammenkauern kann.

Kapitel 1

Sommer 2010

(MATTHEW, 18 JAHRE ALT – EIN PAAR WOCHEN ZUVOR)

Meine Haut kribbelt. Wenn ich mich nicht schleunigst drehe oder in den Schatten lege, bin ich heute Abend rot wie ein Hummer. Aber ich will mich nicht bewegen. Die Decke, auf der ich liege, saugt mich förmlich am Boden fest. Das warme Orange hinter meinen geschlossenen Lidern wechselt sich mit hellem Gelb ab. Um mich herum quieken Mädchen, bellen Hunde und immer wieder höre ich das Platschen von Wasser. Mein Kopf ist leer und das ist das schönste Gefühl überhaupt.

Keine Prüfungen oder nervigen Vorstellungsgespräche mehr. Keine Bewerbungen bei irgendwelchen Unis. Dieser Sommer gehört mir und ich kann mit ihm machen, was ich will. Wen interessiert da schon ein kleiner Sonnenbrand? Ich habe acht Wochen Zeit, mich immer wieder zu häuten und neu zu verbrennen.

Dad hat mir verboten, einen Ferienjob zu suchen. Für ihn ist der Sommer zwischen Highschool und College heilig. Angeblich war es die beste Zeit seines Lebens und er will, dass ich sie in vollen Zügen genieße.

Danach beginnt der Ernst des Lebens.

Seine Worte, nicht meine. Denn ich kann die Studienzeit kaum erwarten. Endlich werde ich das machen, worin ich gut bin. In der Highschool muss man in jedem Fach performen. Man soll genauso perfekt zeichnen und singen, wie rechnen und Aufsätze schreiben. Welcher Mensch kann das schon? Ich glaube nicht, dass Steven Hawking ein begnadeter Sänger war. Oder Einstein für seine Korbleger im Basketball gefeiert wurde.

Ich verkacke in beidem. Lass mich die Wurzel aus 128 ziehen und ich zucke nicht mal mit der Wimper. Die Hauptstadt von Kasachstan? – Kein Problem. Aber gib mir einen Ball und ich stelle mich genauso bescheuert an wie meine Oma mit dem Handy, das ihr die Familie zum achtzigsten Geburtstag geschenkt hat. Sport ist meine Nemesis. Ich bin der Typ, der sich freiwillig zum Turnhalle-Aufräumen meldet, um nicht vollends durchzufallen. Der, den die anderen Schüler im Geräteschuppen einsperren. Zugegeben, das kam das letzte Mal in der Neunten vor. Trotzdem bin ich immer der Letzte, wenn es darum geht, in ein Team gewählt zu werden.

Aber nicht mehr lange. An der Uni fängt ein neues Leben an. Keine peinlichen Referate mehr über mein Selbstporträt, bei dem die Kunstlehrerin betreten zu Boden blickt und mich im Anschluss zum Vertrauenslehrer schickt, weil sie der Meinung ist, ich hätte eine Identitätskrise.

Für Umweltwissenschaften braucht man diesen ganzen Kram nicht. An der Portland University geht es um Algebra, nicht um Bodenturnen. Dort kann ich glänzen. Und bis dahin verbrenne ich mir den Rücken auf einer irre gemütlichen Decke an einem See in Yale. Nicht dem coolen Yale. Dem Yale ungefähr eine Stunde nördlich von Portland. Wir haben hier zwar keine weltberühmte Uni, aber dafür schneebedeckte Berge und eine Natur, die man sonst nur auf Postkarten findet.

Platsch. Mein Herz bleibt beinahe stehen, als das kalte Wasser auf meinen überhitzten Rücken trifft.

»Alter!!«, schreie ich mit einer viel zu hohen, völlig unmännlichen Stimme, während ich gleichzeitig auf alle viere springe und mich panisch umsehe.

»Nicht, dass du noch zu heiß wirst für die Ladys.« Steve grinst mich dämlich an, die Supersoaker im Anschlag. So ein Vollidiot. Wenn Dummheit klingeln würde, wäre es in Steves Nähe unerträglich laut. Verdammt – jetzt ist die Decke nass. Mein Handy! Ich wische die Tropfen vom Display und drücke auf den seitlichen Knopf. Als das Foto von mir und Judy aufleuchtet, fällt mir ein Stein vom Herzen.

Ein weiterer Spritzer trifft mich und Steve kichert. Langsam geht er mir auf den Sack.

»Hey, spinnst du? Das Teil kam 700 Dollar.«

Ich halte mein Handy hoch und Steve richtet die Wasserpistole erneut auf mich. Und … trifft. Zwischen meinen Beinen breitet sich kalte Nässe aus. Toll, jetzt wirkt es, als hätte ich mich eingepinkelt.

»Mach dir nicht gleich ins Hemd, Jones. Ist nur ein bisschen Wasser.« Steve lacht und ein paar Leute drehen sich nach uns um. Mir steigt Hitze ins Gesicht. Wenn ich cool wäre, würde ich einen Spruch reißen und die Sache einfach weglächeln. Aber *Coolness* und ich sind keine guten Freunde. Wir grüßen uns nur von Weitem. Ansonsten bleiben wir auf Abstand. *Coolness* war nicht auf meiner Abschlussfeier und kam nicht zu meinem achtzehnten Geburtstag. Dafür war mein Freund *Peinlich* bei jeder Veranstaltung mit von der Partie.

Noch ein Grund mehr, warum ich es hasse, im Mittelpunkt zu stehen. Ich mag es vor allem dann nicht, wenn ich die Zielscheibe von irgendwelchen Idioten bin, die ihr Ego aufpolieren müssen. Leider bin ich mit dieser Art von Aufmerksamkeit bestens vertraut. Man könnte mich als Arschlochmagneten bezeichnen.

»Steve, lass ihn in Ruhe«, höre ich Devins Stimme von der Deckeninsel schräg hinter mir. Gott sei Dank.

»Oh, der Retter in Not«, säuselt Steve. »Kommst du, um deine Prinzessin zu beschützen? Ich dachte, du stehst auf richtige Kerle.«

Ich ignoriere den Kommentar und drehe mich zu Dev, der von seinem Handtuch aufsteht und rüberkommt.

»Du meinst, solche wie dich?«, antwortet Dev. »Eher fällt mir die Nudel ab. Wie alt bist du? Zwölf? Geht zu deinen Grundschulfreunden, wenn du mit der Wasser-Pisti rumspritzen willst.« Devin setzt sich im Schneidersitz neben mich und sieht Steve herausfordernd an. Der schaut sich um, erkennt aber, dass er hier auf verlorenem Posten kämpft. Alle seine Kumpels sind im Wasser.

»Spaßbremsen«, murrt Steve, dreht sich um und zieht ab.

»Alles klar?« Dev nickt in Richtung des Smartphones, das ich immer noch in den Händen halte.

»Ja, geht noch«, antworte ich und versuche dabei möglichst lässig zu klingen. Er soll nicht denken, ich könne mich nicht selbst verteidigen. Auch wenn sich mein Bizeps kaum vom Rest meines Oberarms abzeichnet. Es ist ja auch nicht so, als ob ich ständig Ärger hätte. Eigentlich bin ich den meisten Leuten an meiner Highschool eher egal. Ich fliege nicht völlig unter dem Radar, aber man hat mich auch nicht mit einem Artikel in der Abschlusszeitung geehrt. Anders als Devin. Über ihn gab es sogar zwei.

White-Lions feiern ihren Captain und *Captain Planet kämpft für die Umwelt*

Bei der Müllsammelaktion letzten Herbst war die ganze Schule auf den Beinen, um den Strand und Stadtpark von Unrat zu befreien. Die Idee dafür stammte von mir. Aber mit Devins Gesicht wurde die Aktion richtig groß. Und darum geht es ja schließlich.

Die Leute müssen endlich begreifen, wie wichtig es ist, etwas für die Umwelt zu tun. Zudem macht Dev neben einer blauen Tonne eine deutlich bessere Figur als ich. Er strahlt etwas aus, das die Leute dazu bringt, ihm zuzuhören. Mitzumachen. Wenn er einem Raum betritt, fällt er auf. Dev bekommt keinen Sonnenbrand, egal wie lange er auf einem Handtuch liegt. Mit ihm hat man Spaß. Ihn fragen Mitschüler, ob er auf ihre Partys kommt. Mich fragen sie, wenn sie ihre Hausaufgaben vergessen haben.

Wie hätte die Überschrift des Artikels bei mir wohl gelautet?

Schlüsselverantwortlicher der Chemie-AG nötigt seine Mitschüler zum Müllsammeln

Wenn es überhaupt eine gegeben hätte. Aber ich bin nicht neidisch auf Devin. Ich freue mich, dass er so beliebt ist und ich verstehe, warum ihn alle mögen. Sonst wäre er ja nicht mein bester Freund.

»Was machst du heute Abend? Bock zu zocken?«, frage ich und bemerke, wie Devins Blick zu den Decken huscht, auf denen Malik und die anderen sitzen.

»Kann heute nicht«, antwortet er. »Morgen?« Dev sieht mich entschuldigend an. Dabei muss es ihm nicht leidtun. Der Sommer hat gerade erst angefangen und ab Herbst können wir jeden Abend zusammen zocken, wenn wir wollen. Denn Devin wird auch auf die Portland University gehen.

Das ist das Beste an meinem neuen Leben. Ich kann nicht nur das tun, was mir Spaß macht. Ich habe auch noch meine Lieblingsmenschen dabei.

»Morgen geht klar«, sage ich und zucke mit den Schultern. »Aber dann zocken wir das, was ich will.«

Er grinst, sodass seine Grübchen sein ganzes Gesicht einnehmen.

»Als ob es jemals anders gelaufen wäre.« Dev zieht seine Augenbrauen zusammen. »Aber Octodad? Können wir nicht mal wie ganz normale Menschen ein paar Zombies abknallen?«

»Du weißt, wie ich zu Zombies stehe. Die Wahrscheinlichkeit einer Zombieapokalypse ist höher, als man glaubt«, antworte ich.

»Um so mehr sollten wir wissen, wie wir sie abknallen.«

»Auf keinen Fall.«

Dev lacht und hebt die Hände. »Okay. Wir kümmern uns um den Tintenfisch. Hab's verstanden.«

Dann zieht er ein Päckchen Zigaretten hervor und schlägt es gegen seinen Handballen, sodass eine Kippe herausrutscht. Er zündet sie an und schließt beim ersten Zug seine Augen, so wie er es immer tut.

Ich selbst rauche nicht und finde es auf allen Ebenen bescheuert. Es ist ungesund, teuer und außerdem ökologisch unverantwortlich. Aber Dev beim Rauchen zuzusehen, hat etwas Meditatives. Er ist wie eine menschliche Lavalampe. Er pafft den Glimmstängel nicht einfach nebenher weg, sondern zelebriert jeden Zug.

Coolness ist auf jeden Fall einer seiner engsten Freunde. Wie gut, dass ich es auch bin.

»Hallo, Matty«, reißt mich Judy aus meinen Gedanken. Wie aus dem Nichts steht sie in einem hellblauen Kleid und weißen Sandaletten vor der Decke. Hab sie gar nicht kommen sehen. Ihre rosa lackierten Fußnägel wackeln, als sie mir einen flüchtigen Kuss auf die Wange drückt.

Judy ist Cheerleaderin. Sie ist so ziemlich das heißeste Mädchen auf der Welt und Trommelwirbel … sie ist meine Freundin.

Als sie Devin neben mir sieht, wird ihr Blick kühl.

»Devin«, begrüßt sie ihn.

»Judy«, antwortet er und die Temperatur um mich herum wird eisig. Demonstrativ setzt sie sich auf meine andere Seite.

»Na, wie war das Training?«, versuche ich die Blitze in der Luft abzuleiten. Keine Ahnung, warum sich meine beiden Lieblingsmenschen so gar nicht ausstehen können. Judy ist toll, Dev ist toll. Aber steckt man die beiden in einen Raum, bricht die nächste Eiszeit herein. Wahrscheinlich ergibt plus und plus doch minus. Womöglich neutralisieren sich ihre Sympathiepunkte gegenseitig und es entsteht ein giftiges schwarzes Loch, das alles Gute verschlingt.

»War okay«, antwortet Judy knapp und zieht sich ihr Kleid über den Kopf. Einige drehen sich in unsere Richtung. Steve, der immer noch mit seiner Supersoaker in der Hand am Strand entlangläuft, starrt unverhohlen mit offenem Mund. Dann schüttelt er mit dem Kopf. Das tun die meisten, wenn sie hören, dass Judy und ich zusammen sind. Manchmal verstehe ich selbst nicht, warum sie mich mag. Wahrscheinlich könnte sie jeden haben. Sie ist wunderschön. Ihre rotbraunen Locken reichen fast bis zu ihrer beachtlichen Oberweite.

Ihre Haut ist blass. Die vereinzelten Sommersprossen in meinem Gesicht sind nichts gegen das unwiderstehliche Sprenkelmeer, das ihren Körper verziert. Sogar auf ihrem Hintern entdecke ich immer wieder neue Punkte, wenn wir zusammen im Bett liegen.

»Welches Training?«, fragt Devin. »Es sind Ferien.«

Er nimmt einen letzten Zug, bevor er seine Zigarette im Sand ausdrückt.

Judy hat genau wie wir vor einer Woche ihren Abschluss gemacht. Im Herbst wird sie mit uns auf die Portland wechseln. Aber sie trainiert über den Sommer mit den neuen Mädchen, da die Footballsaison bald startet.

»Bist du jetzt auch noch Chef des Cheerleading-Teams?«, fragt sie genervt.

Ein weiterer eisiger Schauer weht über mich hinweg. Trotz der brennenden Sonne friere ich beinahe auf der Decke.

»Ich stelle nur Fragen«, antwortet Devin.

»Kümmere dich lieber um deinen eigenen Kram.«

Er lacht trocken. Dann wandert sein Blick erneut zu Malik, der ihn die gesamte Zeit über aus finsteren Augen zu beobachten scheint.

»Ich muss dann mal wieder«, sagt Dev. Erneut sieht er mich entschuldigend an. »Wir sehen uns morgen, ja?«

»Klar, bis dann.«

Noch während Dev zurück zu Malik und den anderen geht, schnauft Judy verächtlich.

»Was ist morgen?« In ihrer Stimme liegt immer noch ein wenig Frost.

»Wir zocken«, antworte ich.

»Und mich wolltest du nicht vorher fragen, was ich vorhabe?« Sie wirft ihre Haare über die Schultern. Ein todsicheres Zeichen, dass ich etwas Falsches gesagt habe. Nur was?

»Was hast du denn vor?«, frage ich und muss den Eiszapfen ausweichen, die zusammen mit ihrem Blick in meine Richtung schießen.

Ich verstehe nicht, was ihr Problem ist. In den vergangenen Wochen war Judy ständig verplant. Dabei hätte ich mich gefreut, wenn wir mal wieder einen gemeinsamen Abend zusammen verbracht hätten. Gefühlt ist unser letztes Date eine Ewigkeit her. Und wenn ich Date sage, meine ich Sex. Zuerst waren es die Abschlussprüfungen, dann musste sie den Umzug nach Portland vorbereiten. Ich sitze seit Ewigkeiten auf dem Trockenen. Statt Sommersprossen-Meer nur eine viel zu enge Hose.

»Ich treffe mich mit Tessa«, antwortet sie schnippisch. »Aber das ist nicht der Punkt. Vielleicht hätte ich ja Zeit gehabt.«

»Hast du aber nicht. Wo ist das Problem?« Ich komme nicht mehr mit.

»Das Problem ist, dass du lieber mit diesem Kriminellen abhängst, als Zeit mit mir zu verbringen.«

Nicht schon wieder diese Leier. Ich hasse es, wenn sie solche Dinge behauptet.

»Erstens«, erwidere ich, »Dev ist nicht kriminell. Und zweitens verbringe ich gerne Zeit mit dir. Wir können heute etwas machen.«

»Heute Abend bin ich mit Melanie verabredet. Das weißt du. Aber du wusstest nicht, was ich morgen mache.«

»Judy, was soll das? Du bist verplant. Also warum machst du wegen morgen so einen Aufstand?«

»Devin ist kriminell. Jeder weiß, dass Maliks Gang Zeug vertickt. Ich will einfach nicht, dass du mit ihm abhängst.«

Ich seufze.

»Das sind dumme Gerüchte, die sich deine Cheerleader-Freundinnen zusammenspinnen.«

»Also bin ich jetzt auch noch dumm?«

Ich schlage die Hände vors Gesicht, um nicht zu schreien. Hier kann ich nur verlieren. Diskussionen mit Judy sind wie stille Post. Man bringt ein Argument vor und findet sich nach einer Weile in einer völlig anderen Diskussion wieder. Aus einer harmlosen Unterhaltung über das Wetter wird ein Nervenzusammenbruch, bei dem sie am Ende heult und mir vorwirft, sie fett zu finden. Man könnte meinen, ich hätte es mittlerweile gelernt und wüsste, wann es besser ist, die Klappe zu halten. Aber ich tappe jedes Mal wieder in die Falle. Vor allem, wenn sie irgendwelchen Mist über Devin erzählt, kann ich nicht ruhig bleiben.

Auch wenn ich dadurch länger auf dem Trockenen sitze.

Kapitel 2

Herbst 2005

(Matthew, 13 Jahre alt)

Warum habe ich mich für ein Diorama entschieden? Ich hätte alles machen können. Ein Poster. Einen Aufsatz. Alles Dinge, die in meinen Schulranzen gepasst hätten.

Jetzt stehe ich auf dem Schulhof mit einem viel zu großen Pappkarton in der Hand, der wahrscheinlich gleich im Matsch landen wird. Der Wind wirbelt meine Haare durcheinander und vor dem Klettergerüst sind Pfützen. Aber das Wetter ist mein kleinstes Problem. Das weitaus größere sind Caleb, Berry und Griff. Sie sind der wahre Feind meines Ökologieprojektes. Wir haben die Aufgabe vor drei Wochen bekommen und ich habe wirklich ewig an dem Teil gebastelt. Jeder aus meiner Klasse muss einen eigenen Beitrag zum Umwelttag der Schule beisteuern. Egal was.

Warum habe ich mich nur für das Diorama entschieden?

Umwelt ist eins meiner Lieblingsthemen — wie alles zusammenhängt und so. Also konnte ich es kaum abwarten, loszulegen. Mit Farbe habe ich die Luftschichten unserer Atmosphäre gemalt. Die Watte, die aus den Industrieschornsteinen und den Auspuffen der Spielzeugautos hervorquillt, habe ich extra dunkel eingefärbt. Obwohl ich kein besonders guter Bastler bin, ist das Teil cool geworden.

Aber es war klar, dass es mein Schaukasten nie heil ins Schulgebäude schaffen wird. Es gibt genug Berrys, Griffs und Calebs an meiner Schule, die nur darauf warten, dass ich ihnen eine solche Vorlage liefere. Warum habe ich das nicht bedacht? Den drei grinsenden Gesichtern vor mir ist anzusehen, dass ihnen das Ende meines Projektes genauso gewiss ist wie mir selbst.

»Hey, Jones. Was hast du denn da Schönes?«, fragt Griff.

Hinter meinen Augen beginnt es zu brennen, denn es ist klar, wohin das hier führt. Aber ich darf auf keinen Fall heulen. Sonst haben sie ihr Ziel erreicht. Am liebsten würde ich das Diorama selbst in den Dreck werfen, um mir das sinnlose Schauspiel zu sparen, das die drei mit Sicherheit abziehen werden. Aber vielleicht ist es ja ein einziges Mal so wie in meinen Comics. Dort labern die Bösewichte ewig rum und am Ende kann der Superheld entkommen.

Zack.

Die Chancen für einen Superheldenmoment stehen eher schlecht, denn Griff hat mir den Karton bereits aus der Hand gerissen.

»Gib es mir wieder, Griff. Komm schon.«

Als ich versuche, danach zu greifen, wirft er das Diorama zu Berry. Laut klappernd landet es in seinen Händen. Wahrscheinlich haben sich die Autos und die Miniaturfabrik bereits gelöst. Aber noch kann ich es retten. Ein bisschen Kleber und alles ist wieder okay. Ich versuche Berry den Karton zu entreißen. Er rangelt mit mir und lacht dabei, während ich gegen die Tränen kämpfe, die immer stärker hinter den Lidern drücken. Berry wirft das Diorama zu Caleb, der es zwischen seinen Händen hin und her jongliert, so als könnte er es nicht richtig greifen. Als ich schon fast bei ihm bin, lässt er es fallen.

Patsch.

Das Diorama landet in einer braunen Pfütze. Die erste Träne rollt über meine Wange. Verdammt. Meine Fäuste ballen sich und ich beiße die Zähne fest aufeinander.

»Das sage ich Ms. Winestein.«

»Was denn?«, fragt Berry grinsend. »Wir wollten es uns nur mal ansehen. Selbst schuld, dass es jetzt kaputt ist.«

»Sah eh scheiße aus«, sagt Caleb.

Dann gehen die drei an mir vorbei. Berry schubst mich und meine Füße finden im Matsch keinen Halt. Ich falle und lande mit dem Hintern auf dem Pappkarton. Definitiv kein Superheldenmoment. Meine Hose saugt sich mit Wasser voll und meine Schlüpfer sind durchgeweicht. Ich kann jetzt nicht aufstehen. Dann würden alle sehen, dass ich heule. Meine Mitschüler haben sich in sicherem Abstand um den Ort des Geschehens versammelt. Meine Tränen und meinen nassen Hintern will sich niemand entgehen lassen. Diese Arschgeigen.

Ich muss unbedingt aufhören zu heulen. Also schließe ich die Augen und tue das, was ich in solchen Momenten immer tue.

Ich singe das Pop-Tart-Lied von Peter Griffin. Das, bei dem er davon schwärmt, wie gut es ist, Butter auf ein Pop-Tart zu schmieren.

Auch wenn es sich bescheuert anhört: Aber dieser Song hilft. Immer wenn ich traurig oder wütend bin, singe ich die völlig sinnfreien Zeilen in Endlosschleife im Kopf, bis es besser wird. Funktioniert jedes Mal. Das Lied habe ich bei Family Guy aufgeschnappt. Als ich es zum ersten Mal gehört habe, musste ich so sehr lachen, dass mir Milch aus der Nase schoss. Wahrscheinlich wäre ich erstickt, hätte mir Kathy nicht fest auf den Rücken geschlagen. Als Pop-Tarts-Ultra-Fan habe ich das mit der Butter natürlich sofort ausprobiert. Aber um ehrlich zu sein, war der Song besser als das Rezept.

Jedes Mal, wenn ich das Lied jetzt in Gedanken singe, erinnere ich mich an den Geschmack von Erdbeer-Pop-Tarts mit Butter und das Brennen der Milch in meiner Nase. Wie sehr ich gelacht habe und an Kathys Gesicht, als wir vor Lachen gekrümmt am Boden lagen.

Ich wische mir mit dem Ärmel übers Gesicht.

»Hey«, *höre ich plötzlich eine Stimme über mir.*

Als ich langsam den Kopf hebe, sehe ich einen Jungen. Er hat dunkle, verwuschelte Haare und ist ungefähr so groß wie ich. Glaube ich zumindest. Von hier unten lässt sich das schwer beurteilen. Ich habe ihn vorher noch nie gesehen. Da meine Klassenkameraden mittlerweile alle verschwunden sind, stehen wir allein auf dem Schulhof. Wahrscheinlich hat die erste Stunde schon begonnen. Der Junge streckt mir die Hand entgegen und ich sitze mit einer klatschnassen Hose auf einem zerdrückten Diorama. Zögerlich greife ich seine Finger. Er packt zu und zieht mich mit einem Ruck auf die Füße.

Seine Augen wandern zurück zu der Stelle, an der ich gerade gehockt habe.

»War das wichtig?«, *fragt er.*

Ich betrachte den bunten Klumpen Pappmache, aus dem dunkle, nasse Wolle hervorquillt. Als wäre irgendetwas Haariges darin verendet.

»Ich hoffe, da war nichts Lebendiges drin«, *sagt er.*

Ich sehe den Jungen an und muss grinsen. Zwei Dumme, ein Gedanke. Mein Grinsen wird zu einem Kribbeln in meiner Kehle, das sich in ein lautes Lachen verwandelt. Es bricht aus mir heraus. Ich lache plötzlich wie ein Irrer und kann nichts dagegen tun. Eine Hand liegt auf der Schulter des Jungen, so als wären wir Freunde. Dabei kenne ich ihn gar nicht. Er muss denken, dass ich einen Sprung in der Schüssel habe.

Doch auf einmal stimmt er mit ein. Sein Lachen klingt rau, so als müsse er sich räuspern. Aber egal, wie heiser es sich anhört, es ist herrlich. Wir krümmen uns und halten unsere Bäuche. Wahrscheinlich weiß er genauso wenig wie ich, warum wir das tun.

Glucksend bücke ich mich und hebe den Klumpen Pappe vom Boden auf.

»Wusstest du … wusstest du …« Ich versuche mich zu beherrschen, aber immer wieder überkommt mich ein neuer Lachanfall. »Wusstest du, dass die Temperatur auf der Erde minus achtzehn Grad betragen würde, wenn es keine Treibhausgase gäbe?«

Er sieht mich an und mir fallen seine Grübchen auf, die sein Lachen noch breiter wirken lassen.

»Ich dachte, Treibhausgase sind scheiße«, sagt er.

»Nicht alle. Ich würde es dir ja gern erklären, aber …« Ich halte das zerstörte Diorama hoch und pruste wieder los. Als ich mich langsam beruhige, gehe ich zum Papierkorb und werfe den matschigen Klumpen Pappe hinein.

»Du bist neu hier, oder?«, frage ich, als ich zurückkomme.

»Ja. Devin. Wir sind erst vor zwei Wochen hergezogen.«

»Cool. Ich bin Matthew.«

Er lächelt mich an und nickt in Richtung des Papierkorbs.

»Bekommst du Ärger deswegen?«

Ich zucke mit den Schultern.

»Wir bekommen auf jeden Fall Ärger, wegen der verpassten Stunde.«

Ich ziehe mit der Hand an dem nassen Stoff meiner Hose, damit er aufhört, an meinem Hintern zu kleben.

»Tut mir leid«, sage ich.

»Kein Ding«, antwortet er.

»Was macht man hier, wenn man eine Stunde ausfallen lässt?«

Ich sehe ihn an und runzle die Stirn.

»Ähm, keine Ahnung. Hab ich noch nie«, antworte ich.

»Noch nie?« Seine Augen werden riesig.

Ich schüttle den Kopf und für einen Moment sagt keiner von uns etwas.

»Magst du Comics?«, fragt er nach einer Weile und meine Augen beginnen zu leuchten.

»Ja, voll.«

Er geht zu einer Bank und setzt sich. Dann kramt er in seinem Rucksack und zieht einen Marvel-Comic hervor. Ich stehe wie angewurzelt da.

»Komm schon her!«, sagt er mit einem Lächeln.

Das lasse ich mir nicht zweimal sagen. Ich laufe zu der Bank und setze mich neben ihn. Wir blättern gemeinsam in dem Heft.

»Hey, Matt. Superman oder Batman?«

Ich sehe ihn mit gerunzelter Stirn an. Mir gefällt, dass er mich Matt nennt. Ich hatte noch nie einen Spitznamen. Jedenfalls keinen schönen. Matt klingt cool.

Aber seine Frage verstehe ich nicht.

»This or That?«, sagt er. »Kennst du nicht? Ich nenne dir zwei Sachen und du sagst mir, was besser ist. Macht Spaß, glaub mir.«

»Okay.« Ich überlege kurz. »Dann Superman.«

»Warum? Batman hat viel mehr Knete.«

»Dafür kann er nichts«, erwidere ich. »Batman hat keine Superkräfte. Wenn du ihm das ganze Spielzeug wegnimmst, ist er nur noch ein reicher Typ ohne Eltern.«

Devin schluckt und sein Blick weicht meinem aus.

»Aber Superman wohnt auf einer Farm«, antwortet er und verzieht dabei sein Gesicht.

»Nur in den neuen Folgen«, kontere ich. »Außerdem: Was ist an einer Farm schlecht?«

»Ich würde lieber auf einem Anwesen wohnen mit einem Butler.«

Den Rest der Stunde debattieren wir darüber, ob ein Hitze- oder ein Röntgenblick cooler ist und erstellen ein Ranking der fünf dämlichsten Bösewichte. Die nasse Hose und das zerstörte Diorama sind ganz weit weg.

An diesem Vormittag gab es ganz unerwartet doch noch einen Superheldenmoment.

Kapitel 3

Sommer 2010

(MATTHEW, 18 JAHRE ALT)

»Na, Großer, hast du mir was mitgebracht?«, fragt Kathy, als ich in die Küche komme. Ihr hochgebundener Zopf hüpft und sie streckt mir die Hand entgegen. Kathy trägt ihren dunkelgrünen Gemütlich-Jumpsuit, was bedeutet, dass sie das Haus heute nicht mehr verlassen wird. Ich stelle meine Tasche mit den Badesachen ab.

»Sorry, Kleine. Hab's vergessen.«

Verdammt, die Jelly Belly Beans. Sie inhaliert die Dinger förmlich, aber in Yale gibt es nur einen Laden, der sie verkauft. Und der liegt direkt am See. Ich hatte ihr versprochen, welche mitzubringen. Nach dem Streit mit Judy wollte ich einfach nur heim.

So wie meine Schwester die Gummibohnen verschlingt, müsste sie eigentlich eine Tonne wiegen. Aber sie ist genauso schlaksig wie ich. Zwillinge halt. Als Babys haben uns die meisten nicht auseinanderhalten können. Gleiche Stupsnase. Gleiche Grübchen. Sommersprossen.

Erst als Kathys Haare länger wurden und meine regelmäßig abgeschnitten wurden, wusste Oma endlich, wen sie auf dem Arm hält.

»Mist.« Kathy verzieht das Gesicht. »Dann muss ich meine eiserne Reserve anzapfen.« Kurz darauf zuckt sie mit den Schultern und geht zum Kühlschrank. Das Gute ist, dass sie mir nicht böse sein kann. Biologisch scheint das ausgeschlossen. Sie hat es versucht, ist aber jedes Mal kläglich gescheitert. Als ich das Gesicht ihrer Barbie mit einer Lupe zerschmolzen habe, hat sie es eine ganze Stunde durchgehalten, sauer auf mich zu sein. Ihr eiserner Rekord.

Während Kathy Saft in ein Glas gießt, setze ich mich an den Küchenwürfel.

»Warst du heute schon mal draußen?«, frage ich.

»Nö, hab gechillt.«

Ich muss lachen und zeige auf den Jumpsuit.

»Du hängst seit einer Woche in diesem Teil zu Hause rum. Willst du das den ganzen Sommer machen?«

Sie legt sich den Finger an die Lippen und tut so, als würde sie angestrengt nachdenken, bevor sie antwortet.

»Auf jeden Fall.«

Dann grinst sie und nimmt einen Schluck. Ich merke, dass Kathy mich immer wieder mustert.

»Alles klar bei dir?«, fragt sie. »Du siehst aus wie ein getretener Hund.«

Natürlich bemerkt sie, dass etwas nicht in Ordnung ist. Nicht alle Klischees über Zwillinge treffen auf uns zu, aber eins stimmt auf jeden Fall: Wir spüren, wenn es dem anderen schlecht geht. Das Gefühl ist schwer zu beschreiben. Als würde man einen viel zu großen Eiswürfel verschlucken, der auf halber Strecke stecken bleibt. Also brauche ich gar nicht erst so zu tun, als wäre alles in Ordnung.

»Ach. Zoff mit Judy«, antworte ich. »Das Übliche.«

Kathy verdreht die Augen.

»Worum ging es diesmal? Hast du ihren neuen Nagellack nicht hinreichend gewürdigt?«

Ich lache trocken.

»Es ging um Dev.«

»Was ist mit ihm?«

»Es stört sie, dass ich vorher nicht um Erlaubnis bitte, wenn ich mich mit ihm treffe. Glaube ich zumindest. Am Ende hat sie mir vorgeworfen, ich würde sie für dumm halten. Ach … keine Ahnung.«

Kathy stöhnt genervt.

»Warum macht sie jedes Mal so einen Aufstand wegen ihm? Jeder weiß, dass ihr unzertrennlich seid. Judy auch.«

Kathy hat recht. Dev und ich sind befreundet, seit ich dreizehn bin. Judy wusste das lange vor unserem ersten Date. Anfänglich hatte ich sogar das Gefühl, die beiden würden sich gut verstehen. Aber irgendetwas hat sich im Laufe der Zeit verändert.

»Ich glaube, sie denkt, Dev bringt mich in Schwierigkeiten. Sie hat wieder mit Maliks Gang angefangen.«

Das Wörtchen *Gang* setze ich übertrieben in Anführungszeichen, denn ich finde den Begriff albern. Es klingt, als würde Al Pacino gleich um sich schießen. Dabei sind es nur ein paar Jungs, die zusammen abhängen. Keine Gang-Tattoos oder Motorräder.

Mir fällt Kathys Blick auf, der plötzlich besorgt wirkt.

»Was?«, frage ich.

»Du weißt, dass sie damit recht haben könnte. Malik ist nicht ohne Grund von der Schule geflogen. Er hat Drogen an Mitschüler vertickt und soweit ich weiß, tut er es immer noch.«

»Ja, aber Dev ist nicht Malik. Du kennst ihn. Er würde solchen Scheiß nie machen.«

»Ich weiß. Aber warum hängt er ständig mit diesen Typen ab?«

»Malik und er sind Nachbarn. Sie kennen sich schon, seit er hergezogen ist.«

Es ärgert mich, dass Kathy so redet. Wenn Judy etwas nachplappert, das ihre Freundinnen auf dem Schulhof erzählen, ist das eine Sache. Aber Judy kennt Dev schon ewig. Er ist ihr Freund. Mehr noch. Er ist Familie. Dev geht bei uns ein und aus. Hätte er nicht schon ein Zuhause, hätte meine Mom ihn längst adoptiert.

Sie schluckt und sieht mich an.

»Kathy, du weißt, wie Dev ist. Er macht keine krummen Dinger«, sage ich und versuche, dabei nicht aufgebracht zu klingen. Das Letzte, das ich jetzt noch gebrauchen kann, ist ein Streit mit meiner Schwester. »Er besorgt dir Jelly Beans für deinen Depri-Eisbecher, wenn es dir mies geht. Er begräbt deinen Hasen im Garten, obwohl du schon viel zu alt für so einen Scheiß bis. So einer ist er. Kein Dealer.«

Kathys Blick wird weich.

»Ich weiß. Ich weiß das alles«, antwortet sie. »Ich mache mir einfach Sorgen. Was, wenn doch was dran ist? Samantha hat mir erzählt, dass sie Malik und Dev letzte Woche im Park gesehen hat. Sie schwört, dass sie Zeug vertickt haben.«

Ich massiere mir die Schläfen und schließe die Augen. Auch wenn ich Dev blind vertraue, bin ich nicht bescheuert. Ich kenne die Gerüchte und ich sehe die Zeichen. Wie kann er sich mit neunzehn Jahren das neuste

Handy leisten, obwohl er nicht mal einen Job hat? Aber mein Hirn weigert sich, die logische Antwort zu akzeptieren. Nicht Devin.

»Bald gehen wir auf die Portland. Dann ist das Thema Malik sowieso Geschichte«, versuche ich sie und mich zu beruhigen.

Kathy nickt. Plötzlich verändert sich ihr Gesichtsausdruck und sie beginnt zu strahlen.

»Ich finde es echt krass, dass ihr zusammen dort studiert. Das Dream-Team. Hätte nicht gedacht, dass sie Dev annehmen mit seinem Notenschnitt.«

»Wir haben ziemlich viel geübt vor den Prüfungen. Wahrscheinlich helfen ihm auch die ganzen Vereinssachen.«

Die Nachricht, dass Dev auch an der Portland angenommen wurde, war eine der besten überhaupt. Ich habe ihn so fest gedrückt, dass es in seiner Wirbelsäule geknackt hat. Danach sind wir wie zwei Spinner im Kreis gehüpft. Wir wohnen auf jeden Fall zusammen in einem Zimmer. Und wenn ich die Direktorin bestechen muss. Das wird die geilste Zeit überhaupt und ich kann es kaum erwarten.

»Ich freue mich für euch.« Kathy legt ihren Kopf schief und lächelt mich an. »Besonders für dich. Ich weiß, wie gern du ihn hast.«

Kapitel 4

Herbst 2005

(MATTHEW, 13 JAHRE ALT)

D evin, kannst du bitte die kovalente Bindung an der Tafel einzeichnen?«
Es ist zwei Wochen her, seit wir zusammen Comics auf dem Schulhof gelesen haben. Devin ist jetzt der Neue in meiner Klasse. Er sitzt schräg vor mir neben Malik. Irgendwie hatte ich gehofft, er wählt den freien Platz neben mir. Es hat Spaß gemacht, mit ihm über Superhelden zu quatschen. Dev ist cool. Wahrscheinlich sitzt er deswegen auch woanders.

Zögerlich erhebt er sich von seinem Stuhl und geht zur Tafel. Sein Blick wirkt unsicher, dabei ist die Aufgabe, die ihm Mr. Brown gestellt hat, ziemlich simpel. Er nimmt die Kreide vom Lehrertisch und steht ein paar Sekunden vor den aufgemalten Kohlen- und Wasserstoffatomen. Weiß er es wirklich nicht? Er dreht sich in Richtung Klasse und sieht Malik Hilfe suchend an. Der zuckt nur mit den Schultern.

Plötzlich wandert Devins Blick zu mir. Er wirkt verzweifelt. Ich schaue kurz zu Mr. Brown, der in der ersten Reihe sitzt und in seinem Ordner blättert.

Okay, no risk, no fun. Mit den Fingern versuche ich Devin deutlich zu machen, dass die gesuchte Verbindung rechts oben im Tafelbild ist. Er lässt die Kreide über Mr. Browns Zeichnung schweben. Mit Handzeichen steuere ich ihn wie mit einem Joystick. Höher. Etwas rechts. Wieder runter. Als er die richtige Stelle erreicht, nicke ich heftig. Genau in dem Moment, in dem Mr. Brown aufsieht, zieht Dev den Strich zwischen den Atomen, die eine kovalente Verbindung bilden. Geschafft.

»*Sehr gut, Devin. Du kannst dich wieder setzen*«, sagt Mr. Brown.
Dann dreht er sich zu mir.

»*Matthew, jetzt, wo wir deine Fähigkeiten als Navigator kennen, würdest
du uns bitte erläutern, warum das die kovalente Bindung ist.*«

*Alle lachen und ich spüre, wie mein Gesicht Feuer fängt. Noch nie habe
ich geschummelt oder jemanden abschreiben lassen. Aber Devin war vor zwei
Wochen auch für mich da.*

»*Hey, danke, dass du mir heute geholfen hast. Chemie ist nicht so mein
Ding.*«

*Devin fährt sich mit einer Hand durch die Haare, die auf seinem Kopf
wild in alle Richtungen stehen. Der Flur ist ziemlich voll, als wir in Richtung
Turnhalle laufen.*

»*Kein Problem*«, *antworte ich ihm.*

*Nach dem Mittag wird Devin sehen, was nicht so mein Ding ist, denn
dann haben wir Sport.*

*Er nickt und läuft weiter neben mir. Eigentlich hätte ich erwartet, dass er
sich nur kurz bedankt und dann so schnell wie möglich wieder zu Malik und
den anderen will. Aber er scheint es nicht eilig zu haben.*

*Vor der Turnhalle bleiben wir stehen. Die Türen sind noch verschlossen,
da die Mittagspause erst begonnen hat. Ich setze mich auf eine Bank und
krame in meinem Rucksack. Mom hat mir wieder viel zu viel eingepackt. Als
würde ich jeden Tag auf Klassenfahrt gehen. Als ich meine zwei Brotdosen vor
mir auf den Tisch lege und eine davon öffne, sehe ich, wie Devin den Pop-Tart
darin fixiert.*

»*Magst du einen?*«, *frage ich.*

Er runzelt die Stirn.

»*Dann hast du ja keinen mehr.*«

Ich greife erneut in meinen Rucksack und hole ein zweites Päckchen heraus.

»*Hab immer Reserve dabei.*«

*Auf seinem Gesicht breitet sich ein Lächeln aus. Er setzt sich zu mir und
nimmt sich ein Törtchen.*

»*Danke. Meine Mom macht mir jeden Morgen Sandwiches ohne Rand.
Aber heute habe ich sie zu Hause vergessen.*«

Ich schiebe meine Brotdose zu ihm rüber. Sofort schnappt er sich eins meiner Hühnchensalat-Sandwiches und beißt hinein. Er scheint wirklich hungrig zu sein. Als er die Hälfte verschlungen hat, sieht er mich erschrocken an.

»Wolltest du das?«

Ich grinse. Es ist schön, dass es ihm schmeckt.

»Nein. Iss.«

Als die Brotdose leer ist, sind es immer noch zehn Minuten, bis die Turnhalle aufgeschlossen wird. Nachdem im vergangenen Jahr einige Zehntklässler Buttersäure in der Garderobe verspritzt haben und der Sportunterricht für einen ganzen Monat ausfallen musste, ist die Schulleitung vorsichtig geworden.

»Wegen Chemie …«, *beginne ich zögerlich.* »Ich bin ziemlich gut in den ganzen naturwissenschaftlichen Fächern.«

Er sieht mich mit gerunzelter Stirn an. Wahrscheinlich fragt er sich, warum ich ihm das jetzt unter die Nase reibe. Ich klinge wie ein Angeber.

»Nein, so meine ich das nicht«, *korrigiere ich mich schnell.* »Ich … ich meine: Soll ich dir vielleicht helfen?«

Die Furchen auf seiner Stirn werden tiefer.

»So was wie Nachhilfe?«, *fragt er.*

»Ja, genau.«

»Ich weiß nicht.« *Begeistert sieht er nicht gerade aus.* »Was willst du dafür?« *Sein Blick wird abschätzig.*

»Nichts«, *antworte ich.*

»Klar. Du willst nichts dafür, dass du mit mir Chemiezeugs machst.« *Sein Blick wird hart und irgendwie wirkt er enttäuscht. Dabei will ich ihm doch nur helfen.*

»Ich wiederhole den Stoff, wenn ich dir die Aufgaben erkläre. So haben wir beide etwas davon.«

Stille. Er mustert mich ungläubig, sagt aber keinen Ton.

»War nur so eine Idee«, *winke ich ab.* »Vergiss es wieder.«

Das Schweigen ist auf einmal unangenehm.

»Nur, dass ich das richtig verstehe«, *sagt er und seine Augen verengen sich.* »Du würdest mir Nachhilfe geben, ohne dass ich dir etwas bezahlen muss?«

»Ja. Hab ich doch gesagt.«

Er kaut auf der Innenseite seiner Wange herum.

»Und ... also du willst auch sonst nichts dafür?«

Ich verdrehe die Augen. Warum checkt er es nicht?

»Nein.«

Wieder breitet sich Stille zwischen uns aus und ich rutsche nervös auf der Bank hin und her. Wann kommt denn endlich der Hallenwart mit dem Schlüssel?

Plötzlich grinst Devin.

»Okay.«

»Okay?«, frage ich.

Er nickt.

»Okay! Nachhilfe klingt gut.«

Kapitel 5

Sommer 2010

(MATTHEW, 18 JAHRE ALT)

Klack, klack … klack, klack, klack.

Ich lege mein Buch zur Seite und sehe zum Fenster. Devin. Das Klopfzeichen ist eine Art Ritual. Genau wie seine nächtlichen Besuche. Ich schiebe die Scheibe nach oben und er klettert vom Vordach ins Zimmer.

»Hi. Konntest wohl nicht bis morgen warten?«, ziehe ich ihn auf, während ich das Fenster hinter ihm schließe.

Devin trägt einen dunklen Hoodie und schwarze Jeans. Man könnte ihn für einen Einbrecher halten. Aber es wird trotzdem kein Nachbar die Polizei rufen. Über die Jahre haben sich die Leute in den angrenzenden Häusern daran gewöhnt, dass Dev lieber das Fenster nimmt als die Tür.

»Hast du schon geschlafen?«

»Nein. Hab gelesen.« Ich nicke in Richtung meines Nachttisches, auf dem der Thriller liegt, von dem Kathy so geschwärmt hat.

Dann betrachte ich Dev genauer. Normalerweise trägt er helle, bunte Kleidung. Bermuda-Shorts. Khakihosen. Surfer-Zeugs halt. Das heute ist so gar nicht sein Style. Diese Klamotten habe ich noch nie an ihm gesehen.

»Wo kommst du her? Eine Bank ausgeraubt?«, scherze ich. Aber Dev lacht nicht. Sein Blick weicht meinem aus.

»Ach Quatsch.« Seine Stimme klingt wackelig. Dünn. »War bei Malik. Nur abhängen.«

Das hatte ich befürchtet. Was bedeutet nur abhängen? Niemand sitzt den ganzen Abend einfach rum, ohne etwas zu tun. Aber wenn ich Dev jetzt löchere, denkt er, ich traue ihm nicht.

Er schmeißt sich auf mein Bett und wechselt das Thema.

»Hey, erinnerst du dich an meinen Onkel?«

Mit dem Hintern gegen meinen Schreibtisch gelehnt, runzle ich die Stirn.

»Der mit dem See und der Hütte?«

Devin nickt.

»Ja, genau.«

»Was ist mit ihm?«

»Er ist für ein paar Wochen im Ausland und hat mich gefragt, ob ich sein Wohnmobil über den Sommer haben will. Ich fahre nach Kanada hoch.«

In meinem Bauch bildet sich ein schwerer Klumpen. Dev darf nicht wegfahren. Mit wem soll ich zocken? Wer sieht sich Low-Budget-Filme mit mir an? Alleine macht es keinen Spaß, über schlechte Schauspieler und ins Bild ragende Mikrofone zu lästern. Was soll ich den ganzen Sommer ohne ihn machen?

»Hast du Bock ... also, willst du mitkommen?«, fragt er und sieht mich vom Bett aus erwartungsvoll an.

»Wie?«, stammle ich das Erste, was mir in den Sinn kommt.

»Komm schon, Matt.« Er setzt sich auf und seine Augen leuchten förmlich. »Ein letzter gemeinsamer Roadtrip ... vor dem Studium.«

Dann versucht er es mit dem Blick, von dem er genau weiß, dass ich immer schwach werde. Er schiebt seine Unterlippe vor und seine Augen werden riesengroß.

»Bitte, bitte, bitte, bitte, bitte, bitte, bitte ...«

Ich muss lachen, weil er das den ganzen Abend durchhält, wenn ich nicht nachgebe.

»Ist das ein Ja?«, fragt er und seine Grübchen werden riesig.

»Nein, auf keinen Fall ist das ein Ja«, antworte ich. »Aber ich denk drüber nach. Wann willst du los?«

»Um ehrlich zu sein, fahre ich schon morgen.«

»Morgen?«, platzt es aus mir heraus. »Bist du verrückt? Ich muss das mit meinen Eltern besprechen und mit Judy. Ich kann doch nicht einfach von heute auf morgen nach Kanada abhauen. Außerdem habe ich nicht mal frische Sachen im Schrank. Auf keinen Fall.«

»Ach bitte, bitte, bitte, Matt. Deine Eltern sagen bestimmt Ja. Dein Dad redet ständig davon, wie gerne er mal einen Roadtrip gemacht hätte, als er jung war. Und Judy … Sie kann auch mal ein paar Wochen auf dich verzichten. Momentan trainiert sie doch eh jeden Tag.« Bei der Erwähnung von Judy bekommt seine Stimme einen Unterton. Aber ich ignoriere es gekonnt.

»Waschen können wir unterwegs«, fährt er fort. »Die Tour geht über Jasper nach Whistler und dann zurück nach Vancouver. Unterwegs gibt es nur einsame Seen und Berge. Niemanden interessiert, was du anhast. Bitte, bitte, bitte, Matt.«

Er schiebt die Unterlippe noch ein Stück weiter vor. Als ich nicht antworte, setzt er nach.

»Du würdest es dir nie verzeihen, wenn mich unterwegs ein Bär frisst.«

Ich verdrehe die Augen.

»Als ob ich dir da helfen könnte.«

»Was, wenn mich Hinterwäldler entführen oder ich von der Straße abkomme.«

»Du machst mir den Trip gerade richtig schmackhaft, weißt du das?«

Er grinst und ich schüttle lachend den Kopf. Wie macht er das jedes Mal?

»Kann ich wenigstens noch bis morgen darüber nachdenken?«, frage ich. *Spontaneität* ist ein genauso schlechter Freund von mir wie *Coolness*. Ich plane wirklich alles. Meist lege ich mir meine Sachen für den nächsten Tag schon am Vorabend raus. Judy nervt das total. Sie beschwert sich immer wieder darüber, dass ich drei Tage Vorlauf brauche, wenn sie mit mir ausgehen will. Ständig faselt sie davon, mal etwas Verrücktes zu tun. Aber so bin ich eben nicht. Und Dev weiß genau, was er da von mir verlangt.

»Was hältst du davon, wenn ich morgen Abend um sechs hier vorbeikomme?«, fragt er. »Entweder steigst du ein, oder nicht. Matt, ich nehme es dir nicht übel, wenn du lieber hierbleibst. Aber ohne dich wäre es nicht dasselbe.«

Ich presse die Lippen fest aufeinander. Wie gerne wäre ich der Typ, der einfach Ja sagt und sich auf das Abenteuer einlässt. Aber der bin ich nun mal nicht. Ich bin der Typ, der seine Bewerbung für die Uni lange vor der eigentlichen Frist einreicht. Der, der vor seinem ersten Mal Kondome verschiedener Marken anprobiert und Duftkerzen testet. Ich achte selbst bei meinen Kurznachrichten auf die Kommasetzung und google Worte nach ihrer Schreibweise, wenn ich mir unsicher bin. Das Wort Draufgänger ist das Antonym zu mir.

Aber ein ganzer Sommer ohne Devin? Mein Dad sagt immer, die Jugend ist dafür da, Fehler zu machen. Später ginge das nicht mehr. Mit achtzehn könne man auch mal etwas riskieren. Vielleicht sollte ich es tun. Die Vorstellung, einfach loszufahren, bereitet mir Hirnkribbeln. Wo werden wir schlafen? Was essen wir? Wie warm ist es in Kanada im Juni? Noch bevor ich die Entscheidung getroffen habe, beginnt mein Kopf damit, Listen zu machen.

»Ich denk drüber nach, okay?«, sage ich.

Dev lächelt und nickt.

Ich gehe zum Bett. »Rutsch rüber.« Dabei deute ich auf die andere Bettseite.

»Nee, heute nicht«, antwortet er. »Ich muss noch ein paar Sachen organisieren. Außerdem klaue ich dir ab morgen jede Nacht die Decke. Also genieß die letzte Nacht allein.«

Dann zwinkert er und klettert wieder durch das Fenster. Als ihn die Dunkelheit mit seinen schwarzen Klamotten schon beinahe verschluckt hat, höre ich ihn flüstern.

»Um sechs, Matt. Das wird cool.«

Ich grinse und lege mich ins Bett, obwohl ich genau weiß, dass ich sowieso gleich wieder aufstehe. Ich werde die Nacht damit verbringen, einen Roadtrip bis ins kleinste Detail vorzubereiten.

Kapitel 6

Herbst 2006

(MATTHEW, 14 JAHRE ALT)

lack, klack … klack, klack, klack.

K*Was war das? Meine Nackenhaare stellen sich auf. Das Halloween-Special, das ich mir gestern mit Kathy angesehen habe, führt mir Szenarien vor Augen, die mir kalte Schauer über den Rücken jagen. Ich ziehe die Bettdecke bis zu meiner Nase hoch und horche in die Dunkelheit.*

Klack, klack … klack, klack, klack.

Da, schon wieder. Irgendjemand oder irgendetwas klopft an mein Fenster. Hoffentlich kein Zombie. Ogottogottogott. Ich will keinem Untoten den Kopf abschlagen. Mit was auch? Ich habe hier nichts, was bei einer Zombieapokalypse auch nur annähernd zu gebrauchen wäre.

»Mach schon auf«, *höre ich eine dumpfe Stimme hinter dem Glas. Devin? Gott sei Dank. Ich krabble aus meinem Bett und öffne das Fenster. Er klettert rein und ich schließe die Scheibe hinter ihm.*

»Was machst du hier mitten in der Nacht?«

Er mustert mich und bleibt mit seinen Augen einen Moment zu lange an meinen Bob-der-Baumeister-Shorts hängen. Ich werde rot und schäme mich, dass ich mit vierzehn noch Kindersachen trage. Aber die Boxershorts sind irre bequem und es ist das erste Mal, dass mich jemand nach der Schlafenszeit besucht.

»Es ist halb zehn«, *antwortet er, so als wäre es völlig normal, nachts in die Fenster von Mitschülern einzusteigen. Vor Devin hat das noch niemand gemacht. Ich war ein, zwei Mal bei Finley eingeladen und Sue habe ich bei einem Biologieprojekt geholfen. Aber das war tagsüber. Im Schlafanzug kennt mich nur meine Familie. Devin war auch noch nie bei mir zu Hause. Wir*

33

treffen uns zwar ziemlich oft, aber dann fahren wir an den See oder lernen zusammen auf dem Schulhof, wenn die anderen weg sind. Devs Brüder sind wohl ziemlich anstrengend und er teilt sich ein Zimmer mit ihnen. Also können wir nicht zu ihm. Keine Ahnung, warum er noch nie hier war. Deshalb ist es aber auch so eigenartig, dass er nachts hier aufkreuzt.

»Ist irgendetwas passiert?«, frage ich.

»Nein, quatsch. Dachte, ich komm mal vorbei. War in der Gegend.« Er weicht meinem Blick aus. Ich betrachte ihn genauer. Seine Haare sind deutlich verwuschelter als sonst und seine Augen sind gerötet. Ab und zu zieht er die Nase hoch. Er lächelt. Aber angestrengter könnte ein Lächeln nicht sein.

»Wirklich alles okay?«

»Klar«, antwortet er viel zu schnell. In seinem Blick erkenne ich, dass er lügt. Irgendetwas ist mit ihm, aber er will es nicht erzählen. Meine Oma sagt immer: »Worte brauchen ein Zuhause.« Ich habe das nie verstanden, aber ich denke, sie meint, dass man sich wohlfühlen muss, um zu reden.

»Willst du ... willst du was trinken? Oder essen? Ich hab noch ein paar Pop-Tarts im Schrank.«

Devin überlegt kurz und nickt dann.

»Pop-Tarts klingen gut.«

Ich gehe zum Kleiderschrank und krame zwei der süßen Törtchen aus meinem Geheimfach. Dann lege ich sie neben ihn auf den Schreibtisch. Während er sie schweigend verputzt, mustere ich ihn erneut.

Er trägt eine kurze Khakihose und ein rot-grünes Shirt. Man erkennt die Nähte an den Bündchen und am Kragen. Außerdem kann ich auf dem Waschschild lesen, dass es nicht in den Trockner darf. Ich deute mit dem Finger auf den weißen Zettel an seiner Taille.

»Dein Shirt ist verkehrt herum.«

Er sieht an sich hinunter, schluckt hörbar und zuckt dann mit den Schultern.

»Wirklich alles okay bei dir?«, frage ich erneut.

Wir kennen uns jetzt seit ein paar Monaten und er ist mittlerweile so was wie ein Freund. Eigentlich ist er mein bester Freund. Mein einziger. Meistens lernen wir nur oder sitzen auf dem Schulhof und lesen Comics, aber ich glaube, dass wir einen Draht zueinander haben. Wir quatschen oder lästern über Mitschüler – nichts Tiefgründiges –, doch ich sehe, wenn es ihm schlecht geht. Ich spüre dasselbe Ziehen in der Brust wie bei Kathy.

Dev sieht mich mit glasigen Augen an.

»*Hast du noch einen?*« *Er deutet auf die leere Folie in seiner Hand und wirkt erleichtert, als ich zum Schrank gehe und zwei weitere Törtchen raushole. Entweder, weil er wirklich hungrig ist oder weil ich dann aufhöre, ihn mit Fragen zu löchern.*

Während er das zweite Törtchen verputzt, schweigen wir. Als er den letzten Bissen runtergeschluckt hat, deutet er auf die kleine Solarzelle und die Kabel, die am Fenster stehen.

»*Was ist das für Zeugs?*«

Ich bin hin- und hergerissen. Halte ich ihm jetzt einen nerdigen Vortrag über Solarkollektoren, bei dem ich erläutere, wie ich monatelang Kabel zusammengelötet und Widerstände berechnet habe, oder bin ich zum ersten Mal cool und tue es ab?

»*Das ist eine solarbetriebene Klimaanlage, die ich gebaut habe. An dem monokristallinen Panel sind zwei Steckverbinder angebracht, die den Strom in den Wechselrichter leiten. Der Wechselstrom treibt den kleinen Kompressor an. Der verdichtet ein Gas, das später bei der Änderung seines Aggregatzustandes die Luft abkühlt. Ganz einfach.*«

Dev sieht mich an, als hätte ich ihm erklärt, dass die Erde doch nicht rund ist und er sich am besten mit einem Aluhut gegen die bevorstehende Alieninvasion schützen kann. Tja, Coolness *hat mich mal wieder im Stich gelassen.*

»*Wozu brauchst du das?*«, *fragt er.*

Ich ziehe eine Augenbraue nach oben, weil ich die Frage nicht verstehe.

»*Zuerst einmal, um mich im Sommer abzukühlen.*«

»*Und was machst du nachts? Geht doch nur mit Sonne, oder?*«

»*Daran arbeite ich noch. Ich habe mir zum Geburtstag eine Lithiumbatterie gewünscht. Damit kann ich die Sonnenenergie tagsüber speichern.*«

Devs angespannte Züge lockern sich und ein Grinsen schleicht sich auf sein Gesicht.

»*Du hast dir eine Lithiumbatterie zum Geburtstag gewünscht?*«, *fragt er und gluckst.*

»*Na und? Ist halt mein Hobby*«, *erwidere ich.* »*Andere wünschen sich ferngesteuerte Autos.*«

»*Niemand wünscht sich noch zu seinem fünfzehnten Geburtstag ein ferngesteuertes Auto.*«

Dev beginnt zu lachen und ich werde rot. Mein Dad musste auch lachen, als ich ihm von der Batterie erzählt habe. Na und? Dann bin ich halt ein

Nerd. Mich begeistert die Umwandlung von Licht in Strom und ich liebe es,
Kabel aneinanderzulöten und mit Klemmen zu verdrahten. Was ist schon
dabei? Andere sammeln Briefmarken.

»Machen sich deine Eltern eigentlich keine Sorgen?«, *frage ich harsch.*
Devins Lachen verstummt und seine Gesichtszüge werden härter.

»Die sind da locker. Außerdem werde ich in zwei Wochen sechzehn«,
antwortet er. Aber es klingt gelogen.

Worte brauchen ein Zuhause.

Wenn er reden will, wird er es tun. Aber nur, wenn er sich wohlfühlt. Also
darf ich ihn nicht drängen.

»Was hast du dir zum Geburtstag gewünscht?«, *frage ich.*

Er runzelt für einen Moment die Stirn. Dann lächelt er.

»Ein Handy.«

»Das hat auch eine Lithiumbatterie«, *antworte ich und seine Grübchen*
vertiefen sich.

Dann ist es wieder still. Devin spielt an der Haut seines Daumennagels.
Irgendetwas bedrückt ihn. Wie gern würde ich ihm helfen. Ich kenne das
Gefühl, wenn die Welt ein Arschloch ist. Aber wenn seine Worte hier kein
Zuhause finden, ist das okay.

»Ich hab meinen Eltern gesagt, dass ich heute bei einem Freund übernachte«, *sagt Dev und sieht mich an.* »Wäre es … also hättest du was dagegen,
wenn ich hierbleibe?« *Er wirkt erschöpft und müde.*

»Weiß nicht, ob meine Eltern das gut finden«, *antworte ich und hasse mich*
im selben Moment dafür. Dev ist der Einzige an der Schule, den ich wirklich
als Freund bezeichne. Und Freunde helfen sich. Was auch immer mit ihm
los ist, er ist nicht ohne Grund hierhergekommen. Mitten in der Nacht. Also
werde ich ihm ein Freund sein.

»Okay, wenn du morgen ganz zeitig wieder abhaust …«

Dev nickt erleichtert und setzt dann das gequälte Lächeln auf, mit dem er
mir schon den ganzen Abend versucht etwas vorzumachen. Ihm geht es nicht
gut. Das sehe ich. Das kann ich fühlen.

»Klar, bin vor dem Aufstehen weg«, *antwortet er.* »Danke, Matt. Ich
penne einfach hier auf dem Teppich. Du merkst gar nicht, dass ich da bin.«

»Warum willst du auf dem Boden schlafen?« *Ich runzle die Stirn. Macht*
man das so? Das ist doch sicher irre ungemütlich.

Er zuckt die Schultern.

»Dachte, dir ist das vielleicht lieber.«

»Ach quatsch«, sage ich. »Brauchst du was zum Schlafen?« Ich deute auf seine Klamotten und er nickt.

»Garfield oder Scooby-Doo?«

Dev grinst.

»Scooby-Doo ist cooler.«

»Warum?«, frage ich. »Hat er nicht vor allem Angst?«

»Ja, aber Garfield ist einfach nur eine übergewichtige Katze, die Montage hasst. Den Witz dahinter habe ich noch nie verstanden.«

Ich grinse und werfe ihm die Scooby-Doo-Shorts zu.

Er lächelt und zum ersten Mal an diesem Abend wirkt es echt.

Kapitel 7

Sommer 2010

(MATTHEW, 18 JAHRE ALT)

Mit einer hellblauen Cappy schaut Devin aus dem Fenster des Wohnmobils und drückt immer wieder die Hupe.

»Hör auf!«, rufe ich mit einem Grinsen, als ich meine Taschen und den kleinen Rollkoffer auf dem Gehweg abstelle. Dev greift sich an das Schild seiner Mütze und zieht es ein Stück nach unten, so als wäre ich eine Madame und wir hätten das Jahr 1950. Ich zeige ihm den Finger und er lacht. Dann öffnet er die Fahrertür und springt aus dem Wagen.

»Na, bereit für Elche und legales Kiffen?«

»Alter! Geht's noch lauter?«, frage ich. »Meine Eltern haben dich bestimmt noch nicht gehört.«

»Mach dich locker«, antwortet er. »Ich wette, dein Dad hat früher auch mal einen durchgezogen? Stimmt's, Fred?«

Ich werde rot, als mein Vater in der Einfahrt auftaucht. In seiner Hand balanciert er einen Stapel Tupperdosen. Meine Mom wollte sichergehen, dass wir unterwegs nicht verhungern, also hat sie für mindestens zwei Jahre vorgekocht.

»Was?«, fragt mein Dad.

»Ach nichts«, sagt Dev. »Wir haben nur gerade darüber geredet, wie viel Spaß wir in Kanada haben werden.« Er nimmt meinem Vater die Hälfte der Schachteln aus der Hand und trägt sie zum Camper.

»Ich freue mich für euch, Jungs.« Dad strahlt, als würde er gleich selbst in das Wohnmobil steigen. »Obwohl das alles ganz schön kurzfristig ist.«

»So eine Gelegenheit kommt nicht wieder«, antwortet Dev, während er die Seitentür zu unserem rollbaren Zuhause öffnet.

Dads Lächeln verschwindet und er bekommt einen rührseligen Blick.

»Ach, wie gern wäre ich noch mal jung. So ohne Verpflichtungen. Einfach mit einem Wohnmobil los.«

Ich klopfe ihm auf die Schulter.

»Ich glaub, du würdest es keine Woche aushalten. Ohne Dusche und Flachbildfernseher.«

Er seufzt und zuckt mit den Schultern.

»Wahrscheinlich hast du recht.«

Dev lehnt sich aus der Tür des Campers.

»Hey, das Ding hier hat 'ne Dusche. Und wer schaut denn noch Fernsehen? Gibt doch Netflix.«

Ich bin erleichtert. Eine Dusche ist mehr Luxus, als ich erwartet hatte. Klar hätte ich mich auch auf einem Campingplatz gewaschen. Aber Devin will vorwiegend an Seen und in Provincial Parks halten. Dort gibt es kein Leitungswasser und keinen Strom. Beim Gedanken an einen eiskalten Bergsee ziehe ich auf jeden Fall die Dusche vor.

Dev schnappt sich meine Taschen und wirft sie ins Gepäckfach, das sich an der Seite des Campers neben der Tür befindet. Dann nimmt er meinem Dad die restlichen Tupperdosen ab.

»Matt, mach es dir schon mal auf dem Beifahrersitz gemütlich.«

»Hey, wir müssen uns doch noch von Kathy und meiner Mom verabschieden«, protestiere ich.

»Stimmt. Dann aber schnell. Ich will es heute noch bis Vancouver schaffen.«

»Vancouver? Da sind wir ja erst mitten in der Nacht da«, sage ich und mustere Dev mit gerunzelter Stirn. Er lächelt zwar, aber seine Augen wirken ruhelos. Warum hat er es so eilig? Erst der überhastete Aufbruch und dann will er auch noch in der ersten Nacht eine Strecke von fünfhundert Kilometern zurücklegen. Man könnte meinen, er wäre auf der Flucht. Ich schließe für einen Moment die Augen und bete dafür, dass es anders ist. Dass es nichts zu bedeuten hatte, dass er gestern wie Darkwin Duck gekleidet durch mein Fenster geklettert kam. Völlig durch den Wind. Nur um mir zu sagen, dass er wegmuss. Ich bete, dass das hier nicht mehr ist als ein Roadtrip. Zwei Freunde, die vor dem Studium noch mal etwas erleben wollen.

»Hey, runzle nicht so die Stirn. Macht Falten.« Dev schnipst gegen den Schirm meiner Baseballkappe und grinst.

»Ich hab schon einen Campingplatz nach der Grenze rausgesucht. Du kannst pennen, während ich fahre.«

Ich nicke und wir gehen zusammen ins Haus.

»Kathy. Mom. Time to say goodbye«, rufe ich. Beide kommen aus der Küche. Mom hält mir ein in Silberfolie gewickeltes Päckchen entgegen.

»Hier, für unterwegs.«

»Mom, in Kanada haben sie auch Essen.« Ich verdrehe die Augen. Dann gebe ich meiner Mutter einen Kuss auf die Wange.

»Ich weiß, mein Schatz. Ist nur eine Kleinigkeit.«

»Tracy, was würden wir nur ohne dich machen?«, sagt Dev und zieht meine Mutter in eine feste Umarmung. Er überragt sie um einen halben Kopf und ich muss bei dem Bild, das die beiden abgeben, schmunzeln.

»Vergesst nicht den stündlichen Bericht. Mit Bildern«, drängt sich meine kleine Schwester zwischen uns. Kathy umarmt mich und ich drücke sie mit meiner freien Hand ganz fest an mich. Dann knuddelt sie Dev und er drückt ihr einen Kuss in die Haare.

»Stündlicher Bericht mit Bildern. Geht klar.« Devin salutiert und ich folge ihm nach draußen.

»Pass auf dich auf, Matthew.« Mein Vater drückt mich und klopft mir dann auf die Schulter. »Und Dev: Fahr vorsichtig!«

Ich steige auf der Beifahrerseite ein und Devin nimmt hinter dem Lenkrad Platz.

Dann rollen wir los. Meine Familie winkt uns vom Bordstein aus zu und Dev hupt ein paarmal zum Abschied.

Kapitel 8

Sommer 2010

(MATTHEW, 18 JAHRE ALT)

Ein heftiger Ruck lässt mich aus meiner orthopädisch bedenklichen Position hochfahren. Der stechende Schmerz, der mir durch den Nacken fährt, als ich meinen Kopf hebe, lässt mich kurz aufstöhnen. Das Klappern des Geschirrs und das Scheppern der Herdabdeckung haben aufgehört, mein Trommelfell zu massakrieren. Also nehme ich an, dass wir stehen. Als ich aus dem Fenster schaue, sehe ich das Logo einer Tankstelle. Ein Ahornblatt. *Canadian Petrol.* Anscheinend sind wir schon hinter der Grenze.

»Hey, Schlafmütze.« Devin reibt sich mit Zeigefinger und Daumen über die Augen. Er wirkt nicht mehr so gehetzt wie heute Nachmittag, aber dafür müde und kaputt.

»Soll ich weiterfahren?«, frage ich.

»Nicht nötig. Der Stellplatz ist gleich um die Ecke. Wollte nur schnell noch tanken.«

Ich bin erleichtert. Denn obwohl ich die Hälfte der Fahrt geschlafen habe, bin ich total im Eimer. Mein Hintern tut weh und der Geräuschpegel der Karre zerrt an meinen Nerven. Als hätte jemand Murmeln und Kleinteile in eine Aludose geworfen und würde sie pausenlos schütteln.

Nachdem Devin getankt hat, fahren wir noch ein kleines Stück auf der Hauptstraße, bevor wir in einen Wald abbiegen. In den Nischen zwischen den Bäumen stehen Campingtische und Feuerschalen. Im Dunkeln erkenne ich einige Wohnwagen und Zelte. Dev lenkt den Camper auf einen freien Platz in der Nähe eines Toilettenhäuschens.

»So, erste Station erreicht.« Er stellt den Motor ab. Dann streckt er sich, bis es in seinem Rücken knackt.

»Hast du Hunger?«, frage ich.

»Klar. Hoffentlich hat Tracy Sandwiches mit Hühnchensalat einge-packt. Ich liebe die Dinger.«

»Ich bin mir sicher, dass Mom ihrem Devi Hühnchensalat-Sandwiches gemacht hat. Bestimmt ohne Rand. Genau, wie es ihr kleiner Liebling mag«, ziehe ich ihn auf.

»Schlabber zu! Du bist doch nur eifersüchtig, dass mich deine Mom mehr mag als dich.«

Dev zieht sein Handy aus der Tasche und legt die Füße auf den Bei-fahrersitz, auf dem ich gerade noch saß. Während er darauf herumtippt, gehe ich nach hinten und öffne den Kühlschrank. Er ist bis oben gefüllt mit Plastikdosen und Flaschen. Das in Alufolie gewickelte Paket liegt ganz vorn. Ich nehme es heraus und zupfe an einer Ecke, um zu sehen, was sich darin befindet.

Hühnchensalat-Sandwiches ohne Rand. Wusste ich es doch. Ich grinse, schnappe mir noch zwei Fantas aus der Seitentür und stelle alles auf den kleinen Tisch mit den gepolsterten Sitzbänken.

»Schatz, Essen ist fertig«, rufe ich mit hoher Stimme.

»Ha, ha.« Devin kommt nach hinten und lässt sich auf eine der Sitz-bänke fallen.

Während wir essen, sagt keiner ein Wort. Es ist spät und wir sind beide durch. Als wir mit dem Essen fertig sind, hole ich eine Mülltüte aus meinem Rucksack und werfe die Alufolie hinein.

»Müssen wir eigentlich noch einkaufen oder hast du schon alles dabei, was wir in den nächsten Wochen brauchen?« Dev deutet auf die Tüte in meiner Hand.

»Na und? Ich bin eben gern vorbereitet.« Ich zucke mit den Schultern.

»Was hast du für vier Wochen Camping dabei? Eine Shorts und eine Zahnbürste?«

»Ach verdammt …« Dev schlägt sich mich der flachen Hand gegen die Stirn. »… die Zahnbürste. Ich wusste, da war was.« Er zwinkert. »Aber du hast sicher zwei mit, oder?«

Ich weiß, dass er mich aufziehen will, aber die Wahrheit ist: Ich habe wirklich zwei Zahnbürsten eingepackt. Nur für den Fall, dass ich unterwegs eine liegen lasse. Anscheinend verrät mich mein Gesichtsausdruck, denn Dev beginnt zu lachen und ich kann mir mein Grinsen auch nicht verkneifen.

»Du bist ein Arsch«, sage ich und zeige ihm den Finger.

»Ich lieb dich auch, Matt.«

»Hast du jetzt eine?«, frage ich und Dev nickt.

Ich krame in meinem Koffer und hole ein Schlafshirt und Shorts heraus. Dann ziehe ich mich bis auf die Unterwäsche aus. Dev wühlt derweilen in seiner Tasche. Ich schnappe die Shorts und gehe in die kleine Toiletten-Duschkabine neben dem Bett, um zu pinkeln und mich fertig umzuziehen. Der Raum ist kaum größer als die Spinde in unserer Schule. Die Plastikdusche ist aus einem Guss und die Brause ist fest in der Wand verankert. Mit den Knien stoße ich an das Klo, das auf einer Art Podest steht. Als ich meine Shorts anziehe, sticht mir die Toilettenpapierhalterung in den Hintern. Sicher kein Ort für lange Wellness-Duschen, aber besser als nichts.

Als mich die Kabine wieder ausspuckt, liegt Dev schon im Bett. Die Matratze ist schmaler als meine zu Hause, aber völlig ausreichend für uns zwei. Ich knipse das Licht aus und krabble hinein. Wir stoßen mit den Füßen zusammen. Dann beginnt das übliche Rangeln um die Decke. Wir ziehen lachend an den Ecken. Aber es dauert nicht lange, bis wir eine bequeme Position gefunden haben.

»Schlaf schön, Matt«, sagt Dev in die Dunkelheit.

»Du auch«, antworte ich.

Als ich schon denke, er wäre eingeschlafen, höre ich ihn flüstern: »Danke, dass du mitgekommen bist.«

Kapitel 9

Sommer 2010

(Matthew, 18 Jahre alt)

Ich werde wach, als die Matratze neben meinem Bein einsinkt. Dann bohrt sich ein Knie in meinen Oberschenkel.

»Alter! Pass auf.«

»Sorry. Muss ganz dringend pissen«, antwortet Dev. Er krabbelt über mich hinweg und verschwindet im Duschklo. Als er wieder rauskommt, sind seine Haare noch verstrubbelter als vorher. Keine Ahnung, warum ihm dieser Out-of-Bed-Look so gut steht. Als ich dasselbe mit meinen Haaren versucht habe, wollte mir meine Mom eine Entschuldigung für die Schule schreiben und Kathy hat sich vor Lachen nicht mehr eingekriegt. Aber bei Dev ist das anders. Umso wilder die Strähnen auf seinem Kopf, desto mehr Mädchen laufen ihm hinterher. Oder eben Kerle. Meistens beides.

»Kaffee?«, fragt er und kramt in einem der Schränke.

»Klar«, antworte ich, bevor ich mich selbst in die Fänge der engen Plastikhölle begebe, um zu pinkeln. Dann putze ich an dem Miniaturwaschbecken mit dem kleinen Spiegel darüber meine Zähne. Als ich fertig bin, sitzt Dev schon mit einem Kaffee auf der Sitzbank und tippt auf seinem Handy herum. Auf dem Tisch steht eine dampfende Tasse für mich bereit. Zwei Stück Zucker, keine Milch. Herrlich.

»Wo fahren wir heute hin?« Ich schnappe mir die Tasse und setze mich auf die gegenüberliegende Seite.

»Skaha Lake. Circa vier Stunden von hier.«

Beim ersten Schluck des bitteren Instantkaffees verziehe ich das Gesicht.

»Ist das Gas noch voll?«, frage ich.

Dev runzelt die Stirn.

»Ähm ... weiß nicht.«

»Dann schau nach!«

»Wo sehe ich das denn?«, fragt er.

»Hat dir das dein Onkel nicht gezeigt?«

Dev verändert seine Sitzposition und legt das Handy weg. Dann fährt er sich mit den Fingern durch die zerstrubbelten Haare. Warum sieht er danach noch besser aus als vorher?

»Nein. Wir ... hatten nicht so viel Zeit bei der Übergabe.«

»Na toll. Weißt du wenigstens, wo der Monitor ist?«

Er sieht mich entschuldigend an und zuckt mit den Schultern.

Ich stehe auf und laufe durch das Wohnmobil. Neben der Seitentür finde ich ein kleines Display mit mehreren Kontrolllampen.

»Hier!«, rufe ich und bin erleichtert. Ich drücke den Knopf und die Lampen leuchten auf.

»Wir haben kein Gas mehr. Wasser ist auch keins im Tank. Gibt es an dem See welches?«

Dev schmunzelt. Dann zieht er die Augenbrauen hoch und sieht mich mit großen Augen an.

»Es ist ein See, Matt. Klar gibt's da Wasser.«

Langsam bin ich genervt. Stellt er sich nur an oder hat er wirklich keine Ahnung?

»Ich meine einen Wasseranschluss. Wir brauchen Wasser zum Duschen, zum Abwaschen, zum Kochen.«

»Ach so. Nein. An dem See gibt es nur Stellplätze.«

»Hat das Ding wenigstens eine Standheizung? Ich will mir nachts nicht den Arsch abfrieren, wenn wir in die Berge fahren.«

Dev steht auf und stellt seine Tasse mit einem lauten Scheppern in die Spüle.

»Ich weiß es nicht, okay?«

Er schnappt seine Packung Zigaretten und verschwindet durch die Seitentür des Campers. Nach ein paar Minuten kommt er zurück. Dev wirkt gelöster und ihn umgibt sein typischer Duft nach Rauch. Bei jedem anderen würde mich das stören, aber bei ihm erzeugt der Geruch Bilder in meinem Kopf von Tagen am See. Von Nächten, in denen wir uns nach dem Zocken auf mein Vordach gesetzt haben, um runterzukommen. Vom gemeinsamen Starren in den Himmel. Wir sind keine Typen, die ständig reden müssen. Wir können genauso gut zusammen schweigen, ohne dass es komisch wird. Und das mag ich so an Dev. Wir müssen nichts sagen, um uns zu verstehen. Wir sind das Dream-Team. Auch wenn wir gegensätzlicher kaum sein könnten. Auf der Beliebtheitsskala liegen Welten zwischen uns. Wir haben völlig unterschiedliche Interessen und trotzdem ist da diese starke Verbindung. Es ist … na ja, beinahe so wie bei mir und meiner Schwester. Ich weiß, was in Dev vorgeht, ohne dass er es sagt.

Deshalb weiß ich auch, dass er sich gerade mies fühlt. Keiner von uns will den Trip mit einem Streit beginnen. Schon gar nicht wegen irgendwelcher Gashähne und Wassertanks. Das ist es nicht wert. Also lächle ich Dev an und er fährt sich ein weiteres Mal mit den Fingern durch die Haare.

»Es gab keine Einweisung und ich habe keinen Dunst, wo die ganzen Anschlüsse sind und das Zeugs, von dem du redest.«

Ich blinzle und nicke dann.

»Finden wir schon raus.«

Ein wenig wundert es mich, dass er nichts über das Wohnmobil weiß. Er hat mir so oft von den Sommern am See erzählt. Von den Wochenendausflügen und wie er mit seinen Brüdern in dem schmalen Bett im Camper geschlafen hat und sie sich gegenseitig bis zum Morgengrauen Geschichten erzählt haben. Hat er denn nie dabei geholfen, den Wassertank zu leeren oder Propangas aufzufüllen?

Kapitel 10

Herbst 2006

(Matthew, 15 Jahre alt)

Klack, klack ... klack, klack, klack.
Ich springe aus dem Bett und laufe zum Fenster. Der neue marine-blaue Schlafanzug kratzt ein wenig am Hintern, aber wenn Mom ihn erst ein paarmal gewaschen hat, hört das sicher auf.

Ich öffne mein Fenster und bin erleichtert, dass es Devin ist. Klar, wer sollte es sonst sein? Zombies? Das wäre verrückt, wenn auch nicht ganz unwahrscheinlich.

»Hi, mach mal Platz«, sagt Dev, während er sich durch mein Fenster nach drinnen manövriert.

»Hey, was machst du hier?«, frage ich.

»War in der Nähe.«

»Ernsthaft? Mann, deine Eltern nehmen das echt locker.«

»Ich bin sechzehn. Was sollen sie da schon sagen?«

»Also meine würden durchdrehen.«

»Du bist ja auch noch ein Baby«, antwortet er und schmeißt sich auf mein Bett.

»Gar nicht wahr.«

Ich werde in einer Woche fünfzehn. So viel jünger bin ich also nicht. Trotzdem würde meine Mom einen Anfall bekommen und die Polizei rufen, wenn ich mich so spät noch rumtreibe. Dass wir trotz des Altersunterschiedes in dieselbe Klasse gehen, hat mit Devs Umzug zu tun. Er wurde ein Jahr zurückgestuft, weil er mitten im Halbjahr kam. Damit ist er der Größte in meiner Klasse und hat auch schon ein wenig Bart über seiner Oberlippe. Bei *mir wächst noch kein einziges Haar. Weder im Gesicht noch woanders. Im Sportunterricht drehe ich mich beim Umziehen immer zur Wand. Mom hat gesagt, dass das bei jedem unterschiedlich schnell geht, aber das muss sie nicht mir erklären, sondern meinen Mitschülern. Denn sie lachen und nennen mich Nacktmull. Außer wenn Dev dabei ist. Dann lassen sie mich in Ruhe. Dev hat deutlich mehr Muskeln als ich. Zugegeben, das ist nicht schwer, denn ich habe so gut wie gar keine. Sport ist eben nicht mein Ding. Devin hingegen ist seit Kurzem in der Lacrosse-Mannschaft.*

»Wir haben uns heute nach der Schule gar nicht mehr gesehen. Ich hab eine Zwei minus in der Chemie-Klausur«, verkündet er mit einem breiten Grinsen und in mir breitet sich ein warmes Gefühl aus. Ich bin stolz auf ihn und auch ein wenig auf mich selbst. Das gemeinsame Üben hat tatsächlich etwas gebracht.

»Hey, cool. Dann stehst du jetzt nicht mehr auf Kippe, oder?«

»Nein. Glatte Vier.« Dev wackelt mit den Augenbrauen.

»Nächstes Jahr wird es bestimmt eine Drei.«

Ich bin optimistisch, aber Dev zuckt nur mit den Schultern.

»Das müssen wir feiern«, sage ich und krame zwei Pop-Tarts aus dem Schrank.

Ich betrachte aus dem Augenwinkel, wie Dev das Törtchen verputzt, bevor ich mich räuspere.

»Hey, gehen wir am Wochenende zum Spiel?«, frage ich.

Am Samstag ist Football-Saisonauftakt. In den vergangenen Jahren bin ich diesem Event immer ferngeblieben, denn ehrlich gesagt interessiere ich mich nicht die Bohne für Football. Teenager, die sich auf einer Wiese umschubsen – das ist irgendwie bescheuert. Außerdem hatte ich nie jemanden, mit dem ich hätte hingehen können. Kathy trifft sich mit ihren Freundinnen und auch wenn mich die halbe Schule eh schon als Nerd abstempelt – mit meiner Schwester und einem Haufen Mädchen zum Football zu gehen, wäre mein sozialer Untergang.

Mit Dev hingegen wäre es Spaß. Mit ihm fühle ich mich cool und irgendwie besonders. Eigentlich macht alles mit ihm Spaß. Ich genieße die Zeit, wenn wir lernen oder versuchen, mit einer selbst gebauten Angel Fische zu fangen. Eigentlich ist es nur ein Stock mit einem Strick und einem Stein daran. Uns beiden ist klar, dass wir damit nie etwas fangen werden. Trotzdem sitzen wir nach der Schule stundenlang am Fluss und hoffen, dass irgend-

wann mal einer beißt. Ich habe das Gefühl, dass mich Dev wirklich mag.
Und dieses Gefühl ist super. Wahrscheinlich bin ich nicht sein bester Freund
– das ist Malik –, aber die Tatsache, dass er jetzt hier ist und nicht bei ihm,
zeigt mir, dass ich mehr bin als irgendein Typ, der ihm Nachhilfe gibt. Wegen
des Spiels habe ich ihn nur noch nicht gefragt, weil er wahrscheinlich eh mit
den anderen hingehen wird.

»Sorry, ich ... wir haben Familientreffen«, antwortet er. Dann knetet er
seine Hände und ich wundere mich, warum er plötzlich so nervös wirkt.

»Ist doch super. Am See? Räuchert dein Onkel wieder?«

Devins Haltung verspannt sich und sein Blick weicht meinem aus.

»Sicher ... ähm ... Wird bestimmt gut.«

Er hat mir schon tausendmal von den legendären Treffen seiner Familie
erzählt. Alle kommen zusammen. Meistens geht er mit seinem Dad angeln
oder er fährt mit seinen Brüdern mit einem Boot auf dem See, an dem sein
Onkel eine kleine Holzhütte hat. Abends werden Marshmallows über dem
Feuer gegrillt und sein Dad spielt Gitarre. Ich war immer ein wenig neidisch
auf diese Wochenenden. Wir fahren so gut wie nie weg, da meine Mom als
Krankenschwester an Samstagen arbeiten muss.

In meiner Familie hat auch niemand einen Camper oder eine Hütte.

Aber irgendwie werde ich das Gefühl nicht los, dass Dev sich diesmal
nicht auf das Wochenende freut. Er benimmt sich komisch und ich habe ein
eigenartiges Ziehen in der Brust. Ich reibe über die Stelle, aber es will nicht
verschwinden. Komisch.

»Kann ich heute wieder hier pennen?«

Ich schlucke bei Devins Frage und sehe aus dem Fenster, hinter dem es
stockdunkel ist. Mom und Dad haben beim letzten Mal nichts gemerkt. Aber
ich habe ihnen am nächsten Tag davon erzählt. Sie schienen im Grunde kein
Problem damit zu haben, dass Dev hier übernachtet. Kathy hat ihnen ver-
sichert, dass Dev in Ordnung ist und sie waren froh darüber, dass ich einen
Freund in meiner Klasse habe. Bedingung war aber, sie beim nächsten Mal
vorher zu fragen. Verdammt. Es ist zu spät, um ihre Erlaubnis einzuholen.

Aber ich bin so aufgeregt. Das zweite Mal, dass Dev hier schläft. Es fühlt
sich unglaublich wichtig an. Ich fühle mich unglaublich wichtig.

»Ich weiß nicht ... Okay. Aber nächste Woche musst du mal bei uns essen.«

Dev lächelt.

»Geht klar.«

Ich gehe zum Schrank und werfe ihm einen Schlafanzug zu.

»Wo ist Scooby-Do?«, fragt er und hält das grasgrüne Oberteil mit spitzen Fingern in die Luft.

Meine Wangen fangen Feuer. Mom musste meine alten Schlafanzüge nach Devs letztem Besuch alle wegwerfen und neue besorgen. Aus dem Bob-der-Baumeister-Alter bin ich raus. Egal, wie bequem es war.

»Kein Scooby-Doo«, antworte ich und Dev schiebt die Unterlippe vor.

Nachdem er sich umgezogen hat, kriechen wir beide unter die Decke. Ich schalte das Licht aus und es ist eine ganz Weile nur das Brummen der Steckdosenleiste zu hören. Plötzlich raschelt es neben mir und dann gleich noch einmal. Dev wälzt sich hin und her und scheint keine Ruhe zu finden.

»Schläfst du schon?«, durchbricht er die Stille.

»Nein«, flüstere ich.

»Kann ich dich was fragen?« Devs Stimme klingt rau und ernst.

»Klar«, antworte ich.

Es raschelt erneut und obwohl es stockdunkel im Zimmer ist, weiß ich, dass Dev sich auf die Seite gedreht hat und mich ansieht.

»Glück oder Moral?«

Ich runzle die Stirn.

»Wie meinst du das?«

»Na ja, nehmen wir an, Lex Luthor hätte Lois Lane in seiner Gewalt.«

Ich lache. Ein wenig erleichtert, weil ich mit allem gerechnet habe, aber nicht damit, dass er mit der Frage auf Comic-Kram abzielt.

»Okay«, antworte ich und schmunzle in die Dunkelheit.

»Also sie sitzt auf einer Bombe, die in wenigen Sekunden explodiert. Gleichzeitig feuert Lex eine Rakete auf Metropolis ab. Nehmen wir an, Superman muss sich entscheiden. Entweder er rettet Lois, bekommt mit ihr Kinder und sie leben glücklich bla bla bla ... oder aber er rettet Metropolis und verliert dabei Lois.«

Ich runzle meine Stirn.

»Warum macht Lex das? Ist er nicht selbst in Lois verknallt? Das ergibt keinen Sinn.«

»Ist doch egal.« Devs Stimme klingt angespannt.

»Der Punkt ist: Wenn er Lois rettet, sterben Tausende Menschen. Aber wenn er das Richtige tut und Metropolis rettet, wäre seine Zukunft futsch.«

Ich denke darüber nach und höre Dev atmen.

»Warum rettet er nicht erst Metropolis und entschärft dann die Bombe mit seinem Laserblick?«, frage ich. »Ich meine, der Typ ist so schnell wie das Licht.«

Devin stöhnt entnervt.

»This or That, Matt. Kein Vielleicht. Entweder er denkt an sich und alle hassen ihn, oder er macht das, was man von ihm erwartet.«

Wieder ist es einen Moment still.

»Ich glaube, er würde beides hinbekommen«, sage ich. »Das ist doch immer so. Sonst wäre er nicht Superman, oder?«

Devin seufzt.

»Kann sein«, antwortet er knapp.

Dann ist es wieder still. Nur das Brummen der Steckdose, das sich auf einmal wahnsinnig laut anhört.

Plötzlich raschelt es erneut.

»Vielleicht ist er ja gar nicht so super«, höre ich ihn flüstern.

Ich runzle die Stirn.

»Wie meinst du das?«

»Vielleicht tut er nur so. Was, wenn er in Wirklichkeit nur ein einfacher Typ ist?«

»Devin, Supermann kann durch Wände sehen. Der ist super.«

Ich lache, aber Dev bleibt still. Dieses doofe Ziehen in meiner Brust will nicht verschwinden und ich reibe ein paar Mal über die Stelle.

Dev stellt keine Fragen mehr und ich bekomme den Eindruck, dass meine Antwort nicht die war, die er sich erhofft hatte.

Kapitel 11

Sommer 2010

(MATTHEW, 18 JAHRE ALT)

Die letzten Strahlen der Abendsonne fallen durch die Nadelbäume neben unserem Stellplatz direkt am See. Die Lichtpunkte tanzen auf dem Holztisch und auf meiner Haut. Wie eine kleine Lasershow der Natur.

Devin kommt mit zwei Dosen Bier aus dem Camper und reicht mir eine davon, bevor er seine mit einem *klack* öffnet.

»Machst du das Feuer an?«, fragt er. »Ich sammle Holz.« Er nimmt einem kräftigen Schluck und stellt sein Bier auf den Tisch. Dann schnappt er sich das Beil und verschwindet zwischen den Bäumen.

Nach einer Woche im Wald haben wir eine gewisse Routine entwickelt. Die Abläufe haben sich eingespielt. Jeder kennt seine Aufgaben und weiß, in welchem Schrank die Teller und Tassen verstaut sind und wie die Standheizung funktioniert.

Gott sei Dank haben wir eine Standheizung. Denn obwohl hier tagsüber zwanzig Grad sind, wird es nachts noch ziemlich kalt.

Die ersten Tage waren chaotisch. Wir mussten herausfinden, wo man am Camper das Gas nachfüllt und dann noch, wo man überhaupt Gas zum Nachfüllen herbekommt. Als in der zweiten Nacht das Licht ausging, haben wir auch festgestellt, dass es keinen Generator gibt. Außerdem weiß ich mittlerweile, dass die Dusche ganze dreieinhalb Minuten lang warm bleibt, bevor sie erst lauwarm wird und man danach Kälteverbrennungen erleidet.

Aber obwohl es anfänglich etwas unrund lief, habe ich es bisher noch keine Sekunde bereut, mitgekommen zu sein. Die Natur ist irre schön.

Obwohl wir immer was zu tun haben, ist mein Kopf leer. Es ist entspannend. Erst jetzt merke ich, wie aufregend die letzten Wochen wirklich waren. Schulabschluss, Unibewerbung, Zukunft. Hier sind wir ganz weit weg von all dem und das ist super. Es gibt nur Dev und mich und ein paar Eichhörnchen. Tagsüber hängen wir am See ab oder gehen wandern. Wir haben schon zwei Bären gesehen. Nur von Weitem, aber es war trotzdem cool. Abends sitzen wir am Feuer. Sterne gibt es kaum, weil die Sonne hier erst kurz vor Mitternacht untergeht. Wir wickeln uns in Decken und starren in die Flammen. Es ist einfach herrlich.

Ich schnappe mir ein paar Stücke der Birkenrinde, die überall um den Stellplatz verstreut liegt. Kleine Stöckchen haben wir noch von gestern da und Dev zerrt riesige, trockene Stämme heran, die er mit dem Beil klein macht.

Als das Feuer brennt, schmeiße ich Kartoffeln umwickelt mit Alufolie in die Glut. Aus dem Camper hole ich Würstchen und lege sie auf den Rost am Rand der Feuerschale.

Devin setzt sich neben mich und wir schauen den Würstchen eine Weile beim Brutzeln zu. Als mein Handy plötzlich piept, zucke ich zusammen. Nicht, weil ich auf irgendetwas Schlimmes warte, sondern weil wir schon seit ein paar Tagen kein Netz hatten und ich von dem Geräusch völlig überrascht werde. Es piept noch drei weitere Male.

»Judy?«, fragt Devin.

»Nein, Kathy.«

Sofort entspannt sich seine Miene und er schielt auf mein Display.

»Was schreibt sie?«

»Sie droht mir mit den Mounties, wenn ich mich nicht bald melde und ihr Fotos schicke.«

Ich halte meine Kamera in Devins Richtung. Er macht ein dummes Gesicht und ich schieße ein Foto, das ich ihr schicke.

Ein paar Sekunden später piept mein Handy erneut.

Kathy:
BIER??? LASS DAS BLOSS NICHT MOM UND DAD SEHEN. ;)

»Mist!«

»Was?«, fragt Dev.

»Sie hat die Dose in deiner Hand gesehen.«

»Na und, ist in Kanada legal.« Dev runzelt die Stirn, so als wäre es total bescheuert.

»Nur weil es legal ist, muss nicht jeder mitbekommen, dass wir trinken«, antworte ich.

»Jeder?«, lacht Dev. »Das ist Kathy, Mann. Matt, du musst dich unbedingt locker machen.«

»Ich bin locker«, protestiere ich.

»Soll ich Kathy ein Foto von dem Joint schicken, den ich gestern gekauft habe?«

»Bist du verrückt? Das war total bescheuert.« Allein beim Gedanken daran bekomme ich Herzrasen. Ich weiß, dass man in Kanada legal kiffen darf, aber ich fühle mich trotzdem unwohl, dass wir Gras im Camper durch die Gegend fahren.

»Totaaal locker«, sagt Dev mit einem Zwinkern. »Am liebsten würdest du dich doch selbst anzeigen, oder?«

Ich schnaube entrüstet, muss aber trotzdem grinsen. Irgendwie hat Dev ja recht. So richtig locker bin ich nicht. Werde ich wahrscheinlich nie sein. Manchmal wäre ich gern so wie er. Devin scheint vor nichts Angst zu haben. Wer fährt von heute auf morgen mit einem Camper nach Kanada, ohne zu wissen, ob der Tank voll ist? Ohne eine Route zu planen. Aber Dev kümmert es nicht, wenn etwas schiefgeht. Er nimmt die Dinge so, wie sie kommen. Er hatte nicht mal Wanderschuhe eingepackt. Wir mussten hier welche besorgen, genau wie eine Windjacke und Wanderhosen.

Ich hatte in meinem Rollkoffer neben den wichtigsten Medikamenten auch ein Taschenmesser und Mückenspray. Selbst an Glöckchen habe ich gedacht, weil Bären angeblich Angst davor haben. Das habe ich in der Nacht vor unserer Abfahrt recherchiert.

Aber das ist eben der Unterschied zwischen Dev und mir und ich kann nicht sagen, ob wir uns deshalb oder trotzdem so gut verstehen.

»Willst du wissen, was ich gekauft habe, während du in dieser Crackhöhle warst?«, frage ich.

Dev beginnt laut zu lachen.

»Crackhöhle? Das war ein staatlich autorisierter Laden für Cannabis.«

»Rede es dir nur schön«, antworte ich und schmunzle. Dann ziehe ich eine Tüte Marshmallows unter der Bank hervor und wackle mit den Augenbrauen.

»Hammer. Haben wir Stöcke? Ich hole welche. Warte!«

Es ist herrlich, wie aufgeregt er auf einmal ist. Klar wollte ich ihm eine Freude machen, aber ich hatte nicht damit gerechnet, dass er so auf die Dinger abfährt.

Nach zwei Minuten kommt er mit langen Stöcken aus dem Wald. Er spitzt sie mit dem Taschenmesser an. Dann stecke ich auf beide einen weichen Zuckerball und halte meinen ans Feuer. Dev macht dasselbe. Aber er hält ihn viel zu dicht an die Flammen, sodass er anfängt zu brennen.

»Mist! Kann ich noch einen?«

Ich gebe ihm ein weiteres Marshmallow, aber auch dieser brennt nach kurzer Zeit.

»Du musst ihn neben das Feuer halten. Am besten über die Glut.«

»Ich weiß«, sagt er. »Hab nicht aufgepasst.«

Beim nächsten Mal macht er es richtig. Er beobachtet mich und dreht den Stock genauso, wie ich es tue. Als der Zucker am Rand braun ist, ziehe ich meinen Stock aus der Feuerschale und beiße ein Stück des Marshmallows ab. Dev macht dasselbe. Dann verzieht er das Gesicht.

»Boah, ist das süß.«

Ich lache.

»Klar. Purer Zucker.«

Er sieht mich an und sein Mund verzieht sich angewidert. Ich sehe auf die Packung, weil ich nicht verstehe, warum er sie nicht mag. Ganz normale Marshmallows.

»Ich dachte, du stehst auf die Dinger?«

»Tu ich auch. Aber ... sie passen nicht zum Bier. Sorry.«

Ja, das stimmt. Die Mischung aus herb und süß ist gewöhnungsbedürftig. Ein Ziehen in meiner Brust lässt mich zusammenzucken. Als ich über die Stelle reibe, verschwindet es.

Kapitel 12

Sommer 2010

(Matthew, 18 Jahre alt)

Eigentlich sind es nur neunzehn Grad im Schatten. Aber nach fast zwei Wochen Kanada bekommt man das Gefühl, in der Sonne zu zerfließen. Gut, dass wir gestern noch bis zum See hochgefahren sind.

Als ich mit meinem Handtuch und einer Badehose bekleidet aus dem Camper komme, steht Dev schon bis zur Taille im Wasser.

»Und, wie kalt ist es?«, frage ich.

Ich lasse einen kleinen Spalt zwischen Daumen und Zeigefinger und blinzle mit einem Auge hindurch.

Dev sieht an sich hinunter.

»Nicht die Größe ist entscheidend, sondern wie man damit umgeht«, antwortet er und zwinkert mir zu.

»Dir ist schon klar, dass das nur Leute sagen, die einen kleinen Schwanz haben.« Ich lache.

Devin taucht im See unter. Als er wieder hochkommt, ist er plötzlich viel näher am Ufer … und rennt los.

»Jetzt zeig ich dir, wie kalt es ist«, sagt er.

Leider habe ich seinen Plan zu spät durchschaut. In wenigen Sätzen ist er bei mir.

»Hau ab!«, rufe ich und werfe ihm mein Handtuch entgegen. Ich versuche zu entkommen. Aber dass ich ihn in einem Laufduell schlage, ist genauso wahrscheinlich wie Weltfrieden. Er ist Captain der Lacrosse-Mannschaft und ich … bin eben nur ich. Keine drei Sekunden später hat er mich eingeholt und schlingt seine Arme um meinen Körper. Als ich versuche, mich aus der kalten Umklammerung zu befreien, verheddern sich unsere Füße. Wir stolpern und ich lande seitlich auf dem Hintern. Dev fängt sich mit einem Arm neben mir ab. Unser Sturz scheint ihn aber nicht von seinem ursprünglichen Vorhaben abzubringen. Er rollt sich nach oben und drückt mich mit seinem eiskalten Körper zu Boden. Die nasse Badehose klatscht gegen meine Beine. Wir lachen, während ich versuche, mich unter ihm hervorzuwinden. Dev schüttelt seine Haare, sodass mir die eisigen Tropfen entgegenfliegen.

»Boah, Alter!«, schreie ich.

Wir rangeln, doch ich male mir keine großen Chancen aus. Dev ist zwar kein Schwergewicht, aber aufgrund seines vielen Sports ist er ziemlich durchtrainiert. An seinem Körper ist kein Gramm Fett. Mit den Händen drückt er mich spielend leicht auf die Wiese. Wenigstens seine Haut ist mittlerweile wieder warm. Die Stellen, an denen wir uns berühren, fühlen sich fast schon heiß an. Wir sind beide außer Puste und atmen schwer. Sein Brustkorb drückt bei jedem Atemzug gegen meinen. Er hält meine Hände über meinem Kopf auf die Wiese gepinnt.

Als ich meine Niederlage gerade eingestehen will, bemerke ich etwas in seinem Blick, das ich vorher noch nie bei ihm gesehen habe. Jedenfalls noch nie, wenn er mich angesehen hat. So guckt er, wenn er ein wichtiges Spiel vor sich hat oder wenn ich Pop-Tarts aus meinem Schrank hole. Warum sieht er mich an, als wäre ich ein leckeres Törtchen?

Sekunden verstreichen, ohne dass jemand von uns beiden etwas sagt. Das Lachen ist mittlerweile verstummt. Nur noch unser Atem und Devins hungriger Blick. Was wird das hier? Ich bekomme das Gefühl, als würde er mich am liebsten verschlingen. Ich versteife mich. Und damit bin ich nicht allein. Nur dass sich Dev an einer ganz anderen Stelle versteift als ich. Jetzt wird's komisch.

»Devin?!«, sage ich ruhig. Meine Stimme wackelt, aber ich versuche, nicht so verunsichert zu klingen, wie ich es gerade bin.

Er runzelt für einen Moment die Stirn, so als wäre ihm selbst gerade erst aufgefallen, was hier passiert. Dann rollt er sich blitzschnell von mir herunter.

»Sorry, Matt ... ähm.« Er fährt sich mit den Händen mehrmals durch die Haare, sieht mich aber nicht an. »Wirklich ... keine Ahnung. Sorry, echt. Ist wohl schon eine Weile her ... na ja, und da ... Tut mir leid, okay?«

Ich sehe ihn von der Seite an und nicke wie in Zeitlupe, obwohl sein Gestammel keinen richtigen Sinn ergibt. Dev steht auf und geht zum Camper. Mit einem Rums fliegt die Tür hinter ihm zu und ich bleibe allein im Gras sitzen.

Wahrscheinlich sollte ich nicht zu viel hineininterpretieren. Dev steht auf Männer. Es ist wie bei mir mit Titten. Würde ich mich mit einer halb nackten Frau auf der Wiese rumrollen, würde ich auch einen Harten bekommen. Egal, wie sie aussieht. Ein Zufallsständer ist völlig normal. Ist mir schon oft passiert. In ganz komischen Momenten. Einmal während einer Zugfahrt in einem voll besetzten Waggon, weil ich zu lange in den Ausschnitt der Mitte dreißigjährigen Frau gestarrt hatte, die mir gegenübersaß. Vor Kurzem musste ich den Fernsehabend mit Kathy unterbrechen, weil mich eine Autowerbung spitz gemacht hat.

Dev braucht sich also keinen Stress wegen der Sache zu machen. Ich war einfach nur überrascht. Ich meine: Wir pennen seit Ewigkeiten in einem Bett und ich hatte nie das Gefühl, dass er mehr in mir sieht als einen Freund. Eine Fehlzündung ändert daran nichts.

Ein Rascheln neben mir macht mich wach. So richtig tief geschlafen habe ich eh nicht. Wahrscheinlich hatte ich zu viel gegessen, denn mein Magen hat den ganzen Abend über bedenklich gegrummelt und ich habe mich Stunden hin und her gewälzt, bevor ich endlich einschlafen konnte. Vielleicht waren die Würstchen auch nicht mehr gut, denn Dev schien es genauso zu gehen.

Na ja, jetzt bin ich zumindest wieder wach und blinzle in die Dunkelheit. Wie spät es wohl ist? Man kann die Hand vor Augen nicht erkennen und mein Handy liegt im Handschuhfach. Toll.

Das Rascheln scheint von der Bettdecke neben mir zu kommen. So als würde irgendetwas daran scharren. Vielleicht ein Tier? Bei diesem Gedanken beschleunigt mein Puls. Das ist Quatsch, versuche ich mich zu beruhigen. Was sollte ein Tier bei uns im Bett suchen? Neben mir liegt nur Dev. Bloß nicht verrückt machen. Ich bilde mir das leichte Federn der Matratze wahrscheinlich nur ein. Vielleicht schlafe ich noch. Oder ich befinde mich in diesem Zustand, in dem man zwar schon wach ist, das Hirn aber immer noch träumt.

Der Gedanke erscheint mir logisch und ich bin kurz davor, wieder einzudämmern. Doch dann höre ich Devins Atem. Er geht flach und schnell. Immer wieder scheint er die Luft anzuhalten, nur um nach wenigen Sekunden einen tiefen Atemzug zu nehmen. Träumt er? Vielleicht hat er einen Albtraum. Das Rascheln der Decke wird schneller. Kratzt er sich?

Und da macht es klick.

What. The. Fuck?

Dev holt sich neben mir einen runter.

Hitze schießt mir ins Gesicht und Kälteschauer sausen meinen Rücken hinab. Dev spielt sich dreißig Zentimeter neben mir an der Nudel rum. Warum tut er das? Hier. In dem Bett, in dem ich auch liege. Ist das okay? Macht man das so unter Kumpels? Er hat heute gesagt, dass es schon eine Weile her ist und ich muss zugeben, dass ich vor einigen Tagen die dreieinhalb Minuten Warmwasser auch für die intensive Reinigung einer ganz speziellen Körperregion genutzt habe.

Aber das würde ich niemals neben Dev machen. No way.

Sein Atem wird immer schneller und das Federn der Matratze nimmt ein wenig zu. Das Brennen meiner Lunge auch, denn anscheinend halte ich schon eine ganze Weile lang die Luft an. Verdammt. Mit einem tiefen Atemzug sauge ich Sauerstoff ein.

Die Bewegung auf der anderen Seite der Matratze stoppt augenblicklich und jetzt scheint Dev derjenige zu sein, der die Luft anhält. Ich höre keinen Mucks mehr. Kein Rascheln und kein Atmen.

Mein Puls hämmert.

Nach einer kleinen Ewigkeit höre ich sein heiseres Flüstern.

»Matt?«

Auf keinen Fall werde ich ihm antworten. Wenn ich jetzt etwas sage, weiß er, dass ich wach bin. Dass ich die ganze Zeit über wach war und ihm zugehört habe, ohne etwas zu sagen. Warum habe ich nichts gesagt? Aber was hätte ich auch sagen sollen?

Hey, sag mal, wichst du gerade?

Das wäre voll bescheuert.

Ich kneife die Augen zusammen und tue, als würde ich schlafen. Wieder raschelt die Decke. Danach sinkt die Matratze neben mir ein. Mein Herz schlägt mir bis zum Hals. Dev krabbelt über mich hinweg und verschwindet im Duschklo. Ich lausche angestrengt, aber höre keinen Ton aus der Plastikkabine.

Nach ein paar Minuten kommt er wieder raus. Alle meine Antennen sind aufgestellt. Jede Nervenzelle arbeitet auf Hochtouren, um nicht die kleinste Information zu verpassen. Hat er da drinnen beendet, was er unter der Decke begonnen hat? Als er wieder auf seinen Platz zurück klettert, bete ich im Stillen, dass er nicht merkt, wie schnell mein Herz klopft.

Dann raschelt es ein letztes Mal, bevor es im Camper wieder still wird.

Kapitel 13
Herbst 2007

(MATTHEW, 15 JAHRE ALT)

Klack, klack … klack, klack, klack.

K »*Ist offen*«, *rufe ich, denn seit Dev hier fast jeden Abend auftaucht, lehne ich das Fenster nur noch an. Zombies hin oder her. Manchmal muss man halt ein Risiko eingehen.*

Meine Eltern haben sich mittlerweile auch daran gewöhnt, dass Devin regelmäßig an unserem Frühstückstisch sitzt. Meine Mom macht ihm immer Pancakes mit Heidelbeeraugen, so als wäre er fünf. Aber er freut sich jedes Mal. Sie hat seinen Dad einmal angerufen, um zu fragen, ob es okay ist, dass er bei uns übernachtet. Er schien wirklich locker zu sein, was Devins nächtliche Ausflüge angeht. Seine Eltern sind sowieso ziemlich cool. Er hat immer das neuste Handy und es stört sie nicht mal, dass er raucht. Ich bekomme immer nur die hundert Jahre alten Knochen meines Dads und käme ins Internat in die Schweiz, würde meine Mom Zigarettenrauch an mir riechen.

»*Hey, wie geht's Kathy? Hat sie die Sache mit Mr. Bunny verdaut?*«

»*Sie kommt drüber weg*«, *antworte ich und versuche, dabei lässig zu wirken.* »*Dank deiner mitreißenden Trauerrede heult sie zumindest nicht mehr.*«

»*Tu nicht so, als würde sie dir nicht leidtun. Sie hat das Vieh echt gerngehabt*«, *antwortet er und setzt sich aufs Bett.*

Devin kennt mich einfach viel zu gut. Er weiß, dass es mir schlecht geht, wenn Kathy leidet. Ich rechne es ihm hoch an, dass er eine Beerdigung im Garten organisiert und ein paar nette Worte über den alten Fellball verloren hat, denn selbst hätte ich das nicht geschafft. Ich habe die ganze Zeit in

61

meinem Kopf Pop-Tarts mit Butter bestrichen, sonst wären bei mir auch die Tränen geflossen. Das Lied wirkt nach wie vor zuverlässig.

»Hey, gehen wir am Samstag wieder zum Spiel?«, frage ich und setze mich neben Dev.

An den meisten Wochenenden ist er schon verplant. Er ist oft mit seiner Familie am See oder hängt mit Malik ab. Doch in den vergangenen zwei Wochen ist er mit mir zu den Spielen unserer Schule gegangen. Football finde ich immer noch doof, aber seit einiger Zeit habe ich ein gewisses Interesse für die Cheerleader entwickelt.

»Willst du sie nicht einfach mal anquatschen?«, fragt Dev mit einem wissenden Grinsen.

»Wen meinst du?«

»Ach komm. An den letzten Samstagen musste ich den Sabber unter dir aufwischen, damit niemand ausrutscht.«

»Gar nicht wahr«, protestiere ich. »Außerdem würde sie sowieso nicht mit mir ausgehen.« Ich merke selbst, dass ich wie ein Jammerlappen klinge. Aber Judy Mayfield würde sich nicht mal für mich interessieren, wenn ich der letzte Kerl auf Erden wäre. Sie ist wunderschön und irre beliebt. Ich bin zwar schlau, aber das täuscht nicht über meine Akne und die fehlende Coolness hinweg.

»Klar würde sie«, entgegnet Dev.

»Danke für die Blumen. Aber Judy sucht eher jemanden ...« Ich sehe Devin an. Mir fällt auf, wie gut seine Grübchen zu den verstrubbelten Haaren passen. Was würde ich dafür geben, so auszusehen wie er. »... wie dich«, beende ich meinen Satz.

Dev seufzt und lässt die Schultern hängen. Aber ich bin auf einmal völlig von meiner Idee überzeugt. Devin und Judy würden super zusammenpassen und auch wenn es furchtbar wäre, sie mit einem anderen Typen zu sehen ... ich denke, mit Devin als ihrem festen Freund käme ich klar. Besser als irgendein Vollpfosten.

»Doch, auf jeden Fall. Quatsch sie an. Judy ist heiß. Sie geht bestimmt mit dir aus.« Ich klinge plötzlich viel euphorischer, als ich es sein sollte, wenn ich meinem besten Kumpel meine heimliche Liebe schmackhaft mache.

»Ich finde sie nicht heiß«, sagt er und sieht dabei betreten auf seine Füße.

»Hast du ihre Möpse gesehen?«, frage ich und reiße die Augen auf, um zu verdeutlichen, wie begeistert ich von ihren Rundungen bin.

Aber Dev zuckt nur mit den Schultern und schüttelt den Kopf.

»Alter, wenn du Judy nicht heiß findest, bist du definitiv schwul.«

Ich lache und stupse ihn mit meiner Schulter an, um klarzumachen, dass ich ihn nur aufziehen will. Aber Dev blickt weiter stumm zu Boden. Lange. Zu lange. Er sieht mich nicht an und lacht auch nicht.

Oh. Mein. Gott.

»Dev?«, frage ich und muss zugeben, dass ich mich ein wenig vor der Antwort fürchte. Die Antwort auf eine Frage, die ich nicht mehr stellen muss. Eine Antwort, die er mir schon längst gegeben hat. Mit seiner Körperhaltung. Mit seinem Schweigen. Aber ich muss es hören. Also wiederhole ich die Frage, ohne sie zu stellen.

»Dev?«

Wieder seufzt er und seine Schultern sinken noch weiter nach unten. So kenne ich ihn gar nicht. Er hat sonst auf alles eine Antwort. Kein Problem scheint ihn aus der Bahn zu werfen. Aber jetzt? Ich kann mich nicht erinnern, ihn jemals sprachlos gesehen zu haben.

Doch gerade sagt er keinen Ton und sieht nicht hoch.

Worte brauchen ein Zuhause.

Ich bin ein wenig enttäuscht, dass er dieses Zuhause bei mir noch nicht gefunden zu haben scheint. Aber es geht gerade nicht um mich. Also gehe ich zum Schrank und hole zwei Pop-Tarts heraus. Dann reiche ich ihm eins. Als er es nimmt, huscht sein Blick kurz zu mir, nur um sich sofort wieder am Boden festzusaugen.

Wir essen die Törtchen schweigend.

»Was denkst du jetzt?«, fragt er nach einer Weile.

»Weiß nicht. Also … bist du wirklich schwul? Ich meine: Woher weißt du das so genau?«

Sein Kopf ruckt hoch und er sieht mich mit gerunzelter Stirn an.

»Matt, ich steh auf Typen. Darüber bin ich mir ziemlich sicher.«

Ich knibbele an der leeren Folie in meiner Hand. In meinem Kopf herrscht ein Durcheinander. Gerade eben habe ich noch gedacht, wie gut Devin zu Judy passen würde und wie toll er aussieht. Oh Gott. Bin ich auch schwul, weil ich so was denke?

»Ist das ein Problem?« Devins Stimme holt mich aus meiner kleinen Panikschleife. Sie klingt hart, so als müsse er sich verteidigen. Als würde ihn meine Antwort weniger verletzen, wenn er jetzt schon auf Distanz geht.

Ich muss zugeben, dass mich die Sache kalt erwischt. Mein bester Freund ist schwul. Das ist nichts, was man mal eben bequatscht und danach die Playstation anschmeißt. Das ist groß. Und ja, das ist ein Problem. Im Moment zumindest. Aber das eigentliche Problem habe ich, weil ich nicht weiß, was ich sagen soll. Ich habe Angst, dass es etwas zwischen uns ändert. Dev war in den letzten Minuten schon so anders. Was, wenn das so bleibt? Wenn er darüber schon nicht mit mir sprechen kann, was bedeutet das dann für unsere Freundschaft? Tausend Fragen kreisen in meinem Kopf, aber ich entscheide mich für die eine, von der ich hoffe, dass sie die Spannung nimmt und mir Luft zum Atmen gibt. Raum zum Denken. Ich hoffe, dass sie Devins Worten ein Zuhause baut, in dem er sich wieder wohlfühlt. Denn egal, wie mich diese ganze Sache gerade umhaut, es ist nichts, wofür ich unsere Freundschaft opfern will. Ich mag Devin. Er ist mein Lieblingsmensch. Ganz unschwul.

»Also sag, wie lange stehst du schon auf mich?« Ich zucke mit den Augenbrauen und grinse übers ganze Gesicht, obwohl jede Faser meines Körpers unter Spannung steht. Wenn Devin jetzt nicht lacht, sondern erneut zu Boden blickt, wäre es das Ende für uns. Wie sollte es dann weitergehen?

Devins Mundwinkel ziehen sich nach oben.

»Das hättest du wohl gern.«

Gott sei Dank. Meine Muskeln entspannen sich und mein Lächeln sieht jetzt hoffentlich nicht mehr so gruselig aus, wie es sich vor seiner Antwort angefühlt hat. Denn auch Dev wirkt erleichtert, als er mich ansieht.

»Nein, ich steh nicht auf Typen wie dich. Du bist viel zu gut für diese Welt.«

Ich lache, aber ein wenig verletzt es mich. Natürlich steht er nicht auf Typen wie mich. Wer tut das schon? Meine Mom sagt auch immer, dass ich zu gut für diese Welt bin, wenn mich die anderen ärgern. Scheint wohl so ein Standardspruch für Loser zu sein.

Ich räume die Pop-Tart-Folie in den Müll und gehe zum Bett.

»Wissen es deine Eltern?«

Irgendetwas in seinem Blick verändert sich, aber dann lächelt er.

»Ja. Die haben es easy aufgenommen. Mein Dad ist mit mir zum Angeln gefahren, um Männergespräche zu führen. Voll peinlich. Aber am Ende hat er mir auf die Schulter geklopft und gesagt, dass es für ihn okay ist.«

Ich freue mich, dass seine Eltern so cool damit umgehen. Für ihn wäre es sicher nicht einfach, wenn sie es anders aufgenommen hätten. Sie verbringen viel Zeit miteinander. Bisher habe ich sie noch nicht kennengelernt, weil sein Dad unter der Woche viel arbeitet. Aber er erzählt so oft von ihnen, dass ich das Gefühl habe, sie alle schon zu kennen.

»Pennst du heute hier?«, frage ich aus Gewohnheit.

Dev runzelt die Stirn, so als wüsste er diesmal nicht mit der Frage umzugehen.

»Ach komm«, sage ich. »Wenn du mich hättest befummeln wollen, hättest du es schon längst getan.«

Sein Lächeln wirkt diesmal nicht ehrlich, aber er schnappt sich das Schlafshirt, das immer für ihn bereitliegt, und kriecht unter die Decke. Ich muss zugeben, dass es mich auch nicht so kaltlässt, wie ich gerade tue. Aber wenn er heute nicht hier pennt, ändert das definitiv etwas. Er würde morgen nicht wieder kommen. Er würde Abstand nehmen und das Besondere, das uns verbindet, wäre weg.

In meiner Brust sticht es.

Aber nur leicht. Dafür bis zum Morgengrauen.

Kapitel 14

Sommer 2010

(Matthew, 18 Jahre alt)

Mann. Die Karre fliegt gleich auseinander. Muss du fahren wie ein Wahnsinniger?«

»Ich fahre sechzig«, antwortet Dev und wirft mir einen Seitenblick zu. »Da hat wohl jemand schlecht geschlafen.«

Ja, deinetwegen. Weil du dir neben mir einen runtergeholt hast und ich die halbe Nacht deswegen nicht pennen konnte. Weil ich jetzt völlig durch den Wind bin und nicht mal weiß, wieso.

»Soll ich mal halten? Willst du noch 'nen Kaffee oder so?«

Nein, ich will wissen, was gestern Nacht in dem Duschklo passiert ist. Ich will wissen, an was du gedacht hast oder an wen? Und ich will verdammt noch mal wissen, WARUM ICH DAS WISSEN WILL.

Die Stimme in meinem Kopf ist kurz vorm Durchdrehen. Aber äußerlich bleibe ich ruhig.

»Nein. Alles okay.«

Ich lehne den Kopf an die Scheibe und nehme ihn sofort wieder weg, weil der Camper so schlecht gefedert ist, dass ich bei jedem Schlagloch Angst haben muss, dass das Glas springt oder ich ein Schädelhirntrauma erleide. Doofe Karre.

»Wie weit ist es noch?«, frage ich und kann selbst hören, dass ich wie ein Arsch klinge.

Dev zieht die Augenbrauen hoch und formt lautlos mit dem Mund *»Okay«.*

»Ich bin halt heute mies drauf. Ist das verboten?«

»Nein. Alles cool«, antwortet Dev. »Aber sag Bescheid, wenn ich daran irgendetwas ändern kann.«

Du könntest aufhören, in meinem Hirn rumzuspuken – mit deiner Hand an deinem Schwanz. Das ist ... keine Ahnung ... einfach ultraverwirrend.

»Ist irgendwas mit Judy?«

Nein, mit Judy ist gar nichts. Meine umwerfende Freundin hat sich zwar erst einmal in zwei Wochen bei mir gemeldet und das auch nur, weil sie irgendein Shirt aus meinem Schrank brauchte und wissen wollte, ob meine Eltern zu Hause sind. Aber ansonsten ist alles super.

»Nein«, antworte ich knapp.

Er verkneift sich ein Schmunzeln. Das merke ich. Und es macht mich wahnsinnig.

»Vielleicht brauche ich einfach mal ein paar Minuten für mich.«

Dev runzelt die Stirn, nickt aber.

»Klar. Kein Thema.«

Unser Stellplatz ist auf einer Ranch mitten im Nirgendwo. Hinter uns befindet sich ein kleiner Wald und vor uns erstreckt sich ein riesiges Feld mit Rindern und Erdhörnchen. Die schneebedeckten Berge, die wir durch die Frontscheibe sehen, wirken wie gemalt. Vier Nischen weiter steht ein Minivan, ansonsten sind wir hier mutterseelenallein. Der Campingplatz hat Strom und Wasser, sodass wir unsere Handys laden und den Wassertank auffüllen können. Der ist seit drei Tagen leer und ich habe eine heiße Dusche dringend nötig.

»Ich geh mich mal ein bisschen umschauen. Bin in ein zwei Stunden zurück«, sagt Dev, als ich mein Handtuch aus dem Schrank über dem Bett raushole. Er schnappt sich sein Handy und die Schachtel Zigaretten. Ich bin ihm dankbar, dass er mir Zeit gibt, denn ich muss dringend meine Gedanken sortieren. Meine morgendliche Frustration ist weg, aber die Verwirrung ist geblieben.

Als er die Tür des Campers hinter sich schließt, gehe ich zu meinem Handy. Fünf Prozent. Reicht, um Nachrichten zu checken.

Ich schalte es an. Zwei verpasste Anrufe von zu Hause und eine neue Mitteilung von Kathy. Keine von Judy. Ich öffne den Messenger. Ein Foto von Kathy in dem grünen Jumpsuit vor dem Laptop. Der Bildschirm zeigt Freddy Krueger. Sie schiebt die Unterlippe vor. Unter dem Bild steht: »Ich vermiss dich.«

Um ehrlich zu sein, vermisse ich sie auch. Ehe ich mich's versehe, drückt mein Daumen auf die kleine Kamera in der Ecke.

»Hey, Kleine«, sage ich, als ihr Gesicht auf dem Bildschirm erscheint.

»Hey, Großer. Wie läuft's. Wo seid ihr gerade?«

»Irgendwo vor den Rockys.«

Ich drehe die Kamera und zeige ihr die Berge.

»Geil. Kühe«, kommt es aus dem Lautsprecher und ich muss lachen.

»Wie läuft es zu Hause?«

»Mom und Dad sind für eine Woche weggefahren und ich habe das Haus seitdem nicht verlassen.«

»Hast du dein Schlabberteil schon mal gewaschen?«

Ich zeige auf den Jumpsuit und verziehe angewidert das Gesicht.

»Nope.« Sie grinst.

»Wie geht's Dev?«, fragt sie.

Als Kathy seinen Namen sagt, ist die letzte Nacht wieder vor meinem geistigen Auge präsent. Ich höre Devins schnellen Atem und es erscheinen die Bilder, die sich mein Kopf daraus gebaut hat. Sein leicht geöffneter Mund. Die Hand an seinem Schwanz. *Fuck! Hör auf damit, Hirn!*

»Maaaatt. Was ist los?« Kathy sieht mich mit diesem Blick an, der mir verrät, dass sie genau weiß, dass irgendwas nicht in Ordnung ist und ich ihr gar nicht erst versuchen muss, etwas vorzumachen.

Ich seufze.

»Ach, nichts. Brauche gerade nur ein bisschen Abstand.«

Sie beginnt zu lachen und wirft den Kopf in den Nacken.

»Du? Von Devin? Na klar.« Dann wird sie ernst. »Was hat er gemacht?«

»Gar nichts«, spiele ich es runter. »Wir hängen einfach nur schon ziemlich lange zusammen auf fünf Quadratmetern rum.«

»Ihr seid erst zehn Tage unterwegs. Normalerweise hältst du es keine Sekunde ohne ihn aus. Ihr seid wie die Kletten. Also was ist passiert?«

Wirklich? Ist das so? Klar verbringe ich viel Zeit mit Dev. In der Schule haben wir nicht ganz so viel rumgehangen, weil es noch Malik und seine ganzen AGs gab, aber jetzt in den Ferien haben wir uns jeden Tag gesehen. Er ist ja auch mein bester Freund. Mit ihm macht einfach alles mehr Spaß.

Wir verstehen uns blind. Wir zocken, quatschen und schauen fern. Wir schlafen manchmal zusammen in einem Bett. Bin ich deswegen gleich schwul?

Moment. Das hat sie doch gar nicht gesagt. Wo kam das denn auf einmal her?

Ich schüttle den Kopf.

»Es ist gar nichts passiert. Also … na ja … nein. Das ist albern und hat auch nichts zu bedeuten. Ach, hör auf mich mit Fragen zu löchern.«

Kathy blinzelt ein paar Mal.

»Wow, da ist aber jemand angespannt. Matthew. Was. Ist. Passiert?«

Ich seufze.

»Okay, ich erzähl's dir. Aber mach keine große Sache draus, okay? Wir haben gestern rumgekampelt.«

»Und weiter?«

»Na ja. Also wir hatten nur Badehosen an.«

»Und?«

Ihre Augen werden immer größer.

»Hör auf so zu gucken!«, warne ich sie.

»Dann mach es nicht so spannend. Sag einfach, was passiert ist.«

»Er hatte einen Ständer.«

Sie sieht mich an und runzelt die Stirn.

»Das ist alles? Deswegen machst du dich verrückt?«

Deswegen und weil ich seit gestern Abend an seinen Schwanz denken muss. Weil es mich verrückt macht, nicht zu wissen, ob er gekommen ist und weil ich mich insgeheim frage, ob ich der Auslöser dafür war.

»Ich mach mich nicht verrückt. Es war einfach nur komisch.«

»Er ist ein Mann. Habt ihr nicht dauernd einen Ständer? Ich hätte es komischer gefunden, wenn er keinen gehabt hätte. Ihr wart halb nackt und habt rumgealbert.«

»Ich weiß. Es ist nur …«

Es tutet einmal und mein Handy geht aus. Als ich das Kabel überprüfe, merke ich, dass es nicht mehr richtig im USB-Charger steckt. Toll.

Ich stöpsle es wieder an und sende Kathy eine kurze Nachricht, dass ich mich später noch mal melde. Erst muss ich duschen.

Ich steige in die Kabine, die wohl Zwerge konzipiert haben, und stelle das Wasser an. Meine Haare streifen die Decke, als mich der eiskalte

Strahl auf Brusthöhe trifft. Ich trete einen Schritt zurück und warte. Es dauert immer eine Weile, bis das warme Wasser kommt. Mein Blick schweift durch die winzige Kabine und bleibt an der Toilette hängen.

Ist er dort gekommen?

Verdammtes Hirn, hör endlich auf!

Aber ich schaffe es nicht, die Bilder abzustellen, die mein Kopf in Dauerschleife produziert. Devin im Bett mit geschlossenen Augen. Nackt. Seinen Schwanz in der Hand. Wie er sich streichelt. Wie er immer wieder über die Spitze fährt. Wie sein Atem schneller wird und seine Bewegungen hektischer. Wie er sich auf die Unterlippe beißt, um nicht zu stöhnen, damit ich nicht merke, was er da neben mir tut. Was er wegen mir tut.

Als ich an meinem Körper hinabsehe, bin ich hart. Fuck. Ich kneife die Augen ganz fest zusammen. Das darf nicht wahr sein. Ich bin nicht schwul. Verdammt. Ich habe eine ultrascharfe Freundin.

Judy. Ich muss an Judy denken. An ihr Cheerleaderkostüm und die kleinen Sommersprossen auf ihrer Brust. Ja, das hilft. Ich nehme meinen Schwanz in die Hand und beginne damit, auf und ab zu streichen. Judy. Judy, wie sie lacht. Judy, wie sie nackt auf meinem Bett liegt. Judy, wie sie sich noch nicht einmal gemeldet hat, um zu hören, wie es mir geht.

FUCK! Ich lasse meinen Schwanz los und schmeiße den Kopf in den Nacken. Es ertönt ein dumpfes Geräusch. Verwirrtes Hirn trifft auf hohle Plastikduschwand.

Wieder Bilder von Dev. Sein nackter Körper. Sein verstrubbeltes Haar. Immer wieder schlage ich den Kopf gegen die Duschkabinenwand. Das Wasser ist mittlerweile lau. Gleich kommt die Kälteverbrennung.

Ich stehe doch auf Mädchen. Ich stehe auf Judy, ohne Frage. Klar, sie ist die Einzige, mit der ich je zusammen war. Aber Mann, war ich am Anfang scharf auf sie.

Kapitel 15
Herbst 2008

(MATTHEW, 16 JAHRE ALT)

K *lack, klack ... klack, klack, klack.*
Devin wirft seine Sporttasche in die Ecke, nachdem er durchs Fenster geklettert ist. Anscheinend kommt er direkt vom Training.
Aber eigentlich sieht er zu schick dafür aus. Er trägt ein dunkles Poloshirt und eine helle Jeans. So kenne ich ihn gar nicht. Heute in der Schule hatte er die Klamotten auf jeden Fall noch nicht an. Beim Gedanken an sein buntes Bermudashirt muss ich schmunzeln.
»Hey, na? Du hättest dich für mich nicht so rausputzen müssen«, necke ich ihn.
»Ha, ha. Ich muss gleich weiter. Wollte nur kurz vorbeischauen.«
»Wo geht's denn in dem Aufzug hin?«
»Geburtstag von meiner Oma.«
Er lächelt, sieht mich aber nicht an. Ich reibe über meine Brust. Er hat mir vor Ewigkeiten mal erzählt, dass seine Großeltern nicht mehr leben. Muss er wohl vergessen haben. Ich wäge kurz ab, ob ich ihn darauf ansprechen sollte. Aber dann erinnere ich mich an den Spruch von meiner Oma.

Worte brauchen ein Zuhause.

Er muss selbst entscheiden, wann er bereit ist. Ich werde ihn nicht zwingen zu reden. Kann ich gar nicht. Aber ich weiß, dass irgendetwas nicht stimmt. Irgendeine Sache belastet ihn. Nicht erst seit gestern. Nein, er schleppt es schon Jahre mit sich herum. Erst dachte ich, es wäre die Sache, dass er auf Männer steht. Aber das ist es nicht.
Ich befürchte, dass es mit Malik zu tun hat. Die Gerüchte um ihn und

seine Gang machen die Runde. Und Dev gehört irgendwie zu ihnen. Er ist nicht dabei, wenn die Typen am Bahnhof oder im Park abhängen – ganz offensichtlich nicht, um Tauben zu füttern –, aber er ist oft bei Malik. Außerdem trägt er seit Kurzem auffallend oft Markenklamotten. Teure Sachen. Wie dieses Poloshirt. Er hat eine Uhr. Welcher Junge hat mit siebzehn schon eine Breitling?

Als ich ihn darauf angesprochen habe, meinte er, dass sein Dad befördert wurde und das Haus abbezahlt sei. Es gab angeblich eine fette Taschengelderhöhung. Außerdem hat er einen Teil des Erbes seiner Großmutter bekommen. Die Großmutter, deren Geburtstag er angeblich gleich feiert.

Das Stechen in meiner Brust nimmt zu.

Was ist los mit dir, Dev? Warum finden deine Worte kein Zuhause bei mir?

Er strubbelt sich durch die vorher glatt gekämmten Haare, denn mein fragender Blick ist ihm anscheinend nicht entgangen. Seit wann macht er eigentlich einen auf Bankierssohn?

»Hey, Matt. Glatte Haare oder Locken?«

Er will mich aus meinen Gedanken holen. Schon klar. Er weiß, dass ich ihm die Geschichte mit seiner Oma nicht abkaufe. Aber ich bin froh, dass er hier ist, also lasse ich es vorerst gut sein.

»Alter, meine Freundin hat Locken. Also auf was werde ich wohl mehr stehen?«

Er nickt und hebt eine Augenbraue.

»Wie läuft's denn mit Judy? Wie lange seid ihr jetzt zusammen? Drei Monate?«

»Zweieinhalb«, *antworte ich mit einem dämlichen Grinsen. Ja, Judy Mayfield ist meine Freundin. Keine Ahnung, wie ich das gemacht habe, aber ich bin der glücklichste Vollidiot auf dieser Erde.*

»Ich freu mich für euch«, *sagt Dev.*

»Ja, ist ziemlich cool.«

Ich fummle nervös an meinen Fingern herum und kaue auf der Unterlippe. Wenn ich ehrlich bin, hatte ich gehofft, dass Dev vorbeikommt, denn die Gedanken aus meinem Hirn müssen raus.

»Na ja, also …«, *fange ich einen Satz an, bei dem ich keine Ahnung habe, wie er enden soll. Ich will mit Dev über Judy reden. Aber irgendwie weiß ich nicht, wie ich anfangen soll.*

»Jetzt spuck's schon aus, bevor du dir noch einen Finger brichst«, sagt Dev und zeigt grinsend auf meine Hände.

Tja, wenn das mal so einfach wäre.

»Wie gesagt: Wir sind jetzt schon zweieinhalb Monate zusammen ... und ... also ...«

»Es geht um Sex, oder?«

Ich sehe ihn an und merke, wie meine Wangen Feuer fangen. Wie kann er das so einfach raushauen? Ja, es geht um Sex. Aber ich dachte, ich kann hier noch eine Weile vor mich hinstammeln, bevor wir zum Kern des Problems kommen.

»Hmm«, antworte ich und sehe auf meine Füße.

»Was ist es? Keinen hochgekriegt? Zu früh gekommen?«

»Nein«, antworte ich empört und sehe ihn an. Wer ist dieser Typ und was hat er mit Devin gemacht? »Wir hatten noch keinen Sex«, schiebe ich hinterher und schäme mich ein bisschen dafür.

»Hattest du schon?«, frage ich kleinlaut.

»Ja, klar«, antwortet Dev, so als wäre nichts dabei.

»Mit wem?« Ich starre ihn an.

»Unterschiedlich.« Er zuckt mit den Schultern.

Mein Mund steht offen. Warum weiß ich davon nichts?

Ich bin ein bisschen enttäuscht. Warum hat er mir nichts von seinem ersten Mal erzählt? Warum erzählt er mir generell nichts von seinen Dates? Vertraut er mir nicht?

»Egal«, unterbricht Dev meine Gedanken. »Sag mir lieber, was bei dir und Judy läuft.«

Ich schiebe die Unterlippe vor und verschränke die Arme vor der Brust.

»Ich weiß nicht, ob ich dir das jetzt noch erzählen will.«

Dev stupst mich mit der Schulter an. Dann geht er zum Schrank und holt zwei Pop-Tarts aus dem Geheimfach, das offensichtlich nicht mehr so geheim zu sein scheint. Als er zurückkommt und mir ein Törtchen in die Hand drückt, muss ich schmunzeln.

»Hab vom Besten gelernt«, sagt Dev und zwinkert mir zu.

»Jetzt erzähl!«

Ich drehe den verpackten Pop-Tart in meiner Hand hin und her.

»Na ja, es ist nicht so, als wäre noch gar nichts gelaufen. Aber wir haben eben noch nicht ...« Ich zupfe an der Folie, öffne die Packung aber nicht. »Auf

jeden Fall ist ihre Mom nächste Woche auf irgendeiner Weiterbildung. Das bedeutet, wir sind über Nacht allein.«

»Und du denkst, dass sie vögeln will?«

»Sag das nicht so.« Ich werfe das verpackte Törtchen neben mich aufs Bett. »Judy hat so was angedeutet.«

»Und willst du auch?«, fragt Dev und klingt jetzt etwas weniger wie ein Arschloch.

»Ja, klar. Judy ist der Hammer. Ich bin echt verliebt.«

Devs Mundwinkel heben sich für einen Moment, aber sein Lächeln ist nicht echt. Ich weiß, dass er Judy nicht besonders mag, aber ich dachte, er freut sich. Zumindest für mich.

»Was ist dann das Problem?«, fragt er und klingt so kühl und abgebrüht wie am Anfang unserer Unterhaltung. Ich nehme den Pop-Tart wieder in die Hand, um an irgendetwas rumzuspielen.

»Ach Mann, ich hab einfach Angst, dass ich es vergeige.«

»Es ist Vögeln, keine Raketenwissenschaft«, antwortet er harsch.

»Okay. Ende der Unterhaltung. Wolltest du nicht zu deiner Oma?«

Ich stehe auf und gehe zum Schrank, um den Pop-Tart mit etwas zu viel Schwung in das Fach zu befördern, aus dem Dev es genommen hatte.

Ich bin sauer und Dev soll das ruhig merken. Es ist nicht so, als würde ich irgendeine belanglose Bekanntschaft flachlegen wollen. Es geht um Judy und es geht um mein erstes Mal. Ich mache mich seit Tagen deswegen verrückt. Die ganzen Videos und Artikel, die ich mir zu dem Thema angesehen habe, haben mich nur noch verrückter gemacht. Ich habe fest auf Devin gezählt. Er schafft es immer, mich zu beruhigen. Bei ihm bekomme ich das Gefühl, dass alles gut wird. Aber heute hat er das Gegenteil erreicht. Ich fühle mich total mies.

»Hey. Sorry, Mann. Ich … Keine Ahnung, warum ich das gesagt habe.« Seine Stimme klingt aufrichtig. Ich kenne ihn gut genug, um zu wissen, dass es ihm leidtut. Trotzdem bin ich verletzt.

»Bitte, Matt. Vielleicht kann ich dir irgendwie helfen. Ich hatte zwar bisher nur Typen, aber ich schätze mal, so anders ist das nicht.« Dann grinst er und seine Wangen werden ein wenig rot. »Na ja, eigentlich ist alles anders. Ich meine, die Sache mit den Titten und den Vaginen. Heißt es Vaginen in der Mehrzahl? Oh Gott … siehst du. Ich habe wirklich keine Ahnung von Frauen. Trotzdem. Wenn du magst, rede ich mit dir über alles, was dir Schiss macht.«

Ich muss schmunzeln, weil sein Gestammel irgendwie süß ist. Außerdem brauche ich ihn. Egal, ob er Ahnung hat oder nicht. Ich brauche Dev. Sonst bringen mich meine Gedanken zum Durchdrehen.

»Verdammt. Ich hab vor der ganzen Sache Schiss. Das ist ja das Problem.«

Dev klopft auf das Bett neben sich und lächelt.

»Dann gehen wir jetzt jeden Punkt durch, der dir Kopfzerbrechen bereitet. Ich bin mir sicher, du hast eine Liste.«

Verdammt, er kennt mich viel zu gut. Ich gehe zum Schreibtisch und hole den Stapel Zettel heraus, der im Zuge meiner Recherche entstanden ist.

»Wow.« Devins Augen werden groß. »Dann sollte ich meinen Termin heute Abend wohl lieber absagen.«

Keine Oma mehr. Jetzt ist es ein Termin. Das Stechen in meiner Brust wird stärker. Aber ich habe keine Zeit, mir im Moment Gedanken darüber zu machen. Es gibt eine Liste, die abgearbeitet werden muss.

Kapitel 16
Sommer 2010

D ie letzten Tage liefen besser. Keine Zufallsständer mehr oder raschelnde Decken. Nach meinem kleinen Meltdown in der Dusche habe ich Judy angerufen. Sie hatte nur ein paar Minuten Zeit, um mit mir zu telefonieren. Aber sie meinte, sie hätte Neuigkeiten und dass sie sich darauf freut, wenn ich wieder da bin.

Sie freut sich auf mich – das ist doch was.

Die Spannung zwischen Dev und mir hat sich etwas gelegt. Nach seiner Rückkehr im Camper haben wir beide so getan, als wäre alles okay. Und mittlerweile glaube ich es fast. Nur nachts überkommt mich dieses eigenartige Gefühl. Ich kann es nicht beschreiben. Ich lausche stundenlang in die Dunkelheit und kann nicht sagen, ob ich darauf hoffe oder mich davor fürchte, dass ich ihn wieder höre. Dass sich sein Atem wieder beschleunigt. Dass alles von vorn losgeht und mein Kopf wieder Bilder malt.

Heute machen wir eine Tour zu einem Wasserfall. Dev hat die Runde geplant und nicht mit Höhenmetern gegeizt.

»Wettrennen bis zum Wegweiser?« Noch während er die Frage stellt, stürmt Dev los. Der Rucksack wippt auf seinem Rücken. Ich renne ihm hinterher, aber bei diesen kleinen Rennen, die er immer wieder startet, habe ich bisher nie gewonnen. Trotzdem nehme ich seine Herausforderung an. Sonst muss ich mir den Rest des Weges anhören, was ich für ein Warmduscher bin.

Ich hüpfe über die Wurzeln, die überall auf dem Weg aus dem Boden ragen, und merke, wie mein Herz schon nach den ersten Schritten pumpt. Dev ist bereits am Wegweiser angekommen und hüpft im Kreis, als könne er nicht glauben, dass er gewonnen hat. Dabei tut er es jedes Mal. Spinner. Kurz bevor ich das Ziel erreiche, hakt sich mein Fuß unter einer Wurzel ein und ich lande auf allen vieren. Verdammt. Ich rapple mich hoch und merke, dass der Schultergurt meines Rucksacks auf einer Seite gerissen ist.

»Mist! Matt, alles okay?«, ruft Dev. Er kommt mit langen Schritten auf mich zu, während ich mir die Knie abputze.

»Ja, geht schon. Mein Rucksack ist im Eimer, aber ansonsten ist noch alles dran.«

Er wirkt erleichtert. Dann formt sich sein Mund zu einem typischen Dev-Grinsen und mir ist klar, dass gleich irgendein Bullshit kommt.

»Ich wusste ja, dass du mich anhimmelst, aber du musst dich deswegen nicht vor mir in den Dreck werfen.«

»Sehr witzig. Wegen dem blöden Rennen muss ich meinen Rucksack jetzt wie ein möchtegern-cooler Sechstklässler auf einer Schulter tragen.«

»Oh, ich habe Sechstklässler-Matt geliebt«, antwortet Dev. »Der war nicht so weinerlich wie Schulabschluss-Matt. *Jetzt muss ich meinen Rucksack auf einer Schulter tragen*«, äfft er mich nach. Und ich liebe es. Das ist mein Dev. Mein bester Freund. Der, der mir immer Saures gibt und genauso einstecken kann. Mit dem alles so leicht ist. Mit dem alles lustig ist.

»Lass dir lieber was einfallen, wie du das meiner Mom erklärst«, sage ich. »Schulabschluss-Matt petzt nämlich. Und dann ist Schluss mit Hähnchensandwichs ohne Rand.«

Dev greift sich an die Brust und macht ein geschocktes Gesicht.

»Das würdest du nicht wagen. Das sind unfaire Mittel, und das weißt du.«

»Tja, Schulabschluss-Matt kämpft schmutzig.«

Es tut gut, mit ihm rumzualbern. Es ist wie eine Pause von dieser Sache, die ich nicht verstehe. Die mein Unterbewusstsein nicht loslässt.

Als ich am Abend den Abwasch erledige, sticht es plötzlich in meiner Schulter und der Teller in meiner Hand fällt zurück ins schaumige Spülbad. Ich reibe über die Stelle am Rücken und merke, dass die linke Seite völlig hart ist. Dämlicher Rucksack.

Eigentlich war das Teil nicht besonders schwer, aber unsere Wanderung ging den ganzen Tag und die einseitige Belastung macht sich jetzt bemerkbar.

»Alles klar?«, fragt Dev, der auf der Sitzbank fläzt und auf seinem Smartphone herumtippt.

»Ja, bloß die Schulter.«

Er steht auf und stellt sich hinter mich.

»Lass mal sehen.«

Dann nimmt er meinen Arm und hebt ihn in einem eigenartigen Winkel an.

»Aua, hör auf«, jammere ich bei dem Stechen, das mir in den Nacken fährt.

»Dachte ich mir. Eingeklemmter Nerv.«

»Danke für die fachkundige Diagnose, Dr. Moore. Und wie sieht der Behandlungsplan aus?«

»Du hast Glück, dass du mit einem absoluten Experten für eingeklemmte Nerven unterwegs bist. Im Training passiert das jede Woche jemandem«, sagt Devin. »Zieh dein Shirt aus!«

Er geht zu seiner Waschtasche und kramt darin herum. Ich stehe wie angewurzelt vor dem Spülbecken.

Mach dich locker, Matt. Es ist Devin. Alles ist gut.

Die Tatsache, dass ich mich in Gedanken selbst beruhige, beunruhigt mich noch mehr.

»Bekommst du den Arm nicht hoch?«, fragt Devin besorgt. »Warte, ich helfe dir.«

Er kommt zu mir und fasst an den Saum meines Shirts. Dann zieht er es vorsichtig über meinen Kopf, bedacht darauf, dass ich meinen Arm nicht zu weit heben muss.

»Setz dich.«

Dev deutet auf die Bank und ich nehme Platz. Er selbst stellt sich erneut hinter mich und fummelt an einer Salbentube herum.

»Was ist das?«, frage ich und hoffe, dass Dev das Zittern in meiner Stimme nicht bemerkt.

»Eine Wärmesalbe. Dir wird gleich richtig heiß.«

Ich zucke zusammen, als mich seine Finger berühren.

Dieselben Finger, mit denen er sich vor ein paar Tagen berührt hat.

»Keine Angst. Tut nicht weh. Versprochen.«

Seine Stimme klingt wie immer. Vertraut. Aber sie beruhigt mich diesmal nicht, wie sie es sonst tut. Viel mehr wühlt sie mich auf. Er ist so nah an meinem Ohr. Ich kann seinen Atem hören, während er die Salbe in meine Haut einmassiert. Mit seinem Daumen malt er kleine Kreise über die verhärtete Stelle. Dabei zieht er meine Schulter leicht nach hinten und drückt meinen Rücken gegen seinen Bauch.

»Entspann dich«, fordert er mich leise auf. Doch in meinem Kopf dröhnen seine Worte wie ein Nebelhorn. Sie hallen von meiner Schädeldecke zurück und zerstören die Fassade, die ich in den letzten Tagen für mich selbst errichtet habe.

Das billige Heile-Welt-Bühnenbild aus Pappe stürzt ein und zum Vorschein kommt ein Wirrwarr aus Geräuschen und Gefühlen. Ein wildes Gebilde, das sich ausbreitet und alles andere verdrängt.

Heiseres Atmen.

Hastige Bewegungen.

Schwitzige Haut.

Auf meinem Rücken bildet sich eine Gänsehaut, als er mit den Handballen über meinen Nacken fährt.

»Das ist von der Salbe«, sagt er. »Das Zeug verwirrt deinen Körper durch die Wärme.«

Nein, du verwirrst mich. Hör auf damit! Oder, besser, hör nicht auf damit. Verdammt, ich dreh gleich durch.

»Danke. Reicht schon«, sage ich harsch.

Dann springe ich auf, schnappe mein Shirt und ziehe es hastig über den Kopf. Ich hebe meinen Arm zu weit und der Schmerz zieht in meinen Nacken.

»Fuck.«

»Du musst den Arm ruhig halten. Setz dich hin. Ich mach den Abwasch.«

Dev wirkt verwirrt, sagt aber nichts zu meinem kleinen Panikanfall. Er geht zu dem klitzekleinen Waschbecken neben der Toilette und spült sich die Wärmesalbe von den Händen. Dann wäscht er die restlichen Teller ab.

Ich schnappe mir mein Handy und gehe vor die Tür. Die Wärmesalbe brennt auf meinem Rücken. Vielleicht sind es aber auch die Berührungen seiner Finger, die ich immer noch auf der Haut spüre. Verdammt, ich brauche dringend einen klaren Kopf.

Das Gelände des Campgrounds ist belebt. Überall stehen Anhänger und Vans. Es wird gegrillt und aus den kleinen Nischen hört man Gelächter und Musik. Gegenüber brennt ein Feuer. Jasper ist um diese Jahreszeit gut besucht und wir mussten unseren Platz schon vor Tagen reservieren.

Ich checke meine Nachrichten und sehe zwei verpasste Videoanrufe von Kathy. Verdammt, ich wollte mich bei ihr melden.

»Du hattest mir stündliche Berichte versprochen und jetzt meldest du dich fünf Tage lang nicht. Schande über dich, großer Bruder«, sagt sie statt einem Hallo.

Ich seufze.

»Sorry, Kleine.«

»Erzähl!«

»Wir sind in Jasper. Cool hier. Gletscher und Schnee.«

»Freut mich, dass dir die Natur so gefällt. Aber du weißt genau, dass ich das nicht meine. Was ist mit Dev?«, kommt sie sofort zum Punkt.

»Nichts ist mit Dev. Alles wieder gut. Wie du gesagt hast: Alles nicht so wild.«

»Matthew.«

Oh, oh. Matthew sagt sie nur, wenn sie weiß, dass ich ihr etwas vormache.

»Wir sind Zwillinge und ob du willst oder nicht, ich merke, wenn du Bullshit laberst. Was ist los?«

»Ich weiß es nicht. Irgendwie lässt mich die Sache nicht los. Das ist völlig verrückt.«

»Hast du mal mit ihm geredet?«

»Na klar«, lache ich. »Ich sage ihm einfach, dass mir sein Ständer seit Tagen nicht aus dem Kopf geht.«

Stille am anderen Ende.

»Ist es denn so?«, fragt Kathy nach einer Weile.

»Ja. Das ist so und jetzt hör auf zu nerven. Ich bekomm mich schon wieder in den Griff.«

»Und wenn es mehr ist als das?«, fragt sie.

»Was willst du damit sagen? Kathy, ich habe eine superscharfe Freundin. Ich stehe nicht auf Kerle und ich stehe schon gar nicht auf Dev. Schluss jetzt.«

Wieder ist es eine ganze Weile lang still am anderen Ende.

»Schade, ihr würdet gut zusammenpassen«, zieht sie mich auf. Ich antworte mit einem genervten Knurren. Dann lacht sie.

»Ich meine ja nur. Er pennt eh immer hier. Das wäre irgendwie praktisch. Ihr müsstet gar nicht viel ändern.«

»Aufhören!«, sage ich und kneife mir in den Nasenrücken. »Kein Dev mehr und keine absurden Theorien. Ich erzähl dir nie wieder was, kleine Schwester.«

Sie lacht und für einen Moment wird es erneut still in der Leitung.

»Matt«, sagt sie. »Du weißt, dass du immer mit mir reden kannst.«

»Ich weiß. Und jetzt erzähl mir, was in Yale so abgeht.«

Kapitel 17

Sommer 2010

(MATTHEW, 18 JAHRE ALT)

Es ist die zweite Nacht in Jasper und wir sitzen am Feuer mit Zoe, Brian und Jason. Wir haben die drei heute auf dem Campingplatz kennengelernt und sie haben uns zum Grillen eingeladen.

Es gab Lachs und Gemüsetaschen. Seit zwei Stunden gibt es nur noch Bier und ich merke, wie mein Kopf immer leichter wird und meine Zunge immer schwerer. Mit einem Ohr höre ich Zoe zu, wie sie von Auckland erzählt.

Die drei kommen aus Neuseeland und bleiben einen Monat in Kanada. Zoe hat rotblonde Haare und ihre Sommersprossen erinnern mich ein wenig an Judy. Obwohl Zoe nicht die klassische Schönheit ist, hat sie ein Lächeln, das ansteckt. Es macht Spaß, zuzusehen, wie sie mit Jason darüber streitet, ob Bluff-Austern besser sind als kanadischer Lachs vom Grill.

»Und ihr kennt euch schon, seit ihr Kinder seid?«, fragt Jason, als die Debatte mit Zoe beendet scheint.

»Seit wir vierzehn sind, ja«, antworte ich. Mein Blick huscht zu Dev, der neben Brian sitzt. Die beiden sind in ein Gespräch vertieft.

»Cool. Wir drei kennen uns schon seit dem Kindergarten. Brian hat mir damals die Schaufel geklaut und Zoe hat ihn dafür Sand fressen lassen.«

Wir lachen.

»Bei uns war es ähnlich. Nur dass mein Diorama schon ein nasser Klumpen Matsch war, als mich Dev gerettet hat.«

Plötzlich sieht mich Devin über das Feuer hinweg an.

»Ich habe dich nicht gerettet. Eher andersrum«, sagt er. »Ohne dich wäre ich wahrscheinlich heute noch in der sechsten Klasse.«

Ich nehme einen großen Schluck Bier, um zu verdecken, wie rot ich werde. Denkt er das wirklich?

Die Dose ist viel zu schnell leer, also nehme ich mir ein neues Bier aus dem Karton neben meinem Klappstuhl. Hui, der Stuhl kippelt, als ich mich zur Seite lehne. Erneut schweift mein Blick zu Devin.

Brians Hand liegt auf seinem Oberschenkel, während er ihm etwas erzählt. Die beiden lachen. Mein Magen grummelt auf einmal verdächtig und ich habe das Gefühl, dass ich weniger von dem Lachs hätte essen sollen. Ich stelle mein Bier zur Seite, denn in meinem Kopf dreht sich bereits alles. Als Dev sich zu Brian beugt und ihm etwas ins Ohr flüstert, erkenne ich denselben Blick wie vor ein paar Tagen. Hunger. Als er hart geworden ist, weil er *mir* so nah war.

Tja, jetzt verschlingt er diesen neuseeländischen Schnösel mit seinen Augen. Macht nichts. Ich zwinge mich, wegzusehen, und lausche weiter Zoe, die über die atemberaubenden Berge auf der Straße Richtung Whistler schwärmt.

Bloß nicht wieder zu ihm sehen.

Es ist okay. Er darf Spaß haben.

Doch sosehr ich mich auch zwinge, nicht zu ihm zu sehen, mein Blick wandert immer wieder zurück zu Dev. Brian streicht ihm eine seiner Strähnen aus der Stirn und ich verspüre augenblicklich den Drang, diesem Bastard die Hand abzuhacken.

Nein, Matt. Das wirst du nicht. Dev ist dein bester Freund. Er steht auf Männer und du stehst auf Frauen. Er darf diesen neuseeländischen Honk in irgendeiner Miniatur-Duschkabine vögeln und es macht dir überhaupt nichts aus.

In meinem Magen brennt es und meine Brust sticht. Als Dev Brian erneut ins Ohr flüstert, stehe ich ruckartig auf. Leider habe ich die Rechnung ohne die vier Bier gemacht, die durch meine Blutbahnen zirkulieren. Ich mache einen großen Ausfallschritt nach rechts.

»Wooow, ruhig, Brauner«, sagt Zoe und greift nach meinem Arm. »Setz dich lieber noch mal.«

Mein kleiner Schwenker ist mir irre peinlich und ich atme tief durch.

Versuch dich einfach ganz unauffällig zu benehmen, Matt. Es ist völlig normal, dass man beim Aufstehen ein wenig schwankt. Du musst dir jetzt nur eine gerade Linie bis zum Camper denken, dann ist alles okay.

»Ischmussinsbett«, sage ich und reiße meinen Arm aus Zoes Griff los. Dabei schwanke ich gefährlich Richtung Feuer. Zoe quiekt. Alle rufen durcheinander und vor meinen Augen sehe ich helle Streifen. Plötzlich packt mich etwas an meinem Oberarm und ich werde herumgerissen.

»Feierabend«, höre ich Devs Stimme neben mir.

»Wasmachstnduier? Wolltstdunichdiekiwibumsen?«

Doch Dev lacht nicht. Sein Blick wirkt sauer. Beim Umdrehen erkenne ich, dass wir näher bei den anderen stehen, als mein biervernebeltes Hirn berechnet hatte. Verdammt. Alle sehen mich mit offen stehenden Mündern an. Ups. War wohl ein bisschen zu laut. Egal. Ich will nur noch ins Bett, denn mir ist irre schlecht.

»Sorry, ich werde mich mal um ihn kümmern. Nehmt es Matt nicht krumm. Er trinkt sonst nichts.«

Als mich Dev Richtung Camper schleift, höre ich hinter mir Gemurmel. Devin sagt auf dem Weg kein Wort.

Kurz bevor wir die Tür des Wohnmobils erreichen, verliert der Lachs den Kampf gegen das Bier. Ich kotze mir auf die Schuhe und erwische auch Hose und Shirt. Immer wieder muss ich mich übergeben, bis nichts mehr kommt. Dann sehe ich zu Dev.

»Ischdachteduhältstmirdiehaarehoch.«

Er wirkt immer noch sauer, aber seine Mundwinkel zucken und ich muss grinsen. Aber nur ganz kurz. Dann dreht sich wieder alles in meinem Kopf und mir wird erneut übel.

»Komm. Ab unter die Dusche«, sagt Dev.

Nachdem ich meine Schuhe abgestreift habe, schiebt er mich durch die Tür in den Camper. Vor dem Bett bleiben wir stehen. Er zieht mir das Shirt über den Kopf und knöpft meine Hose auf. Dann geht er ins Duschklo und stellt das Wasser an.

»Los. Beeil dich. Drei Minuten.«

»Drei'nhalb«, antworte ich und stolpere in die Plastikkabine. Ich ziehe meine Boxerbriefs nach unten und knalle beim Hochkommen mit dem Kopf gegen die Armatur.

»Aua. Fuck.«

»Was ist passiert? Alles klar bei dir?«, kommt es durch die dünne Kabinenwand.

Nein. Irgendwie ist gerade gar nichts okay.

Ich fühle mich elend. Das Wasser ist nicht richtig heiß und ich habe Angst auszurutschen, weil sich alles um mich herum dreht. Mein Freund *Peinlich* war heute wieder mit am Start und hat auf den Tischen getanzt. Wie soll ich Dev nach der Nummer wieder in die Augen sehen?

Ich lasse mich an der Plastikrückwand auf den Boden rutschen und es brennt hinter meinen Lidern. Aber heulen macht die Sache auch nicht besser. Eher schlimmer. Also tue ich das, was ich immer tue.

Vor meinen Augen erscheint Peter Griffin mit einer albernen Gitarre. Dann bestreiche ich gedanklich Pop-Tarts mit Butter und lasse meine Gefühle von einer übergewichtigen Comicfigur wegsingen.

Der Song hilft zwar gegen die Tränen, aber der Gedanke an die klebrigen Törtchen lässt mich erneut würgen.

»Matt, sag was«, höre ich Devins besorgte Stimme von draußen.

»Okay«, ist alles, was ich noch hervorbringe. Dann wird das Wasser plötzlich kalt. Gletscher. Eiszapfen. Verdammter Nordpol. Ich kämpfe mich wieder auf die Beine. Als ich mich endlich hochgewunden habe, ist meine Haut schon leicht blau. Ich wusste nicht, dass Gänsehaut wehtun kann. Wieder was gelernt. Zitternd drehe ich die Dusche ab und nehme das Handtuch, das mir Devin auf die Toilette gelegt hat. Ich öffne die Tür und stehe wie ein Häufchen Elend vor dem Bett. Keine Ahnung, was ich jetzt machen soll. Ich bin völlig hilflos und friere.

Nie wieder Alkohol.

Dev bringt mir frische Unterwäsche.

»Du bist ja eiskalt, Matt. Warum bist du nicht rausgekommen?«

»Gingnisch«, antworte ich und Dev nickt.

»Willst du einen Tee?«

»Ischwillsterben.«

Er lacht.

»Los. Ab ins Bett.«

»Kommsdumit?«

Keine Ahnung wieso, aber der Drang nach seiner Nähe ist gerade übermächtig. Ich will, dass er mich festhält. Ich will der kleine Löffel sein. Ich weiß, dass ich ein armseliges Bild abgebe, aber schlimmer kann es eh nicht mehr werden. Also frage ich: »Schmustdumisch?«

Dev zögert einen Moment. Er sieht mich an und zwischen seinen Augen bildet sich eine Falte. Dann presst er die Lippen zusammen und nickt.

Ich krabble unter die Decke und wünsche mir den nächsten Morgen herbei.

Kapitel 18

Sommer 2010

(Matthew, 18 Jahre alt)

Zu früh gefreut. Der nächste Morgen ist die Hölle. Der erste Sonnenstrahl brennt sich direkt in mein Hirn und hinterlässt mit Sicherheit bleibende Narben. Wie ein Brennglas, das alles auf seinem Weg verkohlt.

Mein Magen fühlt sich an, als hätte jemand hineingetreten und in meinem Mund herrscht ein Milieu, das man der Forschung zur Verfügung stellen sollte. Wahrscheinlich fände man ganz neue Bakterienarten.

Als ich mich nach einer halben Stunde endlich im Bett aufgerichtet habe, stelle ich fest, dass der Camper leer ist. Ich schwinge die Beine über die Matratze und bereue es sofort. Die Welt dreht sich immer noch. Aber meine tut es mit deutlich erhöhter Geschwindigkeit.

Ich hangle mich irgendwie zum Waschbecken und putze mir die Haare von den Zähnen. Dann schleppe ich mich zu dem kleinen Tisch und checke mein Handy. Halb elf.

»Guten Morgen, Sonnenschein.«

Als die Tür auffliegt, bleibt mein Herz beinahe stehen. Devins Stimme klingt so laut, dass ich kurz Angst bekomme, es wäre etwas Ernstes passiert. Aber er grinst über beide Ohren.

»Morgen«, antworte ich. Meine Stimme ist rau und leise.

»Hey, was ist denn heute los mit dir? Gestern warst du noch so lustig.«

»Wirklich witzig«, antworte ich und schaue betreten auf mein Handy. Um ehrlich zu sein, sind die meisten Erinnerungen der letzten Nacht eher nebulös.

»Nein, ich meine das ernst. Du hast mit deiner kleinen Feuertanzeinlage die Kiwis ganz schön aufgemischt.«

Das Wort Kiwis betont er besonders und macht zusätzlich Anführungszeichen in der Luft. Fuck. Ich erinnere mich. Was bin ich für ein Arschloch? Zoe und die anderen waren so nett und ich beleidige sie. Das war nicht nur latent rassistisch, sondern auch noch voll bescheuert und gar nicht meine Art.

»Hast du … mit ihnen gesprochen?«, frage ich.

Devin antwortet nicht. Er gießt sich einen Kaffee ein und lehnt sich dann mit der Hüfte gegen die kleine Küchenzeile.

»Ja, ich habe mich bei Brian entschuldigt.«

Wann hast du das gemacht? Wie hast du das gemacht?

Mir wird erneut übel, aber ich quäle mir ein »Danke« heraus.

»Danke auch für letzte Nacht. Ich meine, dass du dich um mich gekümmert hast und so.«

»Kein Ding. Du bist sofort eingeschlafen.«

»Bist du … bist du danach wieder zu den anderen?«

Bist du wieder zurück zu Brian, als ich geschlafen habe?

Er lächelt und schüttelt den Kopf.

»Du weißt echt nichts mehr, oder?«

»Was meinst du?«, frage ich und sehe ihn unsicher von meinem Sitz aus an.

»Selbst wenn ich gewollt hätte. Du hast an mir gehangen wie ein Krake. Mann, Bier ist echt nicht so dein Ding, was?«

Ich werde rot und Dev beginnt zu lachen.

»Du müsstest dich sehen. Schöne Schnapsleiche.«

»Sind die anderen noch da?«, frage ich. »Ich würde mich selbst gern noch entschuldigen.«

»Nein, die sind heute früh weitergefahren.«

»Tut mir leid«, sage ich wie aus einem Reflex heraus. Obwohl es mir überhaupt nicht leidtut. Aber mein Aussetzer gestern Nacht hat Dev die Tour vermasselt und er soll nicht denken, ich hätte das mit Absicht gemacht.

»Was meinst du?«, fragt er mit gerunzelter Stirn, so als hätte er keine Ahnung, worum es geht.

»Du und Brian«, antworte ich.

»Was ist mit mir und Brian?« Er grinst und verschränkt die Arme.

»Devin, quäl mich nicht. Muss ich es wirklich sagen?«

»Ja. Wenn ich gestern schon nicht zum Zug gekommen bin, will ich dich zumindest ein bisschen leiden sehen.«

»Glaub mir, ich leide«, jammere ich.

Er löst seine Arme und setzt sich gegenüber von mir.

»Sagen wir einfach, ich hab einen gut bei dir.«

Ich nicke und Devs Blick wird mitfühlend.

»Ich würde dir ja einen Kaffee anbieten, aber ich glaube, den verträgt dein Magen noch nicht. Willst du Tee?«

Ich schiebe die Unterlippe vor und mache einen Dackelblick.

»Ja, bitte.«

»Kommt sofort.«

Kapitel 19

Sommer 2009

(MATTHEW, 17 JAHRE ALT)

K lack, klack … klack, klack, klack.
Nachdem Devin durchs Fenster geklettert ist, schleppt er sich zum Bett und lässt sich mit dem Gesicht voran in die Kissen fallen.

»Hey, was ist los?«, frage ich.

»mür gehtff elend«, nuschelt er aus der Bettdecke, ohne den Kopf dabei zu heben.

»Was ist passiert?«

»heiff … pfieber … elend.«

Ich gehe zum Bett und setze mich neben ihn, dann stecke ich meine Hand an seinem Nacken unter das Shirt. Devs Haut glüht förmlich und der Stoff ist klitschnass. Er zittert, als ich seine Schultern packe, um ihn auf den Rücken zu drehen. Seine Augen sind rot unterlaufen und glasig. Die Nase ist rissig und seine Haut sieht aus wie meine weiße Raufasertapete.

»Alter, warum bist du nicht zu Hause im Bett?«, frage ich.

»Keiner da.« Er hustet.

»Es ist Mittwoch. Morgen ist Schule. Wo sind deine Eltern, verdammt? Sind wenigstens deine Brüder zu Hause?«

»Zu viele Fragen. Aua.« Dev fasst sich an den Kopf und kneift die Augen fest zusammen.

»Kann ich hierbleiben? Bitte, bitte … hust … bitte … hust, hust, hust.«

»Na klar. Warte, ich hole Mom. Sie weiß, was dir hilft.«

»Nein«, stoppt er mich am Handgelenk. »Bitte, Matt. Ich liebe Tracy, *aber ich will mich einfach nur in deinem Bett zusammenrollen und ein bisschen bemitleiden?«*

Ich runzle die Stirn. So schlecht, wie er aussieht, mache ich mir ernsthaft Sorgen. Meine Mom wüsste ganz sicher, was zu tun ist. Aber okay.

Nachdem ich Dev ein frisches Shirt aufs Bett gelegt habe, gehe ich in die Küche. Ich schmeiße den Wasserkocher an und krame in Moms Tee-Fach. Als ich die Teesorten durchstöbere, komme ich ins Stutzen. Kleine Sünde, frecher Flirt, heißer Hugo. Was ist das für Zeugs? Da ist nichts dabei, das hilft. Ich drehe die bunten Verpackungen in meiner Hand und sehe meine Mom plötzlich mit ganz anderen Augen. Da auf der Packung vom heißen Hugo zumindest ein Pfefferminzblatt abgebildet ist, nehme ich einen Beutel heraus und gieße ihn in einer Tasse mit dem Wasser auf.

Dann durchsuche ich die Hausapotheke im Bad.

Hunderte orange Tablettenröhrchen und Pappschachteln. Ich habe keine Ahnung, was Dev helfen könnte. Mit so was habe ich mich noch nie beschäftigt. Wenn ich krank bin, gibt mir Mom etwas und am nächsten Tag geht es mir besser. Keine Ahnung, was sie mir da jedes Mal in den Rachen wirft.

Da ich meiner Mutter nichts von Devs Krankheit sagen soll, frage ich den Arzt, der immer Bereitschaft hat. Ich krame mein Handy heraus und öffne Dr. Google.

Als ich mich mit einem Tablett zurück ins Zimmer schleiche, liegt Dev noch immer zusammengerollt auf dem Bett. Das frische Shirt befindet sich genau da, wo ich es hingeworfen hatte.

Ich stelle das Tablett ab und setze mich neben ihn. Dann richte ich ihn auf und ziehe das nass geschwitzte Shirt über seinen Kopf. Obwohl er förmlich glüht, hat Dev eine Gänsehaut am ganzen Körper und seine Zähne klappern.

Ich nehme das Fieberthermometer und messe an seinem Ohr. 39,8° C. Fuck. Laut Google ist das ziemlich hoch.

Also schnappe ich mir das Röhrchen mit den Paracetamol-Tabletten und gebe ihm eine in die Hand.

»Hier, nimm die. Ich mache auch noch einen Brustwickel.«

Auf dem Tablett liegen nasse Handtücher, denn ChrissiR44 aus dem Er-kältungsforum schwört darauf, dass das am besten gegen hohes Fieber hilft. Ihre Erklärung klang logisch.

»Nein, Matt. Mir ist so kalt«, sagt Dev mit flehender Stimme. Aber sein Jammern nützt nichts. Das Fieber muss runter. Ich habe wirklich Angst um ihn und wenn ChrissiR44 sagt, dass die Wickel helfen, muss er da durch.

Ich sitze neben ihm auf dem Bett. Eine halbe Stunde sollen die kalten Handtücher auf der Brust bleiben. Bei jedem Stöhnen oder Zittern lege ich meine Hand auf seine Stirn. Das Fieber darf auf keinen Fall steigen, sonst hole ich Mom. Egal, ob er es will oder nicht. Das hätte ich gleich machen sollen. Warum höre ich nur immer auf ihn?

Die dreißig Minuten fühlen sich wie eine Ewigkeit an. Immer wieder ver-zieht Dev das Gesicht. Jedes Mal sticht es dabei in meiner Brust. Verdammt, es soll ihm besser gehen. Kurz bevor die Zeit rum ist, dämmert er endlich ein. Sein Atem wird ruhig und ich prüfe erneut die Temperatur. 38,8° C. Ich atme durch. Gott sei Dank.

Vorsichtig ziehe ich die Wickel ab. Dann reibe ich ihm Kräutersalbe auf seine Brust. Um ihn nicht zu wecken, lasse ich das Shirt aus und stopfe nur die Decke an seinen Seiten fest. Ich stelle den Tee auf den kleinen Schrank neben dem Bett. Wenn er wach wird, muss er etwas trinken.

Dann lege ich mich neben Dev und schalte das Licht aus. Bei jeder Be-wegung neben mir werde ich wach.

Am Morgen fühle ich mich wie gerädert. Ich habe mindestens tausendmal in der Nacht die Temperatur bei Dev gemessen. Gegen vier war das Fieber endlich niedrig genug und ich konnte noch ein paar Stunden schlafen. Aber mit »ein paar« meine ich tatsächlich nur zwei. Deswegen fühle ich mich jetzt wie gekaut und ausgespuckt.

»Guten Morgen.« Dev lächelt, bevor er einen erneuten Hustenanfall be-kommt. Sofort bin ich hellwach und richte mich auf.

»Geht's?«, frage ich, doch Dev schüttelt nur mit dem Kopf. Ich greife nach der Tasse heißem Hugo, die mittlerweile eiskalt ist, und reiche sie Dev.

»Trink das.«

Er nimmt ein paar kräftige Schlucke. Der Husten beruhigt sich. Dann verzieht Dev das Gesicht.

»Was ist das für Zeug? So scheußlich, wie das schmeckt, muss es verdammt gut wirken.«

Ich lasse ihn in dem Glauben und mache mir im Kopf eine Notiz, dass ich als Nächstes die heiße Liebe ausprobiere.

Als Dev versucht, aufzustehen, runzle ich die Stirn.

»Was wird das?«

Dev sieht mich aus glasigen, rotädrigen Augen an.

»Ich stehe auf.«

»Bist du bescheuert?«, frage ich und glaube wirklich langsam, das Fieber hat sein Hirn etwas zu lange gegrillt.

»Du musst zur Schule«, krächzt er, bevor er erneut zu husten beginnt.

»Ich geh heute nicht«, sage ich bestimmt. »Und du auch nicht. Leg dich wieder hin. Ich kläre das mit Mom.«

Dev verzieht das Gesicht, aber diesmal lasse ich mich nicht bequatschen.

Ich laufe die Treppe nach unten in die Küche.

»Schatz, bist du krank?«, fragt meine Mom, als sie mich im Türrahmen erblickt.

»Nein, wie … wieso?«

»Ich habe die Teepackung gefunden.« Sie hält das Päckchen heißen Hugo in die Luft. »Außerdem siehst du blass aus.«

Sie kommt zu mir und fühlt meine Stirn, so wie ich es in den letzten Stunden etliche Male bei Dev getan habe.

»Alles okay, Mom«, beruhige ich sie. »Kannst du mir trotzdem für heute eine Entschuldigung schreiben?«

Sie mustert mich mit tiefen Stirnfalten.

»Wieso?«

»Dev ist krank«, antworte ich.

»Und du brauchst eine Entschuldigung, weil …« Sie wartet darauf, dass ich den Satz beende. Verständlich. Denn in ihren Ohren muss das alles ziemlich eigenartig klingen.

»Ich will ihn nicht allein lassen.«

Ihr Blick huscht kurz zur Treppe.

»Ist Dev oben?«, fragt sie und ist schon dabei loszulaufen, als ich sie stoppe.

»Mom. Er will keine große Sache daraus machen und ich will mich heute einfach um ihn kümmern. Ist das okay?«

Wieder mustert sie mich.

»Okay«, antwortet sie nach einer Weile. Ich bin erleichtert. Was hätte ich

gemacht, wenn ihre Antwort Nein gewesen wäre? Mit einem schnellen Kuss auf ihre Wange gehe ich zum Wasserkocher.

»Soll ich seine Eltern anrufen?«, fragt sie und ich kann die Fragen zwischen den Zeilen hören. Es sind dieselben, die ich mir gestern Nacht gestellt habe.

Wo sind Devins Eltern? Warum kümmern sie sich nicht, wenn es ihm schlecht geht? Klar, Dev ist schon achtzehn. Aber das heißt nicht, dass sie ihn mit Fieber zu Hause allein lassen können.

»Nein, Mom«, sage ich. »Er hat ihnen schon Bescheid gegeben.«

In ihren Augen erkenne ich die Enttäuschung. Sie weiß, dass ich lüge und ich hasse es. Normalerweise sage ich meiner Mom, was los ist. Ich schwindle nicht. Klar habe ich schon mal eine Notlüge aufgetischt, aber nicht bei solchen Dingen.

»Dann ist ja gut«, antwortet sie und dreht sich zum Küchenschrank. Sie kramt in einem der oberen Regale. Dann drückt sie mir eine Packung Kräutertee in die Hand.

»Sag Dev Gute Besserung von mir.«

Sie verschwindet aus der Küche und zurück bleibt ein bitteres Gefühl. Ich weiß, dass Dev nicht gewollt hätte, dass sie bei ihm zu Hause anruft. Ich weiß nur nicht, warum?

Kapitel 20

Sommer 2010

(MATTHEW, 18 JAHRE ALT)

In eine Decke gewickelt, genieße ich die Hitze des Feuers auf meinem Gesicht. Heute haben wir den Camper an einem Fluss geparkt. Bei dem Rauschen muss ich diese Nacht bestimmt ständig raus, aber der Blick auf die Stromschnellen und den dunklen Wald dahinter ist irgendwie idyllisch.

Dev tippt schon wieder auf seinem Handy herum.

»Wem schreibst du eigentlich die ganze Zeit?«, frage ich.

Er sieht kurz hoch, bevor sein Daumen weiter über das Display fliegt.

»Freunden. Familie.«

Knapper hat er es wohl nicht? Das macht mich neugierig.

»Malik?«

»Nein.«

Wow, das kam ziemlich schnell und harsch. Haben die beiden etwa Zoff? Das wäre wie ein Fünfer im Lotto. Aber ich kann mich auch täuschen.

»Du erzählst nicht viel von ihm«, werfe ich ihm einfach mal eine Behauptung an den Kopf und hoffe, dass Dev darauf anspringt.

»Was willst du denn wissen?«, fragt er. »Sternzeichen? Lieblingsband? Kennst ihn doch.«

»Ich kenne ihn nicht. Weiß nur, was man über ihn erzählt.« Ich sehe für einen Moment zum Fluss. Dann wieder zu Dev. »Ähm ... Ist da was dran?«

Devs Sitzposition verändert sich. Er rutscht nach vorn an die Kante seines Klappstuhls und stützt die Ellbogen auf seine Knie. Dann sieht er mich mit hartem Blick an.

»Malik ist ein paar Mal falsch abgebogen. Er sucht einfach noch nach dem richtigen Weg.« Er seufzt. »Wie wir alle.«

Wow. Seit wann ist er so philosophisch? Jetzt tut mir Malik beinahe schon leid. Aber nur beinahe.

»Ich hab mit Maliks Zeug nichts am Hut«, sagt er.

In Devs Blick erkenne ich, dass es die Wahrheit ist. Oder aber ich hoffe, diese zu sehen.

»Und was ist mit der Gang?«, bohre ich weiter nach und betone das Wort *Gang* genauso albern, wie es sich in meinem Kopf anhört.

»Was soll mit der Gang sein?« Dev betont das Wort auch. Aber bei ihm klingt es mehr nach einer Warnung. Es gibt Dinge, über die wir noch nie viel gesprochen haben, und ich bewege mich hier auf dünnem Eis. Also mache ich gekonnt einen Rückzieher.

»Musstet ihr diese Schnips-Abklatsch-Einschlag-Nummer, die ihr zur Begrüßung immer macht, eigentlich lernen? Ist das Voraussetzung, um dazuzugehören?«

Sein Blick wird weich und sein Körper entspannt sich sichtlich.

»Weiß nicht. Lass mich heute Nacht darüber nachdenken, wenn du mich wieder wie ein Tintenfisch umklammerst.« Er hebt eine Augenbraue und grinst mich an.

Mein Puls galoppiert und ich werde rot. Seit gestern zieht mich Dev damit auf, dass ich mich in der Nacht, als es mir so schlecht ging, an ihn rangekuschelt habe. Aber ich kann mich nicht daran erinnern. Ich weiß nur noch, dass mein Magen meinen Körper verlassen wollte.

»Da fällt mir ein …«, sagt er. »Ich hab ja noch einen gut bei dir.« Die Grübchen auf Devs Wangen verschwinden und sein Grinsen wird verheißungsvoll. Dann öffnet er seine Zigarettenschachtel und zieht den Joint hervor, den er am Anfang unseres Trips gekauft hatte.

»Nein! Vergiss es«, protestiere ich.

»Oh doch, Matthew Jones. Du wirst dir dieses Prachtstück jetzt gepflegt mit mir zusammen reinziehen und dich mal ein bisschen locker machen.«

»Locker war ich vor zwei Tagen auch«, antworte ich. »Du hast ja gesehen, wohin das führt.«

»Du hast dir das Bier dermaßen schnell in den Hals gekippt – Glaub mir, daran wirkte nichts locker. Was war eigentlich an dem Abend los mit dir?«

Du warst los. Ich hatte den Wunsch, dass du mich so ansiehst, wie du Brian angesehen hast. Ich hatte den Wunsch, dass du mir ins Ohr flüsterst anstatt ihm. Ich hatte den Wunsch, dass du mir verrätst, an was du in der Nacht im Camper gedacht hast. Ich hatte gehofft, diese ganzen dämlichen Wünsche mit dem Bier herunterzuspülen. Aber es hat nicht funktioniert.

»War nicht gut drauf«, antworte ich und blicke zu Boden.

»Bist du es heute?«, fragt er und ich runzle die Stirn.

»Ja, wieso?«

»Gut, dann lass uns das Ding hier anzünden.«

Noch ehe ich antworten kann, hat Dev das Feuerzeug in der Hand. Er schließt die Augen und nimmt den ersten Zug. Wie immer, wenn er den Rauch inhaliert, wirkt er friedlich und entspannt. In diesen Momenten wäre ich gern in seinem Kopf. Was wohl in seinen Gedanken vor sich geht?

Denkt er überhaupt an etwas? Denkt er an Brian? Denkt er an … mich?

Er reicht mir den Joint und ich nehme ihn zögerlich entgegen. Eigentlich will ich gar nicht. Aber wenn *Coolness* mein Freund werden soll, dann muss ich ihr auch eine Chance geben. Ich halte das glühende Papierröllchen zwischen die Lippen und ziehe den Rauch in die Lunge.

Sofort brennt es in meinen Atemwegen wie Feuer. Als hätte ich Funken eingeatmet anstatt Tabak und Gras. Ich huste und bekomme keine Luft mehr. Dev klopft mir auf den Rücken. Alter, wie kann er beim Rauchen nur so entspannt aussehen? Das ist pures Gift.

Als ich mich langsam wieder beruhige, höre ich ihn lachen.

»Sorry, Mann«, sagt er. »Ich dachte nicht, dass du an einem Dübel gleich krepierst.«

»Hier hast du deinen Mist zurück«, sage ich heiser. Ich gebe Dev den Joint und schnappe mir meine Cola, um den Geschmack wegzuspülen. *Coolness* ist ein Arschloch. Wir werden wahrscheinlich niemals Freunde.

Dev setzt sich zurück in seinen Stuhl und nimmt einen weiteren Zug, um den ihn jeder Yogi beneiden würde. Eine ganze Weile ist es still. Ich höre nur das Rauschen des Flusses und das meiner eigenen Gedanken.

»Was hältst du davon, wenn wir ein Spiel spielen?«, fragt Dev und ich richte mich in meinem Stuhl etwas auf.

»Das klingt, als würdest du mich gleich in einem gefliesten Raum anketten und den Schlüssel in der Leiche neben mir verstecken.«

»Nein.« Dev lacht. »Früher haben wir immer *This or That* gespielt, weißt du noch?«

Ich muss beim Gedanken an die weltveränderten Debatten auf meinem Vordach schmunzeln. Burger King oder McDonalds? Sommer oder Winter? Einmal haben wir einen ganzen Abend darüber debattiert, ob Einstein die Welt mehr verändert hat oder Mikel Jordon.

Dev reibt sich die Hände und überlegt einen Moment.

»Okay, ich fange an. Bären oder Wölfe?«

»Willst du wissen, vor wem ich mehr Angst habe oder wen ich cooler finde?«

»Beides.« Er grinst und die Grübchen kommen zum Vorschein.

»Wölfe«, antworte ich.

»Was? Das glaub ich nicht.« Dev sieht mich mit offenem Mund an. »Bären sind viel cooler als Wölfe.«

»Warum?«, frage ich. »Sie sind träge und niedlich. Aber es ging um cool. Wölfe sind schnell und sie jagen im Rudel. Das ist gruselig und irgendwie abgefahren.«

»Aber Bären sind schlau und sie essen Honig.«

»Erstens reden wir hier nicht von Winnie Puuh oder Yogibär und zweitens: Was ist daran bitte cool? Ich esse auch Honig. Bin ich deshalb cool?«

Dev sieht mich mit einem breiten Grinsen und glasigem Blick an.

»Du bist viel cooler, als du denkst.«

Ich zucke nur mit den Schultern und versuche es abzutun, aber innerlich tanze ich vor Freude. Wahrscheinlich ist er von dem Joint breit wie ein Scheunentor, aber das er das sagt, bedeutet mir viel.

»Jetzt bist du dran«, sagt er und lehnt sich erwartungsvoll in seinem Stuhl nach vorn. Okay, mal überlegen.

»Tattoo oder Piercing?«

»Was ich selbst gern hätte oder was mich bei einem Typen scharfmacht?«

Ich räuspere mich, denn der Klumpen, der beim Gedanken an ihn mit einem Kerl entsteht, verstopft mir den Hals.

»Beides«, antworte ich und meine Stimme klingt ein wenig rau.

»Tattoos.«

»Wirklich?«, frage ich entsetzt. »Tattoos sind bescheuert. Piercings kann man wenigstens wieder rausnehmen, aber Tattoos? Nur weil man mal zwei Wochen in Hawaii war, muss man nicht für den Rest seines Lebens ein Surfbrett auf der Schulter tragen.«

»Ja, aber Tattoos sind heiß«, antwortet Dev und wackelt mit den Augenbrauen. »Außerdem geht es manchmal um mehr als um ein Surfbrett. Einige Tattoos erzählen Geschichten, an die man sich erinnern will.«

Sein Blick wandert zum Fluss und verweilt dort für einen Moment.

»Was würdest du dir stechen lassen?«, frage ich.

»Vielleicht einen Tintenfisch«, antwortet er. Dann zwinkert er und lächelt.

»Blaue oder grüne Augen?«, fragt er.

Wie aus einem Reflex heraus antworte ich: »Braune.«

Dev sieht mich an und obwohl seine Augen mittlerweile vom Gras klein sind, erkenne ich, dass ihn meine Antwort überrascht. Dann schmunzelt er, sagt aber nichts dazu.

Grün. Warum habe ich nicht grüne Augen gesagt. Judy hat grüne Augen.

»Geld oder Fame?«, frage ich schnell.

Dev verdreht die Augen.

»Jeder braucht Geld. Vom Berühmtsein allein wird man nicht satt.« Bei diesem Punkt muss ich ihm sogar zustimmen.

Dev ist dran. Er lehnt sich zurück und mustert mich. Zwischen uns knistert das Feuer und Funken steigen in die Luft, wenn eines der Scheite umfällt. Dann hebt sich plötzlich sein Mundwinkel. Wieder erscheint dieses verschlagene Grinsen, bevor er seine Frage stellt.

»Blowjob oder Sex?«

Mein Gesicht fängt Feuer und ich sehe zu Boden. Fuck. Wie sind wir von Bären nur zu diesem Thema gekommen?

»Wie meinst du das?«, frage ich, um Zeit zu gewinnen. Meine Gedanken rasen.

Dev richtet sich aus seiner gemütlichen Position auf und lehnt sich nach vorn.

»Ganz einfach. Stell dir vor, du müsstest wählen, ob du ein Leben lang auf Blowjobs verzichtest oder auf Sex. Wie würdest du dich entscheiden?«

Mir wird heiß und kalt. Was soll ich bloß antworten?

»K-keine Ahnung.«

»Du musst doch wissen, was du lieber hast«, sagt er.

»Keine Ahnung«, wiederhole ich meine Antwort und meine Stimme klingt härter als beabsichtigt. »Hatte noch nie einen … Blowjob, meine ich.«

Devs Kiefer klappt nach unten. Dann blinzelt er ein paar Mal.

»Aber du bist doch mit Judy zusammen?!«

»Ja, aber Judy mag das eben nicht.« Ich zucke mit den Schultern. »Ist okay für mich.«

»Nein, nein, nein, nein, nein, nein, nein. Wenn du wüsstest, wie geil ein Blowjob ist, wäre das überhaupt nicht okay für dich.« Dev steht jetzt beinahe in seinem Stuhl. Das Thema scheint ihm wirklich wichtig zu sein. Aber er soll mir keine Sache einreden, die ich nicht vermisse. Klar bin ich neugierig. Aber der Sex mit Judy ist schön und reicht mir völlig.

Meine anfängliche Verlegenheit wandelt sich in Trotz.

»Soll ich meine Freundin etwa dazu zwingen?«, frage ich schroff. »Wenn Judy das nicht möchte, ist das für mich okay. Lass gut sein.«

»Okay.«

Dev hebt abwehrend die Hände.

Aber ich habe das Gefühl, dass er es nicht so meint.

Kapitel 21

Sommer 2010

(Matthew, 18 Jahre alt)

Toll. Jetzt kreisen mir nicht nur Bilder davon im Kopf herum, wie Dev sich selbst anfasst. Nein, ich frage mich auch seit gestern Nacht, ob ein Blowjob wirklich so geil ist, wie er tut.

Ob sich ein Blowjob von einem Mann anders anfühlt als von einer Frau?

Tja, da ich weder das eine noch das andere kenne, werde ich das wohl nie erfahren.

»Guten Morgen.« Dev gähnt und streckt sich neben mir im Bett. Ich drehe mich schnell auf den Rücken, denn er muss nicht merken, dass ich ihn schon seit ungefähr einer Stunde anstarre wie ein irrer Stalker.

Was ist nur los mit mir?

Beim Aufwachen war sein Geruch überall. Ein wenig Zigarette und ganz viel Dev. Ich kann nicht beschreiben, wonach genau er riecht. Einfach nach Leben und Spaß und Sommerabenden auf dem Vordach.

Dieser Duft macht mich wahnsinnig.

Er hatte die Decke im Schlaf bis zu seinem Bauch hinuntergeschoben. Seine Hand lag locker auf der Brust. Zum ersten Mal sind mir seine Finger aufgefallen. Er hat wahnsinnig schöne Finger – lang und gepflegt – und ich frage mich, wie sie sich wohl auf meiner Haut anfühlen. Nicht auf meinem Arm oder meiner Schulter, denn dort hat er mich schon tausendmal berührt. Sondern auf meinem Nacken, wenn er nicht nur unbedacht darüberstreicht, sondern gezielt danach greift.

Verdammt, komm runter, Matthew.

Und das meine ich wörtlich. Denn ohne dass ich es will, wird aus meiner Morgenlatte ein Morgenrohr. Ich ziehe meine Decke ein Stück weiter hoch und versuche an etwas anderes zu denken als an Devs volle Lippen und das Heben und Senken seines Brustkorbes, wenn er schläft.

Gelbe Fußnägel. Zombieapokalypse. Erdölteppich.

Verdammt!

»Alles klar bei dir?«, fragt er mit rauer Stimme. Ich drehe mich in Richtung Duschklo und halte meinen Teil der Decke umklammert, als würde mein Leben davon abhängen.

»Hey, Matt.« Er beugt sich über mich und seine braunen Augen fangen meinen Blick. Seine Haare stehen in alle Richtungen und ich wünschte, ich wäre der Grund dafür.

Maaatt Komm runter!

»Ja, alles klar«, sage ich und kralle mich noch ein wenig mehr an die Decke. Kann er bitte einfach aufstehen und mich hier in meinem Elend allein lassen?

»Da ist wohl jemand miesepetrig?«, fragt er mit einem verspielten Unterton. »Das verlangt nach einer Runde Wrestling.«

Ehe ich mich versehe, stürzt sich Dev auf mich und wickelt mich in die Decke ein. Dann ist er plötzlich über mir und hält meine Arme fest. Ich kann mich nicht mehr wegdrehen. Seine Hüfte liegt auf meiner und die Decke ist zu dünn, um das Dilemma zwischen meinen Beinen zu verbergen. Dev wirkt kurz irritiert, beginnt dann aber zu grinsen wie ein Honigkuchenpferd.

»Matt hat einen Ständer. Matt hat einen Ständer«, zieht er mich auf. »Na, von wem hast du geträumt? Von Judy oder von mir?«

Ich weiß, dass es nur ein Spaß sein soll. Er denkt nicht wirklich, dass ich von ihm geträumt haben könnte. Aber ich war noch nie gut darin, zu lügen. Und mein Körper verrät mich. Meine Wangen werden heiß und in meinem Blick erkennt er die Antwort. Wie in Zeitlupe sehe ich seinem Gesicht dabei zu, wie es sich verändert, als der Groschen fällt. Aus dem verspielten Lächeln wird eine gerunzelte Stirn. Diesen Blick ertrage ich nicht.

Ich stoße ihn von mir runter und flüchte ins Duschklo.

Fuck. Fuck. FUCK.

Was ist mit mir los? Dev ist mein Lieblingsmensch. Wenn ich das versaue …

Es klopft an der Tür.

»Hey, Matt. Kommst du wieder raus oder muss ich mich mit meiner Zigarette durch die Plastiktür brennen?«

Ich hasse es, dass er mich sogar in solchen Momenten zum Lachen bringt. Kann er nicht einfach mal nicht perfekt sein? Neben ihm komme ich mir manchmal so klein vor. Und im Moment bin ich winzig. In Gedanken spaziere ich einfach unter dem Türschlitz hindurch an ihm vorbei. Aber in Wirklichkeit sitze ich auf dem Deckel des Plastikklos, umklammere meine Knie und habe keinen blassen Schimmer, was ich sagen soll, wenn ich diese Tür öffne.

Ich habe an Judy gedacht.

Das wäre eine Möglichkeit, aber Dev würde die Lüge erkennen. Er kann mich lesen, so wie ich ihn.

Hey, Dev. Weißt du noch: Dein Ständer vor ein paar Tagen? Die Dinger kann man einfach nicht kontrollieren. Nicht wahr?

Ja, Humor ist immer gut. Aber warum bin ich dann wie ein Irrer ins Bad geflüchtet?

Wie ich es drehe und wende, ich kenne Dev. Er hat etwas in meinem Blick gesehen und er wird es verstehen wollen.

Das Problem ist: Ich verstehe es selbst nicht.

Also wähle ich den Ausweg, der meinem verwirrten Hirn in diesem Moment am logischsten erscheint.

Flucht!

Ich öffne die Tür, stürme an Dev vorbei und schnappe mir meine Sachen von der Sitzbank, die ich gestern Abend dort abgelegt habe. Dann ziehe ich meine Schuhe an. Halb nackt mit Wanderschuhen greife ich nach meinem Handy und einer Flasche Wasser, bevor ich aus der Tür ins Freie renne.

Super, Matt. Sehr erwachsen. Jetzt denkt er bestimmt, dass alles in Ordnung ist.

Aber ich kann gerade nicht klar denken. Ich muss erst mal weg und meine Gedanken sortieren. Meine Gefühle ordnen. Und dann kann ich mit einer logischen Erklärung zurückkommen. Aber nicht jetzt. In meinem Kopf herrscht ein wildes Durcheinander aus Fragen, Emotionen und Ängsten.

Was, wenn unsere Freundschaft das nicht aushält?

Das wäre das Schlimmste. Dev ist mehr als nur ein Freund. Wenn mich jemand fragen würde, was ich auf eine einsame Insel mitnehmen will, dann wäre die Antwort: Dev. Nach der Highschool hätte ich die Möglichkeit auf ein Auslandssemester gehabt. Sechs Monate England. Ich habe keine Sekunde darüber nachdenken müssen. Ein halbes Jahr ohne ihn? Never. Bei Portland. Bei Kanada. Bei allem, was ich tue. Immer steht Dev an erster Stelle im Fragenkatalog.

Und jetzt versaust du alles, wegen ein paar Gefühlen, die aus dem Gleichgewicht geraten sind.

Ich entferne mich, so schnell ich kann, vom Camper. Hinter einer Baumgruppe bleibe ich stehen und schnappe nach Luft. Ich ziehe mir das Shirt und die Hose über die Schlafshorts und nehme einen kräftigen Schluck Wasser. Ich gurgele kurz und spucke das Wasser wieder aus. Das muss reichen. Zähneputzen fällt heute aus. Und dann laufe ich einfach los. Ich folge einem Weg und habe keine Ahnung, wohin er führt. Hoffentlich zurück zur Vernunft. Hoffentlich liegt auf diesem Weg die Antwort auf die tausend Fragen in meinem Kopf.

Aber vermutlich nicht. Ein Schild verrät mir, dass der Weg nach Gibbs führt. Also laufe ich. Nach circa einer Stunde erreiche ich die ersten Häuser. Ich setze mich auf eine Bank an einer Bushaltestelle. Was soll ich bloß machen?

Ich ziehe mein Handy aus der Hosentasche und wähle die Nummer des einzigen Menschen, der mir genauso viel bedeutet wie Dev.

»Hey, Großer«, sagt Kathy statt Hallo. »Was geht. Nur noch eine Woche. Ich habe schon zwanzig Horrorfilme gepinnt und du wirst sie alle mit mir ansehen. Und ja, es sind auch welche mit Zombies dabei. Aber das ist die gerechte Strafe dafür, dass du mich hier einen Monat allein lässt.«

Ich lächle schwach, sage aber nichts dazu.

»Hey, Kleine«, ist alles, was mein Hirn zustande bringt.

»Was ist los?«, kommt es vom anderen Ende der Leitung.

»Wo bist du? Ist was mit Dev? Soll ich dich abholen?«

Wieder huscht ein kleines Lächeln über mein Gesicht. Wenn du denkst, dass die Welt gerade untergeht, ist es heilsam zu wissen, dass du eine kleine Schwester hast, die für dich durchs Feuer gehen würde.

»Nein«, antworte ich.

»Was nein? Abholen oder Dev?«

»Du brauchst mich nicht abzuholen.«

»Also ist etwas mit Dev?«

Ich seufze und sie versteht die Antwort.

»Was ist passiert? Immer noch wegen der Ständersache?«

Ich seufze erneut.

»Oh Gott, Matthew. Spann mich nicht so auf die Folter. Sag schon, was los ist.«

»Ich hatte einen Ständer«, platzt es aus mir heraus. Ich habe mit meiner Schwester noch nie über Sex geredet. Ich will weder wissen, ob sie welchen hat, noch habe ich ihr je von mir und Judy erzählt. Aber das hier ist ernst. Es geht um alles. Es geht um Dev.

»O... Okay. Wann hattest du einen ... na, du weißt schon.«

Ihr scheint es genauso unangenehm zu sein wie mir, aber die Büchse der Pandora ist offen und mein Problem ist viel zu groß. Keine Zeit, mich vor meiner Schwester zu genieren.

»Heute früh im Bett.«

»Morgenlatte?«

»Nein. Es hatte mit Dev zu tun«, antworte ich. »Keine Ahnung ... Ich war total durcheinander. Und dann bin ich durchgedreht und in Unterwäsche aus dem Camper geflohen und jetzt sitze ich an einer beschissenen Bushaltestelle ohne einen verfickten Dollar in der Tasche und traue mich nicht zurück. Kathy, was soll ich jetzt machen?«

»Erst mal musst du dich beruhigen.«

Beschissener Rat. Wenn das so einfach wäre, würde ich nicht hier sitzen und mir die Haare raufen. Ich ziehe so stark daran, dass es schmerzt.

»Hast du mit ihm geredet?«, fragt sie. »Ich meine, bevor du ausgerastet bist?«

»Nein. Was hätte ich denn sagen sollen?«

»Die Wahrheit?«

»Kathy, wenn ich Dev verliere ... das wäre ... das wäre das Schlimmste überhaupt. Er ist ... alles. Was mache ich denn ohne ihn?«

»Großer, weißt du, wie das klingt?«, fragt sie und ihre Stimme ist weich. »Es klingt, als wärst du verliebt.«

»Ach, Bullshit«, erwidere ich. »Ich bin mit Judy zusammen. In sie bin ich verliebt.«

»Ist das so?«

Ich werfe den Kopf in den Nacken und atme. Die Gedanken in meinem Hirn werden schneller und kreisen um die eine Frage, die ich so lange verdrängt habe und die meinen Schädel jetzt zu sprengen droht. Mein Herz zu sprengen droht. Kathy hat sie aus dem Gedankenkarussell herausgeholt und jetzt prangt sie in Leuchtbuchstaben auf der Innenseite meiner Lider.

Bin ich in Devin verliebt?

Es wird schon dunkel, als ich den Camper erreiche. Dev sitzt davor und stochert mit einem Stock in einem Feuer. Als meine Schritte näher kommen, hebt er den Kopf.

»Matt, ich hab mir Sorgen gemacht. Wo warst …«

Doch weiter kommt er nicht. Ich hebe meine Hand, um ihn zu stoppen. Dann gehe ich in den Camper, ziehe mich aus und nehme eine dreieinhalbminütige Dusche. Bevor ich mit Dev reden kann, muss ich die Gedanken und Gefühle, Ängste und Zweifel, die mich den ganzen Tag zum Schwitzen gebracht haben, von meinem Körper waschen. Sie haben mich ausgelaugt und ich brauche einen klaren Kopf, wenn ich mit Dev rede. Als das Wasser lauwarm wird, drehe ich die Dusche ab. Ich schnappe mir das Handtuch, ziehe mir bequeme Hosen und ein lockeres Shirt an und atme tief durch. Auf dem Herd stehen Nudeln. Anscheinend hat Dev sie gekocht, aber selbst nichts davon gegessen. Also hole ich Teller aus dem Schrank und richte zwei Portionen darauf an. Dann ziehe ich eine Jacke über und gehe hinaus. Ich setze mich neben Dev und reiche ihm stumm einen Teller. Während wir essen, sagt niemand ein Wort. Als wir fertig sind, ziehe ich zwei Pop-Tarts aus meiner Jackentasche. Ich gebe Dev eins der Törtchen und atme erneut tief durch.

»Was machen wir jetzt?«, frage ich, ohne ihn anzusehen.

Ich habe lange darüber nachgedacht, wie ich mich herausrede. Wie ich ihm die Sache von heute Morgen plausibel erklären kann. Zufallsständer. Trockenphase. Harnwegsinfektion. Ich habe alle Möglichkeiten durchgespielt. Ich könnte es herunterspielen. So tun, als wäre es nur ein dummes Missverständnis.

Aber was dann? Hören diese Gedanken auf, wenn wir wieder zu Hause sind? Dev ist mein bester Freund. Vielleicht auch mehr als das. Auf jeden

Fall hat er die Wahrheit verdient. Auch wenn es sein kann, dass ich ihn dadurch verliere. Es quält mich seit Tagen. Wenn ich ehrlich zu mir bin, schon länger. Aber ich habe es nicht erkannt. Und jetzt stehe ich vor einem riesigen, wackligen Jengaturm und habe Angst, dass er einstürzt, wenn ich das falsche Holz herausziehe. Ich bete, dass das Gerüst, das wir über Jahre aufgebaut haben, hält.

»Matt. Ich verstehe es nicht«, sagt Dev. Seine Stimme verrät nicht, ob er wütend ist oder enttäuscht.

»Ich auch nicht«, antworte ich genauso ruhig wie er. »Deshalb meine Frage. Was machen wir jetzt?«

Wir starren beide in das mickrige Feuer, das er völlig falsch aufgestellt hat. Klar, dass er darin rumstochern muss, denn so wie die Scheite liegen, bekommt es keine Luft. Genau wie ich.

»Was ist mit Judy?«, fragt Dev.

»Ich weiß es nicht«, hauche ich beinahe. »Ich weiß überhaupt nichts mehr. Dev, ich drehe durch. Was machen wir jetzt?«

Wieder ist es minutenlang still. Ich höre das Rauschen des Flusses, das sich mit dem Rauschen in meinem Kopf vermischt.

Das Feuer erlischt und die Glut wärmt nicht richtig. Es wird kalt.

»Lass uns schlafen gehen«, sagt Dev auf einmal. Ich nicke stumm und hinter meinen Augen beginnt es zu brennen.

Wie sehr hatte ich gehofft, dass er es auch fühlt. Dass er gemerkt hat, dass sich etwas zwischen uns verändert. Dass es ihn genauso verwirrt und wir darüber reden, bis wir eine Lösung gefunden haben. So wie immer. Aber er steht einfach auf und geht in den Camper. Ich bleibe zurück am Feuer, das schon lange kein Feuer mehr ist. Nur noch ein bisschen Glut. Ein letztes Glimmen und der starke Druck hinter meinen Lidern.

In meinem Kopf dröhnt das Pop-Tart-Lied in Dauerschleife.

Dann tropft die erste Träne auf mein frisches Shirt.

Nicht mal das hilft.

Kapitel 22

Sommer 2010

(MATTHEW, 18 JAHRE ALT)

Schlaf. Was ist das? Ich habe das Gefühl, seit Tagen nicht mehr richtig geschlafen zu haben. Und heute ist keine Ausnahme. Ich liege wach und starre in die Dunkelheit. Seit Stunden.

Was wird mit uns passieren, wenn wir das nicht überwinden? Meine Gefühle? Kann ich das überwinden?

Täuscht sich mein Herz?

»Matt?«, höre ich plötzlich Devs Flüstern neben mir. Aber ich reagiere nicht. Ich habe Angst, dass ich etwas Falsches sage oder tue. Jede Faser meines Körpers kribbelt, weil er so dicht neben mir liegt und ich ihn dennoch nicht berühren kann.

»Matt, bist du wach?« Wieder flüstert er und ich habe das Gefühl, er hofft darauf, dass ich nicht antworte. Also tue ich ihm den Gefallen und schließe die Augen. Ich atme ruhig und sage nichts.

Die Bettdecke raschelt und dann vernehme ich das Geräusch, das mich seit Tagen verfolgt. Das Scharren, von dem ich längst weiß, dass es kein Tier ist. Es flutet mein Hirn mit Bildern und jagt Adrenalin durch meinen gesamten Körper.

Dev. Nur Zentimeter neben mir. Er berührt sich.

Mein Puls schnellt nach oben und das Blut rauscht in meinen Ohren. Mit seinem schneller werdenden Atem steigt das Kribbeln in meinen Fingerspitzen. Es ist nahezu unerträglich. Mein Hirn ist kurz davor zu kollabieren. Mein Schwanz ist so hart, dass es schmerzt.

Ich muss ihn auch berühren. Ich weiß, dass es bescheuert ist. Dass ich es nicht darf. Aber mein Körper hat seinen eigenen Willen.

Wie von selbst beginnt meine Hand unter der Decke zu wandern. Millimeter für Millimeter rutscht sie unter der rauen Baumwolle in die Richtung, aus der sein abgehackter Atem immer lauter zu hören ist. Wie eine Sirene. Ich bin völlig machtlos. Kopflos. Willenlos.

Als meine Finger die Haut seines Arms berühren, stockt sein Atem. Das Scharren verstummt augenblicklich und für ein paar Sekunden halten wir beide die Luft an. Er sagt nichts. Keinen Ton. In meinen Ohren hämmert mein Puls, aber es gibt kein Zurück. Ich muss ihn fühlen. Mehr von ihm. Meine Finger wandern weiter. Über Devs Arm hin zu seiner Brust.

Er könnte mich wegstoßen. Er könnte mich stoppen. Aber er tut es nicht. Dev rührt sich keinen Millimeter. Unter meinen Fingerkuppen fühle ich seinen Herzschlag. Ich verweile für einen Moment und sauge das Klopfen in mich auf. Das heftige Pulsieren unter seiner warmen weichen Haut. Ich habe am ganzen Körper Gänsehaut. Nie hätte ich gedacht, dass er sich so gut anfühlt. So richtig. Meine Hand rutscht weiter, bis ich mit den Fingerspitzen seine Brustwarze berühre.

In diesem Moment stößt Dev die Luft aus, die er anscheinend viel zu lange angehalten hat, und nimmt ein paar hastige Atemzüge. Ich lege meine Hand flach auf seinen Brustkorb, um keine Bewegung davon zu verpassen.

Vielleicht ist es das letzte Mal, dass ich ihm so nah bin.

Für einen Moment sticht es in meiner Brust, aber der Drang, mehr von ihm zu berühren, gewinnt die Oberhand zurück. Mein Verstand wird in die stille Ecke verbannt. Mein Körper übernimmt das Denken und alle Sinne sind geschärft. Meine Hand rutscht hinauf zu seinem Schlüsselbein. Sanft streiche ich entlang des harten Knochens, der unter der samtig weichen Haut liegt, von der ich nicht genug bekomme. Ich will jeden Zentimeter seines Körpers tasten. Fühlen. Schmecken.

Wie schmeckt seine Haut?

Der Gedanke packt mich wie aus dem Nichts. Ich muss es wissen. Also rutsche ich näher. Devs Atem wird schneller. Dann höre ich es wieder. Das Scharren unter der Decke. Das Rascheln, das mir verrät, dass er fortsetzt, womit er begonnen hat. Während ich ihn berühre. Während meine Fingerspitzen über seine Haut gleiten. Der Gedanke jagt mir kleine Schauer über den Rücken. Ich streichle über die Stelle unterhalb seines Kehlkopfes. Diese kleine Vertiefung zwischen den Halssehnen, die noch viel weicher ist als seine Brust. Mit dem Ellbogen hebe ich die Decke ein winziges Stück an und bringe meinen Körper dichter an seinen. Ich bin so nah, dass ich jede seiner Bewegungen spüren kann. Seine Hitze. Immer wieder stockt sein Atem für einen Moment.

Meine Fingerspitzen setzen ihre Reise fort. Ich fahre über seine Brust weiter nach unten. Als ich die oberste Vertiefung seiner Bauchmuskeln erreiche, verharre ich für einen Moment. Ich fahre die Rille nach. Ertaste das feste Gewebe, das sich unter meiner Berührung immer wieder anspannt. Dann wandere ich eine weitere Vertiefung nach unten. Dev atmet zittrig ein, als ich von dort wie in Zeitlupe zu seinem Bauchnabel streiche.

Seine Bewegungen werden fahrig und es wirkt, als hätte er seinen Rhythmus verloren. Als wäre er zu nah, um sich zu bremsen oder zu kontrollieren.

»Fuck«, flüstert er zwischen schnellen Atemzügen.

Ich streiche mit dem Zeigefinger um seinen Nabel. Immer wieder. Kleine Kreise. Als sein Atem lauter wird, lasse ich meine Hand auf seinem Bauch liegen. Seine Fingerknöchel stoßen immer wieder gegen meine und ich kann nicht anders. Ich lehne mich ein Stück weiter zu ihm und berühre seine Schulter mit meinen Lippen.

»Fuck«, kommt ein erneutes heiseres Flüstern. Ich wiederhole die Berührung und streiche mit dem Mund ein paar Zentimeter über seine Haut. Dann spreize ich meine Finger auf seinem Bauch.

Seiner Kehle entfährt ein Laut, der halb nach einem Wimmern, halb nach Erlösung klingt. Warme Spritzer treffen meine Hand, als sich die Muskeln darunter verspannen. Ich küsse seine Schulter ein weiteres Mal. Dann lege ich meine Stirn an seine Haut.

Er atmet schwer und heftig und ich atme so flach wie möglich, um keine Reaktion von ihm zu verpassen. Meine Hand ruht weiter auf seinem Bauch. *Was denkt er?*

Ich spüre, wie die Realität mit einer spitzen Nadel an der Blase kratzt, die uns in diesem Bett umgibt. Wenn sie platzt, werden die Gedanken auf uns einprasseln wie ein Hagelsturm. Zweifel und Reue werden den perfekten Moment zerstören. Fragen und Vorwürfe werden alles in ein falsches Licht rücken.

Ich fühle den Moment, in dem es passiert. Der Augenblick, in dem die Erkenntnis bei ihm eintritt. Devs Körper, der gerade noch weich und warm unter meinen Fingern lag, verspannt sich. Mit einen Ruck reißt er die Decke zur Seite. Ich kann ihn nicht sehen, aber mir ist klar, wohin er will. Raus. Genau wie ich vor ein paar Stunden. Aber seinen eigenen Gedanken kann man nicht entfliehen. Das weiß ich nur zu gut.

Ich liege eine ganze Weile in der Dunkelheit. In meinem Kopf herrscht Chaos. Aber ich kann keinen der Gedanken greifen, die in meinem Hirn herumfliegen. Also schließe ich die Augen und atme. Ich zähle die Atemzüge und hoffe, mich damit zu beruhigen.

Eins, zwei, drei ... Wo ist er hingegangen?
Vier, fünf, sechs, sieben ... Was war das gerade?
...
dreihundertfünf, dreihundertsechs, dreihundertsieben ... Haben wir Wechselbettwäsche?
...
siebenhundertachtundfünfzig ... Was, wenn ihn da draußen ein Bär frisst?

Meine Gedanken werden von Minute zu Minute bescheuerter, also entschließe ich mich, aufzustehen. Ich gehe zum Waschbecken und schalte das Licht an. Im Spiegel blickt mir ein blasses Gesicht entgegen. Die Haare sind verstrubbelt. Aber nicht auf die sexy Dev-Art, sondern auf die Matthew-Art, die niemand in einem Katalog ablichten würde. Ich wasche mir die Hände und ziehe mir einen Hoodie und eine Trainingshose an. Mit einem tiefen Atemzug schnappe ich mein Handy und gehe nach draußen.

Vor dem Camper ist es fast genauso dunkel wie drinnen. So finde ich Dev nie. Als ich gerade die Taschenlampe meines Handys anschalten will, bemerke ich den orangen Punkt, der ein paar Meter entfernt durch die Luft tanzt.

Ich stecke meine Hände in die Taschen und gehe hinüber. Dev lehnt an einem Baum. Wenn er an der Zigarette zieht, wird sein Gesicht für eine Sekunde beleuchtet. Aber es reicht nicht, um zu erkennen, was er denkt. Oder fühlt.

»Treffen sich zwei, einer kommt nicht«, sage ich, aber meiner Stimme fehlt die Leichtigkeit.

»Wow, der ist ziemlich mies. Wie lange hast du dafür gebraucht?«, fragt er.

»Mir ging ganz schön viel durch den Kopf, nachdem du aus dem Camper gestürmt bist. Ich gebe zu, nicht alles davon war sinnvoll.«

Dev lacht trocken.

»Also war etwas *Sinnvolles* dabei?«, fragt er und nimmt einen weiteren Zug.

»Nichts ergibt gerade einen Sinn«, antworte ich.

»Nein.«

Nachdem er die Zigarette aufgeraucht hat, schnipst er sie in die Nacht. Unter normalen Umständen würde ich ihm jetzt einen Vortrag über Waldbrände und Umweltverschmutzung halten. Aber nicht heute.

»Kommst du wieder rein?«, frage ich und merke, wie mein Herz klopft.

»Na los«, antwortet er und ich bin erleichtert. Obwohl jetzt erst der schwere Teil kommt. Denn hier draußen ist es dunkel. Aber im Camper kann ich sein Gesicht erkennen und ich habe ein wenig Angst davor, was es mir zeigen wird.

Ich gehe direkt an den Kühlschrank und hole zwei Fantas heraus. Dann stelle ich sie auf den Tisch und setze mich, ohne auch nur ein einziges Mal aufzublicken.

Gleich. Gleich sehe ich ihn an. Bloß noch ein wenig auf die Tischplatte starren.

»Matt.« Devins Stimme klingt weich. Nach ihm. Meinem Dev. Dem Dev, der mich beruhigt, wenn mir zu viel durch den Kopf geht.

Ich hebe den Blick und schaue in seine braunen Augen. Darin finde ich weder Verachtung noch Wut. Ehrlich gesagt, war das meine größte Angst. Dass er mich hasst, weil ich das zwischen uns kaputtgemacht habe. Aber da ist kein Hass. Er scheint einfach nur verwirrt. Genau wie ich.

»Warum hast du mich angefasst?«, fragt er.

Super. Nicht lange drum herumreden. Direkt auf die Zwölf.

»Warum hast du dich selbst angefasst? Neben mir«, stelle ich die Gegenfrage.

»Matt, bitte. Ich muss es verstehen. War es Rumexperimentieren?«

»Nein.« Meine schnelle Antwort überrascht mich selbst. Aber auch wenn ich keine Ahnung habe, warum ich so für Dev empfinde, er soll nicht denken, dass ich unsere Freundschaft aufs Spiel setzen würde, nur weil ich gerne mal einen Kerl anfassen will.

»Okay«, sagt er. »Warum hast du es dann getan?«

»Ich … ich konnte nicht anders.« Ich lasse meinen Kopf zwischen den Schultern hängen. Wie quatscht man mit seinem besten Freund über Gefühle, die man selbst nicht versteht?

»Warum hast du es zugelassen?«, frage ich, ohne dass es wie ein Vorwurf klingen soll. Aber er hätte meine Hand wegstoßen können.

»Ich weiß es nicht«, antwortet er.

Wir sitzen schweigend am Tisch, trinken unsere Fanta und versuchen zu verstehen, was sich gerade zwischen uns verändert. Gestern waren wir noch Freunde. Aber heute ist alles anders. Was sind wir jetzt?

Ich will dich nicht verlieren.

Kapitel 23

Sommer 2010

(Matthew, 18 Jahre alt)

Ich blinzle und schließe die Augen wieder, als das helle Licht meine Netzhaut trifft. Mein Hirn ist noch nicht ganz wach und ich genieße die kuschelige Wärme um mich herum.

»Guten Morgen, Tintenfisch.«

Beim Klang von Devs rauer Stimme prasseln die Erinnerungen von vergangener Nacht auf mich ein und ich schrecke hoch. Sein Arm zieht mich sanft zurück an seine Brust, an der ich anscheinend die ganze Zeit über schon liege.

»Bleib hier ... wenn du magst.«

Als ich den Kopf hebe, sehen mich seine Augen fragend an. Zwischen den Brauen hat sich eine Falte gebildet. Ich strecke meine Hand aus und fahre mit dem Daumen darüber, so als könnte ich seine Sorgen einfach wegstreichen. Er lächelt und mein Kopf sinkt zurück auf seine warme Haut. Unter meinem Ohr schlägt sein Herz in einem trägen Rhythmus, der mich einlullt. Umhüllt von seinem Geruch und unter der Bewegung seines Brustkorbes dämmere ich wieder ein.

Als ich zum zweiten Mal erwache, liegt Dev nicht mehr neben mir. Der Camper ist leer und in mir macht sich ein mulmiges Gefühl breit. Ich stehe auf und wasche mich. Dann nehme ich mir einen Kaffee aus der Thermoskanne. Beim Blick auf mein Handy ziehe ich die Augenbrauen nach oben. 11:24 Uhr. So lange habe ich nicht mal geschlafen, als ich versucht habe, mich in Bier zu ertränken.

Als ich vor die Tür des Campers trete, finde ich Dev auf einer Decke liegend. Er tippt auf seinem Handy. Die Falte von heute Morgen ist zurück. In dem Moment, in dem er mich bemerkt, schaltet er das Display aus und schiebt das Handy unter sein Shirt, das zusammengeknüllt neben ihm liegt.

»Hey, kann ich …?« Ich deute auf die Decke und Dev verdreht die Augen.

»Setz dich schon.« Dann lächelt er. »Zeit, über gestern Nacht zu reden?«

Ich zucke nur mit den Schultern und setze mich mit meinem Kaffee neben ihn. Jetzt wird es ernst. Ich atme tief durch. Doch ehe ich ein Wort hervorbringe, fängt Dev an zu reden.

»Ich muss zugeben, dass ich gerade wirklich Schiss habe.«

»Wovor?«, frage ich und runzle die Stirn. Ich bin doch der, der kurz vor einem Nervenzusammenbruch steht. Dessen Welt sich gerade um 180 Grad gedreht hat.

»Vor dem, was du gleich sagen wirst«, antwortet er.

»Was denkst du denn, was ich sage?«

Dev kratzt sich über die nackte Brust.

»Es ist egal, was du sagst. So oder so macht es mir Angst.« Er schluckt und sieht auf die Decke. »Aber schieß los.«

Ich drehe mich zu ihm.

»Boah, du weißt wirklich, wie man Erwartungsdruck aufbaut.«

Er grinst und ich muss schmunzeln. Dann werden wir wieder ernst und ich seufze.

»Dev, du bist mein bester Freund …«

»Oh Gott. Hör auf. Ich will es nicht hören.« Dev hält sich die Ohren zu und singt lalalalala. Ich muss lachen und greife nach seinen Händen. Er versucht auszuweichen. Wir fallen nach hinten auf die Decke. Wieder hat er es geschafft. Ich lache, obwohl mich die Anspannung noch vor ein paar Sekunden beinahe zerrissen hätte. Er macht alles so leicht. Während ich seine Handgelenke umfasse, sehe ich in seine braunen Augen. Darin steht Wärme und Hoffnung.

Oder bilde ich mir das nur ein?

Er liegt unter mir und unser Gelächter verstummt. Mein Gesicht ist nur ein paar Zentimeter von seinem entfernt und Devs Atem streift meine

Lippen. Egal, welche Rede ich mir hierfür überlegt hatte, im Moment scheint jede meiner Körperfunktionen auf ihn ausgerichtet zu sein. Muskelbewegungen, die mein Gesicht näher an seins bringen. Nervenenden, die kribbeln, weil sie die Berührung seiner weichen Haut nicht erwarten können. Ihn endlich schmecken wollen. Riechzellen, die seinen Duft katalogisieren und abspeichern. Mein Hirn, das einen Rauschfilter über meine Gedanken legt. Mein Herz, das wie verrückt hämmert.

Kein Zweifel. Ich will das hier. Wir können es nennen, wie wir wollen. Wir können es zerreden oder zerdenken. Völlig egal. Aber ich habe in meinen ganzen Leben noch nie etwas so sehr gebraucht wie diesen Kuss.

Also schließe ich die Augen, denn der Moment ist zu wichtig. Ich will ihn nicht sehen. Ich muss ihn fühlen. Die erste Berührung ist sanft. Ich streiche mit meinen Lippen über seine und genieße den warmen Atem, der mich streift. Seinem Hals entkommt ein Laut, der überrascht klingt, und ich muss für eine Sekunde schmunzeln. Dann verschließe ich seinen Mund mit meinen Lippen. Alles in mir kribbelt. Ich versuche das Gefühl in mich aufzusaugen. Es ist, als würde ein wichtiges Puzzleteil endlich an die richtige Stelle fallen. Als hätte ich ewig auf diesen Kuss gewartet.

Dev scheint es ähnlich zu gehen. Mit einer Hand an meinem Hinterkopf bringt er uns näher zusammen. Seine Zunge drängt sich in meinen Mund. Ohne dass wir uns voneinander lösen, dreht er mich auf den Rücken. Seine Hand weiter in meinen Haaren. Sein halb nackter Körper schiebt sich zwischen meine Beine und lässt keinen Zweifel daran, wie sehr er den Kuss genießt. *Wow.* Seine Hand wandert zielsicher unter mein Shirt. Das schöne, sanfte Gefühl von eben ist einer Leidenschaft gewichen, die mein Hirn wieder auf den Plan ruft.

Was hat er vor?

Ich versuche meinen Kopf ein Stück zurückzuziehen, um ihm in die Augen zu sehen, aber seine Lippen folgen mir. Es ist, als hätte sich ein Schalter bei ihm umgelegt. In meinem Kopf dreht sich alles und ich drücke ihn mit meinen Händen sanft von mir.

»Dev, warte«, sage ich.

»Was?« Er ist genauso außer Atem wie ich.

»Ich … Können wir kurz?« Ich drücke ihn so weit weg, dass ich mich aufrichten kann. Dann sehe ich betreten auf die Decke. Ich will ihn berühren. Fühlen. Überall. Aber gerade eben wollte ich ihn einfach nur küssen. Ich wollte ihm mit meinen Lippen erzählen, was ich mit Worten nicht sagen kann. Ihn genießen. Unseren ersten Kuss.

Doch im Moment fühle ich mich überrumpelt.

»Was ist los, Matt?« Als ich aufsehe, blicke ich in besorgte Augen.

»Nichts«, antworte ich. »Es ist nur … ich … ach, verdammt. Ist es okay, wenn wir uns nur küssen? Ich meine nicht, dass es dabei bleiben muss. Aber das geht mir zu schnell.«

Ich greife nach seiner Hand. Dev runzelt die Stirn und presst dann die Lippen aufeinander.

»Es tut mir leid«, füge ich flüsternd hinzu und komme mir wie ein Trottel vor.

»Nein. Mir tut es leid.« Dev sieht auf unsere Hände. »Ich … ich hatte das noch nie.«

In meinem Kopf formen sich tausend neue Fragezeichen.

»Wie meinst du das?«

Er verzieht das Gesicht und fährt sich mit der freien Hand durch seine Haare. Dann zuckt er mit den Schultern.

»Nur Küssen.«

Holy Shit.

»Du hast noch nie einfach nur rumgeknutscht?«, frage ich.

Dev schmunzelt bei dem Wort, das sich anhört, als hätte ich es aus einem Mädchen-Teenie-Film. Ich fahre mit den Fingern über seine Grübchen. Das war schon immer mein Lieblingsteil seines Gesichtes. Die kleinen Dellen machen sein Lächeln so viel breiter und heller.

»Nein«, antwortet er und in meiner Brust sticht es. Dev ist so wundervoll. Wie kann man diese Lippen nicht stundenlang küssen wollen? Mit was für Typen gibt er sich ab?

»Dann haben wir jetzt beide ein erstes Mal, schätze ich.« Ich beuge mich zu ihm und gebe ihm einen sanften Kuss. Er erwidert ihn. Diesmal zurückhaltend. Wir lassen uns Zeit. Unsere Lippen streicheln. Unsere Zungen erkunden. Aber ohne Hast. Finger wandern über nackte Haut. Ohne Ziel. Ohne Eile. Nur fühlen. Und Dev scheint es genauso zu genießen wie ich.

Die Sonne senkt sich, als ich mit meinen Fingern in seinen Haaren spiele. Wir tragen beide nur noch Shorts und Devs Kopf liegt auf meinem Schoß. Ich habe jeden freien Zentimeter seiner Haut gekostet und ich muss sagen: Ich bin süchtig. Wie kann jemand nur so gut schmecken?

Als sein Bauch grummelt, lächle ich.

»Grillen oder Nudeln?«, frage ich.

»Was geht schneller?« Er zieht mich zu einem weiteren Kuss zu sich und ich gebe gerne nach.

»Nudeln. Aber über dem Feuer könnten wir Marshmallows grillen.«

Er verzieht das Gesicht.

»Ich hasse die Dinger.«

Ich runzle die Stirn.

»Hast du nicht immer erzählt, dass du Marshmallows liebst?«

»Vielleicht hatten wir eine andere Sorte.« Er zuckt mit den Schultern und weicht meinem Blick aus.

»Es gibt nur eine Sorte, glaube ich.«

Dev richtet sich auf und zieht sich sein Shirt über den Kopf.

»Ist doch egal. Lass uns einfach Nudeln machen.«

Kapitel 24

Herbst 2009

(MATTHEW, 17 JAHRE ALT)

Klack, klack ... klack, klack, klack.
»Hey, komm rein. Ich spiele gerade Octodad. Geiles Spiel. Du wirst es lieben.«
Das Game habe ich auf einer Seite einer Independent-Firma gefunden und zocke es schon den ganzen Abend. Man muss als verkleideter Oktopus alltägliche Situationen überstehen, ohne vom Koch entlarvt zu werden. Gut, dass Dev jetzt da ist. Dann kann er kurz übernehmen. Ich muss nämlich schon seit einer halben Stunde pinkeln, aber irgendwie funktioniert die Pausenfunktion nicht richtig. Das Spiel läuft im Hintergrund weiter und ich will nicht wieder von vorn anfangen.

Ich drücke Dev den Controller in die Hand und verschwinde ins Bad.
»Verkack's nicht!«, rufe ich ihm im Laufen noch zu.

Als ich ins Zimmer zurückkomme, sieht mich Dev entschuldigend an.
»Kalamarieringe.«

Toll. Jetzt muss ich noch mal fünf Stunden zocken, denn man kann leider keine Spielstände speichern. Aber egal. Dann verpasst Dev wenigstens nicht die ganzen Gags vom Anfang. Erst mal brauche ich allerdings eine kleine Stärkung.

»Pop-Tart?«, frage ich. Er nickt und legt den Controller aufs Bett.

»Hast du deine Zusage von Portland schon?« Ich habe meinen Brief vor einer Woche bekommen. Nach meinem Abschluss werde ich Umweltwissenschaften studieren. Geil. Jetzt muss es nur noch bei Dev klappen.

»Mein Dad hat schon gesagt, dass er der Uni einen Besuch abstattet, wenn

es mit deiner Bewerbung Probleme geben sollte. Er kennt den Fachbereichs-
leiter für Informatik.« Ich setze mich neben Dev und strahle ihn an.

»Nein ... ähm ... braucht er nicht.« Dev räuspert sich und auf seinem
Gesicht breitet sich ein Lächeln aus. »Ich habe meine Zusage heute be-
kommen.«

Ohne darüber nachzudenken, schlinge ich meine Arme um ihn und
drücke so fest zu, wie ich kann. Er hat keine Vorstellung davon, wie glück-
lich mich diese Nachricht macht. Das Dream-Team in Portland. Seine Arme
schlingen sich auch um meinen Rücken und wir hüpfen auf dem Bett.

Der beste Tag ever.

Heute ist Orientierungstag an der Portland. Alle neuen Studenten sind ein-
geladen, den Campus zu besuchen, um sich ein wenig mit der Uni vertraut
zu machen.

Da Devs Dad arbeiten muss und seine Ma einen wichtigen Arzttermin hat,
fährt er mit uns mit.

»Na, Jungs.« Als wir vor den Wohnheimen auf den Parkplatz fahren,
ist mein Dad aufgeregter als wir. »Hier finden wohl dann in den nächsten
Jahren die großen Partys statt.«

Ich verdrehe die Augen. Oh Gott. Mein Vater ist einfach nur peinlich.
Aber Dev lacht, bevor er sich wieder zum Fenster dreht. Er sieht schon die
ganze Fahrt hinaus. Wahrscheinlich ist er auch ein wenig aufgeregt.

Wir steigen aus und meine Mom dreht sich einmal im Kreis. Es gibt nur
ein paar Gebäude – Portland ist schließlich nicht Harvard –, aber überall
stehen kleine Kirschbäume mit rosa Blüten. Meine Mom steht auf so was. Wer
kann es ihr verübeln?

Ein Typ Mitte zwanzig kommt auf uns zu.

»Hi, wie geht's euch? Ich bin Kaleb. Habt ihr gut hergefunden?«

Ich lächle ihn an, aber mein Dad drängelt sich vor mich und streckt seine
Hand aus. »Hallo, Kaleb. Ich bin Fred. Mein Sohn Matthew und sein Freund
Devin werden ab nächstem Jahr hier auf die Portland gehen und wollten mal
ein bisschen Uniluft schnuppern. Rausfinden, wo der Bär hier so steppt.«

Ich fahre mir mit der Hand übers Gesicht. Fehlt nur noch, dass er den
Kappa-Gamma-Omega-Gruß von 1981 auspackt.

Kaleb lächelt höflich, sagt aber nichts dazu. Stattdessen gibt er uns zu verstehen, ihm zu folgen.

»Welche Fachrichtung habt ihr?« Im Gehen mustert er erst mich, dann Dev.

»Umweltwissenschaften und Devin macht Informatik. Wir würden uns gern ein Zimmer im Wohnheim teilen. Ist das möglich? Ich meine, müssen wir dafür irgendeinen Antrag stellen oder so?«

»Jetzt lass uns doch erst mal ankommen«, murrt Dev. Ich merke selbst, dass ich zu viele Fragen auf einmal stelle. Aber ich kann nichts dagegen tun. Die Worte sprudeln nur so aus mir heraus. Ich freue mich wahnsinnig auf die Unizeit mit Dev. Endlich raus aus der Schule. Endlich auf eigenen Füßen stehen. In meinem Kopf sehe ich alles vor mir. Kaffeetrinkend auf dem Campus rumhängen. Lerngruppen. Spannende Vorlesungen. Debatten und Diskussionen. Herrlich.

»Okay«, sagt Kaleb. »Also das mit dem Zimmer bekommen wir bestimmt hin. Ich schreib mir eure Namen auf und kläre das mit der Wohnheimleitung.«

Ich könnte Kaleb gerade knutschen. Der Tag hier ist schon jetzt einer der besten seit Langem.

»Das Vorlesungsgebäude für Umweltwissenschaften ist gleich dahinten. Informatik ist das flache Haus dort rechts.« Kaleb deutet auf ein Gebäude mit nur zwei Etagen.

»Komm, Devin, ich stelle dich dem Fachbereichsleiter vor und danach kümmern wir uns um dich, Matthew.«

»Nein. ... Ähm ...«, stoppt Dev Kaleb in seiner Bewegung. »Eigentlich interessiert es mich, wo sich Matt in Zukunft so rumtreibt.« Dev fährt sich mit der Hand durch die Haare und hinterlässt eine perfekte Struwwel-Frisur. Dann kratzt er sich im Nacken. »Also wenn es okay ist, würde ich mir zuerst seinen Fachbereich ansehen und dann rüber ins Informatikgebäude gehen.«

Kaleb wirkt kurz verwirrt. Dann grinst er übers ganze Gesicht.

»Seid ihr zwei zusammen oder so?«

Ich lache verlegen und werde rot. Wie kommt er denn da drauf?

»Nein«, antworte ich viel zu schnell. Devs Blick wirkt für eine Sekunde verletzt, bevor er sein Lächeln wieder aufsetzt.

»Wir sind nur Kumpels«, fügt er hinzu. Und diesmal bin ich es, dem ein Stich in die Brust fährt.

Nur Kumpels.

So hätte ich es nun auch nicht genannt.

(MATTHEW, 18 JAHRE ALT)

Judy:

NUR NOCH VIER TAGE. MUSS DIR DRINGEND
WAS ERZÄHLEN. XOXO

Na klar. Meine tolle Freundin, die sich in den ganzen drei Wochen noch nicht einmal von selbst bei mir gemeldet hat, schreibt mir heute Morgen eine Nachricht. Das Universum scheint sich gerade prächtig zu amüsieren. Ich schmeiße mein Handy aufs Bett und mich gleich hinterher. Dann knurre ich in die Kissen, denn ich habe keine Ahnung, was ich ihr antworten soll.

Mein Herz, mein Kopf, mein Körper. Jede Faser will Dev. Das Kribbeln, das ich in seiner Nähe empfinde, ist das schönste Gefühl seit Monaten. Ach, seit Jahren. Ehrlich gesagt habe ich keine Ahnung, ob ich schon jemals so high war vor Glück. Und ich will mir das von Judy nicht kaputtmachen lassen. Ohne dass sie es weiß, zieht sie mich gerade von meiner Wolke und zwingt mich dazu, mich der Realität zu stellen.

Die Zeit mit Judy war besonders. Das erste Mal verliebt. Mein erster Kuss. Mein erstes Mal. Alles war schön und ich will es nicht missen.

Aber die Gefühle, die Dev in mir auslöst, sind anders. Sie zeigen mir, dass es einen himmelweiten Unterschied zwischen Verliebtsein und Lieben gibt. Denn ohne Zweifel liebe ich ihn. Wenn ich so zurückblicke, tue ich das schon ziemlich lange. Vielleicht seit Anfang an. Ich habe es mir nur nie eingestanden. Und jetzt kann ich ihn endlich anfassen. Berühren. Küssen. Ich grinse bei diesem Gedanken in die Laken, in denen mein Kopf immer noch vergraben ist.

Trotzdem – ich bin kein Arsch – ich will das mit Judy nicht mit einer Kurznachricht beenden.

Hey, sorry. War schön.

Das wäre nicht fair und das würde unserer Beziehung auch nicht gerecht werden. Judy ist ein toller Mensch. Das hätte sie nicht verdient. Aber ich liebe sie nicht. Das weiß ich jetzt. Sie kann nichts dafür, dass es so ist. Also muss ich die Sache anständig beenden.

Matthew:

OKAY. MUSS AUCH MIT DIR REDEN.

Als ich auf Senden gedrückt habe, springt die Campertür auf und Dev kommt herein. Er wirft sich auf meinen Rücken und bedeckt mich mit seinem Körper. Ich sinke tiefer in die Kissen ein und genieße seine Schwere. Dann beginnt er an meinem Ohr zu knabbern und ich bekomme eine Gänsehaut, bevor ich mich kichernd unter ihm winde. Seit gestern benehmen wir uns wie alberne Teenies. Sind wir ja auch. Wir küssen und fummeln und kitzeln. Ich kann meine Finger nicht von ihm lassen, wenn er in meiner Nähe ist, und ihm scheint es genauso zu gehen.

»Wem schreibst du?«, fragt er und das leichte Kribbeln in meinem Bauch wird von einem dumpfen Gefühl erstickt.

»Judy«, flüstere ich mehr, als dass ich es sage.

Dev rollt sich von mir runter und sieht mich mit zusammengezogenen Augenbrauen an, bevor sein Blick auf die Decke wandert.

»Was schreibst du ihr?«

Es ist keine Neugier. Es ist keine Kontrolle. Es ist die Suche nach einer Antwort auf die Frage, die zwischen uns im Raum steht und über die wir bislang noch nicht gesprochen haben.

Was ist das zwischen uns?

»Ich habe ihr gesagt, dass wir reden müssen.«

Dev nimmt sich den Zipfel der Decke und spielt damit herum.

Was denkt er?

Was denkt er?

WAS DENKT ER?

»Aber du hast ihr nichts … von uns gesagt?« Er sieht mich nicht an.

»Nein. Das mache ich, wenn wir wieder in Yale sind.«

Dev schweigt.

»Ich will es nicht am Telefon beenden.« Ich greife nach seiner Hand und er lässt die Decke los. Unsere Finger verschlingen sich ineinander.

»Warum willst du es ihr sagen?«, fragt er und plötzlich bin ich es, der die Stirn runzelt.

»Dev, das mit uns … Ich habe keine Ahnung, was genau es ist, aber sicher mehr als ein bisschen Rummachen.«

Dev schweigt wieder.

»Oder ist es das etwa für dich?« Meine Stimme ist leise. Kaum zu hören. Jetzt bin ich derjenige, der auf die Decke blickt.

Dev schluckt. Dann drückt er meine Hand. Als ich aufblicke, zieht sich sein Mundwinkel ein Stück nach oben.

»Können wir es nicht einfach genießen? Lass uns die letzten Tage so tun, als gäbe es Yale nicht.«

Mein Kopf ist von diesem Vorschlag nicht sehr überzeugt, denn mein Hirn weiß genau, dass es Yale gibt. Und dort gibt es Menschen, denen wir erklären müssen, was das zwischen uns ist. Nicht nur Judy. Auch meinen Eltern. Seinen Eltern. Kathy.

Aber mein Körper nickt nur. Er mag die Vorstellung, die ganze Welt auszusperren und Dev tagelang für sich zu haben.

Dann bin ich eben ein alberner Teenager. Scheiß auf Klischees. Mein Körper ist voller Hormone, also schlägt er den Kopf in diesem Duell um Längen.

Ich lehne mich nach vorn und gebe Dev einen Kuss.

Kapitel 26

Sommer 2010

(MATTHEW, 18 JAHRE ALT)

Nach der langen Wanderung heute liegen wir zeitig im Bett. Unser Campingplatz ist etwas außerhalb von Whistler. Es ist die letzte Station vor Vancouver. Dann sind die vier Wochen um und wir müssen zurück in die Realität.

Auch wenn wir so tun, als würde es Yale nicht geben, musste ich es Kathy erzählen. Sonst wäre ich geplatzt. Sie hat sich für uns gefreut. Natürlich tat sie so, als hätte sie es schon lange geahnt. Aber Kathy glaube ich das sogar. Wenn ich an die tausend Male denke, die Dev bei mir geschlafen hat, oder die unzähligen Morgen, an denen er an unserem Frühstückstisch saß, wundere ich mich, dass ich es selbst erst so spät gecheckt habe.

Tja. Ich war halt schon immer ein Spätzünder. Egal. Jetzt liegt Dev neben mir. Oder besser gesagt, auf mir. Unsere Küsse sind heute drängender. Ich hoffe wirklich, dass wir das Knutschkapitel hinter uns lassen. Denn das viele Reiben und Anfassen hat dazu geführt, dass der Druck im Hormonkessel bedenklich gestiegen ist. So oft, wie ich in Devs Nähe einen Zufallsständer habe, kann man es schon nicht mehr Zufall nennen. Ich musste gestern *fünf* Minuten lang duschen, um wieder runterzukommen.

Aber heute würde selbst eine Viertelstunde eiskalte Höllenqualen in der Plastikdusche nicht reichen, um meinen Schwanz zu beruhigen. Er steht wie eine Eins und langsam wird es unangenehm.

Meine Finger wandern fahrig über Devs Rücken, während er an meinem Hals knabbert. Dann zieht er mein Ohrläppchen zwischen seine Lippen und beginnt daran zu saugen. Ich werde hier noch verrückt. *Vielleicht, wenn ich mich nur ein wenig an ihm reibe.* Plötzlich stoppt er in seiner Bewegung und sieht mich schmunzelnd an. Seine schokobraunen Augen glänzen. Seine Pupillen sind weit.

»So zappelig?«

»Du etwa nicht?«, flüstere ich und Devs Grinsen wird breiter. Dann beugt er sich erneut zu meinem Ohr, verpasst dabei aber nicht, seine Hüfte gegen meinen Oberschenkel zu drücken. Ich spüre seinen warmen Atem an meiner Ohrmuschel.

»Ich dachte, wir knutschen noch ein bisschen.« Der leicht ironische Unterton in seiner Stimme entgeht mir nicht und ich zwicke ihm in die Seite, was dazu führt, dass er sich krümmt und seinen Schwanz noch fester gegen meinen Oberschenkel presst.

Verdammt. Ich platze.

Dev hakt seine Finger in den Bund meiner Boxershorts und flüstert in mein Ohr: »Ist das okay?«

Ich nicke wie verrückt und wieder schmunzelt er. Dann zieht er meine Unterhosen aus und während ich mich noch über die neu gewonnene Freiheit freue, streift er seine ebenfalls von den Beinen. Als er sich neben mich legt, wird sein Blick unsicher. Seine Hände scheinen nicht zu wissen, was sie als Nächstes tun sollen.

»Alles okay?«, fragt er und mustert mich. Auf seiner Stirn steht die Falte, die mir verrät, dass er zu viel denkt. Er braucht sich keine Sorgen machen. Er ist Dev. *Mein* Dev. In seiner Nähe habe ich keine Angst und auch keine Bedenken. Ich habe nur nichts gesagt, weil ich das Bild von ihm in mich aufsaugen wollte. Abspeichern. Dort, wo schon sein Duft und sein Geschmack liegen. Ein besonderer Ort in meinem Kopf, im Zentrum meines Glücksareals.

Ich beuge mich zu ihm und bringe meinen Körper ganz dicht an seinen. Haut berührt Haut. Sein Geruch hüllt mich ein und ich schließe für einen Moment die Augen. Meine Hände wandern über seine Seiten und durch seinen Körper geht ein Zittern. Devs Berührungen sind sanft, aber zögerlich. Sein Atem wird schneller und sein Herzschlag klopft heftig gegen meine Brust. Er wirkt nervös. Warum ist er nur so aufgeregt? Ich habe das Gefühl, dass es nicht nur meine Nähe ist, die ihn wuschig macht.

Also lege ich meine Hände an seine Wangen und sehe ihm in die Augen.

»Alles okay?« Diesmal stelle ich die Frage.

Dev atmet zittrig ein. Dann lächelt er und nickt. Aber die Falte zwischen seinen Augen bleibt. Ich küsse sie. Dann wandert mein Mund über seine Brauen zu den Wangen, an seinem Kiefer hinab. Ich lecke an seinem Hals in Richtung seines Schlüsselbeins. Von diesem Geschmack werde ich nie genug bekommen. Meine Hände streicheln hinunter zu seinem Bauch. Und dann weiter. Als meine Finger die zarte Haut seiner Härte berühren, zuckt Dev zusammen. Ich stoppe meine Bewegung und sehe hoch zu ihm. Die Falte ist tiefer als zuvor.

»Was ist los?«, frage ich und rutsche wieder nach oben, um ihn ansehen zu können.

»Nichts ... Es ist nur.« Sein Blick weicht kurz aus, bevor er wieder zu mir zurücksieht. »Was?«, frage ich noch mal und lächle ihn an.

»Das bist du.« Er schüttelt ungläubig den Kopf.

»Ich hoffe, das ist dir nicht erst jetzt aufgefallen«, lache ich. Aber Dev bleibt ernst.

»Nein, so meine ich das nicht. Ich will ... einfach nichts machen, das du später bereust.«

Ich beuge mich zu ihm und hauche: »Dann lass es mich nicht bereuen.« Meine Lippen streifen seine und ich schiebe meine Zunge in seinen Mund, um ihm klarzumachen, dass es das ist, was ich will. Ich werde es nicht bereuen. Egal, was heute passiert. Ich bereue, dass mir nicht viel früher schon klar war, wie wichtig Devin für mich ist. Dass mir nicht klar war, wie glücklich mich seine Nähe macht. Er ist mein Lieblingsmensch. Das ist er schon so lange und ich brenne darauf, mich mit ihm zu verlieren. Also, nein. Das hier werde ich nicht bereuen.

Dev erwidert meinen Kuss. Unsere Zungen kreisen und unsere Hände wandern ungeduldig auf und ab. Wir tasten und streicheln und drücken uns enger aneinander. So als wären wir noch viel zu weit voneinander entfernt. Obwohl sich unsere Haut schon überall berührt. Ich greife in seine Haare und zerwühle sie mit meinen Fingern.

Werde ich seine Frisur jemals wieder ansehen können, ohne an diesen Moment zu denken? Hoffentlich nicht.

Nach einer wunderschönen Ewigkeit dreht er mich auf den Rücken und sein harter Körper drückt mich in die Laken. Dev küsst meinen Hals und wandert dann hinunter. An meinen Brustwarzen macht er halt. Er lässt sich Zeit. Beißt und leckt. Warum wusste ich nicht, wie sehr mich das um den Verstand bringt?

Dann spüre ich seinen Mund an meinem Nabel und mein Atem verhaspelt sich. Stockt.

Hat er das vor, was ich denke?

Ogottogottogottogott.

Mit seiner Nase streicht er weiter nach unten. Ich lege meine Hände an meine Seite, weil ich keine Ahnung habe, was ich mit den Dingern anfangen soll. Mein Hirn scheint kurz vor einem Meltdown zu stehen, denn es kann selbst einfachste Entscheidungen nicht mehr händeln. Als seine Zunge meine Spitze berührt, ist es so weit. Hirnmäßiges Totalversagen. Ich bin nur noch ein zittriger, schwitziger Klumpen Lust.

Wenn er mir diese *This-or-That*-Frage jetzt noch mal stellen würde, käme meine Antwort wie aus der Pistole.

Scheiß auf Sex. Ich will Blowjobs bis ans Ende meines Lebens. Am besten jeden Tag. Am besten von Dev.

Denn das hier ist unglaublich. Und es ist unglaublich schnell vorbei. Nach ein paar Sekunden sehe ich bereits Sterne. Ich hyperventiliere und meine Finger krallen sich in der zerwühlten Decke fest, als ginge es um mein Leben.

»Dev, warte … ich …« Doch da ist es schon zu spät. Meine Welt zersplittert vor meinen Augen. Ich hatte keine Ahnung, wie gut es ist, die Kontrolle zu verlieren. Mein Kopf ist ein buntes Rauschen und ich tauche darin ein. Lasse jeden Gedanken los. Nur Dev und dieses Hochgefühl, das für immer anhalten soll.

Pures Glück.

Kapitel 27

Sommer 2010

(MATTHEW, 18 JAHRE ALT)

*E*s ist das schlimmste Gefühl, das es gibt.

Mein Kopf ist immer noch dabei, die wenigen Informationen, die er bekommt, in etwas Schlüssiges zu verarbeiten. Aber die Puzzleteile ergeben keinen Sinn.

Warum tut es dann so weh?

Der Nebel aus Verwirrung und Unverständnis schützt mich vor der grausamen Erkenntnis. Aber nicht lange. Das schwarze Monster, das mein Herz ergreift und zerdrücken wird, bahnt sich seinen Weg. Nach vorn in mein Hirn. In mein Herz. Es besetzt jeden Zentimeter meines Kopfes und flutet mein Glücksareal mit eisiger Kälte.

Träume ich? Ist das ein Albtraum?

Aber ich bin zu wach, um mir selbst vorzumachen, dass ich noch schlafe.

Ich blinzle. Das Bild ist zu klar, um es misszuverstehen. Dev steht mit einer Tasche in der Küche. Voll bekleidet. Er kramt hastig ein paar Dinge zusammen. Sein Handy. Die Schachtel Zigaretten. Ich sehe zum Waschtisch. Seine Zahnbürste ist weg. Genau wie sein Deo.

Er geht. Warum geht er?

»Devin?«, frage ich ungläubig, obwohl ich schon längst weiß, was gleich passiert. Mein Unterbewusstsein hat es längst begriffen. Aber mein Herz will es nicht verstehen.

»Fuck«, antwortet er und fährt sich übers Gesicht. »Ich dachte, du schläfst.«

»Und was dann?«, frage ich und meine Stimme überschlägt sich dabei. Aber das ist mir gerade völlig egal. »Wärst du einfach abgehauen? Verdammt, Devin. Was soll das? Wo willst du hin?«

»Matt.« Seine Stimme klingt traurig und erschöpft. Aber ich habe keinen Platz für Mitgefühl. Ich will verstehen, warum er abhaut. Mitten in der Nacht. Vor ein paar Stunden bin ich glücklich in seinem Arm eingeschlafen. Und jetzt? Jetzt verschwindet er ohne ein Wort. Einfach so? Wäre ich nicht aufgewacht, dann …

»Was soll das?«, wiederhole ich meine Frage. Er sieht auf seine Füße.

»Ich muss weg«, sagt er.

»Einen Scheiß musst du. Mitten in der Nacht. Wohin willst du? Wir sind in Kanada.«

»Matt.«

Wieder dieses beschissene Matt. Er soll aufhören damit. Das erklärt nichts. Es macht nichts besser. So wie er es sagt, tut es einfach nur noch mehr weh.

Warum geht er? Ich verstehe es nicht.

»Wohin willst du?«, frage ich.

Ich werfe die Decke zur Seite und er greift seine Tasche fester. Die Knöchel werden weiß. Er zuckt zurück wie ein wildes Tier, das in die Enge gedrängt wird. Jeden Moment wird er laufen. Ich kann es in seinen Augen sehen, die hektisch durch den Wohnwagen streifen, ohne mich ein einziges Mal anzusehen.

»Devin, bitte«, sage ich ruhig. »Erklär mir, was du vorhast.«

Er schluckt und schüttelt den Kopf.

»Devin, ich liebe dich.« Meine Stimme klingt so verzweifelt, wie ich mich fühle.

Er lacht kurz auf. Dann wischt er sich eine Träne aus dem Augenwinkel. Wenn ich mich so zurückerinnere, habe ich ihn noch nie weinen sehen.

»Das kannst du nicht«, antwortet er. Ich erkenne eine feuchte Spur auf seiner Wange.

»Ich tue es aber«, entgegne ich.

Er schließt für eine Sekunde die Augen.

»Im nächsten Leben … okay?«

Das kann nicht sein Ernst sein. Das kann nicht das Ende sein. Wir haben kein Ende. Das war doch gerade erst der Anfang. Panik erfasst mich.

Als ich aus dem Bett springe, rennt er los. Völlig nackt renne ich ihm nach.

Einen Schritt. Zwei Schritte. FUCK!

Das offene Gepäckfach stoppt mich. Ich habe es im Halbdunkel einfach übersehen. Es streckt mich zu Boden und ich sehe für einen Moment lang Sterne. Nicht die guten. Die finsteren. Aber der Schmerz, der mir durch den Kopf fährt, lenkt mich von dem in meiner Brust ab. Eine kurze Verschnaufpause, die nicht lange währt.

Mein Herz krampft erneut, als ich Devin durch die Tür verschwinden sehe.

Ich liebe dich. Verlass mich nicht.

Aber ich liege am Boden. Geschlagen. Besiegt. Nicht mehr in der Lage, auch nur ein weiteres Wort zu sagen.

Als ich an meine Augenbraue fasse, zieht es. Meine Fingerspitzen sind rot. Ein dumpfes Klingeln in meinen Ohren. Ich krümme mich zusammen. Der Boden des Campers ist schmutzig und kalt. Es knirscht unter meiner nackten Haut.

Ich liebe dich.

Bitte. Bitte komm zurück.

Aber es bleibt kalt. Nur hinter meinen Augen brennt es.

Und ich lasse die Tränen laufen. Kein Pop-Tart-Lied dieser Welt könnte diesen Schmerz von meinem Herzen nehmen. Mit den Tränen verschwindet die letzte Wärme. Sie fließt aus mir heraus.

Er wird nicht zurückkommen. Ich weiß es.

Und es bricht mich. Nicht nur mein Herz.

Einfach alles.

Devin

Kapitel 28

Sommer 2025

(DEVIN, 34 JAHRE ALT)

Mein Mund ist trocken, trotz dieses Doppel-Mocca-Latte-Dingsbums in meiner Hand. Warum trinken Studenten nur so einen Sieben-Dollar-Mist? Ein einfacher Kaffee tut es doch auch. Aber ich wurde eingeladen, also will ich mich nicht beschweren. Ich habe mich mit einem *alten Freund* an der Uni getroffen. Nicht, dass ich selbst jemals auf einer gewesen wäre. Von ihm weiß ich auch, in welchen Hörsaal ich gehen muss.

Ich habe mich in die letzte Reihe gesetzt und verstehe kein Wort von dem, was der Professor erzählt.

Der Professor. Innerlich muss ich schmunzeln. Ein bisschen stolz bin ich schon, obwohl ich nie daran gezweifelt habe, dass es Matthew mal so weit schafft. Wie er da vorne steht, in seinem weißen Hemd und der Krawatte. *Natürlich trägt er eine Krawatte.* Wieder schmunzle ich. In meiner Fantasie sah er in all den Jahren genauso aus. Ein wenig jünger vielleicht. Das mit den Haaren hat er immer noch nicht ganz raus. Die blonden Strähnen sind ein einziges Chaos. Es wirkt, als hätte ihm gerade ein Riese den Kopf getätschelt. Wie habe ich sie vermisst – diese Haare. Aber auch wenn mich vieles an den Jungen von damals erinnert, ist es ein Mann, der vor dem Pult hin und her läuft. Er strahlt etwas aus. Selbstvertrauen? Autorität? Ich kann es nicht genau greifen, aber es ist heiß.

»Wenn Sie in Ihren Vorlesungsunterlagen die Seite 57 aufrufen, sehen Sie ...«

Die knapp einhundert Studenten drücken auf ihren Laptops und Tabletts herum. Sie hängen an seinen Lippen und ich kann jeden von ihnen verstehen. Wenn Matt etwas sagt, hört man zu. Er ist der cleverste Mensch, den ich kenne. *Gekannt habe.*

Autsch! Mein Magen zieht sich zusammen, wenn ich daran denke, wie ich damals abgehauen bin. Was war ich für ein Arschloch?

Aber ich hatte keine Wahl. Ich musste gehen, sonst würde ich jetzt nicht hier sitzen. Doch wird Matt das auch verstehen?

Plötzlich überkommen mich Zweifel. War es klug, einfach in seine Vorlesung zu kommen? Na ja, *klug* zählt wahrscheinlich eh nicht zu den Attributen, mit denen man mich beschreiben würde. Daher ist die Frage überflüssig. Aber das hier war mein einziger Anhaltspunkt. Matt hat kein Social-Media-Profil. Das würde auch nicht zu ihm passen. Die einzige Information über ihn ist ein Kurzprofil auf der Uniseite. Ohne Foto.

Noch kann ich mich hinter der Brünetten verstecken. In meiner Hand halte ich den Kaffee, bei dem ich mir nicht sicher bin, ob es bei der vielen Sahne nicht eher ein Eis ist. Was wird er tun, wenn er mich entdeckt? Er wird mir nicht gerade um den Hals fallen. Vielleicht erkennt er mich nach den vielen Jahren gar nicht mehr. Wir haben uns schließlich länger nicht gesehen, als wir uns überhaupt gekannt haben. Jetzt bekomme ich Schiss.

Plötzlich steht die Brünette vor mir auf. Ihr Rucksack fliegt gegen meinen Tisch und der Kaffeebecher fällt aus meiner Hand. Zuckrige, hellbraune Brühe läuft über den Tisch, an dem ich immer noch sitze. Das Zeug tropft auf den Boden. Shit. Die Vorlesung ist vorbei und die Studenten strömen aus dem Hörsaal, als gäbe es irgendwo Freibier. Ich greife in meine Jackentasche und finde ein altes Taschentuch, mit dem ich versuche den Strom aus Sahne und Eiswürfeln auf meinem Tisch zu stoppen. Aber mit nur einem Kleenex kämpfe ich hier gegen Windmühlen. Plötzlich reicht mir jemand ein Zellstoff. Als ich aufsehe, blicke ich in blaue Augen. Ein blondes, zierliches Mädchen steht vor mir und lächelt mich an.

»Sind Sie der Referendar für Sozio?«, fragt sie.

Ich sehe an mir hinunter und runzle die Stirn. Graue Jeans und ein dunkles Shirt. Darüber eine schwarze Lederjacke. Sehe ich etwa aus wie ein Streetworker?

»Nein. Warum?«, entgegne ich. Mit dem Taschentuch aus ihrer Hand wische ich den Kaffee auf.

»Nur so«, antwortet sie. »Sie sind älter als die anderen und strahlen so was ... Soziales aus.«

Ich blicke sie ungläubig an. Wie strahlt man denn etwas Soziales aus? Ich lächle etwas gequält.

»Ally, Sie kommen zu spät zur nächsten Vorlesung«, ertönt eine Stimme hinter ihrem Rücken, die mir augenblicklich eine Gänsehaut beschert. Sie klingt hart und kalt. *Angepisst.*

Aber vor allem klingt sie vertraut.

Matt.

Ally – so heißt das Taschentuch-Mädchen anscheinend – dreht sich um.

»Professor Jones. ... Ähm ... Ja, klar. Bin schon weg.«

Sie verschwindet. Keine Ahnung, wohin. Ist mir auch egal.

Meine komplette Aufmerksamkeit liegt jetzt auf den grün-grauen Augen, die mich wütend anstarren. Wie habe ich sie vermisst. Matts Augen haben mich immer an einen tiefen See im Sommer erinnert, bei dem man nicht bis auf den Grund sehen kann. Aber heute wirken sie eher wie stürmisches Meerwasser, in dem man grauenvoll ertrinkt. Brrrr.

»Devin Moore«, sagt er und mir fährt ein Schauer über den Rücken. Hierherzukommen war eine ganz miese Idee. Sein Blick verrät mir, wie mies.

»Matt. Hi. Sorry, wegen ... na ja ... wegen des Kaffees. Ich mach das sauber.«

Wenn überhaupt möglich, wird sein Blick noch eine Spur kälter.

»*This or That*, Devin. Security oder Platzwunde?«

Ich runzle die Stirn.

»Wie meinst du das?«

»Ich meine: Ob du lieber von der Security rausgeworfen wirst oder ob ich dir eine verpassen soll? So oder so verpisst du dich jetzt.«

»Matt ...«

»HAU AB!«

Ein Student huscht in halb geduckter Haltung hinter ihm vorbei und flüchtet aus dem Hörsaal. Matt schaut ihm kurz hinterher. Dann richtet er seine Krawatte, bevor er sich umdreht und die Treppen nach unten zu seinem Pult geht. Er verschwindet in der Tür neben der Tafel.

Ich bleibe sitzen. Hellbraune Soße tropft mir auf die graue Jeans. Mein Mund steht offen.

What. The. Fuck?

Kapitel 29

Herbst 2005

(Devin, 14 Jahre alt)

Mein erster Schultag. Schon wieder. Keine Ahnung, wie oft ich das jetzt schon gemacht habe. Dreimal? Viermal? Dann eben jetzt ein weiteres Mal in Yale. Ist auch egal. Lange bin ich eh nicht hier.

»Devin, hast du deinen Ranzen? Der Bus kommt gleich.«

Mrs. Moore ist nett. Von den ganzen Familien, bei denen ich war, sind die Moores bislang die freundlichsten. Mr. Moore habe ich noch nicht so oft gesehen. Er arbeitet viel. Aber Annett gibt sich Mühe. Mit mir wohnen zwei weitere Jungs hier. Harry und Lance. Beides Idioten.

Harry lebt schon drei Jahre bei den Moores. Sie haben ihn im vergangenen Jahr adoptiert. Verdammter Glückspilz.

Lance ist Harrys Schatten. Die zwei sieht man nur zusammen. Lance hofft anscheinend darauf, dass die Moores ihn auch dauerhaft aufnehmen, wenn er sich mit Harry gut versteht. Da habe ich als Dritter im Bunde wohl wenig Chancen. Aber auch das ist egal.

Ich gehe in die Küche, schnappe mir das Lunchpaket, das Annett vorbereitet hat, und stopfe es in meinen Rucksack zu dem Marvel Comic. Wenn ich eins bei den vielen Umzügen gelernt habe, dann, dass man am ersten Schultag etwas dabeihaben sollte, um Zeit totzuschlagen. Die anderen Schüler reden nicht mit dir, wenn du der Neue bist, also sitzt du in den Pausen alleine rum. Dazu kommt das ständige Warten vor Türen. Die Tür des Rektors. Die Tür der Schulkrankenschwester. Die Tür des Vertrauenslehrers. Es ist immer dasselbe und es nervt jedes Mal.

»Harry und Lance zeigen dir heute alles, okay?«, sagt Annett.

Na klar werden sie das. Die Engel.

Ich nicke und gehe dann mit den zwei Arschkrampen nach draußen.

»Na, Devi. Schon aufgeregt?«, fragt Lance und lacht dämlich.

Ich sage nichts dazu. Schon an meinem ersten Tag hier haben die zwei mir klargemacht, wie die Regeln lauten. Oder besser gesagt, ist es nur eine. Wenn ich ihnen auf den Sack gehe, gibt's aufs Maul. Da sie schon länger hier sind, schlafe ich auf der Matratze in Mr. Moores Arbeitszimmer. So muss ich mir die Sprüche wenigstens nichts ständig geben.

Der Bus hält am Straßenrand und wir steigen ein. Harry und Lance gehen nach hinten zu ihren Kumpels. Ich setze mich auf einen freien Platz in der Mitte und starre aus dem Fenster. Das tue ich gern, wenn mir die Welt zu viel wird. Die vorbeiziehenden Bilder beruhigen mich und stoppen die Gedanken in meinem Kopf.

Als der Bus hält, verschwinden Harry und Lance mit den anderen im Schulgebäude.

Toll, wie sie mir alles gezeigt haben.

Na, egal. Ich finde mich schon zurecht. Mit leichtem Herzflattern gehe ich zum Direktorat. In den meisten Schulgebäuden befindet es sich im oberen Stock. Diesmal auch. Ich klopfe und trete ein. Eine blonde, hübsche Frau lächelt mich an.

»Du musst Devin sein.«

Das muss ich wohl. Wer wechselt sonst schon mitten im Schuljahr die Schule?

»Hallo«, sage ich leise und setze mich auf den Stuhl vor ihrem Schreibtisch.

Sie drückt auf einen Knopf an ihrem Tischtelefon und wartet kurz. Dann meldet sich eine männliche Stimme am anderen Ende.

»Devin Moore ist hier«, sagt sie und lächelt mich wieder an.

Moore. Ich habe mich immer noch nicht ganz an den Nachnamen gewöhnt, aber Annett wollte es gern so. Mein Betreuer Sam meinte, es könnte für mein Zugehörigkeitsgefühl gut sein, wenn ich von Anfang an so heiße wie meine Pflegefamilie. Die Moores haben ihm gegenüber signalisiert, dass sie auf eine dauerhafte Betreuung hoffen. Und darauf, dass ich Teil ihrer Familie werde. Sam zufolge ist das wie ein Fünfer im Lotto. Annett kann wohl keine Kinder bekommen und hatte sich immer ein Haus voller Leben gewünscht. Von mir aus. Mir war es egal. Meine Mom gibt es nicht mehr und auch sonst niemanden, den ich mit meinem ursprünglichen Nachnamen verbinde. Moore oder Fletscher. Das macht keinen Unterschied.

Die blonde Frau legt auf und deutet auf die Bürotür schräg hinter ihr.

Nach dem Gespräch mit dem Schulleiter soll ich mich bei meinem Klassenlehrer melden. Wieder neue Gesichter, die mich anstarren, während ich meine erfundene Geschichte runterrassele. Bei dem Gedanken wird mir übel. Die Angst krabbelt meine Beine hoch und ich entscheide mich, es auf die lange Bank zu schieben. Noch ein paar Minuten mit meinen eigenen Gedanken. Ich schlendere über den Schulhof, der nach Regen riecht. Eins muss man Yale lassen – auch wenn das Nest winzig ist, die Natur ist gigantisch. Wenn man einatmet, bekommt man das Gefühl, die Lunge wird einmal kräftig durchgewischt. Als würde der Mief der letzten Jahre beim Ausatmen mit hinausgeblasen.

Wenn das mal so einfach wäre.

Als ich an den Schaukeln vorbeigehe, halte ich inne. Vor mir hockt ein Junge im Matsch.

Was macht er da?

Er trägt ein weißes Polohemd und helle Hosen. Zumindest waren sie mal hell. Mittlerweile hat sich an seinem Hintern ein dunkler Fleck gebildet, der sich in Richtung Rücken ausbreitet. Ich gehe näher. Der Junge summt eine Melodie und grinst dabei. Seine Augen sind geschlossen.

Ist er verrückt?

Ich betrachte ihn genauer. Seine Haare sehen aus, als wäre es heute extrem windig. Allerdings nur von einer Seite. Auf seiner Nase sind Sommersprossen. Wie ich die Dinger liebe. Ich habe die Theorie, dass es keine bösen Menschen mit Sommersprossen gibt. Mit diesen kleinen Sprenkeln kann man nur zu den Guten gehören.

Selbst als ich bis auf einen Schritt an ihn herantrete, scheint er mich nicht zu bemerken.

Verrückt.

Ich strecke die Hand aus und spreche ihn an. Denn selbst wenn er einen an der Waffel hat, kann er nicht dort unten im Dreck sitzen bleiben. So warm ist es nicht. Außerdem hat er Sommersprossen und guten Menschen soll man helfen.

Als er die Augen öffnet und mich entdeckt, zuckt er zusammen. Doch im nächsten Moment fasst er zu und ich ziehe ihn nach oben.

»War das wichtig?«, frage ich, denn unter ihm kommt ein matschiger, bunter Klumpen zum Vorschein. Ein Schuhkarton oder so. Und … sind das etwa Haare?

»Ich hoffe, da war nichts Lebendiges drin.«

Der Junge mit der eigenartigen Frisur grinst mich an. Dann legt er mir die Hand auf die Schulter und beginnt zu lachen.

Eindeutig verrückt.

Er hält sich den Bauch und die Sommersprossen tanzen auf seiner Nase. Seine Hose sieht aus, als hätte er sich eingemacht. Aber das scheint ihn überhaupt nicht zu stören. Wahrscheinlich ist bei ihm wirklich eine Leitung durchgebrannt. Aber sein Lachen ist ansteckend und ich habe seit Tagen nicht mehr gelacht. Also mache ich einfach mit. Ich lache und halte mir den Bauch, genau wie er. Es ist verrückt, aber auch irgendwie schön.

Schließlich hebt er den Papp-Haar-Klumpen auf und schmeißt ihn in einen Mülleimer. Dabei erklärt er mir irgendwas Wirres zu Treibhausgasen. Ich verstehe kein Wort und lache einfach weiter.

»Du bist neu hier, oder?«, fragt er und zieht umständlich an seiner Hose.

»Ja, Devin. Wir sind erst vor zwei Wochen hergezogen.«

Das ist nur halb gelogen. Vielleicht stimmt das wir nicht, denn die Moores haben das Haus in Yale seit einem halben Jahr. Aber ich bin tatsächlich erst seit Kurzem hier.

»Cool. Ich bin Matthew«, antwortet er.

Matthew. Der Name passt zu ihm. Die Frisur. Das weiße Poloshirt. Das freundliche Lächeln und die Sommersprossen. Ja, er ist ein Matthew. Aber warum sitzt er hier draußen im Matsch? Die Stunde hat längst angefangen und er wirkt nicht wie der typische Schulschwänzer.

»Bekommst du Ärger deswegen?« Ich deute auf den Mülleimer.

Er zuckt mit den Schultern, aber seine grün-grauen Augen verraten, dass es ihm nicht egal ist. Wieder zieht er an seiner Hose.

»Wir bekommen auf jeden Fall Ärger, wegen der verpassten Stunde. Tut mir leid.«

Wenn er wüsste, wie egal mir die verpasste Stunde ist. Das hier ist mit Abstand der beste meiner ersten Schultage. Matthew ist wie die vorbeiziehenden Bilder im Bus. Er lenkt mich von dem Gedankenchaos ab. Meine Angst vor der neuen Schule, der neuen Klasse und den vielen fremden Gesichtern ist wie weggeblasen. Wenn er lachen kann, obwohl er mit seiner hellen Hose im Matsch auf seiner Schularbeit sitzt, wovor soll ich mich dann fürchten? Matthew ist stark. Ihm macht es anscheinend nichts aus, was die anderen über ihn denken.

»Kein Ding. Was macht man hier, wenn man eine Stunde ausfallen lässt?«
Er sieht mich an, als hätte ich ihn nach der Formel für ewiges Leben
gefragt. Dann runzelt er die Stirn. Ich mag es, wie sich das Muster seiner
Sommersprossen bei der Bewegung seines Gesichtes verändert.

»Keine Ahnung«, antwortet er. »Hab ich noch nie.«

Er muss wirklich verrückt sein.

»Noch nie?«, frage ich.

Wenn er wüsste, wie viele Stunden ich schon allein mit meinen Gedanken
in dunklen Ecken von Schulhöfen verbracht habe. Meine Schulakte ist genauso
sauber wie seine Matsch durchtränkte Hose. Aber es würde nicht zu Matthew
passen, Schule zu schwänzen.

Er hat Sommersprossen.

Er ist ein Guter.

Anders als ich.

Kapitel 30
Sommer 2025

(DEVIN, 34 JAHRE ALT)

Ich rolle mich von einer Seite auf die andere. Das Display meines Handys hat mir vor einer halben Stunde verraten, dass es halb sieben ist. Die Sonne ist gerade erst aufgegangen und ich weiß jetzt schon nicht mehr, was ich mit diesem Tag anfangen soll.

Eigentlich habe ich zu tun. Einige Projekte müssen fertig werden. Aber mir fehlt der Elan, den Laptop aufzuklappen. Die Arbeit läuft schon nicht davon. Vielleicht kann ich heute Nacht ein paar Dinge erledigen. Jetzt zumindest nicht. Ich kann mich sowieso nicht konzentrieren.

Andauernd sehe ich sie vor mir: diese wütenden grün-grauen Augen. *Wo war die Wärme? Das Gefühl?*

Matt hatte immer so viel davon. Ich konnte ihm früher vom Gesicht ablesen, was er gerade denkt. Von seinen Sommersprossen. Von seinem Blick. Seine Gesichtsfarbe konnte schneller von blass zu Rot wechseln als bei einem Chamäleon vor einer Bahnschranke.

Aber im Hörsaal habe ich nichts davon wiederentdeckt. Es war, als hätte er keine Sommersprossen mehr. Eine undeutbare Fassade. Das einzige Gefühl, das ich gespürt habe, war Hass. So hat er mich noch nie angesehen.

Ich rolle mich aus dem Bett und mache mir einen Kaffee. Zwei Stück Zucker. So schmeckt er zwar widerlich, aber ich trinke ihn nie anders. Seit fünfzehn Jahren.

Warum bin ich damals nur gegangen? Ich war so verliebt. So glücklich. Warum bin ich abgehauen? Leider kenne ich die Antwort nur zu gut. Wäre ich in Kanada geblieben, wäre das unser Ende gewesen.

Am Nachmittag gehe ich im Park laufen. Ein bisschen frische Luft, um den Kopf frei zu bekommen. Ich muss überlegen, was ich als Nächstes tue. Auf dem Rückweg komme ich an einer Boutique vorbei. Im Schaufenster stehen Ankleidepuppen mit großen Hüten. Ich gehe hinein und mir schlägt ein leichter Himbeerduft entgegen.

Alles im Laden ist in hellen Farben gehalten. Der Tresen ist weiß. Nur das riesige Glas bunter Geleebohnen neben der Kasse fällt aus dem Rahmen. Ich bin nicht zufällig hier. Ich kenne die Inhaberin. *Kannte sie.* Im Gegensatz zu Matt hat Kathy ein Social-Media-Profil. Von ihrem Instagram-Account weiß ich auch, dass er jetzt in Portland unterrichtet.

Glückwunsch, weltschlauster großer Bruder.

Unter ihrem Post war der Link zu seinem Universitätsprofil. Der Grund, warum ich in Portland bin.

Sie kommt mit einer Tüte in der Hand aus dem Hinterzimmer. Als sie mich entdeckt, werden ihre Augen riesig. Ich stehe auf den weißen Fliesen zwischen beigen Regalen und fühle mich völlig verloren.

»Devin?«, fragt sie ungläubig.

Ich zucke mit den Schultern und blicke zu Boden. Wahrscheinlich hasst sie mich genauso, wie Matt es tut. Schließlich habe ich sie auch von einem auf den anderen Tag verlassen.

»Devin!«

Ich höre schnelles Klackern auf dem Boden. Als ich aufblicke, rennt sie mich beinahe um. Kathy schlingt ihre schlanken Arme um mich und drückt mir die Luft ab, als sie mir an den Hals springt. Ich grinse wie verrückt und hebe sie ein Stück vom Boden.

Ihr Geruch und die Wärme sind flüssige Erinnerung, die mein Hirn aufsaugt wie ein trockener Schwamm.

»Devin. Wo kommst du denn her?«, haucht sie. »Gott, ist das schön.«

Wir umarmen uns, bis ich sie vorsichtig absetze. Dann betrachte ich sie und mein Herz sticht für einen Moment.

Sie sieht aus wie er.

Natürlich tut sie das. Sie ist seine Zwillingsschwester. Gleiche Augen. Gleiche Sommersprossen. Nur ihre Haare hat sie besser im Griff.

»Mann, bist du alt geworden«, sagt sie und grinst.

Ich ziehe eine Augenbraue nach oben.

»Wer im Glashaus sitzt ... du weißt schon.«

Dann wird ihr Blick ernst.

»Weiß er es?«

Ich nicke, weil ich ahne, wen sie meint.

»Ich war bei ihm ... an der Uni.«

»Und? Habt ihr geredet?«

»So würde ich es nicht nennen.« Ich blicke auf meine Füße und seufze.

»Er hat mich zum Teufel gejagt.«

Sie presst die Lippen aufeinander und mustert mich aus traurigen Augen.

»Du hast ihm das Herz gebrochen.«

Es sticht und gleichzeitig überkommt mich Erleichterung.

Ich hatte immer gehofft, dass ich ihm so viel bedeutet habe wie er mir. Tja, deswegen habe ich keine Sommersprossen. Weil ich glücklich darüber bin, dass es Matt nicht egal war, dass ich gegangen bin. Weil ich ein Arschloch bin.

»Ich habe mir das Herz gebrochen«, antworte ich kaum hörbar.

»Was macht ihr zwei nur für komische Sachen?«, fragt sie und streichelt mit ihrer Hand über meine Wange.

»Willst du noch mal mit ihm reden?«

»Kathy, er hasst mich.«

»Er hasst dich nicht.« Sie geht um den Tresen und greift in das Glas mit den Süßigkeiten. »Er ist verletzt. Das hat ihn damals tief getroffen. Mehr, als du glaubst. Er ist rumgefahren und hat dich überall gesucht. Er war bei *deinen Eltern.*« Sie setzt das letzte Wort in Anführungszeichen, denn natürlich weiß sie mittlerweile, dass die Moores nicht meine richtigen Eltern sind.

»Er hätte alles für dich getan«, sagt sie. »Er hat dich geliebt.«

»Ich ihn auch«, antworte ich.

Sie lehnt sich auf den Tresen und legt den Kopf in ihre Hände.

»Ihr wart so süß zusammen. Das Dream-Team. Was ist passiert? Warum bist du einfach gegangen?«

Ich verziehe das Gesicht, denn ihre Worte tun weh. Dieselbe Frage stelle ich mir seit so vielen Jahren.

War es richtig? Ja. Da bin ich mir sicher.

War es einfach? Nein. Ihn damals zu verlassen, war das Schwerste, das ich je getan habe. Ein Stück von mir ist bei ihm geblieben und hat in mir eine Leere zurückgelassen, die ich bis heute nicht füllen konnte. Aber ich musste diese Entscheidung treffen, egal, wie sehr ich darunter gelitten habe.

»Das ist nicht so einfach«, antworte ich und muss mich räuspern.

»Für ihn war es auch nicht einfach. Erklär es ihm. Das bist du ihm schuldig.«

»Aber er hasst mich. Das habe ich heute in seinen Augen gesehen. Er wird nicht zuhören.«

»Du kannst jemanden nur hassen, wenn er dir etwas bedeutet, Dev. Wenn du es wirklich willst, dann wirst du einen Weg finden, dass er dir zuhört.«

Kapitel 31

Herbst 2005

(DEVIN, 14 JAHRE ALT)

A ngst hat man angeblich nur, wenn man auch etwas zu verlieren hat. Aber das stimmt nicht. Ich habe nichts mehr, das mir etwas bedeutet. Kein Zuhause, keine Familie, keine Freunde. Trotzdem stehe ich gerade vor der neuen Klasse und spüre, wie sich die Angst nach oben arbeitet. Sie kriecht über meinen Rücken in meinen Nacken und hält mich dort fest.

Was zum Teufel sind kovalente Bindungen? Meine Hand schwitzt, als ich die Kreide aufnehme.

Ich sehe zu Malik. Er ist der Einzige, den ich hier schon etwas kenne. Malik wohnt ein paar Häuser neben den Moores. In den vergangenen zwei Wochen haben wir immer mal wieder abgehangen. Er ist cool und hat jede Menge Kumpels. Ich habe gelernt, dass es Vorteile hat, in einer neuen Stadt schnell Anschluss zu finden. In Columbus habe ich zu viel Zeit mit mir und meinem Kopf verbracht. Das war nicht gut. Freunde bedeuten Ablenkung. Außerdem ist man dann nicht so viel bei seiner Pflegefamilie.

Tja, aber Malik scheint mir im Moment keine große Hilfe zu sein. Er zuckt nur mit den Schultern. Na klasse. Die Angst in meinem Nacken packt fester zu. Alle scheinen mich anzustarren. Ich hasse es, angestarrt zu werden. Mein Blick huscht durch die Reihen und bleibt an grau-grünen Augen hängen. Matt. Aus irgendeinem Grund beruhigt sich mein Puls beim Anblick seiner Sommersprossen. Wenn ich ihn ansehe, denke ich nicht mehr an die vielen Augen, die mich mustern und auf mein Scheitern warten. Ich denke an die Hose voller Matsch und wie cool er damit umgegangen ist. Matt hat keine Angst. Anders als ich.

Sein Blick zuckt nach rechts, bevor er mich wieder ansieht. Dann hebt er den Daumen und deutet nach oben. Es dauert nur den Bruchteil einer Sekunde, bis ich begreife, was er da tut. Seine Finger zeigen mir die Richtung. Er scheint genau zu wissen, was Mr. Brown mit seiner Frage meinte. Nach ein wenig rechts und links, hoch und rüber nickt Matt heftig und ich ziehe einen Strich.

»Sehr gut, Devin. Du kannst dich wieder setzen.«

Das Blut rauscht in meinen Ohren, aber ich bin unendlich erleichtert.

»Hey, danke, dass du mir heute geholfen hast. Chemie ist nicht so mein Ding.«

Hoffentlich hält Matt mich jetzt nicht für dumm. Ich bin keine Leuchte. Sicher könnte ich es auf die vielen Umzüge und Schulwechsel schieben, dass ich in Chemie und Physik auf der Kippe stehe, aber das wäre nur die halbe Wahrheit. Ehrlich gesagt interessieren mich Atome und physikalische Gesetze so sehr wie die politischen Interviews, die sich Mr. Moore ständig ansieht. Wenn er denn mal zu Hause ist.

»Kein Problem«, sagt Matt und sieht sich immer wieder um. Ist es ihm unangenehm, dass ich neben ihm laufe? Vor der Turnhalle bleiben wir stehen.

Er setzt sich auf eine Bank unter einem Baum und kramt in seinem Rucksack. Dann legt er ein Pop-Tart auf den Tisch. Mein Magen knurrt. Ich habe heute Morgen nur ein paar Cornflakes gegessen und bin dann zur Schule gelaufen. Harrys Ansage gestern Abend, ich solle aufhören, mich bei Annett einzuschmeicheln, hat mir gereicht. Sie wirkt manchmal etwas überfordert, also hatte ich ihr in der Küche geholfen. Von Annett gab es ein Dankeschön, von Harry einen Hieb in die Rippen. Idiot.

Da ich so zeitig wach war, hatte Annett noch keine Lunchtüten gepackt, also fällt das Mittagessen heute wohl aus.

»Magst du einen?«, fragt er plötzlich und ich löse meinen Blick von dem Törtchen auf dem Tisch.

»Dann hast du ja keinen«, antworte ich verdutzt.

Er greift ein weiteres Mal in seinen Rucksack und zieht ein zweites Pop-Tart hervor. Geil.

»Hab immer Reserve dabei.« Er grinst und meine Mundwinkel ziehen sich ebenfalls nach oben. Ich gehe zu ihm und nehme mir eins der Törtchen.

»Danke. Meine Mom macht mir jeden Morgen Sandwiches ohne Rand. Aber heute habe ich sie vergessen.«

Auch das ist nur halb gelogen. Annett macht mir fast jeden Tag eine Lunchtüte. Sandwiches gibt es nur selten. Meistens haben wir Hotdogs oder fünf Dollar drin. Außerdem ist sie nicht meine Mom. Aber der Rest stimmt.

Matthew schiebt seine Brotdose über den Tisch. Darin ist Weißbrot mit Hühnchensalat. Ich liebe Hühnchensalat. Ich schnappe mir eins der Brote und beiße hinein. Der Wahnsinn. Ich schließe die Augen und genieße den Geschmack von Mayonnaise und Schnittlauch. Lange nicht mehr so was Gutes gegessen. Als ich die Augen wieder öffne, sitzt Matthew mit einem Schmunzeln vor mir. Oh Gott. Esse ich ihm gerade das Mittagessen weg?

»Wolltest du das?«, frage ich und komme mir auf einmal total dämlich vor. Angst krabbelt erneut an meinen Beinen hinauf. Habe ich es versaut? Mag er mich jetzt nicht mehr?

»Nein. Iss.« Matts Sommersprossen und das belustigte Glitzern in seinen Augen geben mir das Gefühl, nichts falsch gemacht zu haben. Ich atme durch und die Anspannung weicht aus meinem Körper. Wie macht er das nur?

Wir essen die Brotdose gemeinsam leer. Die Gürkchen kann er haben. Dafür schnappe ich mir die Cocktailtomaten. Nach einer Weile bemerke ich, wie er mich immer wieder mustert.

»Wegen Chemie«, fängt er plötzlich an. »Ich bin ziemlich gut in den ganzen naturwissenschaftlichen Fächern.«

Schlagartig ist die Anspannung zurück. Er denkt doch, dass ich dumm bin. War ja klar. Aber muss er so angeben?

»Nein, so meine ich das nicht«, sagt er schnell hinterher. Jetzt wirkt er auf einmal unsicher. »Ich … ich meine: Soll ich dir vielleicht helfen?«

»So was wie Nachhilfe?«, frage ich.

»Ja, genau.«

Enttäuschung macht sich in mir breit. Das lockere Gefühl von gerade eben ist verschwunden. Klar, dass sich niemand einfach so mit mir abgibt.

»Ich weiß nicht«, antworte ich. »Was willst du dafür?«

Ich habe nicht viel Geld. Annett gibt mir fünf Dollar Taschengeld pro Woche. Der Rest ist für Essen. Irgendwie hatte ich gehofft, mit Matthew einfach ein bisschen abhängen zu können. Aber er ist viel zu schlau für mich. Warum habe ich nicht eher gemerkt, worauf das hinausläuft?

*»Nichts«, antwortet er. Na klar. Ich bin vielleicht nicht so schlau wie er,
aber ich bin auch nicht bescheuert.*

»Klar. Du willst nichts dafür, dass du mit mir Chemieaufgaben machst.«

*Wenn jemand etwas für dich tut, erwartet er immer eine Gegenleistung.
Das war noch nie anders. Du willst, dass dich deine Pflegeeltern gut be-
handeln? Dann tu vor ihren Freunden so, als wären sie die Samariter. Du
willst, dass Malik dich mag? Klau ihm ein paar Kippen aus dem Tante-
Emma-Laden die Straße runter.*

*Bei Matt ist das nicht anders. Aber irgendwie hatte ich gehofft, dass es
anders wäre.*

*»Ich wiederhole den Stoff, wenn ich dir die Aufgaben erkläre«, sagt
Matthew. »So haben wir beide etwas davon.«*

*Warum sollte er das tun? Er kann ohne mich viel schneller lernen. Ich
würde ihn nur aufhalten.*

*»War nur so eine Idee. Vergiss es wieder.« Matthew sieht aus, als hätte ich
ihm gesagt, dass er stinkt. Das tut er nicht. Er riecht nach Waschmittel und
Sommer. Aber meint er das wirklich ernst?*

*»Nur dass ich das richtig verstehe«, hake ich nach. »Du würdest mir Nach-
hilfe geben, ohne dass ich dir etwas bezahlen muss?«*

»Ja, hab ich doch gesagt.« Jetzt wirkt er beinahe ein bisschen trotzig.

»Und ... also du willst auch sonst nichts dafür?«

*In meiner alten Schule habe ich mal ein Spielzeug von einem Jungen mit
nach Hause genommen. Er hat es mir freiwillig gegeben. Hier, nimm. Doch
am nächsten Tag hat er gesagt, er würde allen erzählen, dass ich es ihm ge-
stohlen habe, wenn ich nicht ab sofort seine Hausaufgaben für ihn mache.*

Also muss ich bei Matt ganz sicher sein.

»Nein«, antwortet er genervt.

*Kann ich ihm vertrauen? Tja, er hat Sommersprossen. Ich sollte es auf
einen Versuch ankommen lassen.*

»Okay«, sage ich.

»Okay?«

»Okay! Nachhilfe klingt gut.«

Kapitel 32

Sommer 2025

(DEVIN, 34 JAHRE ALT)

Mr. Moore, ich muss Sie bitten, den Hörsaal zu verlassen.« Die zwei Securitymänner sehen aus, als wüssten sie selbst nicht, was das Theater soll. Hinter ihnen steht Matt. Er drückt den Rücken durch und sein Blick ist kalt und abweisend.

»Mein Name ist Fletscher und ich bin offiziell als Gasthörer für diesen Kurs eingetragen«, erwidere ich. »Sie können gern Direktor Stuart Bronson fragen. Ich bin ein … Freund.«

Matts Gesichtsfarbe wird zwei Nuancen heller und sein Rücken ist nicht mehr ganz so gerade. Meine Antwort scheint ihn aus der Fassung zu bringen.

»Mo… Moment.« Er drängelt sich an den zwei Sicherheitsleuten vorbei. »Du heißt nicht Fletscher und was hast du bitte schön mit Bronson am Hut?«

Tja, so genau will ich jetzt ungern darauf eingehen. Daher greife ich in meine Tasche und hole mein Smartphone heraus. Ich zeige meine ID und meine Anmeldebestätigung für den Kurs. Die Security-Jungs zucken nur mit den Schultern und sehen Matt fragend an.

Der fährt sich mit der Hand übers Gesicht.

»Das glaub ich jetzt nicht«, sagt er. »Ich kläre das.«

Ohne ein weiteres Wort stapft er los. Die Vorlesung hat eigentlich schon begonnen und ein unruhiges Murmeln geht durch den Hörsaal. Nach einer Viertelstunde kehrt Matt zurück. Der knallrote Kopf steht im deutlichen Kontrast zu seinem blütenweißen Hemd. Er sieht mich nicht an, aber ich erkenne selbst aus der letzten Reihe, wie sein Kiefer arbeitet.

»*Gut, fangen wir an. Vergangene Woche haben wir über die Bedeutung der Anthropogeografie in Bezug auf klimatische Auswirkungen gesprochen. Wir werden uns heute im Speziellen mit …*«

Und ich bin raus. Keine Ahnung, was Matt da vorne erzählt. Es klingt wichtig, aber ich verstehe nur Bahnhof.

Auch wenn es ihm nicht gefällt – zumindest konnte er Bronson nicht überzeugen, mich aus seiner Vorlesung zu schmeißen. Nennen wir es einen Teilsieg. Egal, was Stuart ihm gesagt hat, die Security ist abgezogen und ich kann ihn ganze neunzig Minuten lang unverblümt anstarren.

Nach der Vorlesung verschwindet Matt in seinem Hinterzimmer – ohne einen Blick in meine Richtung zu werfen.

Der Block vor mir ist leer. Kein einziger Strich. Kein einziges Wort. Ich packe ihn zusammen mit dem Stift in den Rucksack, den ich mir zu meinem ersten Unitag gegönnt habe.

»Hey, du bist doch der Nicht-Sozio-Prof.«

Vor mir steht Ally mit einem anderen Mädchen im Schlepptau. Ich ziehe die Augenbrauen hoch und grinse.

»Genau. Und du bist Ally, stimmt’s?«

»Ja, das hier ist Emma. Du bist neu im Kurs, oder?«

Ich nicke. Mein Blick wandert zur Tür, in der Matt verschwunden ist. Aber sie bleibt geschlossen.

»Hast du Lust, mit uns in die Kantine zu gehen? Wir treffen uns mit ein paar Leuten von Bio.«

Tja, habe ich Lust, mit ein paar Mädchen abzuhängen, die mindestens zehn Jahre jünger sind als ich? Eigentlich nicht. Aber es ist gut, Anschluss zu haben. Wer weiß, ob Matt jemals mit mir redet. Da tut Ablenkung ganz gut. Außerdem haben die Studenten hier bestimmt ein bisschen Gossip auf Lager.

»Klar. Hab eh Hunger.«

Die Kantine ist laut. Überall stehen Typen in Holzfällerhemden und Mädchen in grellbunten Blusen. Entweder tragen sie bauchfrei oder sie sehen aus, als wären sie hier der Hausmeister. Mit der aktuellen Mode kann ich wirklich nichts anfangen.

Na ja, zumindest das Essen sieht gut aus. Wenn ich das mit unserer Kantine aus Schulzeiten vergleiche, liegen wirklich Welten dazwischen. Es gibt sogar Sushi. Verrückt.

Ally und Emma steuern mit ihrem Tablett einen Tisch an, an dem bereits zwei Typen und ein Mädchen sitzen.

»Das sind Fanny, Wesley und Peter«, stellt mir Ally die Gruppe vor.

»Hi, freut mich. Devin.« Ich nicke allen freundlich zu und setze mich.

Dann esse ich meinen Quinoa-Salat mit Sprossen und Hühnchen. Die anderen reden über die letzte Bio-Klausur und den neuen Referenten mit dem Knackarsch. Nichts, was mich interessiert.

»Hey, Devin«, spricht mich Ally wie beiläufig an. »Was war das heute Morgen eigentlich mit Professor Jones? Warum hat er die Security geholt?«

Ihren Dackelblick kann sie sich sparen. Ich hatte schon geahnt, dass sie mich nicht ohne Grund in die Kantine eingeladen hat. Sie brennt darauf, zu erfahren, was da mit mir und Matt läuft. Aber das Spiel mit dem Unschuldig-Gucken beherrsche ich auch. Ich bin sozusagen der Meister darin.

»War nur ein Missverständnis. Bronson hatte ihm nicht Bescheid gegeben.«

Ihrem Blick entnehme ich, dass sie mir das genauso wenig abkauft wie ich ihr das Unschuldslamm.

»Da hat er aber ganz schön überreagiert, oder?«

»Keine Ahnung. Vielleicht hatte er 'nen schlechten Tag«, tue ich es ab.

»Ja, die hat er in letzter Zeit andauernd«, mischt sich Emma ein und rollt mit den Augen.

»Hey, du wärst auch mies drauf, wenn du mitten in einer Scheidung stecken würdest«, sagt Fanny.

Was? Wie? Welche Scheidung?

Ein Quinoakorn verirrt sich in meine Luftröhre und ich muss husten. Alle Antennen sind plötzlich auf Empfang. Ally grinst mich wissend an. Ahnt sie was?

»Lässt er sich jetzt wirklich scheiden? Ich dachte, das hat sich wieder gefangen«, sagt Wesley.

Ally gibt mir ein Zeichen, dass ich den Mund schließen soll. Fuck. Sie lächelt. Ich sehe die anderen an, aber niemand außer ihr scheint zu merken, dass ich vor Neugier fast platze.

»Hat seine Frau ihn nicht mit seinem besten Freund beschissen?«, fragt sie.

Moment. Ich bin sein bester Freund, verdammt!

»Behauptet die Gerüchteküche«, erwidert Emma. »Aber du weiß selbst, wie viel man darauf geben kann. Angeblich habe ich was mit Wesley und Bronson ist schwul. Alles Quatsch.«

Na ja, dass mit Bronson ist vielleicht nicht völlig an den Haaren herbeigezogen. Aber egal. Ich muss unbedingt rausbekommen, was bei Matt los ist.

»Wie lang ist er denn schon verheiratet?«

»Gute Frage«, antwortet Peter. »Keine Ahnung.«

»Ich glaub, schon ewig«, sagt Emma.

»Wisst ihr ... also ... kennt ihr sie?«

Ally hat gerade einen Fieldday. Sie grinst ohne Pause. Aber ich muss es einfach wissen.

»Bei der Immatrikulationsveranstaltung war sie dabei«, sagt Wesley und zeigt mit der Gabel auf Fanny.

»Ja, stimmt. Sie ist ziemlich hübsch. Jedenfalls im Vergleich zu Jones.«

Fanny verzieht das Gesicht. Hat dieses kleine Miststück Augen im Kopf? Matt ist vielleicht nicht Channing Tatum, aber man braucht keinen riesigen Bizeps, um schön zu sein. Es reicht ein Herz. Und davon hat Matt jede Menge.

»Jones ist heiß«, sagt Ally. »Unter dem Spießerhemd hat er bestimmt ein Sixpack.« Sie zwinkert mir zu und ich muss schmunzeln.

Kapitel 33

Herbst 2006

(DEVIN, 15 JAHRE ALT)

Willst du dann los?«, fragt Malik und zieht sich sein Shirt wieder an. Tja, das war es also. Mein erstes Mal.

Keine Ahnung, was ich erwartet hatte. Sicher keine Rosenblätter auf dem Kopfkissen oder Kerzen. So ist Malik nicht. Das wusste ich vorher. Aber er hat wirklich an allem gespart. Zeit. Vorspiel. Gefühl.

»Ich würde dann pennen«, ruft er mir aus dem Badezimmer zu.

Kuscheln danach gibt es bei ihm anscheinend auch nicht.

Obwohl ich nichts erwartet hatte, fühle ich mich mies. Alles tut weh. Vor allem mein Herz. In meinem Hals drückt es. Die Tränen wollen aufsteigen, aber ich beiße sie zurück. Es war nicht schön. Aber warum sollte es auch? Eine weitere beschissene Szene in dem Schauspiel, das sich mein Leben nennt.

Malik steckt den Kopf zur Tür herein und zieht die Augenbrauen fragend nach oben. Anscheinend bin ich ihm nicht schnell genug damit, abzuhauen.

»Bin schon weg«, sage ich und ziehe mir die Hose an. Das Shirt will nicht richtig über den Kopf. Ich zerre daran und in mir steigt Wut auf. Wut auf das Shirt. Wut auf Malik. Wut auf alles. Ohne ein weiteres Wort laufe ich aus der Tür in die Nacht hinein.

Ich renne um zwei Ecken und kauere mich hinter einen Kiosk in die Dunkelheit. Dann kann ich den Tränen endlich nachgeben. Sie laufen heiß über mein Gesicht. Warum ist alles so beschissen? Warum haben es andere so leicht und bei mir ist alles immer schwer? Ich will doch nur ein wenig von dem, was die Welt da draußen jeden Tag erlebt. Ein bisschen Echtes. Eine Umarmung. Ein bisschen Glück.

Ich habe Annett gesagt, dass ich heute bei einem Freund penne. Wenn ich jetzt nach Hause komme, wird sie Fragen stellen. Sie hat vor Kurzem ein Buch über die Pubertät gelesen und hält sich jetzt selbst für eine Expertin in Teenagerdingen. Seit Neustem führt sie höchst unangenehme Unterhaltungen mit uns. Darauf habe ich echt keinen Bock. Dazu kommen die Sprüche von den beiden Arschkrampen.

Aber zum Draußenpennen ist es zu kalt. Außerdem habe ich meine Jacke bei Malik liegen lassen. Shit. Ich ziehe die Nase hoch und denke nach.

Mir fällt nur ein einziger warmer Ort in der Stadt ein.

Ich war noch nie bei Matt zu Hause. Diesmal wird er es sein, der mich für verrückt hält. Ich springe vom Ast auf die Dachpappe des Vordachs.

Klack, klack … klack, klack, klack.

Hinter der Scheibe leuchtet ein schwaches Licht. Hoffentlich habe ich das richtige Zimmer erwischt. Er hat es mir einmal von der Straße aus gezeigt, aber das ist schon ein paar Wochen her. Hoffentlich hört mich niemand oder sieht mich und ruft die Bullen. Das würde dieser beschissenen Nacht noch die Krone aufsetzen. Ich klopfe ein weiteres Mal.

»Mach schon auf«, rufe ich. Endlich erkenne ich Bewegung hinter der Scheibe. Matt ist blasser als sonst, als er das Fenster öffnet.

»Was machst du hier mitten in der Nacht?«, fragt er und runzelt die Stirn.

Tja, was soll ich Matt sagen?

Ich weiß nicht, wo ich hinsoll und dein Zuhause, in dem ich noch nie war, ist der einzige Platz, der mir eingefallen ist.

Das klingt erbärmlich. Und das ist es auch.

Während ich mir eine Antwort überlege, wandern meine Augen an Matts Schlafanzug hinunter. Bob der Baumeister. Warum überrascht mich das nicht? Aber es passt zu ihm. Zu seinen Sommersprossen. Wahrscheinlich tragen alle Menschen mit Sommersprossen lustige Cartoonschlafanzüge. Die Vorstellung ist irgendwie schön.

»Es ist halb zehn«, antworte ich, weil mir nichts Besseres einfällt.

»Ist irgendetwas passiert?« Matt mustert mich. Klar, dass er merkt, dass etwas nicht stimmt. Er ist einfach viel zu schlau, als dass ich ihm was vormachen kann. Jetzt heißt es schauspielern.

»Nein, Quatsch. Dachte, ich komm mal vorbei. War in der Gegend.«
Mann, bin ich schlecht. Das kauft er mir nie ab. Matts grau-grüne Augen
suchen mein Gesicht ab und seine Augenbrauen ziehen sich erneut zusammen.
»Wirklich alles okay?« Er erkennt, dass ich lüge, aber ich mache einfach
weiter damit. Denn die Wahrheit schaffe ich heute nicht.
»Klar«, antworte ich.
»Willst du … willst du was trinken? Oder essen?«, fragt er. »Ich hab noch
ein paar Pop-Tarts im Schrank.«
Damit hätte ich nicht gerechnet. Ich dachte, er würde mich weiter löchern.
Dann hätte ich gehen müssen. Denn innerlich bin ich zerbeult und getreten.
Meine Gefühle schreien und nur ein dicker Panzer aus Verdrängen kann
sie stumm schalten. Aber der wird nicht lange halten. Jede Frage von Matt
könnte ihn brechen.
Jede außer der Pop-Tart-Frage. Ich habe die richtige Entscheidung ge-
troffen. Zumindest einmal. Hier ist ein sicherer, warmer Ort. Matt gibt
mir Raum und dafür bin ich ihm dankbar. Meine Muskeln entspannen sich.
In dieser Nacht zum ersten Mal. Wir essen Pop-Tarts. Dem ersten folgt ein
zweiter und dann noch ein dritter.
Als ich mich in Matts Zimmer umsehe, fällt mein Blick auf eine eigen-
artige Anordnung auf seinem Schreibtisch. Ventilatoren, Drähte und eine
Solarzelle.
»Was ist das für Zeugs?«, frage ich.
Matt rutscht unruhig auf dem Bett hin und her, bevor er mir in einem
langen, halbwissenschaftlichen Vortrag erklärt, dass es sich um eine Klima-
anlage handelt.
Mein Mund steht offen. Aus dem ganzen Wirrwarr an Wörtern habe ich
nur eine Sache mitgenommen. Er hat das Ding selbst gebaut. Voll krass. Ich
wüsste nicht mal, womit ich anfangen soll, geschweige denn, wie man einen
Lötkolben bedient. Matt ist genial.
»Wozu brauchst du das?« Keine Ahnung, warum ich das frage.
»Zuerst einmal, um mich im Sommer abzukühlen«, antwortet er das
Offensichtliche.
Toll. Er hält mich für dumm. Ich muss schnell irgendetwas halbwegs
Schlaues sagen. Denk nach, Devin.
»Und was machst du nachts? Geht doch nur mit Sonne, oder?«
Klang das intelligent? Wahrscheinlich nicht.

»Daran arbeite ich noch«, antwortet er. »Ich habe mir zum Geburtstag eine Lithiumbatterie gewünscht. Damit kann ich die Sonnenenergie speichern.«

Der Gedanke, dass Dev seine Eltern zu seinem fünfzehnten Geburtstag um dieses Geschenk gebeten hat, lässt mich grinsen. Damit kann ich ihn nicht davonkommen lassen.

»Du hast dir eine Lithiumbatterie zum Geburtstag gewünscht?«

»Na und?«, erwidert er. »Ist halt mein Hobby. Andere wünschen sich ferngesteuerte Autos.«

Und schon wieder liefert er die perfekte Matthew-Vorlage. Er hat keine Ahnung, was in unserem Alter cool ist. Ferngesteuerte Autos sind es jedenfalls nicht. Mit so was habe ich vor drei, vier Jahren gespielt. Matt selbst hatte wahrscheinlich noch nie eins in den Fingern oder er hat es auseinandergenommen und anschließend wieder zusammengelötet. Der Typ ist einfach spitze.

»Niemand wünscht sich noch zu seinem fünfzehnten Geburtstag ein ferngesteuertes Auto«, necke ich ihn weiter, denn ich mag es, wie sich seine Gesichtsfarbe von Weiß zu Kirschrot ändert. Aber diesmal habe ich es wohl übertrieben. Er knüllt das Papier in seiner Hand ein wenig zu fest.

»Machen sich deine Eltern eigentlich keine Sorgen?«, fragt er schroff.

Ich hatte fast vergessen, wie beschissen mein Leben gerade ist. Aber eine einzige Frage von Matt löst ein neues Ticket im Gedankenkarussell.

Am liebsten würde ich schreien. Nein, ich habe keine Eltern. Niemand macht sich um mich Sorgen, denn meine Pflegeeltern denken, dass ich bei einem Kumpel schlafe. Ein Kumpel, der mich vorhin wie einen Hund vor die Tür gejagt hat, nachdem er ... ach egal. Das ist nicht Matts Problem. Das ist meins.

Also heißt es wieder schauspielern.

»Die sind da locker«, antworte ich mit einem Lächeln, das in den Wangen schmerzt. »Außerdem werde ich in zwei Wochen sechzehn.«

Sein Blick verrät mir, dass ich ein wirklich schlechter Schauspieler bin, aber er belässt es dabei.

»Was hast du dir zum Geburtstag gewünscht?«, fragt er.

Ehrlich gesagt habe ich mit Annett noch nicht über meinen Geburtstag gesprochen. Aber anders als Matt weiß ich, was in unserem Alter angesagt ist. Also antworte ich: »Ein Handy.«

»Das hat auch eine Lithiumbatterie«, sagt er und ich muss lachen. Matt ist witzig. Er will es nicht sein. Er bemüht sich nicht, mich zum Lachen zu bringen, aber er beherrscht es wie kein anderer.

Ich mag ihn und am liebsten würde ich noch ein Weilchen mit ihm abhängen. Seine Nähe lässt mich den ganzen Mist der vergangenen Stunden so wunderbar verdrängen. Also los. Alles auf eine Karte.

»Ich hab meinen Eltern gesagt, dass ich heute bei einem Freund übernachte. Wäre es … also hättest du was dagegen, wenn ich hierbleibe?«

Die Sekunden vergehen wie Stunden. Sein Blick verrät mir nicht, was er denkt, und meine Hände beginnen zu schwitzen. Bitte, bitte, bitte, bitte.

»Okay«, antwortet er und mir fällt ein Gebirge vom Herzen. »Wenn du morgen ganz zeitig abhaust …«

Ich nicke und Erleichterung macht sich in mir breit. Ich hätte auch im Stehen geschlafen, wenn das die Bedingung gewesen wäre.

»Klar, bin vor dem Aufstehen weg. Danke, Matt.« Ich sehe mich kurz im Zimmer um. Dann fällt mein Blick auf den Vorleger. »Ich penne einfach hier auf dem Teppich. Du merkst gar nicht, dass ich da bin«, schiebe ich hastig hinterher.

Matt runzelt schon wieder die Stirn. Was habe ich gesagt?

»Warum willst du auf dem Boden schlafen?«

Ich zucke mit den Schultern. Er hat keine Matratze hier und ich will ihm keine Umstände machen.

»Dachte, dir ist das vielleicht lieber.«

»Ach Quatsch«, antwortet er. »Brauchst du was zum Schlafen?« Er deutet auf meine Klamotten. Matt hat keine Ahnung, wie sehr ich aus diesen Sachen rauswill. Sie riechen nach Malik. Ich fühle mich darin klein und nutzlos. Ungewollt. Also nicke ich.

»Garfield oder Scooby-Doo?«, fragt er und ich muss schmunzeln.

»Scooby-Doo ist cooler«, antworte ich.

»Warum? Hat er nicht vor allem Angst?« Matt hat recht. Aber dieser verfressene Hund überwindet seine Angst jedes Mal. Am Ende fasst er die Verbrecher und bekommt dafür einen Snack. Er ist ein Held. Anders als Garfield.

»Ja, aber Garfield ist einfach nur eine übergewichtige Katze, die Montage hasst.« Kein Superheld. Nichts, was mich beeindruckt. Matt grinst und nickt dann unbewusst.

Er wirft mir den Scooby-Doo-Schlafanzug zu und ich befreie mich von den Klamotten, die mich an den miesen Teil dieser Nacht erinnern. An Malik. An meine Wut. Ich schlüpfe in den weichen Stoff und atme tief ein. Er riecht nach Weichspüler und Sommer. Genau wie Matt.

Ich krieche unter die Bettdecke und fühle mich wie in einer molligen Wolke.

Sicher und warm.

Kapitel 34

Sommer 2025

(DEVIN, 34 JAHRE ALT)

Die dritte Woche. Noch immer steht keine einzige Zeile auf meinem Block, obwohl ich jede Vorlesung und jedes Seminar von Matt besucht habe. Kein einziger Blick von ihm. Es ist, als würde ich gar nicht existieren.

Ich bin ein Geist. Hätte ich Ally nicht, würde ich denken, dass ich der Typ aus *The Sixth Sense* bin. Aber Ally kann mich sehen. Und nicht nur sie. Auch ihre Freunde. Sie schleppen mich zu den Lerngruppen und Unipartys, die unter der Woche stattfinden. Mittlerweile habe ich mich an die Frage, ob ich der neue Sozio-Referendar bin, gewöhnt. Anscheinend strahle ich wirklich etwas Soziales aus. Denn die Studenten hier mögen mich. Sobald ich irgendwo auftauche, bildet sich eine Traube um mich herum. Nur von einem bekomme ich keine Aufmerksamkeit und er ist der Einzige, von dem ich sie unbedingt will.

»Wir werden uns in den kommenden zwei Wochen mit dem Spannungsfeld von Klimawandel und Politik auseinandersetzen«, sagt er am Ende der heutigen Einheit. »Es wird eine Art Planspiel geben, bei dem Ihnen unterschiedliche Rollen zugeteilt werden. Der erste Teil besteht aus Recherche und der Erarbeitung einer Strategie. Diese werden Sie dann in einer Debatte vor dem Kurs verteidigen.« Matts Frisur fällt heute von hinten in einer Halbwelle nach vorn. Aber es sieht nicht so aus, als hätte er das beabsichtigt. Seine Gesichtszüge sind angespannt und unter seinen Augen erkenne ich dunkle Ringe. »Ihre Umsetzung wird in Ihre Abschlussnote einfließen. Also strengen Sie sich an.«

Danach geht er durch die Reihen und verteilt kleine Zettel. Jeder Student bekommt einen. Alle außer mir.

Nach der Vorlesung bin ich niedergeschlagen. Was erhoffe ich mir von meiner Zeit in Portland? Er wird mir nie verzeihen, was ich ihm vor fünfzehn Jahren angetan habe. Er wird mir nicht zuhören. Warum auch? Wahrscheinlich bin ich ihm mittlerweile egal.

»Na, in welcher Gruppe bist du?«, fragt Ally auf dem Gang. »Regierung, Ureinwohner oder Bauer?« Ihre Tasche hängt straff über der viel zu schmalen Schulter.

»In gar keiner«, antworte ich.

Sie mustert mich.

»Warum machst du nicht mit?«

Ich zucke mit den Schultern.

»Jones hat mir keine Rolle zugeteilt. Wahrscheinlich, weil ich als Gasthörer keine Noten bekomme.«

»Das ist doch Blödsinn«, antwortet Ally genervt. »Hat er heute nicht Sprechstunde? Komm, wir fragen ihn.« Sie zieht mich am Ärmel in Richtung der Treppen.

Es gibt eine Sprechstunde? Warum erfahre ich das erst jetzt? Ernsthaft, ich habe keine Ahnung von dem ganzen Unikram. Aber selbst wenn ich es gewusst hätte: Ist das nicht ein bisschen übergriffig? Matt soll von selbst mit mir reden. Wenn ich irgendetwas zwischen uns retten kann, dann nur, wenn er mir von sich aus die Chance dazu gibt.

»Warte mal«, sage ich und Ally bleibt stehen. »Ich glaube, das ist schon in Ordnung. Ich höre euch einfach zu. Dabei lerne ich doch auch etwas.«

Ally verschränkt die Arme vor der Brust und zieht die Augenbrauen nach oben.

»Devin, für wie bescheuert hältst du mich eigentlich?« Sie lässt den Satz im Raum stehen und ich bin mir nicht sicher, ob sie eine Antwort hören will. Ally ist clever. Auch wenn sie aussieht wie ein kleines Mäuschen, hinter der Fassade steckt jede Menge Biss. Ich halte sie nicht für dumm. Sie ist ziemlich cool. Mit ihr kann ich lästern, feiern und die Spieleabende sind superlustig. Aber ich kann mit ihr nicht über Matt reden.

»Du hast keine Ahnung von Umweltwissenschaften und auch kein Interesse daran«, fährt sie fort. »Dev, du sitzt seit Wochen in seinen Vorlesungen und starrst ihn an. Und Jones ignoriert dich ein klein wenig zu sehr für meinen Geschmack. Keine Ahnung, was zwischen euch abgeht, aber du bist definitiv nicht hier, um etwas über das Klima zu lernen.« Ihre Augen funkeln und ihr Blick hat diesen Verkauf-mich-nicht-für-dumm-Vibe.

»Nein, bin ich nicht«, antworte ich kleinlaut.

»Dann lass ihn uns mal ein bisschen aus der Reserve locken. Oder hast du vor, hier deinen Abschluss zu machen?« Sie schmunzelt. »Ich will dich ja nicht entmutigen, aber die Chancen, dass du in seinem Kurs bestehst, gehen gegen null.«

Ich grinse, denn ich mag Allys speziellen Humor. Sie ist witzig und irgendwie hat sie recht. Ich kann nicht ewig in dem Airbnb bleiben. Der Kerl, der mir die Bude vermietet, ist gerade im Ausland unterwegs. Aber irgendwann wird er zurückkommen. Außerdem habe ich Kunden, die mehr als ein verpixeltes FaceTime-Bild von mir sehen wollen.

Ally schreitet voran. Wir gehen in den dritten Stock. Auf dem Gang stehen ein paar leere Stühle vor Bürotüren. *Prof. Matthew Jones.* Sie bleibt vor seiner Tür stehen. Noch ehe ich es mir anders überlegen kann, klopft sie.

»Herein.« Matts Stimme lässt mein Herz in die Knie rutschen. Was soll ich bloß sagen?

Ally öffnet die Tür und geht ohne zu zögern in sein Büro. Ich folge ihr in leicht gebückter Haltung. Als Matt mich entdeckt, durchbohrt mich sein eisiger Blick. Shit.

»Professor Jones, Sie haben vergessen Devin eine Gruppe für das Planspiel zuzuweisen«, platzt Ally heraus. Wow, in dem Alter hatte ich noch nicht so viel Eier. Anscheinend fehlen sie mir sogar heute noch, denn ich merke, wie meine Hände leicht zittern.

»Ally.« Matts Augen weichen keine Sekunde von mir. Als könnte er mich mit seinem Blick zu Staub zerfallen lassen. »Warum tauchen Sie in meiner Sprechstunde auf, wenn es eigentlich Mr. Fletscher ist, der ein Problem hat? Erklären Sie mir das bitte.«

»Ähm.« Sie räuspert sich, lässt sich aber nicht lange aus dem Konzept bringen. »Ich dachte mir, dass es sich um ein Versehen handelt und da Devin nicht wusste, dass es eine Sprechstunde gibt, habe ich ihn begleitet.«

»Und jetzt tragen Sie sein Anliegen vor?«, fragt er. »Denken Sie, er sollte mit über dreißig Jahren nicht selbst in der Lage sein, zu erklären, was er hier will?«

Mir entgeht die Doppeldeutigkeit seiner Worte nicht. Mit *hier* meint er nicht sein Büro. Er meint die Uni. Sein Leben. Ich trete einen Schritt hinter Ally hervor, auch wenn mein Inneres mir zuruft, dass ich laufen sollte.

»Ich würde gerne einer Gruppe für das Planspiel zugeteilt werden.« Ich räuspere mich, bevor ich ergänze: »Professor Jones.«

»Mr. Fletscher«, erwidert er und sein Blick wird härter. Er verschränkt die Arme und lehnt sich in seinem Stuhl ein Stück zurück. »Ich habe entschieden, dass sie an dieser Übung nicht teilnehmen.«

»Warum?«, platzt es erneut aus Ally heraus.

»Tja, wissen Sie, Ms. Williams: Für manche Dinge im Leben bekommt man keine Erklärung.«

Wieder verstehe ich die Botschaft. Und ich höre Schmerz. Wie gerne würde ich alles ungeschehen machen. Die Zeit zurückdrehen und eine andere Entscheidung treffen. Aber wäre sie besser? Würde es etwas an Matts Blick ändern oder wäre es einfach ein anderer Schmerz?

»Ich würde es dir gern erklären«, sage ich. Meine Stimme ist so leise, dass ich sie selbst kaum höre. Aber Matt scheint jedes Wort zu verstehen. Genau wie Ally. Sie nickt mir kurz zu und verlässt dann Matts Büro. Es fühlt sich an, als wären plötzlich vierzig Grad im Zimmer und der komplette Sauerstoff wäre mit Ally zusammen durch die Tür verschwunden. Die trockene Luft kratzt in meinem Hals und ich muss mich räuspern.

»Devin, was machst du hier?«, fragt Matt und ich höre ein wütendes Zittern in seiner Stimme. »Du tauchst hier auf und bringst mich vor meinen Studenten in eine unmögliche Situation. Warum tust du das? Warum bist du nicht dortgeblieben, wo du all die Jahre warst.«

Obwohl mein Kopf ihn versteht, zwingt mich mein Herz zum Bleiben.

»Ich musste dich sehen«, flüstere ich. In seinem Blick erkenne ich, dass ihn meine Antwort nur noch wütender macht.

»Ich dich aber nicht«, schreit er. »Ich habe ein neues Leben.«

»Ich auch«, antworte ich und diesmal ist meine Stimme fester. »In meinem letzten Leben hatte ich keine Wahl. Aber in meinem neuen Leben kann ich entscheiden. Deshalb bin ich hier. Ich will, dass du ein Teil davon bist. Egal wie.«

Matt zieht die Augenbrauen zusammen. Er sieht aus, als hätte ich ihm eine Ohrfeige gegeben, als die Worte langsam bei ihm einzusickern scheinen.

»Typisch.« Er lacht zynisch und schüttelt ungläubig den Kopf. »Erst entscheidest du, dass du mich ohne eine Erklärung aus deinem Leben ausradierst, und jetzt entscheidest du mal einfach so, dass ich gefälligst wieder Teil davon sein soll.«

Klar. In seinen Augen bin ich ein egoistischer Mistkerl. Und damit hat er recht. Was ich hier tue, ist eigensinnig. Aber ich musste so viele Jahre das machen, was andere von mir wollten. Jetzt bin ich mal dran.

»Ich würde dir gern erklären, warum ich damals gegangen bin.«

Matts Kopf wird rot und er sieht aus, als würde er gleich mit Gegenständen nach mir werfen.

»ICH WILL ES ABER NICHT HÖREN«, brüllt er. »Was du getan hast, werde ich dir nie verzeihen. Also HAU AB!« Seine Stimme zittert am Ende, so aufgebracht scheint er zu sein. Ich schlucke, aber ich kann nicht aufgeben.

»Matt, ich weiß, dass ich dir damals das Herz gebrochen …«

»DU HAST MIR NICHT DAS HERZ GEBROCHEN. Du hast es mir einfach weggenommen. Genau wie meinen besten Freund und mein SCHEIß VERTRAUEN IN DIESE WELT. Du hast mich bewusstlos auf dem schmutzigen Boden eines geklauten Campers liegen lassen. NACKT. Welcher Mensch tut so was? Du bist abgehauen, ohne dich auch nur einmal umzudrehen. Ohne ein einziges Wort in den ganzen VERFICKTEN JAHREN.«

Er atmet schnell und seine Nasenflügel blähen sich.

Dann sieht er auf die Tischplatte. Er schüttelt den Kopf, so als wäre ihm gerade klar geworden, wo er hier ist. Dass er in einem Universitätsbüro mit papierdünnen Wänden völlig die Beherrschung verloren hat. Seine Worte haben geschmerzt, aber ich habe die Zwischentöne gehört. Sein Meltdown war alles andere als gleichgültig. Und nichts wäre schlimmer gewesen, als wenn ich ihm egal geworden wäre. Wenn er keine Emotionen mehr für mich übrig gehabt hätte. Aber die hat er. Auch wenn sie in einer dicken, klebrigen Schicht eingehüllt sind. Sie sind da und jeder auf diesem Flur konnte das hören.

Ich will nicht, dass er leidet. Ich will es ihm nicht schwer machen. Aber ich kann nicht gehen, ohne es ihm erklärt zu haben. Nicht nur, weil ich das brauche, sondern weil ich das Gefühl habe, dass er das braucht. Und weil ich ein egoistischer Mistkerl bin.

Matt reibt sich über die Augen, die plötzlich wieder genauso müde aussehen wie heute im Hörsaal. Dann sagt er ruhig: »Bitte komm nicht mehr in meine Vorlesung.«

Diesen Gefallen werde ich ihm tun, denn ich will auf keinen Fall, dass sein Job unter meiner Anwesenheit leidet. Aber wenn er wirklich glaubt, ich würde jetzt aufgeben, dann kennt er mich nicht. Ich werde kämpfen.

Für heute ist es genug. Ich drehe mich um und verlasse sein Büro. Doch ich werde wiederkommen.

Als ich auf den Gang trete, sieht mich Ally mit weit aufgerissenen Augen an. Ihr Mund formt ein stummes *What the fuck*. Ich presse die Lippen fest zusammen, sage aber nichts. Auf dem Weg nach draußen huscht ein kleines Lächeln über mein Gesicht. Ich habe ihn noch nicht verloren. Das beste Gefühl seit fünfzehn Jahren.

Kapitel 35

Herbst 2006

(DEVIN, 16 JAHRE ALT)

Henry:

ICH FREUE MICH AUF DICH.
KANN ES KAUM ERWARTEN.

Bald wird es ernst. Bis jetzt waren es nur ein paar Nachrichten. Texte tun nicht weh. Sie machen mir keine Angst. Wir haben uns gegenseitig Bilder geschickt und zwei Mal telefoniert. Henry, wenn das sein richtiger Name ist, scheint nett zu sein. Er ist Mitte vierzig, verheiratet und hat zwei Kinder. Er verdient gut. So gut, dass er mir teure Geschenke macht.

Devin:

KANN ES AUCH NICHT ERWARTEN.
WAS HAST DU FÜRS WOCHENENDE GEPLANT?

Mein Herz schlägt mir bis zum Hals, als ich auf seine Antwort warte. Bisher war er immer zurückhaltend. Ein Gentleman. Er sagt, ihm ginge es nicht um Sex, aber sind wir ehrlich: Wer schenkt einem Achtzehnjährigen – von dem er weiß, dass er in Wirklichkeit erst sechzehn ist – schon ein Handy, ohne eine Gegenleistung zu erwarten?

Henry:

IN DER HÜTTE GIBT ES EINEN POOL.
VIELLEICHT GEHEN WIR SCHWIMMEN ;)

Und da ist es. Subtil, aber eindeutig. Schwimmen bedeutet nackt und nackt bedeutet Sex. Mir wird übel. Nicht, weil ich Henry abstoßend finde – eigentlich ist er für sein Alter wirklich gut in Form –, sondern weil ich Sex nicht mag. Ich hatte schon öfters welchen mit Malik, aber ich verstehe nicht, was alle so toll daran finden. Es ist kurz, derb und meistens tut es weh. Beim Gedanken, das mit einem fast Fremden zu tun, dreht sich mein Magen um.

Devin:

> Klingt toll :)

Angst kann ich mir nicht leisten, auch wenn ich spüre, wie sie über meine Beine nach oben krabbelt und mich zu lähmen droht. Ich brauch die Kohle. Noch zwei Jahre. Dann werde ich automatisch zum Sozialfall. Denn auf eine Adoption von den Moores kann ich nicht mehr hoffen. Annett ist mit drei Jungs heillos überfordert. Immer wieder betont sie, wie froh sie ist, wenn wir endlich aus dem Haus sind. Tja, das Problem ist, dass ich nicht besonders viel kann. Ich kenne mich ein bisschen mit Computern aus. Aber die Sozialstelle finanziert keine Studiengänge aufgrund einer Inselbegabung. Und in den meisten Fächern sieht es bei mir wirklich düster aus. In Chemie und Physik bin ich versetzungsgefährdet – trotz der Nachhilfe von Matt. Atome und Verbindungen ergeben in meiner Welt einfach keinen Sinn.

Aber Matt tut es. Er ergibt einen Sinn. In seiner Nähe kommen meine Gedanken zur Ruhe. Wenn ich bei ihm bin, habe ich keine Angst. Am liebsten würde ich ihn am Wochenende mit zu Henry in die Hütte nehmen. Aber das wäre völlig verrückt. Nein, von dieser Welt darf Matt nichts erfahren. Dafür ist er nicht gemacht. Das ist keine Sommersprossenwelt, das ist die dunkle.

Aber vielleicht finde ich zumindest heute Nacht ein wenig Ruhe bei ihm.

Klack, klack … klack, klack, klack.

Es dauert keine zehn Sekunden, bis Matt das Fenster öffnet. Er trägt einen einfarbigen blauen Schlafanzug. Wo ist Bob?

»Hi, mach mal Platz«, *sage ich und klettere in sein Zimmer.*

»Hey, was machst du hier?«

»War in der Nähe.«

Diese Antwort hat er mir beim letzten Mal schon nicht abgekauft, aber er hat sie geschluckt, ohne etwas dazu zu sagen. Tja, diesmal wohl nicht.

»Ernsthaft? Mann, deine Eltern nehmen das echt locker.«

Annett ist es mittlerweile egal, wo wir uns rumtreiben. Sie ist zufrieden, wenn wir sie in Ruhe lassen und sie sich mit ihrem Glas Chardonnay auf die Couch verziehen kann. Mr. Moore arbeitet fast rund um die Uhr, um die Raten für das Haus abzubezahlen. Also ja, sie nehmen es echt locker.

»Ich bin sechzehn. Was sollen sie da schon sagen?«, antworte ich.

»Also meine würden durchdrehen.«

»Du bist ja auch noch ein Baby«, necke ich ihn und schon wieder verfärbt sich sein Gesicht.

»Gar nicht wahr.«

Mit seiner vorgeschobenen Unterlippe und der vom Bett zerdrückten Frisur sieht er tatsächlich jünger aus. Aber nein, ein Baby ist er nicht mehr. Manchmal wirkt es, als wäre er der Ältere von uns.

»Wir haben uns heute nach der Schule gar nicht mehr gesehen. Ich hab eine Zwei minus in der Chemie-Klausur«, verkünde ich. Sein Gesicht beginnt zu strahlen. Schon dafür hat sich das viele Büffeln gelohnt.

»Hey, cool. Dann stehst du jetzt nicht mehr auf Kippe, oder?«

»Nein. Glatte Vier.«

»Nächstes Jahr wird es bestimmt eine Drei.«

Matt scheint davon überzeugt zu sein, dass mehr in mir streckt, aber ich bin schon mit der Vier zufrieden. Hauptsache, ich schaffe es in die nächste Stufe.

»Das müssen wir feiern.« Matt holt zwei Pop-Tarts aus dem Schrank. Ich liebe dieses Ritual.

»Hey, gehen wir am Wochenende zum Spiel?«, fragt er und wirkt dabei ein bisschen nervös. Wäre nicht das Treffen mit Henry, wäre ich bestimmt zum Eröffnungsspiel gegangen, aber ich hatte keine Ahnung, dass Matt dahin will. Er mag Football doch gar nicht.

»Sorry, ich …« Mist, was sage ich denn nun? »Wir haben Familientreffen.«

Das ist zu meiner Standardausrede geworden. So oft, wie ich die erfundenen Wochenenden schon als Grund vorgeschoben habe, muss er denken, ich hätte die Traumfamilie. Hütte am See, alle grillen, alle haben Spaß und genießen die gemeinsame Zeit. Wenn er wüsste, dass ich die ganzen Storys aus einer Fernsehserie habe. Die Geschichten über Lagerfeuer und Gitarrenmusik stammen alle aus einer kitschigen Familiensoap. Ich war noch nie mit meinen

Eltern campen oder mit meinen Brüdern im Urlaub. Die Wahrheit ist, dass ich gar keine Brüder habe. Aber auch das muss Matt nicht wissen. Außerdem macht es Spaß, diese Geschichten zu erfinden. Ich tauche für einen Moment in eine ideale Welt ab, lasse die Realität hinter mir und träume ein bisschen das Was-wäre-wenn. Was, wenn ich Eltern hätte, die mich lieben? Was, wenn ich unvergessliche Sommerabende hätte, an die ich mich mein ganzes Leben lang erinnere.

»Ist doch super. Am See?«, fragt Matt. »Räuchert dein Onkel wieder?«

Nein, ich gehe mit einem Typen, den ich kaum kenne, schwimmen und habe wahnsinnige Angst davor. Aber anstatt Matt die Wahrheit zu sagen, lüge ich erneut.

»Sicher ... ähm ... Wird bestimmt gut.«

Am liebsten würde ich es ihm erzählen. Alles. Das mit Henry und das mit Malik. Dass ich das Geld brauche, weil ich nicht weiß, wie es weitergeht, wenn ich aus dem Foster-System rausfalle. Aber ich traue mich ja nicht mal, ihm zu sagen, dass ich schwul bin. Keine Ahnung warum. Ich habe Angst, dass sich etwas zwischen uns ändert und das der einzig sichere Ort in der Stadt dann nicht mehr da ist.

Also schlucke ich den ganzen Mist herunter und frage stattdessen: »Kann ich heute wieder hier pennen?«

Matts Augenbrauen ziehen sich zusammen. Er hadert. Bitte, bitte, bitte, bitte. Ich brauche fürs Wochenende ein kleines bisschen Matt-Power. Also schiebe ich meine Unterlippe ein Stückchen nach vorn, weil das bei Matt immer zieht.

»Ich weiß nicht. Okay. Aber nächste Woche musst du mal bei uns essen.«

»Geht klar«, antworte ich erleichtert.

Matt geht zum Schrank und wirft mir einen Schlafanzug zu. Er ist genauso einfarbig wie der, den er selbst trägt.

»Wo ist Scooby-Doo?«, frage ich und halte das Shirt hoch.

Sein Gesicht wird rot. Ist ihm das peinlich?

»Kein Scooby-Doo«, antwortet er und ich sehe ihn bedröppelt an. Irgendwie habe ich in Scooby-Doo besonders gut geschlafen. Vielleicht lag es aber auch an Matt.

Wir ziehen uns um und klettern beide ins Bett.

In der Stille des dunklen Zimmers beginnen meine Gedanken zu kreisen.

Tue ich das Richtige?

Das Richtige vielleicht nicht, aber das Notwendige, beruhige ich mich.

Aber enttäusche ich damit nicht alle?

Wer sind alle? Am Ende lautet die Frage: Enttäusche ich Matt? Denn allen anderen bin ich egal. Malik? Von Malik habe ich die Idee mit dem Sugardaddy überhaupt erst. Aber Matt würde es nicht verstehen. Würde er?

»Schläfst du schon?«, frage ich in die Dunkelheit.

»Nein«, flüstert er.

»Kann ich dich was fragen?«

»Klar.«

Ich drehe mich auf die Seite und versuche Matts Umrisse zu erkennen.

»Glück oder Moral?«

This-or-That. Nicht der cleverste Weg, aber ein zuverlässiger, wenn ich herausfinden will, was Matt denkt.

»Wie meinst du das?«, fragt er.

»Na ja, nehmen wir an Lex Luthor hätte Lois Lane in seiner Gewalt.«

»Okay«, antwortet er belustigt. Er hat keine Ahnung, wie ernst die Sache für mich ist.

»Also sie sitzt auf einer Bombe, die in wenigen Sekunden explodiert«, spinne ich weiter. *»Gleichzeitig feuert Lex eine Rakete auf Metropolis ab. Nehmen wir an, Superman muss sich entscheiden. Entweder er rettet Lois, bekommt mit ihr Kinder und sie leben glücklich bla bla bla ... oder aber er rettet Metropolis und verliert dabei Lois.«*

Kurz ist es still.

»Warum macht Lex das? Ist er nicht selbst in Lois verknallt?«, fragt Matt. »Das ergibt keinen Sinn.«

Warum muss er immer alles zerdenken. So funktioniert This-or-That nicht.

»Ist doch egal. Der Punkt ist: Wenn er Lois rettet, sterben Tausende Menschen. Aber wenn er das Richtige tut und Metropolis rettet, wäre seine Zukunft futsch.«

Wieder kehrt einen Moment lang Ruhe ein. Dann fragt Matt: »Warum rettet er nicht erst Metropolis und entschärft dann die Bombe mit seinem Laserblick? Ich meine, der Typ ist so schnell wie das Licht.«

MANN! Ich liebe seine Art, die Dinge zu hinterfragen, aber jetzt brauche ich eine einfache Antwort von ihm.

»This or That, Matt. Kein Vielleicht. Entweder er denkt an sich und alle hassen ihn, oder er macht das, was man von ihm erwartet.«

Ruhe. Ich atme flach, um kein Wort von Matt zu verpassen. Wird er es verstehen?

»Ich glaube, er würde beides hinbekommen«, antwortet er. »Das ist doch immer so. Sonst wäre er nicht Superman, oder?«

Ich gebe auf.

»Kann sein«, antworte ich resigniert.

Dann zieht wieder Stille ein. Aber meine Gedanken kreisen weiter.

»Vielleicht ist er ja gar nicht so super«, höre ich mich plötzlich sagen.

»Wie meinst du das?«

»Vielleicht tut er nur so. Was, wenn er in Wirklichkeit nur ein einfacher Typ ist?«

Vielleicht ist Superman nur ein Kerl, der ein einfaches glückliches Leben sucht und dem ständig Stöcke zwischen die Beine geworfen werden. Die Welt erwartet einen Superhelden, aber bekommt einen halbkaputten Durchschnitt.

»Devin, der Typ kann durch Wände sehen. Der ist super.«

Tja, das glauben alle.

Kapitel 36

Sommer 2025

(DEVIN, 34 JAHRE ALT)

Ich sitze mit zwei Jumbo-Kaffeebechern auf dem Gang vor Matts Büro. Es ist Dienstag halb vier und ich habe mich rausgeputzt, als würde ich in die Kirche gehen. Poloshirt, schwarze Jeans. Sogar die Haare sind gekämmt. Seine Sprechstunde beginnt in zehn Minuten. Ich habe mich erkundigt. Zweimal pro Woche steht Matts Büro für seine Studenten offen. Und ich bin einer davon, auch wenn ich seine Vorlesungen nicht mehr besuche.

Als ich Schritte im Treppenhaus höre, richte ich mich in meinem Stuhl auf. Ich nehme die wahnsinnig heißen Becher in die Hand und mache mich bereit, in sein Büro zu marschieren.

Matt erscheint im Gang. An seiner Seite ein junger Typ. Wahrscheinlich ein anderer Student. Die Vorlesung ist gerade erst zu Ende, wie ich aus meinem Stundenplan weiß. Während Matt redet und gestikuliert, scheint der Typ seine Worte förmlich aufzusaugen. Er wirkt wie der typische Streber. Gegelte Haare, Brille, schlecht sitzende Hose. Egal. Als Matt auf meiner Höhe ist und mich erblickt, verzieht er das Gesicht. Er wirkt genervt. Kann ich verstehen, ändert aber nichts. Ich zeige ihm die Riesenbecher schwarze Lava und grinse. Kein Schmunzeln von ihm. Er schüttelt nur mit dem Kopf und geht dann mit dem Typen in sein Büro.

Na gut, dann bin ich halt der Nächste. Ein halber Liter Kaffee hält seine Temperatur bestimmt eine Weile. Nach dreißig Minuten erscheint ein Mädchen auf dem Gang. Sie setzt sich ein paar Stühle neben mich, holt ein Buch heraus und beginnt zu lesen.

Plötzlich öffnet sich die Tür. Der Typ vom Gang kommt aus Matts Büro. Er sieht sich etwas verunsichert um und sagt dann: »Ähm … Tiffany? Du sollst reinkommen.«

»Aber ich bin als Nächstes dran«, protestiere ich.

Der Typ zuckt die Schultern.

»Sorry, Bro. Ansage vom Prof.«

Pisser.

Nach einer Stunde ist der Kaffee kalt. Shit. Ich habe die Jumbogröße gewählt, weil ich gehofft hatte, so mehr Zeit mit Matt zu haben. Niemand setzt jemanden vor die Tür, wenn er noch Kaffee hat. Aber das ich gar nicht erst reingelassen werde, damit hatte ich nicht gerechnet.

Nach einer weiteren halben Stunde verlässt das Mädchen Matts Büro. Ich will gerade aufspringen, als ich den Schlüssel in der Tür höre. Wirklich? Hat er jetzt etwa sein Büro von innen abgeschlossen? *Sehr erwachsen, Matt.*

Toll. Jetzt habe ich einen Liter kalten Kaffee. Das wird eine lange Nacht mit vielen Toilettengängen.

»Was machst du jetzt?«, fragt Ally, als ich am Abend mit ihr im Studentenclub sitze. Die Musik ist laut und man versteht sich nur, wenn man schreit.

»Donnerstag ist die nächste Sprechstunde«, antworte ich. »Irgendwann wird er mit mir reden.«

»Und was sagst du ihm, wenn du es in sein Büro geschafft hast?«

»Sorry, Ally. Matt ist dein Prof. Ich kann mit dir nicht über ihn reden.«

Sie nickt und schmunzelt verschlagen.

»Lass mich kurz zusammenfassen, was ich von der Aktion vergangene Woche behalten habe.« Sie tippt mit dem Finger an ihre Lippen. »Also da war *Herz gebrochen, nackt, verfickte Jahre.* Soll ich weitermachen?«

Ich sage nichts dazu.

»Wusstest du, dass Emma total in dich verschossen ist?«

Ich gebe Ally einen Seitenblick und ziehe eine Augenbraue nach oben. Emma ist dreiundzwanzig und bildschön. Aber dreiundzwanzig!! Was will sie von einem zehn Jahre älteren Typen, der anscheinend aussieht wie ein Sozialkunde-Referendar? Außerdem, was soll der Themenumschwung?

»Ich vermute mal, das ist dir egal«, fährt sie fort. »Weil du die Hecke auf der anderen Seite schneidest. Stimmt's?«

Ich runzle die Stirn und grinse, weil das die blödeste Beschreibung für schwul ist, die ich je gehört habe.

»Aber Jones ist verheiratet«, kombiniert sie weiter. »Wie passt das also mit euch beiden zusammen?«

»Hör auf, Ally«, unterbreche ich sie. »Ich kann darüber nicht mit dir reden, also behalte deine wilden Theorien für dich.« Mit flehendem Blick sehe ich zu ihr auf. »Bitte.« Matt scheint gerade genug an der Backe zu haben. Es muss nicht noch durch den Gossip gehen, dass er auch die Hecke von der anderen Seite schneidet. Ich glaube, dann würde er mich wirklich hassen. Zu Recht.

Ally mustert mich lange. Dann nickt sie.

»Ich sage es niemandem.«

»Danke«, antworte ich.

Plötzlich grinst sie.

»Du musst nicht antworten, aber blinzle einmal, wenn ich mit dem Sixpack unter dem Hemd recht habe. Gott, wäre das abgefahren.«

»Du bist so bescheuert.« Ich schieße meinen Bierdeckel in ihre Richtung und sie quiekt. Es ist schön, hier in Portland jemanden zu haben, mit dem ich lachen kann. Denn Matts abweisende Art ist alles andere als lustig und mit Ally kann ich Kraft für die neue Schlacht tanken.

»Ach übrigens«, sagt sie, nachdem wir uns wieder beruhigt haben. »Ich war am Wochenende auf einer WG-Party.«

»Ohne mich?«, frage ich entrüstet.

»Du hast gesagt, du müsstest arbeiten. Erinnerst du dich, Spaßbremse?«

Stimmt. Am Samstag habe ich bis spät in die Nacht am Laptop gesessen. In den letzten Wochen ist zu viel liegen geblieben.

»Auf jeden Fall habe ich Roger getroffen«, erzählt Ally weiter.

Ich sehe sie fragend an. Keine Ahnung, wer das sein soll.

»Er ist der wissenschaftliche Assistent von Jones«, erklärt sie.

Jetzt hat sie meine volle Aufmerksamkeit und ihrem Grinsen nach zu urteilen, ist sie sich dessen voll bewusst.

»Er hatte ein paar News zu der Scheidungssache. Na, interessiert?«

Sie weiß genau, dass ich vor Neugier platze, und sie kostet es in vollen Zügen aus.

»Erzähl schon.«

»Also: Die Sache ist wohl so gut wie gelaufen. Das Trennungsjahr ist durch und sie haben wohl auch eine Sorgerechtsvereinbarung getroffen.«

Ich schlucke und sehe auf die Tischplatte vor mir.

»Wusstest du, dass er eine Tochter hat?«, fragt Ally.

»Ich wusste, dass er ein Kind hat«, antworte ich mechanisch. »Aber nicht, dass es ein Mädchen ist.«

»Wie lange habt ihr euch denn nicht gesehen?«

Ich starre weiter vor mir auf die klebrige Tischplatte.

»Fünfzehn Jahre«, sage ich mehr zu mir selbst als zu ihr. Dass Matt eine Tochter hat, führt mir gnadenlos vor Augen, wie viel Zeit vergangen ist. Wie viel ich verpasst habe. Fünfzehn Jahre ist eine Ewigkeit. Ein ganzes Leben. Wir sind keine Kinder mehr. Es hat sich so viel verändert. Wir haben uns verändert. Ich weiß nichts mehr über ihn. Ist er überhaupt noch der Junge, den ich geliebt habe? Der, den mein Herz nie losgelassen hat?

»Das passt«, murmelt Ally. »Roger meinte, die Kleine wäre wohl irgendwas um die zehn.«

Nein, seine Tochter ist vierzehn Jahre alt und ich weiß auch, wer ihre Mutter ist.

Kapitel 37

Herbst 2007

(DEVIN, 16 JAHRE ALT)

T ja, jetzt bin ich schon wieder hier. Das zweite Mal heute. Eigentlich wollte ich vorerst nicht mehr so oft zu Matt gehen. Nur ein paar Tage Pause, bis diese eigenartigen Gefühle verschwinden. Wahrscheinlich ist es nur eine Schwärmerei. Weil er nett zu mir ist. Das waren bisher nicht viele. Wir zocken meist bis spät in die Nacht, essen Pop-Tarts und diskutieren bescheuerte Fragen auf seinem Vordach, zum Beispiel, ob Zombies oder Vampire die größere Gefahr für die Menschheit darstellen.

Aber seit ein paar Wochen hat sich ein neues Gefühl unter die anderen gemischt. Eins, das mir doch ein bisschen Angst macht.

Matt ist mein sicherer Ort – mein bester Freund – und ich will nicht mehr in ihm sehen als das. Aber meine Hormone scheinen einen eigenen Kopf zu haben. Matt hat sich verändert. Nicht nur körperlich. Er ist erwachsen geworden. Irgendwie stärker. Und es fällt mir auf. Mehr, als mir lieb ist. Wenn ich neben ihm liege, spüre ich seine Präsenz viel deutlicher als früher. Die Seite des Bettes, auf der er liegt, brennt förmlich. Wenn mich sein Bein zufällig streift oder seine Hand meinen Arm berührt, kribbelt es. Lange. Intensiv. Viel zu intensiv für einen Freund.

Deshalb der Abstand. Aber ich bin nicht gut darin, mich von Matt fernzuhalten.

Klack, klack … klack, klack, klack.

»Ist offen«, ruft er. Ich klettere ins Zimmer und Matt lächelt mich vom Schreibtisch aus an. Diese Sommersprossen machen mich noch mal verrückt. Nein – ich habe mich im Griff. Hormone aus, Bester-Freund-Modus an.

»Hey, wie geht's Kathy?«, frage ich. »Hat sie die Sache mit Mr. Bunny verdaut?«

Ja, tote Hasen sind ein super Thema, um falschen Gefühlen vorzubeugen.

»Sie kommt drüber weg«, antwortet er. »Dank deiner mitreißenden Trauerrede heult sie zumindest nicht mehr.« Es ist süß, wie Matt versucht, cool zu wirken. Aber ich habe genau gesehen, dass er im Garten mit den Tränen gekämpft hat. Ich beneide ihn um die Beziehung mit Kathy. Jemanden, mit dem ich meinen Schmerz teilen kann. Das hätte ich auch gern.

»Tu nicht so, als würde sie dir nicht leidtun«, sage ich. »Sie hat das Vieh echt gerne gehabt.«

Matt sieht betreten zu Boden. Er hat heute mit Kathy gelitten und das kann er nicht überspielen. Braucht er auch gar nicht. Das macht ihn so unglaublich liebenswert. Ich setze mich auf Matts Bett.

Als er vom Schreibtisch zu mir rüberkommt, schlägt mein Herz ein wenig schneller. Meine Finger werden schwitzig. Ich hätte mir wirklich ein paar Tage mehr Zeit lassen sollen, bevor ich nachts wieder hierherkomme. Es war schwer genug, ihn bei Tageslicht zu sehen, aber jetzt …

»Hey, gehen wir am Samstag wieder zum Spiel?«, fragt er und ein weiteres Gefühl gesellt sich zum Rest der Hormonsuppe. Ein unschönes. Seit Neustem fragt er mich immer wieder, ob ich ihn zu den Footballspielen am Wochenende begleite. Anfänglich dachte ich, er will einfach etwas mit mir unternehmen, also habe ich meine anderen Treffen so gelegt, dass ich an den Samstagen frei war. Ein bisschen gewundert hatte ich mich schon, denn eigentlich hasst Matt Football. Mittlerweile habe ich aber gecheckt, warum er hinwill. Matt steht auf Judy Mayfield. Jeder steht auf sie. Selbst Malik. Keine Ahnung warum. Ich finde, sie hat etwas Hochnäsiges. Ständig macht sie auf Mutter Theresa und lässt es die ganze Welt wissen. Zum Kotzen.

Aber ich bin im Bester-Freund-Modus, also ist es egal, ob ich sie mag oder nicht.

»Willst du sie nicht einfach mal anquatschen?«, frage ich und mein Lächeln schmerzt in meinen Wangen.

»Wen meinst du?«, fragt Matt, so als wüsste er nicht genau, worum es geht. In meinem Magen bildet sich ein säuerlicher Klumpen.

»Ach komm. An den letzten Samstagen musste ich den Sabber unter dir aufwischen, damit niemand ausrutscht.«

»Gar nicht wahr«, protestiert er. »Außerdem würde sie sowieso nicht mit mir ausgehen.«

Eine von Matts Schwächen ist seine Unsicherheit. Er hat keine Ahnung, wie wundervoll er ist. Wie schlau und liebenswert. Wie besonders.

»Klar würde sie«, widerspreche ich ihm und am liebsten würde ich noch viel mehr sagen. Aber nicht, solange ich im Bester-Freund-Modus bin.

»Danke für die Blumen«, sagt Matt. Sein Blick wandert an mir auf und ab. War das etwa zu viel? Hat er etwas gemerkt? Es stresst mich immer mehr, dass er nicht weiß, dass ich eigentlich auf Jungs stehe. Was, wenn er es zufällig herausbekommt? Was, wenn Malik sich verplappert? Matt wird ausrasten, wenn er es von jemand anderem erfährt als von mir. Weiß er es schon?

»Aber Judy sucht eher jemanden wie dich«, fährt er fort und seine Worte reißen mich aus meinen Gedanken. Moment. Wie kommt er denn plötzlich auf diesen Mist? Ist er verrückt? Die Hölle müsste zufrieren, bevor ich mit Judy Mayfield ausgehe.

Aber woher soll Matt auch wissen, dass er mit seiner Annahme meilenweit danebenliegt. Es wird Zeit, die Karten auf den Tisch zu packen. Ich muss das Pflaster abreißen, bevor er es auf dem Schulhof hört.

»Doch, auf jeden Fall«, plappert Matt weiter, ohne eine Ahnung davon, welche innere Hürde ich gerade zu überwinden versuche. »Quatsch sie an. Judy ist heiß. Sie geht bestimmt mit dir aus.«

Wie sage ich es ihm? Ein kurzer Scherz? Nein, dafür ist es zu wichtig. Bei dieser Sache ist mir nicht zum Scherzen zumute. Das hier kann alles verändern. Und in meinem Leben hatte ich zu selten Glück, um daran zu glauben, dass schon alles gut gehen wird. Shit. Wenn es so läuft wie der Rest davor, dann mündet das hier gleich in einer Katastrophe.

»Ich finde sie nicht heiß«, sage ich tonlos. Angst krabbelt meine Beine hinauf. Matt sieht mich ungläubig an. Er ist nicht bescheuert. Wie lange wird er brauchen, bis er es schnallt?

»Hast du ihre Möpse gesehen?«, fragt er. »Alter, wenn du Judy nicht heiß findest, bist du definitiv schwul.«

Und da ist es. Anscheinend begreift er schnell. Er lacht, aber ich bin wie gelähmt vor Angst. Ich starre auf den Boden und versuche meine Atmung zu beruhigen.

179

»Dev?«, höre ich ihn leise fragen. Ich brauche nichts mehr sagen. Er weiß es doch eh. Warum quält er mich dann?

»Dev?«

Verdammt. Was will er hören? Noch nie war ich so angespannt. Noch nie hatte ich so viel Angst vor einer Reaktion. Was denkt er jetzt?

Bereit, sein Urteil anzunehmen, lasse ich die Luft aus meiner Lunge entweichen.

Doch anstatt einer Antwort bekomme ich ein Pop-Tart. Er hält es mir vor die Nase. Eine Gnadenfrist. Matt gibt mir Zeit. Er gibt sich Zeit. Das ist gut. Es bedeutet, es ist noch nichts entschieden. Es gibt noch Hoffnung.

Das Törtchen will heute nicht schmecken und ich kaue jeden Bissen zu lang und zu fest. Die Spannung frisst mich auf. Er soll endlich etwas sagen. Ich halte es nicht mehr aus.

»Was denkst du jetzt?«, frage ich.

»Weiß nicht«, antwortet Matt und seine Stimme ist dünn. »Also … bist du wirklich schwul? Ich meine: Woher weißt du das so genau?«

Ich sehe ihn an und ziehe die Augenbrauen zusammen. Von allen möglichen Antworten wäre das die letzte gewesen, die ich erwartet hätte. Matt ist viel zu schlau für solche Fragen. Es zeigt, wie sehr ihn die Situation überfordert. Genau wie mich. Die Angst kratzt an meinem Rücken.

»Matt, ich steh auf Typen. Darüber bin ich mir ziemlich sicher«, antworte ich trotzig. Ich will keine Es-ist-nur-eine-Phase-Diskussionen mit ihm. Solches Zeug kann Annett mit ihrem Pubertätsbuch bringen, aber nicht er. Ich will wissen, was er jetzt denkt.

Er fummelt an der leeren Folie seines Pop-Tarts und das Knistern treibt mich beinahe in den Wahnsinn. Dass ich schwul bin, stört ihn. Das sehe ich. Dafür brauche ich keine Antwort von ihm. Aber ich will hören, warum.

»Ist das ein Problem?«, frage ich harsch. Ich bereite mich vor. Niemand will unvorbereitet sein, wenn seine Welt zerbricht. Ich hatte diesen Schmerz schon zu oft in meinem Leben, um wie ein Anfänger zu agieren. Desto weniger man erwartet, desto geringer ist die Enttäuschung. Bei Matt ist die Fallhöhe hoch. Höher als bei allem davor. Diesen Sturz überlebe ich nicht.

Aber anstatt mich zu zerstören, stellt er eine Frage, die meine Welt auf eine andere Weise zum Einsturz bringt.

»Also sag, wie lange stehst du schon auf mich?« Matt zuckt mit den Augenbrauen und quält sich ein Lächeln ab, das ein wenig gruselig wirkt. Kurz *überkommt mich die Angst, er könnte von meinen eigenartigen Gefühlen etwas wissen. Aber wie sollte er? Er wirkt genauso erleichtert wie ich, als mir ein Lächeln über das Gesicht krabbelt. Meine Erleichterung ist kaum zu beschreiben. Matt hasst mich nicht. Zumindest versucht er es und ich werde es ihm so einfach machen, wie ich kann.*

»Das hättest du wohl gern«, antworte ich und sehe dabei zu, wie sich seine angespannte Grimasse in ein echtes Lächeln wandelt. Seine Sommersprossen hüpfen auf der Nase. Allein dieser Anblick ist schöner als alles, das ich kenne.

Keine falschen Gefühle mehr. Ihn als besten Freund zu behalten, ist mehr, als ich erhofft hatte.

»Nein, ich steh nicht auf Typen wie dich«, füge ich hinzu und bin dabei selbst davon überzeugt, dass es stimmt. Ich will ihm unbedingt versichern, dass sich nichts zwischen uns ändern wird. »Du bist viel zu gut für diese Welt.«

Und das meine ich genau so, wie ich es sage. Matt ist eine Lichtgestalt. Das letzte Einhorn. Mein sicherer Ort.

Er räume die Pop-Tart-Folie in den Müll und kommt zurück zum Bett. Sein Lächeln ist verschwunden.

»Wissen es deine Eltern?«, fragt er.

Nein. Den Moores ist es egal. Annett und Mr. Moore streiten sich, sobald sie sich mal über den Weg laufen, was nur alle halben Jahre vorzukommen scheint. Und ich werde einen Teufel tun, es den beiden Arschkrampen zu erzählen. Aber auch diese Antwort ist nichts für Matts Welt und ich will es ihm leicht machen. Also die Familiensoap-Antwort.

»Ja. Die haben es easy aufgenommen. Mein Dad ist mit mir zum Angeln gefahren, um Männergespräche zu führen. Voll peinlich. Aber am Ende hat er mir auf die Schulter geklopft und gesagt, dass es für ihn okay ist.«

Matt lächelt wieder. Jackpot. Mehr brauche ich heute Abend nicht. Er hat keine Ahnung, was für ein Gewicht von meinen Schultern gefallen ist, jetzt, wo er es weiß. Ich will gerade sagen, dass ich gehe, als Matt mir zuvorkommt.

»Pennst du heute hier?« Ich runzle die Stirn. Wie meint er das? Soll ich mit ihm in einem Bett schlafen? Obwohl er jetzt weiß, dass ich auf Kerle stehe?

Als er das Fragezeichen in meinem Gesicht sieht, schmunzelt er.

»Ach komm. Wenn du mich hättest befummeln wollen, hättest du es schon längst getan.«

Ich würde Matt niemals auf diese Weise anfassen. Habe ich nicht getan und werde ich nicht. Er hat wirklich keine Ahnung, wie wichtig er für mich ist.

Kapitel 38

Sommer 2025

(DEVIN, 34 JAHRE ALT)

Routine war schon immer wichtig für mich. Ich mag sie. Sie gibt mir in meinem Leben Halt und Sicherheit. Der Kaffee am Morgen oder die fünf Meilen, die ich vor der Arbeit jogge. Kleine Gewohnheiten, die immer gleich ablaufen. Sie geben meinem Kopf Kraft für die vielen unvorhersehbaren Ereignisse, auf die ich treffe und die mir manchmal Angst machen.

Das war schon in meiner Kindheit so. Solange ich mich erinnern kann, war mein Leben unbeständig. Jeden Tag konnte sich ein Abgrund auftun und meine gewohnte Welt mit all den Menschen darin verschlucken.

Also habe ich mir Rituale geschaffen. Routinen, die ich mitnehmen konnte – in mein neues Leben, wenn es wieder mal an der Zeit war, die Stadt oder Familie zu wechseln. Etwas Vertrautes. Stabile Pfeiler. Das war einer der Gründe, warum ich schon sehr zeitig mit dem Rauchen angefangen habe. Es war das perfekte Ritual. Eine Routine, die ich in meiner Hosentasche herumtragen und jederzeit abrufen konnte, wenn mir die Welt über den Kopf wuchs, ich überfordert war oder Angst hatte. Dann habe ich die Augen für einen Moment geschlossen und bin in eine eigene Welt abgetaucht, während der Rauch durch meine Lunge strömte. Es war vertraut. Es war ein Anker.

Es ist das erste Mal in meinem Leben, dass mich ein Ritual so richtig nervt. Ich komme seit drei Wochen zu Matts Sprechstunden. Immer wieder derselbe Ablauf. Gewohnt. Vertraut. Ich bin jedes Mal überpünktlich. Eine Viertelstunde bevor er sein Büro betritt, sitze ich bereits auf dem

Gang mit dem quietschigen Linoleumboden und warte. Ich habe immer zwei Kaffee dabei. Darin sind stets zwei Stück Zucker. Jedes Mal ignoriert mich Matt neunzig Minuten lang. Er bestellt seine Studenten so, dass es keine Lücke gibt. Jedes Mal gehe ich, ohne auch nur ein Wort mit ihm gewechselt zu haben. Mit viel zu viel Koffein im Blut und einem kleinen Stechen im Herzen.

Diese Routine ist anders als die anderen. Sie gibt mir keine Sicherheit, sondern macht mir Angst. Ich frage mich die ganze Zeit über, ob er mir jemals die Tür öffnen wird. Ob er mir irgendwann zuhören wird und was ich ihm dann sagen soll. Jedes Mal ist mein Kopf mit der Fülle an Entscheidungen überfordert.

Aber trotzdem werde ich wieder kommen. Und wenn es ewig dauert. Denn ich will die Hoffnung nicht aufgeben.

Also sitze ich wieder hier. Es ist Donnerstag 17:30 Uhr. Seit einer Viertelstunde warte ich auf dem Gang. Ich habe meinen Stuhl extra ganz nah an Matts Bürotür geschoben. So muss er mich sehen. Aber was mache ich mir eigentlich vor? Matt weiß, dass ich hier bin. Gerade ist er mit einer Rothaarigen in seinem Büro verschwunden. Ich kenne sie aus der Vorlesung. Eine von den fleißigen Bienchen. Das kann dauern.

Ich nehme einen winzigen Schluck aus einem der Kaffeebecher. Die letzte Nacht war kurz. Mein Telefonat mit Greg ging bis kurz vor Mitternacht und danach musste ich noch ein paar Fotos bearbeiten, bevor ich sie in die Cloud geladen habe.

Als ich meine Augen reibe, kündigen Schritte auf dem Gang bereits den nächsten von Matts Studenten an. Ein großer Typ. Schwarze Haare und Holzfällerhemd. Er lässt sich mit deutlich zu wenig Körperspannung auf den Stuhl gegenüber von mir fallen. Als hätte er gar keine Lust, hier zu sein. Als wollte er gar nicht mit Matt reden.

Wenn er wüsste, wie viele Tage ich mir auf diesem Gang schon den Hintern breit gesessen habe, nur um ein paar Minuten in Matts Büro zu dürfen. Seine Haltung macht mich sauer. Matt macht mich sauer.

Will er, dass ich verschwinde? Soll ich gehen? Oder erwartet er mehr von mir, als wie ein Bettnässer hier auf dem Gang zu sitzen und darauf zu warten, dass er mir aus Mitleid die Tür öffnet? Soll ich kämpfen? Will er das?

Das kann er haben.

Als sich seine Tür erneut öffnet, werde ich aus meinen Gedanken gerissen. Die Rothaarige sieht sich kurz um und wendet sich dann an den schwarzhaarigen Typen. »Travor, du kannst reingehen.«

Aber Rotlöckchen und Travor haben die Rechnung ohne mich gemacht. Mein neu entfachter Kampfgeist und ich lassen sich nicht von zwei pickeligen Studenten ins Aus stellen.

Mit durchgedrücktem Rücken erhebe ich mich von meinem Stuhl. Travor stoppt in seiner Bewegung und sieht mich mit gerunzelter Stirn an.

»Ähm …« Die Rothaarige deutet mit dem Finger auf ihn. »… er ist dran. Anweisung vom Prof.«

»Nein«, antworte ich und nehme meine zwei Kaffeebecher. »Heute nicht. Ich bin Mr. Fletscher, der neue Referendar für Soziologie.« Ich zeige im Gehen auf die Tür. »Wichtiges Gespräch unter Kollegen. Wird lange dauern.« Ich nicke Travor zu. »An deiner Stelle würde ich nicht warten.« Beide nicken wie in Zeitlupe. Anscheinend sind meine Schauspielkünste doch nicht so schlecht. Oder es ist meine *soziale* Optik. Egal. Ich dränge mich an dem Mädchen vorbei und schließe die Tür hinter mir. Ein bisschen stolz bin ich schon auf mich.

Level eins, geschafft.

Leider hatte ich verdrängt, dass in Level zwei schon der Endgegner auf mich wartet. Ich habe keine Waffen, keine Gimmicks, keinen Schutz. Matts Blick durchbohrt mich und mein frisch erblühter Kampfgeist schrumpft auf die Größe einer Rosine zusammen.

Shit. Was sage ich, um nicht alle Leben auf einmal zu verlieren und wieder auf dem Gang zu landen?

Hirn anstrengen. Hirn anstrengen. Hirn anstrengen.

Ich hebe die Kaffeebecher in die Luft und sage: »Hi.«

Ganz toll, Devin. Schön, wenn man sich noch selbst überraschen kann.

Matts Kiefer arbeitet. Er erwidert meine Begrüßung nicht. Stattdessen starrt er mich weiter an. Mir fallen zum ersten Mal die kleinen Fältchen um seine Augen auf. Er wirkt abgekämpft. Müde. Aber meine Anwesenheit scheint neue Energie in ihm hervorzurufen. Leider ist die nicht unbedingt positiver Natur.

»Devin. Ich habe einen Termin mit Travor Gates. Schick ihn bitte rein, wenn du mein Büro verlässt.«

Er klingt wie ein arroganter Fatzke, aber ich weiß, dass das nur Fassade ist. Ein Schutz. Er will nicht mit mir sprechen, weil das alte Wunden wieder aufreißen wird. Weil wir uns damit beide wehtun werden.

Aber es geht nicht anders. Wenn ich einen Weg zu ihm zurückfinden will, dann müssen wir das aushalten.

»Travor ist weg«, antworte ich. Dann mobilisiere ich die schrumpelige Rosine und gehe zu seinem Schreibtisch. Mit einem Knarzen ziehe ich den Stuhl zurück, nehme Platz und stelle die Kaffeebecher vor mir ab.

Matt wirkt nicht überrascht. Weder darüber, dass der schwarzhaarige Typ nicht mehr auf dem Gang hockt, noch dass ich bleibe.

Er reibt sich über die Augen und schüttelt mit dem Kopf. Ich schiebe einen Becher über den Tisch und er sieht mich fragend an.

»Kaffee«, erkläre ich das Offensichtliche. »Zwei Stück Zucker. Wie du ihn magst.«

»Ich trinke keinen Kaffee mehr«, antwortet er. Mein Blick huscht wie von selbst zu dem Kaffeeautomaten, der neben einer mickrigen Grünpflanze auf einem Sideboard steht.

»Ist von einem Kollegen.« Matts Gesicht wird knallrot. Bei diesem Anblick breitet sich ein warmes Gefühl in meiner Brust aus. Er ist noch da drin. Der Junge, den ich damals so vergöttert habe. Den ich so geliebt habe. Den ich nie aufgehört habe zu lieben.

Kapitel 39

Herbst 2008

(DEVIN, 17 JAHRE ALT)

1.136 Dollar. So viel habe ich in den letzten zwei Jahren gespart. Oder verdient. Keine Ahnung, wie man es nennt. Ich treffe mich meistens nur mit einem oder zwei Typen zur selben Zeit. Mehr geht nicht, da ich bloß an den Wochenenden kann. Die teuren Geschenke, die sie mir zu den Dates mitbringen, verhökere ich auf eBay. Im Gegenzug muss ich nicht viel machen. Ein wenig nett zu ihnen sein und sie vor ihren Freunden nicht blamieren. Ich habe mir einen Anzug gekauft und schicke Klamotten. Stuart, mein Aktueller, schleppt mich gern ins Theater oder geht mit mir in teure Restaurants. Ich mag ihn. Er ist witzig. Außerdem hat er wirklich einen Narren an mir gefressen. Stuart erfüllt mir jeden Wunsch. Ich habe ihm mal aus Spaß gesagt, dass ich Justin Biber heiß finde. In der Woche darauf ist er mit mir zum Konzert geflogen. Er nennt mich Honey und irgendwie finde ich das süß.

Am Wochenende will Stuart mit mir nach L.A. Er hat eine Ferienwohnung am Meer. Bevor ich aber zum Flughafen fahre, muss ich noch bei Matt vorbei. Ihn nur kurz sehen. Ich weiß, dass es dumm ist. Er ist mit Judy zusammen. Aber ich kann nichts dagegen tun. Ich bin verknallt. Verliebt. Hoffnungslos verliebt.

Was habe ich nicht alles versucht, meine Gefühle für ihn zu ändern? Eine Weile habe ich mich sogar von ihm ferngehalten. Aber keine Chance.

Wie soll man den Menschen meiden, der einem die Kraft gibt, mit der ganzen Scheiße klarzukommen? Matt ist perfekt. Er ist der beste Mensch, den ich kenne. Mittlerweile habe ich akzeptiert, dass sich meine Gefühle nicht ändern lassen. Also liebe ich ihn im Stillen.

Vor jedem Wochenende, an dem ich mich mit einem der Sugardaddys treffe, gehe ich zu Matt. Es ist zu einem Ritual geworden. Eine Routine, die ich brauche. Mit seinem Bild in meinem Kopf und dem Gefühl im Herzen, das ich in seiner Nähe empfinde, fällt es mir leichter. Matt gibt mir Kraft. Das hat er schon immer getan.

Klack, klack ... klack, klack, klack.

Matt schmunzelt, als er mich in meinem Aufzug sieht. Ich kann ihn verstehen. Ich sehe aus wie einer der reichen Schnösel, über die wir uns in Filmen immer lustig machen. Aber ich treffe Stuart direkt am Flughafen und kann mich vorher nicht mehr umziehen.

»Hey, na?«, fragt Matt glucksend. »Du hättest dich für mich nicht so rausputzen müssen.«

»Ha, ha«, antworte ich. »Ich muss gleich weiter. Wollte nur kurz vorbeischauen.«

»Wo geht's denn in dem Aufzug hin?«

»Geburtstag von meiner Oma«, platzt es aus mir heraus. Fuck. Mittlerweile habe ich Matt schon so viele Storys erzählt, dass ich nicht mehr richtig aufpasse. Als wir uns kennengelernt haben, hat er mich mal gefragt, ob ich in den Ferien zu meinen Großeltern fahre. Damals habe ich gesagt, dass meine Großeltern tot sind.

Matt mustert mich. Seine Augenbrauen stoßen fast zusammen, so sehr runzelt er die Stirn. Immer wieder reibt er über seine Brust. Er weiß es. Er hat nicht vergessen, was ich ihm damals erzählt habe. Shit. Er merkt sich alles.

Aber warum sagt er dann nichts? Warum starrt er mich nur an? Sein Blick fällt immer wieder auf meine Haare, die ich glatt gekämmt habe, weil Stuart es nicht mag, wenn sie in alle Richtungen stehen. Ich fahre mit den Händen durch die zurechtgelegten Strähnen, denn ich will nicht, dass Matt mich so ansieht. So enttäuscht. Wenn wir uns jetzt streiten, überstehe ich das Wochenende nicht.

»Hey, Matt. Glatte Haare oder Locken?«, versuche ich ihn abzulenken.

Wow. Was Dümmeres ist mir wirklich nicht eingefallen. Aber zumindest entfernen sich seine Augenbrauen langsam wieder voneinander. Er versucht sich an einem Lächeln.

»*Alter, meine Freundin hat Locken. Also auf was werde ich wohl mehr stehen?*«

Ich nicke, obwohl ich es überhaupt nicht nachvollziehen kann. Ich hasse Locken.

»*Wie läuft's denn mit Judy?*«, *frage ich. Denn obwohl es das Letzte ist, über das ich reden will, ist es allemal besser als meine nicht existierende Oma. »Wie lange seid ihr jetzt zusammen? Drei Monate?*«

»*Zweieinhalb.*« *Er grinst, als hätte er den ersten Preis beim Buchstabierwettbewerb gewonnen. Komm runter, Matt. So toll ist sie nicht.*

Trotzdem presse ich mir ein »Ich freu mich für euch« heraus.

»*Ja, ist ziemlich cool.*«

Plötzlich verschwindet der Glücksbärchie-Ausdruck auf seinem Gesicht und Matt wird rot.

»*Na ja, also …*«, *stammelt er und knetet seine Hände.*

»*Jetzt spuck's schon aus, bevor du dir noch einen Finger brichst*«, *sage ich.*

»*Wie gesagt: Wir sind jetzt schon zweieinhalb Monate zusammen … und … also …*«

Ich ahne, worauf sein Gestotter hinausläuft und eigentlich will ich es nicht hören. Nein, ich wollte herkommen, seine Sommersprossen anstarren und dann mit einem leichten Kribbeln im Bauch nach L.A. fliegen. Ich wollte die Augen schließen und mir vorstellen, es wäre Matt, der mich berührt. Stattdessen fühlt es sich gerade an, als hätte ich Steine im Magen.

Aber es nützt nichts. Ich bin sein bester Freund. Um diesen Scheiß komme ich nicht herum. Auch wenn ich ihn anbrüllen möchte, dass er aufhören soll.

»*Es geht um Sex, oder?*«, *frage ich und mir wird übel, als sein Gesicht erneut Feuer fängt.*

»*Hmhm*«, *murmelt Matt in Richtung Boden.*

Können wir das Thema bitte einfach hinter uns bringen?

»*Was ist es?*«, *frage ich genervt. »Keinen hochgekriegt? Zu früh gekommen?*«

»*Nein*«, *antwortet er und seine Augen werden groß. Ich muss mich zusammenreißen. Kumpels reden über so was und wir sind beste Freunde. Mehr nicht. Zumindest wenn es nach Matt geht.*

»*Wir hatten noch keinen Sex*«, *sagt er leise. Der Steinhaufen in meinem Magen wird leichter, obwohl sich nichts geändert hat. Er ist immer noch mit Judy zusammen. Aber er hat es noch nicht getan. Warum bin ich so glücklich darüber?*

»Hattest du schon?«, fragt er und sieht mich von der Seite an.

»Ja, klar«, antworte ich.

»Mit wem?« Seine Augen fallen ihm gleich aus dem Kopf, wenn er sie noch weiter aufreißt.

»Unterschiedlich«, weiche ich aus. Bislang habe ich Matt noch nie was von anderen Männern erzählt. Nicht von Malik und auch nicht von den Kerlen, die ich am Wochenende treffe. Seine Welt soll nicht von diesen Dingen beschmutzt werden. Das Matt-Universum ist rein. Unschuldig. Und Judy soll ihre giftigen Finger von ihm lassen.

Matt starrt mich an. Auf seinem Gesicht sehe ich Dutzende Fragezeichen. Aber ich will nicht über mich reden. Eigentlich will ich gar nicht mit ihm über dieses Thema reden. Aber ich muss. Also zurück in den Best-Friend-Modus.

»Egal. Sag mir lieber, was bei dir und Judy läuft.«

Matt wirkt für einen Moment trotzig.

»Ich weiß nicht, ob ich dir das jetzt noch erzählen will«, sagt er.

Jetzt wirkt er niedergeschlagen. Enttäuscht. Ein mieses Gefühl. Warum bin ich nur hergekommen? Ich stecke emotional zwischen Pest und Cholera. Wenn ich mit ihm über Sex rede, zerreißt es mich, aber wenn ich meinem besten Freund nicht helfe, ist er enttäuscht. Was ist der geringere Schmerz? Denn wehtun wird beides.

Zeit für Pop-Tarts. Die Törtchen sind so etwas wie eine emotionale Pause. Ein Luftholen. Also stehe ich auf und hole sie aus dem Schrank. Ich habe oft genug gesehen, wo Matt den Süßkram versteckt. Ich reiche ihm eins und auf seinem Gesicht zeigt sich erst Überraschung und dann ein Schmunzeln.

»Hab vom Besten gelernt«, sage ich. »Jetzt erzähl!«

Dass es Matt gut geht, ist wichtiger als mein Magen. Ich brauche mir nichts vormachen. Früher oder später wird er Sex mit Judy haben. Ob er es mir nun erzählt oder nicht. Es wird wehtun. Aber das macht es schon die ganze Zeit. Vielleicht begreift mein Herz dann endlich, dass es Matt loslassen muss.

»Na ja, es ist nicht so, als wäre noch gar nichts gelaufen«, beginnt er. Oh Gott. Mein Gesicht will sich vor Schmerz verziehen.

»Aber wir haben eben noch nicht ...« Matt fummelt nervös an der Verpackung des Törtchens in seiner Hand. »Auf jeden Fall ist ihre Mom nächste Woche auf irgendeiner Weiterbildung. Das bedeutet, wir sind über Nacht allein.«

Ich schlucke den sauren Geschmack in meinem Mund hinunter.

»*Und du denkst, dass sie vögeln will?*«, *frage ich.*

»*Sag das nicht so.*« *Matt sieht mich vorwurfsvoll an.*

Was habe ich gesagt?

»*Judy hat so was angedeutet.*«

»*Und willst du auch?*«, *frage ich. Ich bemühe mich. Wirklich. Ich will für Matt da sein, aber mein Inneres kämpft und wehrt sich gegen den Gedanken, dass Judy ihn berührt. Dass irgendjemand ihn berührt. Matt gehört mir.*

»*Ja, klar. Judy ist der Hammer. Ich bin echt verliebt*«, *sagt er und mein Herz bleibt beinahe stehen. Seine Worte tun weh. Nein, ich liebe dich, will ich ihn anschreien, aber stattdessen lächle ich. Ich muss es einfach hinter mich bringen. Durchhalten. Dann fahre ich zum Flughafen und fliege nach L.A. Bestimmt gibt es Alkohol. Stuart stört es nicht, wenn ich trinke. Auch wenn ich eigentlich noch zu jung dafür bin.*

»*Was ist dann das Problem?*«, *frage ich und beiße die Zähne so fest zusammen, dass es schmerzt.*

»*Ach Mann, ich hab einfach Angst, dass ich es vergeige*«, *sagt er leise.*

Ich könnte heulen. Matt kann es gar nicht vergeigen. Ich kenne niemanden, der so liebevoll und sensibel ist wie er. Judy hat keine Ahnung, wie viel Glück sie hat, dass er sie liebt. Was würde ich dafür geben? Aber in meinem Leben gibt es kein Glück. Ich bekomme nur Typen, die meine Väter sein könnten, oder Arschlöcher wie Malik, die so viel Gefühl besitzen wie Sandpapier. Kerle, bei denen man beim Sex jedes Mal die Minuten zählt.

»*Es ist Vögeln, keine Raketenwissenschaft*«, *antworte ich. Wütend, weil das Leben ungerecht ist. Besonders mit mir.*

»*Okay. Ende der Unterhaltung*«, *sagt Matt. Erst jetzt wird mir bewusst, was ich hier gerade mache. Matt, der immer für mich da ist. Er öffnet mir sein Herz und ich benehme mich wie der letzte Idiot. Er kann nichts für meine Gefühle. Das ist mein eigenes, ganz persönliches Desaster.*

»*Wolltest du nicht zu deiner Oma?*«, *fragt er, während er sein Pop-Tart in den Schrank feuert. So habe ich ihn noch nie gesehen. Er wirkt verletzt und wahnsinnig enttäuscht.*

Klasse, Devin. Auf der Arschlochskala stehst du ganz oben. Jetzt reiß dich zusammen und sei ein Freund.

»*Hey. Sorry, Mann. Ich … Keine Ahnung, warum ich das gesagt habe. Bitte, Matt. Vielleicht kann ich dir irgendwie helfen. Ich hatte zwar bisher nur Typen, aber ich schätze mal, so anders ist das nicht.*« *Was für ein Bullshit.*

Die Erfahrungen, die ich mit Männern gemacht habe, sollten für Matt kein Beispiel sein. Für niemanden. Ich schäme mich dafür. Denn obwohl ich schon hundertmal gevögelt habe, kann ich ihm keinen Rat geben. Außer, es anders zu machen als ich. Aber selbst das kann ich Matt nicht erzählen.

»Na ja, eigentlich ist alles anders«, weiche ich aus. »Ich meine, die Sache mit den Titten und den Vaginen. Heißt es Vaginen in der Mehrzahl?« Ich lache dämlich. »Oh Gott … siehst du. Ich habe wirklich keine Ahnung von Frauen. Trotzdem. Wenn du magst, rede ich mit dir über alles, das dir Schiss macht.«

Was rede ich hier eigentlich für einen Schwachsinn? Doch irgendetwas Richtiges scheint dabei gewesen zu sein, denn Matts finstere Miene hellt sich ein wenig auf.

»Verdammt.« Matt schüttelt leicht den Kopf und lässt die Schultern sinken. »Ich hab vor der ganzen Sache Schiss. Das ist ja das Problem.«

Ich fordere ihn auf, sich neben mich zu setzen und er nimmt auf dem Bett Platz.

»Dann gehen wir jetzt jeden Punkt durch, der dir Kopfzerbrechen bereitet.« Ich bin mir sicher, er hat schon alles zu dem Thema gelesen. Wahrscheinlich zerbricht er sich seit Tagen den Kopf. Und ich habe es nicht gemerkt. »Ich bin mir sicher, du hast eine Liste«, sage ich und Matt wird rot. Dann geht er zum Schreibtisch und holt einen Packen Zettel aus einer Schublade.

»Wow.« Das Thema scheint ihm wirklich wichtig zu sein. Eigentlich muss ich los. Stuart wartet. Mein Handy hat schon zwei Mal in meiner Tasche gebrummt. Aber ich will Matt damit nicht allein lassen. Egal, wie sehr ich Judy hasse und egal, wie schlecht mir bei dem Gedanken wird, dass Matt sie liebt: Er ist mein bester Freund. Er will perfekt sein. Nicht für sich, sondern für Judy. Weil er der beste Mensch ist, den ich kenne. Er hat eine Liste und ein Herz so groß, dass es fast zu eng in seinem Zimmer wird. Ich liebe ihn und dass es ihm gut geht, steht über allem. Über Stuart und über meinen Gefühlen, die wehtun und nirgendwohin führen werden. Ich muss das alles runterschlucken. Ich muss für ihn zur besten Version meiner selbst werden – zu einem Freund, der für ihn da ist –, auch wenn ich daran ersticken werde. »Dann sollte ich meinen Termin heute Abend wohl lieber absagen.«

Matts Gesicht verzieht sich für einen Moment. Aber ich will ihn nicht für dumm verkaufen. Er weiß, dass ich nicht zu meiner Oma fahre. Warum also noch mal lügen? Dass er nichts dazu sagt, rechne ich ihm hoch an.

Kapitel 40

Sommer 2025

(DEVIN, 34 JAHRE ALT)

Der Kaffee in meiner Hand ist lauwarm. Ich habe noch keinen Schluck genommen, seit ich in Matts Büro sitze. Mein Herz schlägt so schon schnell genug, da brauche ich kein Extra-Koffein.

Die Stille zwischen uns ist erdrückend. Gefühlt starren wir uns seit Stunden an und Matts Blick ist kaum zu ertragen. Seine Augen zeigen Schmerz, Enttäuschung. Immer wieder flackert Wut darin auf.

Mein Kopf sucht nach dem perfekten ersten Satz. Er muss besänftigen und erklären, soll entschuldigen. Er muss das, was zwischen uns zerrissen ist, wieder zusammenführen.

Unmöglich.

Aber ich muss es zumindest versuchen.

»Pflaster langsam abreißen oder schnell?«, frage ich. Mein Hirn ist zu der Erkenntnis gelangt, dass es nur diese beiden Wege gibt. *This or That*? Matt lässt die Schultern sinken und sein Blick wird traurig.

»Du gehst immer noch davon aus, dass man die Sache, die du getan hast, kitten kann. Oder heilen.« Er schüttelt den Kopf. »Mit einem Pflaster abkleben. Aber du hast damals nicht verletzt. Du hast abgeschnitten. Du hast allen, denen du etwas bedeutet hast, den Rücken gekehrt.«

»Ich habe niemandem etwas bedeutet«, flüstere ich.

»Doch.« Kurz flackert erneut Wut in seinem Blick auf, aber der Funken erlischt. Zurück bleibt Enttäuschung. »Du hast mir etwas bedeutet«, sagt er. »Kathy. Meine Mom, sie war …« Matt presst seine Lippen aufeinander. »Aber das hat dich alles nicht interessiert.«

»Es hat mich zerrissen«, fahre ich dazwischen, denn er kann mir viel vor-werfen, aber nicht, dass mir egal war, wie es ihm dabei ging. Es gab keinen Tag in den ganzen Jahren, an dem ich nicht an ihn gedacht hätte. Mich gefragt hätte, wie es ihm geht. »Von dir wegzugehen, hat mich zerrissen.«

»Dann wärst du geblieben«, erwidert er und seine Augenbrauen ziehen sich zusammen. Sein Blick wird kalt und abweisend. Er versteht es nicht. Wie sollte er auch?

»Und dann?«, frage ich. »Was wäre passiert, wenn wir zusammen zurück nach Yale gegangen wären?«

Er starrt mich finster an.

»Matt, es hätte nicht funktioniert. Es hätte uns zerstört.«

»ES HAT MICH ZERSTÖRT!«, brüllt er.

»Mich auch«, flüstere ich. »Gott, Matt. Du hast keine Ahnung, wie sehr.« Ich rede ruhig, denn ich will, dass er mich genau versteht. Es wäre nicht gut, ihm meine Emotionen genauso entgegenzuschreien. Ich muss zuerst seinen Verstand erreichen, bevor ich mich an sein Herz wagen kann.

»Aber *uns* hat es nicht zerstört«, sage ich. »Damals war nicht die richtige Zeit. Wir hätten das nicht geschafft. Wir hätten uns gegenseitig kaputt-gemacht und zuletzt alles, was zwischen uns war.«

»Und da hast du für dich entschieden, dass es besser ist, abzuhauen und FÜNFZEHN JAHRE SPÄTER WIEDER AUFZUTAUCHEN? Glaubst du wirklich, wir machen einfach dort weiter, wo wir aufgehört haben?«

»Nein.« Ich schüttle den Kopf. »Matt, ich habe dich so sehr geliebt.«

Er verzieht das Gesicht, als hätte er Schmerzen, und schüttelt den Kopf. Sein Blick weicht mir aus, denn er will es nicht hören.

»So sehr, dass ich gegangen bin. Du weißt vieles nicht.«

Er wirft mir einen kurzen Blick zu. Dann sieht er wieder weg.

»Bitte. Ich will nur eine Chance, es dir zu erklären.«

»Dann rede.«

»Nicht hier. Nicht in deiner Sprechstunde. Nicht Professor Jones.«

»Ich bin nun mal jetzt Professor Jones«, antwortet er kühl.

Nein. Professor Jones würde nicht brüllen. Er würde nicht rot werden und auch nicht sein Herz zeigen. Das hier ist Matt. Mit Hemd und Krawatte. Aber trotzdem Matt. Professor Jones hat keine Sommersprossen. Aber Matt hat sie.

»Du irrst dich, wenn du glaubst, ich gehe mit dir essen oder in ein Café oder was auch immer dir vorschwebt. Ich bleibe genau hier sitzen.«

Ich atme aus und sehe Matt an. Er scheint noch nicht fertig zu sein und ich lasse ihn. Es ist gut, wenn er sich Luft macht.

»Du hast mich wieder und wieder belogen. Deine Eltern?« Matt lacht trocken. »Ich war bei ihnen. Sie haben mir gesagt, dass du nicht ihr leiblicher Sohn warst. Dass du ausgezogen bist. Nicht ein Wort. Ich war dein bester Freund. Du hast nicht ein Wort gesagt. Selbst Malik wusste es.« Er kneift sich in den Nasenrücken. »Er hat über mich gelacht. Darüber, wie dumm und naiv ich gewesen bin. Du sagst, du hättest mich geliebt?«, spuckt er mir entgegen. »Du hast keine Ahnung, was Liebe ist.«

Ich schlucke. Dann noch einmal. Aber der Klumpen in meinem Hals will nicht verschwinden.

»Du hast recht«, bringe ich mit Mühe hervor. Meine Stimme kratzt. »Du hast recht, ich habe keine Ahnung, was Liebe ist. Mein ganzes Wissen darüber basiert auf dir.«

Matts Kiefer arbeitet.

»Ich habe dich geliebt, seit dem Tag auf dem Schulhof. Denke ich zumindest.« Ich lache humorlos. »Ich habe ja keinen Vergleich. Aber in den letzten fünfzehn Jahren habe ich jeden Tag an dich gedacht und mich an dieses Gefühl geklammert.«

»Warum kommst du dann erst jetzt?«, fragt er und ich erkenne ein Glänzen in seinen Augen.

»Willst du es wissen?«, frage ich, als die erste Träne seine Wange hinabläuft. Er wischt sie hastig weg.

»Bitte, Matt«, flüstere ich. »Nicht hier.«

Er sieht mich an. Dann schluckt er und nickt.

»Komm mit.«

Ich folge Matt durchs Treppenhaus der Uni. Die Gänge sind leer und unsere Schritte hallen von den Wänden wider. Wir gehen nach oben, vorbei an seinem Vorlesungssaal. Am Ende des obersten Gangs bleiben wir vor einer Tür stehen, an der ein gelbes Warnschild hängt. *Betreten verboten.* Matt gibt der Klinke einen festen seitlichen Stoß und die Tür öffnet sich.

»Okaaayyy«, sage ich. »Fühlt sich irgendwie verboten an.«

Zum ersten Mal am heutigen Tag huscht ein Schmunzeln über sein Gesicht.

»Den Trick habe ich von Britney. Sie ist unsere Facility Managerin. Ihr Mann lässt sich gerade von ihr scheiden …« Er räuspert sich und sieht zu Boden. »Na ja … wir rauchen ab und zu zusammen auf dem Dach.«

»Du rauchst?« Erst der Klinkentrick und jetzt das. Wer ist dieser Outlaw mit dem steifgebügelten Hemdkragen? Und was hat er mit Matt gemacht?

Ich folge ihm die Stufen hinauf. Dann stehen wir oben auf dem Hauptgebäude der Uni. Die Luft ist schwül und der Beton wirft uns die gespeicherte Hitze des Tages entgegen. Wir gehen um die großen Klimaaggregate. In einer Ecke stehen zwei Stühle, dazwischen ein Einwegglas voller Kippenstummel. Matt setzt sich und ich tue es ihm gleich.

Eine Weile sagt niemand von uns etwas. Man hört den Verkehr unten auf der Straße und ein paar Vögel vom Campus her.

»Willst du eine?«, frage ich und halte Matt meine Schachtel hin. Rauchen hat mir schon immer geholfen, mich zu sammeln. Vielleicht gibt es Matt auch etwas. Etwas, das das Eis unter der ganzen Hitze auf diesem Dach zum Schmelzen bringt. Aber er schüttelt den Kopf. Ich stecke die Zigaretten wieder ein.

»Du kannst ruhig«, sagt er. »Es stört mich nicht. Aber ich … rauche nur mit Britney.«

Ich ziehe die Schachtel wieder hervor und klopfe sie gegen den Handrücken. Dann zünde ich die Zigarette an, schließe meine Augen und nehme den ersten Zug. Als ich sie wieder öffne, blicke ich in tiefe graugrüne Bergseen. Matt mustert mich.

»Was?«, frage ich.

»Nichts.« Er räuspert sich und sieht zu Boden. »Ich fand es schon immer … na ja … du hast beim Rauchen immer total friedlich ausgesehen. Wie ein Buddha.« Ich lächle und Matt wird ein wenig rot. »Ich habe mich damals schon gefragt, an was du dabei denkst.«

Ich überlege kurz und schnipse die Zigarette mit meinem Finger, sodass die Asche von der Spitze abfällt.

»Es ist kein Gedanke, eher … ein Ort. Ein sicherer Platz«, antworte ich.

Matt sieht mich fragend an.

»Wenn ich nervös oder aufgeregt bin, dann denke ich mich an diesen Ort. Geht auch ohne Zigarette, ist aber schwerer.«

Als sein Blick sich bei meiner Erklärung kein Stück verändert, seufze ich.

»Ich weiß. Klingt albern.« Ich nehme einen Zug und unterdrücke dabei den Drang, die Augen zu schließen. Obwohl mich Matt ziemlich durcheinanderbringt und meine Gefühle sich nach einer kleinen Pause sehnen, will ich hier bei ihm bleiben.

»Nein, klingt nicht albern«, sagt er. »Kenne ich.«

»Der Pop-Tart-Song?« Ich schmunzle, als mich die Erinnerung packt. Matt hat früher in den unmöglichsten Situationen diesen Jingle gesummt.

Seine Mundwinkel zucken nach oben. »Ja.«

Dann ist es wieder still. Minuten verstreichen. Wir sehen zu, wie das letzte Licht des Tages hinter den Nebengebäuden verschwindet. Die Hitze bleibt. Genau wie die Spannung, die in der Luft liegt.

»Warum hast du mir nichts von deinen Eltern erzählt?«, fragt er mich plötzlich.

Es dauert einen Moment, bis ich die Worte in meinem Kopf richtig sortiert habe.

»Weil das alles geändert hätte«, antworte ich.

»Es hätte gar nichts geändert«, erwidert er.

Ich sehe Matt an und ziehe eine Augenbraue nach oben.

»Es hätte *alles* geändert. Du hättest mich anders gesehen. Deine Familie hätte mich anders behandelt. Über allem hätte das Wort *Pflegekind* gestanden. *Schwere Kindheit.* Glaub mir, das hatte ich oft genug erlebt. Die Leute sehen dich anders, wenn sie deine Geschichte kennen.«

Er schluckt, aber widerspricht mir nicht.

»Außerdem wollte Annett einen auf heile Familie machen. Also …«

»Erzählst du es mir jetzt?«, fragt er.

Ich sehe Matt in die Augen und nicke.

Kapitel 41

Sommer 1995

(Devin, 4 Jahre alt)

M ommy, ich habe Hunger.« Mein Bauch knurrt. Seit ich aus dem
Kindergarten heimgekommen bin, liegt Mommy auf der Couch
und starrt an die Decke oder schläft. Im Fernseher kam schon
zwei Mal der Nachrichten-Onkel, also müsste ich längst im Bett sein. Ich
bin müde, aber eben auch hungrig. Mit leerem Bauch kann man nicht
schlafen.

»Mommy?« Ich rüttle an ihrem Arm, aber sie schüttelt mich nur träge ab.

»Hast du ihn gehört?«, flüstert sie.

»Wen meinst du?«, frage ich. »Mommy, ich habe Hunger.«

»Er hat es allen gesagt. Ich bin schuld.«

Ich habe keine Ahnung, wovon sie redet. Sie soll mir einfach was zu essen
geben. Draußen ist es dunkel und es regnet. Würde es nicht regnen, würde ich
noch mal rüber zu Ms. Rose laufen. Sie hat immer etwas zu essen. Aber jetzt
ist es viel zu spät und im Dunkeln habe ich Angst.

»Er hat auf mich gezeigt«, haucht sie. »Hast du das nicht gesehen?« Ihre
Stimme klingt anders als sonst. Sie redet Quatsch. Das ärgert mich. Warum
antwortet sie mir nicht? Warum steht sie nicht auf und geht in die Küche?
Ich setze mich auf den Boden neben die Spielsachen, die überall verstreut
zwischen meinen T-Shirts und Hosen herumliegen, und verschränke die Arme
vor der Brust. Es ist mir egal, ob irgendjemand auf sie gezeigt hat. Ich habe
Hunger und Mommy hört mir nicht zu.

Ständig liegt sie auf der Couch. Nie spielt sie mit mir. Gestern hat sie vergessen mich in den Kindergarten zu bringen, und heute haben wir Mr. Spot

in der Umkleide liegen lassen. Ich bin sauer. Warum kümmert sie sich nicht richtig? Es gibt außer ihr niemanden, der mir Essen machen kann, und ich komme noch nicht an den Kühlschrank. Sie muss also aufstehen.

»Mommy. Ich will was zu essen!«

»Ich bin schuld. Ich allein. Warum habe ich nichts gemacht?«

Sie legt ihre Hand auf die Augen.

»Mommy!« Aber keine Chance. Sie reagiert nicht. Sie schläft. Ich beginne zu weinen. Wieder knurrt mein Magen und die Tränen werden mehr. Was mache ich jetzt?

Doch zu Ms. Rose? Mommy hat gesagt, ich darf im Dunkeln nicht raus. Außerdem hat sie mir verboten, zu Ms. Rose zu gehen. Früher hat sie das nicht gestört. Da hat Ms. Rose nach dem Kindergarten oft auf mich aufgepasst. Aber seit Mommy keine Arbeit mehr hat, darf ich nicht zu ihr rüber.

Ich stehe auf und gehe in die Küche. Wenn ich auf den Hochstuhl klettere, könnte ich an die Schachtel Kekse im Regal kommen. Die Kekse sind lecker. Also los.

Ich ziehe den Stuhl unter dem Tresen hervor und schiebe ihn mit einem lauten Knarzen an die Arbeitsplatte. Mit einem Fuß steige ich auf die kleine Leiste zwischen den Stuhlbeinen. Dann greife ich nach dem Brett, wo sonst der Popo draufsitzt, und ziehe mich hoch. Jetzt noch der andere Fuß. Geschafft. Aber wie weiter? Als ich nach der Lehne greife, merke ich, wie der Stuhl kippt. In meine Richtung. Ich falle rückwärts und lande mit einem lauten Knall auf dem Hintern. Der Stuhl kracht mit voller Wucht auf mich drauf. »Aua! Mommy!«, rufe ich, aber Mommy kommt nicht.

Ich schreie und weine. Mein Popo tut weh und mein Gesicht. Nur mit ganzer Kraft kann ich den Stuhl von mir runterschieben. Wo ist Mommy?

»Mommy?«

Aber niemand kommt. Über mein Gesicht laufen Tränen, als ich sie wegwische, sind meine Hände rot.

»Mommy!«

Mir wird ganz kalt und dann wird es wieder heiß. So viel Blut. Mein Gesicht tut weh.

»MOMMY!«

Aber niemand kommt. Ich stehe auf. Egal, was ich anfasse, alles wird rot. Alles tut weh. Als ich zu ihr laufe, liegt sie genauso da wie vorhin. Die Hand über den Augen. Ich rüttle erneut an ihr, aber sie reagiert wieder nicht. Jetzt ist ihr ganzer Arm rot. Ich zittere, obwohl mir gar nicht kalt ist. Was ist mit Mommy? Warum pustet sie mein Aua nicht?

Ich rufe und schüttle, aber Mommy brummt nur. Was soll ich jetzt machen? Wo ist Mr. Spot? Ich brauche ihn. Er würde mich trösten.

Ich gehe ins Schlafzimmer und krabble in ihr Bett. Eigentlich habe ich ein eigenes und soll nicht bei ihr schlafen. Aber das ist mir egal. Sie hat Mr. Spot vergessen. Wegen ihr habe ich Hunger und ein rotes Gesicht.

Sie ist schuld an meinem Aua.

Ich rolle mich um ihre Decke zusammen und schlafe mit knurrendem Magen ein.

Kapitel 42
Sommer 2025

(DEVIN, 34 JAHRE ALT)

I rgendeine Psychose«, sage ich. »Steht zumindest in der Akte, die ich mit achtzehn von der Sozialstelle bekommen habe.« Mittlerweile brennt eine zweite Zigarette in meiner Hand. Ich schaue der Glut dabei zu, wie sie das Papier versengt.

»Eine Woche später war sie tot. Pulsadern. Stand auch in der Akte.« Ich habe keine Emotionen mehr dazu. Ist viel zu lange her und ich kann mich an das Wenigste erinnern. »Mich hat jemand aus dem Kindergarten abgeholt und in eine Einrichtung gebracht. Etwas später war ich bei meiner ersten Pflegefamilie.«

Matt sieht mich mit riesigen traurigen Augen an. In seinem Blick erkenne ich so viel Mitleid. Und ich hasse es.

»Siehst du? Es hätte alles verändert.«

Er sieht schnell weg, aber den Dackelblick kann er nicht so einfach abstellen.

»Wann war das?«, fragt er, die Augen auf das Glas mit den Kippenstummeln gerichtet.

»Kurz vor meinem fünften Geburtstag.«

»Und die Moores?«

»Waren die vierte Familie, in der ich untergebracht wurde. Ursprünglich komme ich aus Kalifornien.«

»Echt? Vom Golden State zum Evergreen?« Matt lächelt.

»Ja, hab mich von unten nach oben durchgearbeitet. Kalifornien, Oregon, Washington … und zuletzt Kanada.«

Matt schluckt und das Lächeln verschwindet. Seine Stirn legt sich in Falten.

»Also warst du in den vergangenen Jahren dort?«

Ich presse die Lippen zusammen und nicke einmal.

»Wo?«

»Zuerst in Vancouver. Später bin ich nach Calgary gegangen.«

»Und wo wohnst du jetzt?«, fragt er.

»In Portland.« Ich schmunzle, aber Matts Blick verrät mir, dass er es überhaupt nicht witzig findet.

»Nein, ich lebe immer noch in Calgary«, sage ich. »Hab ein kleines Unternehmen.«

Matt sieht mich erstaunt an.

»Ja, Webdesign und Onlinemarketing. Ich habe sogar zwei Angestellte.«

Er nickt nur und sieht dann wieder weg.

»Und wie lange wirst du in Portland bleiben?«

»Matt.« Ich seufze und drehe mich zu ihm. »Ich bin deinetwegen hier. Ich werde so lange bleiben, bis du mich wegschickst.«

»Warum?«, fragt er. »Was erhoffst du dir davon?« Seine Stimme bekommt einen Unterton, der keinen Zweifel daran lässt, dass meine nächste Antwort entscheidend dafür ist, in welche Richtung das weitere Gespräch laufen wird.

»In den letzten Jahren habe ich mein Leben aufgeräumt. Ich habe ein paar Dinge in Ordnung gebracht, mir etwas aufgebaut. Aber eine Sache hat immer gefehlt. Schmerzlich gefehlt.« Ich sehe ihn an, aber sein Blick weicht meinem aus.

»Du«, sage ich. »Du hast gefehlt. Ich brauche dich in meinem Leben. Egal wie. Bekannte, Freunde. Vielleicht schreiben wir uns nur langweilige Weihnachtskarten. Matt, das, was wir damals hatten, war besonders. Einmalig.«

»Genau«, antwortet er kalt. Sein Blick wirkt verletzt. »Und du hast es weggeschmissen.«

»Ich habe es nicht weggeschmissen«, erwidere ich. »Es ging einfach nicht anders, aber ich glaube daran, dass wir es wiederfinden. Vielleicht nicht dasselbe. Vielleicht nur ein Stückchen davon. Aber vielleicht auch mehr.«

Er schüttelt mit dem Kopf und schluckt.

»Matt, wir haben uns beide verändert«, rede ich weiter. »Gib uns etwas Zeit. Ein paar Tage, damit wir uns wieder kennenlernen können. Ich verspreche dir, dass ich gehen werde, wenn du es wirklich willst. Aber schick mich bitte nicht weg. Noch nicht jetzt.«

Wahrscheinlich sehe ich im Moment aus wie ein Dackel. Matt starrt das Kippenglas an. Immer wieder zucken seine Augen zu mir. Sein Gesicht verrät nicht, was er denkt. Gibt er mir eine Chance? Uns? Ich schiebe meine Unterlippe nach vorn.

»Bitte, bitte, bitte, bitte, bitte.«

Für eine Millisekunde huscht ein Schmunzeln über Matts Gesicht. Dann wird seine Miene wieder ernst.

»Hör auf damit. Wir sind keine fünfzehn mehr.«

Er seufzt. Dann steht er auf und dreht sich zum Gehen. Mein Herz trommelt in der Brust. War's das? Hat er sich entschieden?

Ist es das Ende? Was kann ich noch sagen? Mein Kopf sucht nach den richtigen Worten, während ich spüre, wie die Angst meine Beine hinauf krabbelt.

Nach wenigen Schritten bleibt Matt mit dem Rücken zu mir stehen.

»Ich muss darüber nachdenken«, sagt er.

Ich nicke wie verrückt, obwohl er das nicht sehen kann.

Nachdenken. Das ist kein Nein. Das Piken in meinem Herz verschwindet für einen Moment und ein sanftes Kribbeln zieht sich durch meine Brust.

Dann geht er und ich bleibe zurück auf dem Dach.

Kapitel 43

Sommer 2009

(DEVIN, 18 JAHRE ALT)

Devin. *Kommst du bitte mal.« Annetts Stimme kratzt in meinen Ohren. Seit heute Morgen habe ich Schmerzen. Ich kann nicht genau sagen, wo. Irgendwie tut alles weh. Jedes Gelenk brennt, egal ob ich liege oder sitze. Aber am schlimmsten ist mein Kopf.*

Als ich die Treppe herunterkomme, sitzt sie am Küchentisch. Ihre Haltung wirkt steif. Sie hat die Hände auf dem Tisch übereinandergelegt und sieht aus, als hätte ihr jemand einen Besenstiel in den Rücken gesteckt.

Oh Gott. Ich dachte, wir haben die peinlichen Gespräche hinter uns gelassen. Ich bin achtzehn. Da brauche ich keine Vorträge mehr über Verhütung.

»Setz dich bitte. Ich muss etwas mit dir besprechen«, sagt sie förmlich.

Als ich mich auf den Stuhl gegenüber von ihr fallen lasse, fährt mir ein greller Blitz durch den Kopf und ich kann nur mit Mühe ein Stöhnen unterdrücken.

»Geht es dir nicht gut?«, fragt sie plötzlich besorgt.

»Geht schon. Nur ein bisschen Kopfschmerzen«, antworte ich mit heiserer Stimme.

Sie steht auf und geht zum Schrank über der Spüle. Dann holt sie ein Glas Wasser und stellt es vor mir auf den Tisch. Aus ihrer Handtasche kramt sie eine Tablettendose.

»Nimm eine. Die helfen gut.«

Ich schlucke die Tablette und sehe Annett an.

»Was willst du besprechen?«

»Ja ... ähm ... genau. Ich ...« Sie atmet tief durch und nimmt wieder ihre Besenstielhaltung ein.

»Devin, du bist letztes Jahr volljährig geworden.«

Ich nicke und ahne, was jetzt kommt. Lance musste im vergangenen Jahr ausziehen und ich nehme an, Annetts Gesicht wäre nicht so traurig, wenn sie mir jetzt verkünden wollte, dass sie mich adoptiert.

»Bruce und ich haben uns darüber unterhalten, wie es weitergehen soll.« Sie sieht mich nicht an. »Du ... du weißt, dass die staatliche Unterstützung endet, wenn du volljährig wirst?«

Wieder nicke ich. Mein Kopf ist kurz davor, zu explodieren. Hoffentlich hilft die Tablette bald und betäubt den Schmerz.

»Eigentlich müsste sich die Sozialstelle jetzt um dich kümmern. Das weißt du, oder?«

Wieder ein Nicken. Ja, ich weiß das alles und habe gespart. Aber egal, wie sehr ich mich innerlich darauf vorbereitet hatte, Annetts Worte tun noch mehr weh als der Kopfschmerz, der sich langsam durch meine Hirnrinde zu fressen scheint.

»Wir haben entschieden, dass du noch in Ruhe deinen Schulabschluss fertig machen sollst, bevor ... na ja ... bevor du dir eine Wohnung suchst.«

Sie sieht auf ihre gefalteten Hände. Dann räuspert sie sich.

»Ich helfe dir natürlich. Klar. Aber ... es wäre gut, wenn du bald mit der Suche anfängst.« Dann flüstert sie: »Es tut mir leid.«

Wow. Wer hätte gedacht, dass mich die Sache so hart erwischt? Obwohl ich gefühlt nie eine richtige Bindung zu den Moores aufgebaut habe, fühle ich mich gerade richtig verletzt. Im Stich gelassen. Einsam.

Man könnte meinen, ich hätte schon Schlimmeres erlebt, aber das hier fühlt sich nach einem Tiefpunkt an. Als würde die einsame Insel im Meer, auf die man sich gerettet hat und auf der nur eine einzige beschissene Palme Schatten spendet, untergehen. Ein kurzes Rauschen, eine riesige Welle und der letzte Zufluchtsort verschwindet. Puff. Jetzt habe ich nichts mehr. Kein Zuhause.

Ich huste. Meine Augen beginnen zu brennen, aber das liegt wahrscheinlich nur an den wahnsinnigen Kopfschmerzen. Annett kommt um den Tisch herum. Sie fühlt meine Stirn und ihre Hand ist angenehm kühl. Trotzdem will ich, dass sie sie wegnimmt.

»Du glühst ja. Leg dich lieber ins Bett«, sagt sie. »Die Tablette wird sicher gleich helfen.«

Wieder nicke ich.

»*Ich bin heute Abend bei Nadine, gleich die Straße runter. Melde dich, wenn es schlimmer wird. Okay?*«

Noch ein Nicken. Dann stehe ich auf und schleppe mich nach oben in mein Zimmer. In meinen Ohren rauscht das Blut viel zu laut. Ich lege mich auf die Matratze und eine Gänsehaut überzieht meinen Körper. Vielleicht sollte ich wirklich ein bisschen schlafen. Dann wird es bestimmt besser.

Bei diesem Gedanken schießen mir Tränen in die Augen. Ich kann sie nicht aufhalten und drehe mein Gesicht in das Kissen. Meine Finger krallen sich in die Decke und drücken so fest es geht zu. Ich schreie. Ich brülle in den Stoff, der jedes Geräusch schluckt, das aus meinem Mund kommt. Es will nicht aufhören. Egal, wie viel ich schlafe. Diese Ohnmacht – sie kotzt mich an. Immer wieder. Sie ist ein ständiger Teil meines Lebens. Ich habe einfach keine Kontrolle. Jeder in meinem Umfeld glaubt, ich hätte alles im Griff. Devin ist witzig. Devin ist beliebt. Jeder würde gern wie Devin sein.

Für den Arsch.

Wenn die Leute wüssten, wie es in mir aussieht, würde niemand mehr so sein wollen wie ich. Das Leben beutelt mich. Ohne Pause. Es schubst und ich stolpere hin und her. Jedes Mal, wenn ich glaube, endlich festen Boden unter den Füßen zu spüren, gibt es mir einen neuen Stoß und ich fliege in irgendeine Richtung. Ich habe es so satt.

Mein Schrei wird von einem erneuten Hustenanfall abgelöst. Tränen durchnässen das Kissen unter mir. Das Weinen macht die Kopfschmerzen noch schlimmer, aber ich kann es nicht stoppen. Ich heule wie ein kleines Kind. Warum ich? Warum hat es nicht jemand anderes erwischt? Warum war meine Mutter nicht einfach normal? Liebevoll? Warum ist alles so schwer?

Irgendwann bin ich erschöpft und schlafe ein.

Als ich wieder aufwache, friere ich. Mein Körper wird immer wieder von Schauern durchgeschüttelt. Mein Shirt ist nass. Ich horche in die Dunkelheit. Das Haus ist still. Ich bin allein. Angst kriecht meine Beine hinauf. Schneller als sonst. Sie packt mich im Genick. So schlecht habe ich mich noch nie gefühlt. Panik. Wie wird es in Zukunft sein? Wer kümmert sich um mich, wenn ich krank bin? Ich atme flach und schnell. Hektisch. Mir wird schwindelig. In meinem ganzen Leben habe ich mich noch nie so sehr nach einem sicheren Ort gesehnt wie in diesem Moment. Ich habe wahnsinnige Angst. Paranoia – keine Ahnung. Dieses Haus erdrückt mich und ich habe das Gefühl, dass es mit jeder Sekunde schlimmer wird. Mein Herz rast.

Matt. Ich muss zu Matt.

Also stehe ich auf und ziehe mir eine Jogginghose an. Mein Kopf steht kurz vor dem Platzen, aber ich kann mich nicht wieder hinlegen. Nicht hier.

Ich schleppe mich nach unten. Das Haus ist still und dunkel. Nach dem Annett mich gebeten hat auszuziehen, fühlt es sich fremd an. Fremder als sonst. Auf der letzten Treppenstufe gibt mein Fuß plötzlich nach. Ich stolpere und falle auf meine Hände. Die Erschütterung jagt erneut Blitze durch meinen Kopf. Als ich versuche aufzustehen, versagen meine Beine. Ich habe keine Kraft. Neue Tränen. Meine Hände ballen sich zu Fäusten.

Einen Moment lang will ich einfach liegen bleiben. Ich bin erschöpft. Resigniert. Für was soll ich kämpfen, wenn der nächste Seitenhieb mich wieder aus der Bahn werfen wird? Das Leben ist nicht fair. Jedenfalls nicht zu mir. Es ist ein Arschloch. Das wird sich niemals ändern. Meine Mom ist tot, ich bin verliebt in meinen besten Freund, der diese Liebe niemals erwidern wird, und ich werde jämmerlich am Fuße einer Treppe krepieren, weil ich zu schwach bin, um aufzustehen. In einem Haus, das mich nicht will. Bei einer Familie, die mich nur noch duldet und es nicht erwarten kann, dass ich meinen Schulabschluss mache, der wahrscheinlich für keine Uni der Welt reichen wird.

Ich presse mein Gesicht gegen den kalten Boden und schließe die Augen. Ist das das Ende? Gebe ich jetzt einfach auf? Ich könnte mich treiben lassen. Eine Sozialwohnung. Vielleicht ein Aushilfsjob. Soll das Leben doch mit mir machen, was es will.

Aber auch wenn mein Kopf diese Idee verlockend findet, scheint mein Herz etwas dagegen zu haben. Es beginnt zu klopfen. Viel zu laut. Viel zu schnell. Es zwickt und zwingt mich, aufzustehen.

Zu Matt. Ich muss zu ihm. Auch wenn er mich niemals lieben wird, ich könnte es nie ertragen, wenn er mich bedauert. Wenn er zusehen muss, wie ich untergehe. Auch wenn diese Insel hier nicht mehr existiert – es gibt immer noch eine grüne Oase im Meer. Das Paradies. Der Grund, warum ich morgens aufstehe und in die Schule gehe. Der Stolz in Matts Augen, wenn ich eine Drei in einem Physikreferat bekomme. Nein, ich kann ihn nicht enttäuschen. Er muss mich nicht lieben. Es reicht, wenn ich ihn lieben kann.

Kapitel 44

Sommer 2025

(DEVIN, 34 JAHRE ALT)

Matthew:
> *19:00 UHR AUF DEM DACH.*
> *BRING WAS ZU ESSEN MIT.*

D ie beste Nachricht, die ich jemals bekommen habe. Von einer fremden Nummer, aber es kann nur Matt sein. Denn sonst treffe ich mich mit niemandem auf Dächern. Eigentlich wollte ich heute mit ein paar Projekten vorankommen, doch nach seinem Text ist Arbeiten das Letzte, wonach mir der Sinn steht. Stattdessen habe ich geduscht und zehn verschiedene Outfits anprobiert. Ich konnte mich einfach nicht entscheiden, welches Shirt am besten zu dem dämlichen Grinsen in meinem Gesicht passt, das ich partout nicht abstellen kann.

Halb sieben stehe ich mit schwitzenden Händen vorm Unigebäude. In meiner Hand eine Tüte mit Tacos. Ich bin extra einmal quer durch Portland gefahren, da Matt eine geheime Leidenschaft für *Taco Bells* hegt. Früher zumindest.

Ich gehe durch die beinahe leere Uni hinauf in den dritten Stock. Die Tür mit dem Betreten-Verboten-Schild ist nur angelehnt.

Matt ist schon da.

Wow, ich fühle mich, als wäre ich fünfzehn und hätte mein erstes Date. Herzklopfen und kleine Adrenalinschübe. Hoffentlich hält das Deo. Ich schließe die Augen und atme einmal tief durch. Dann gehe ich die kleine

Treppe hinauf. Als ich oben ankomme, laufe ich gegen eine Hitzewand. Shit. Als wir vor einer Woche auf dem Dach gesessen haben, war es noch deutlich kühler. Obwohl es da auch schon schweißtreibend war. Aber jetzt fühlt es sich an wie der Vorhof zur Hölle. Kein Deo dieser Welt hält dem stand. Ich hebe den Arm und schnuppere.

»Ganz schön warm, oder?« Als ich Matts Stimme hinter mir höre, fahre ich herum. Mein Gesicht wird heiß wie der Beton, auf dem ich langsam zusammenschmelze. Seinem Schmunzeln entnehme ich, dass er mich bei meinem Geruchstest beobachtet hat. Am liebsten würde ich ihn *blitzdingsen*, damit er alles vergisst, was er gesehen hat. Aber das funktioniert leider nur im Film.

»Gibt es eine Chance, dass du mich nicht den Rest des Abends damit aufziehst?«, frage ich und kneife die Augen zusammen.

»Nope.« Sein Grinsen wird breiter. »Damit ziehe ich dich ewig auf.«

Aus der ganzen peinlichen Nummer filtert mein Hirn nur ein einziges Wort heraus. *Ewig.* Er hat ewig gesagt und jede Zelle meines Körpers klammert sich daran. Meine Hoffnung wird übermütig. Bevor ich noch anfange zu tanzen, halte ich die zwei Fantas in meiner Hand nach oben.

»Lust auf was Kaltes?«

Er nickt und wir gehen zu den zwei Stühlen hinter den großen Ventilatoren. Nachdem wir uns gesetzt haben, packe ich die Tacos aus. Matts Augen verraten, dass meine Wahl die richtige war.

»Woher hast du eigentlich meine Nummer?«, frage ich, während wir die Maisfladen aus dem Silberpapier ausrollen.

»Studentenregister. Ich bin immer noch dein Prof«, antwortet Matt. »Was du bei Gelegenheit übrigens mal ändern solltest. Ich will nicht gefeuert werden, weil ich mich mit einem meiner Studenten außerhalb der Vorlesungen treffe.«

»Stimmt. Sorry. Daran hatte ich nicht gedacht«, sage ich. »Kläre ich.«

Matt nimmt einen Bissen und ich krame zwei Servietten aus der Plastiktüte.

»Woher kennst du eigentlich Bronson?«, fragt er. Sofort erstarre ich in meiner Bewegung. Shit. Von allen Themen, die er hätte ansprechen können, wählt er das heikelste. Irgendwann hätte ich ihm alles erzählt, aber ich hatte gehofft, dass dieses *Irgendwann* noch in weiter Zukunft liegt. Matt entgeht meine plötzliche Anspannung nicht.

»Was?«, lacht er trocken. »Wart ihr zwei mal zusammen oder was?«

Ich schlucke trocken und Matt lässt seinen Taco sinken. Kein Lächeln mehr auf seinem Gesicht. Nur noch Entsetzen.

»Echt jetzt?«, fragt er angewidert. »Bronson ist mindestens hundert.«

»Er ist Mitte sechzig«, sage ich leise.

Matt schnappt sich die Plastiktüte aus meiner Hand und wirft seinen Taco hinein.

»Sorry. Ich dachte, das hier wäre eine gute Idee, aber … Ich muss los.«

»Matt.« Mein Ton ist flehend, aber er steht dennoch auf.

»Sorry, Devin. Du wolltest, dass ich dich neu kennenlerne? Ich glaube, ich habe genug gehört.«

»Warte«, sage ich, als er sich schon zum Gehen wegdreht. »Matt. Ein paar Regeln für das hier.«

Er dreht sich wieder um und zieht beide Augenbrauen nach oben, so als könne er nicht fassen, was ich da sage.

»Regeln?«

»Ja, Regeln.« Ich räuspere mich und versuche das Flattern in meiner Stimme in den Griff zu bekommen.

»Okay«, antwortet er belustigt. »Was schwebt dir denn vor? Es darf nur reden, wer den roten Ball hat, oder wir unterbrechen uns nicht gegenseitig? Sorry, Devin. Das hier ist keine scheiß Selbsthilfegruppe.« Er wirft die Arme in die Luft. »Irgendwie dachte ich, dass es etwas bringen würde, dir zuzuhören. Dass es den Schmerz von früher etwas logischer und erträglicher für mich macht. Aber das …«

»Matt. Nur eine einzige Regel. Okay? Ich werde dir alles erzählen. Auf jede Frage, die du stellst, wirst du eine ehrliche Antwort bekommen.«

»Und was ist die Regel?«, fragt er.

»Du wirst nicht abhauen.« Ich schlucke und sehe zu Boden. Matt schnaubt entrüstet. »Wenn ich Angst haben muss, dass du verschwindest, wie soll ich dann offen sein? Bronson ist bei Weitem nicht das Schlimmste aus den vergangenen Jahren.«

»Er ist nicht das Schlimmste?«, fragt Matt und greift sich mit beiden Händen in die Haare. »Dev, er hat eine Frau und Enkelkinder.«

»Ja, ich weiß«, flüstere ich.

Ich sehe Matt an. Er kratzt sich am Kopf und fährt sich immer wieder mit der Hand über den Mund. Man kann bei seinem inneren Kampf zusehen. Die eine Seite, die es unbedingt wissen muss. Die eine Erklärung dafür braucht, warum ich ihm damals so wehgetan habe. Und die andere Seite, die meine Worte nicht hören will.

Mein Herz klopft. Ein weiterer Moment, in dem es um alles geht. Wenn die Seite gewinnt, die unsere Wahrheit nicht erträgt, dann finden wir heute auf diesem Dach ein Ende. Dann habe ich alle Karten ausgespielt. Jetzt bräuchte ich nicht mehr an meiner Achsel schnuppern. Mein Deo hat mich schon vor Minuten im Stich gelassen. Aber das ist völlig egal. Das Einzige, das jetzt noch zählt, ist, dass er sich wieder hinsetzt. Er muss zuhören und ertragen. Genau wie ich reden und erdulden muss, wenn er mich ansieht, wie er es gerade tut. Mit Ekel und Abscheu. Er wird nicht alles verstehen. Das tue ich selbst nicht. Aber er muss sich wieder hinsetzen. Er muss.

»Ich denke, ich werde es bereuen«, sagt Matt und nimmt wieder auf seinem Stuhl Platz. Gott sei Dank. Mir fallen Steine vom Herzen, mit denen man Häuser bauen könnte.

»Also. Warum warst du mit Bronson zusammen?«, fragt er. »Oh Gott. Ich werde ihm nie wieder in die Augen sehen können.«

»Und du haust nicht ab, wenn ich es dir sage?«, frage ich.

»Ich bleibe«, antwortet er und sieht auf seine Füße.

»Stuart und ich waren 2008 zusammen.«

»Warte. Moment. Da warst du sechzehn.« Matts Stimme ist viel zu hoch.

»Siebzehn, um genau zu sein. Wir waren ein Jahr ... na ja ... wir waren in einer Art Beziehung.«

Matts Gesicht krempelt sich fast nach innen, so sehr verzieht sich jeder Muskel um seinen Mund und seine Augen. Wäre es nicht so bitter, zu sehen, wie sehr es ihn verletzt, wäre der Anblick beinahe komisch. Aber er ist tragisch und überhaupt nicht zum Lachen.

»Wann? Wie? Bronson ist schon ewig Rektor in Portland. Er war schon mein Rektor, als ich hier studiert habe.« Matt schlägt die Hände vors Gesicht. »Du hattest etwas mit meinem Dekan?«

»Er ist seit 2009 Rektor. Als er berufen wurde, haben wir uns getrennt.«

»Hast du ... War das was Ernstes?«

»Nein. Matt. Nein. Stuart war mein ... Sugardaddy, wenn du es genau nimmst.«

»Was bedeutet das? Ist das irgendwas Perverses?«

Ich muss für einen Moment schmunzeln. Natürlich weiß Matt nicht, was das ist. In der Sommersprossenwelt gibt es keine reichen Säcke, die sich junge Typen kaufen. In Matts Welt liebt man sich, wenn man zusammen ist. Man bekommt Kinder und heiratet.

»Es ist eine Art Abkommen«, versuche ich es zu erklären.

Matts Augen werden riesig. »Was für ein Abkommen?«

»Aus deinem Mund hört es sich schlimmer an, als es ist. Stuart suchte jemanden, der ihm hin und wieder Gesellschaft leistet, und ich … na ja … ich brauchte Geld.«

»Er hat dich für Sex bezahlt?« Matts Stimme ist viel zu laut für das Dach der Uni, über dessen Chef wir hier gerade reden.

»Nein«, antworte ich ruhig. »Er hat mir teure Geschenke gemacht und mich oft eingeladen. Er hat die Schulbücher und mein Handy gekauft. So was eben.«

»Aber ihr hattet Sex?«

»Matt«, weiche ich aus.

»Das ist Prostitution, Dev. Du warst minderjährig. Ich mach ihn kalt. Diesen Wichser.«

Wieder muss ich schmunzeln. Ich mag es, dass er mich verteidigt. Das ist niedlich. Und mein Herz hat es genau gehört. Er hat Dev gesagt. Nicht Devin. Nicht Mr. Fletscher. Dev.

»Es ist fast zwanzig Jahre her, Matt. Ja, du hast recht. Ich war minderjährig und ja, Stuart hat eine Frau und zwei Kinder. Aber er war immer gut zu mir. Kein Grund, ihn umzulegen.«

Matts Gesicht ist immer noch vom Schmerz verzerrt, als er die nächste Frage stellt.

»War er … also war er der Erste?«

Ich überlege. Wie viel wird Matt ertragen? Wenn er bei Bronson schon so die Fassung verliert, wird es ihn umbringen, alle Geschichten und Details zu hören. Er wird es nicht verstehen und irgendwann wird er gehen, auch wenn er mir versprochen hat, es nicht zu tun. Aber ich habe ihm gesagt, dass er auf alle Fragen eine Antwort bekommt. Ich bin es ihm schuldig. Ich bin es mir schuldig.

Man muss die krummen, toten Bäume fällen, bevor etwas Neues wachsen kann.

»Nein«, antworte ich. »Es gab solche Abkommen schon vor ihm.«

»Du warst so jung«, flüstert Matt und schüttelt den Kopf. »Wann hast du dich mit den Kerlen getroffen? Ich meine, du warst doch … na klar … Du warst jedes Wochenende weg.« Matt lacht, aber es klingt bitter. Die Erkenntnis trifft ihn. Hart. »Du warst nicht mit deiner Familie am See, oder?«

»Ich habe keine Familie, Matt.«

Er sieht mich aus müden Augen an. Als hätte man die komplette Energie aus seinem Körper gesaugt.

»Jetzt würde ich doch gerne eine Zigarette nehmen.« Dankbar für die Unterbrechung reiche ich ihm die Schachtel und das Feuerzeug. Er hustet beim ersten Zug, aber keiner sagt ein Wort. Als bräuchten wir beide eine Pause. Ein Luftholen für unsere Gefühle, die keuchend am Boden liegen.

Als Matt den Filter in das Einwegglas schmeißt, weiß ich, dass sie vorbei ist.

»Hattest du damals, als wir in Kanada waren … also, gab es da jemanden?«

Ich drücke meine Zigarette auf dem heißen Betonboden aus und hole tief Luft.

Kapitel 45

Sommer 2010

(Devin, 19 Jahre alt)

Seine Finger krallen sich in meinen Nacken und er drückt mich mit dem Gesicht auf die Matratze, die auch mal wieder ein frisches Laken vertragen könnte. Ich hasse es. Wenn Malik Zeug nimmt, wird er grob. Nicht, dass er ansonsten sehr einfühlsam wäre, aber Koks öffnet bei ihm eine Tür, die ansonsten verschlossen ist. Eine, hinter der dunkle Geister warten mit eigenartigen Fantasien.

Ich versuche, an etwas anderes zu denken – mich abzulenken –, aber immer wieder landet seine Hand mit einem lauten Klatschen auf meinem Hintern. Noch so eine Sache, die er nur macht, wenn er etwas geschmissen hat. Normalerweise ist es nach wenigen Minuten vorbei, aber heute hat er Ausdauer. Er rammelt wie eine Nähmaschine auf mir herum. Kalt. Stumpf. Brutal.

»Aua, Alter«, schreie ich, als er meinen Kopf an den Haaren nach hinten reißt. »Bist du nicht ganz dicht?« Ich kämpfe mich frei und rolle mich zur Seite.

Malik grinst mich mit glasigen Augen an.

»Wenn du Blümchensex willst, musst du zu deiner Schneeflocke gehen«, sagt er.

Dann greift er auf den Nachttisch und nimmt sich eine Zigarette aus meiner Schachtel. Auch das hasse ich. Er raucht ständig bei geschlossenem Fenster.

Seit ich hier penne, rieche ich wie eine Eckkneipe. Aber ich habe keine Wahl. Die Moores haben nicht lange gefackelt. Einen Tag nach der Zeugnisausgabe

213

hatten wir ein weiteres Gespräch und seitdem wohne ich bei Malik. Annett hatte angeboten, mich zur Sozialstelle zu begleiten, aber ich habe Angst, dass ich aus der Mühle nicht mehr rauskomme, wenn ich sie einmal betrete.

Ich habe einen Plan, doch dafür brauche ich noch etwas Zeit.

»Hör auf, ihn so zu nennen«, sage ich und ziehe meine Boxershorts an.

Malik ist besitzergreifend. Wir sind nicht zusammen. Wir haben ab und zu Sex, wenn ihm danach ist, aber mehr auch nicht. Trotzdem benimmt er sich wie ein Idiot, wenn es um Matt geht.

»Oh, stimmt ja, ich vergaß, dass du sauer wirst, wenn jemand deinen Freund …« Malik macht Anführungszeichen in der Luft und reißt seine Augen auf. »… beleidigt. Wie heute bei Steve. War überhaupt nicht peinlich, wie du dich vor die Weißwurst geworfen hast.«

»Was hast du für ein Problem?«, frage ich genervt und ziehe mir meine Jeans hoch.

»Gar keins. Aber warum pennst du nicht bei Jones, wenn ihr so dicke seid? Stattdessen hängst du bei mir ab und zierst dich wie ein Mädchen.«

Mein Bauch zieht sich bei Maliks Worten zusammen. Aus Wut, denn ich will nicht hier sein. Ich habe einfach keine andere Möglichkeit. Seine Wohnung ist mickrig. Es stinkt und ist schmutzig und er tut so, als hätte ich im Ritz eingecheckt. Ich ekele mich vor ihm. Vor jeder Berührung.

Aber ich kann nicht zu Matt gehen. Wie sollte ich ihm das erklären? Jahrelang habe ich ihn glauben lassen, dass ich von meiner Traumfamilie auf Händen getragen werde.

»Ach, stimmt ja. Dein ach-so-bester Freund weiß ja gar nicht, dass du zu Hause rausgeflogen bist. Vielleicht sollte ich ihn mal aufklären.«

Maliks Grinsen wird hässlich.

»Vorsicht«, sage ich und fühle mich im selben Moment hilflos. Wenn Malik es Matt verrät, verliere ich alles. Meinen letzten Strohhalm. Meinen Grund, zu kämpfen.

»Was denn? Geht dir der Stift? Ich dachte, beste Freunde erzählen sich alles. Und wenn ich schon dabei bin, stecke ich ihm vielleicht auch gleich, dass du dich von reichen, alten Säcken bumsen lässt. Ich hoffe, bei denen stellst du dich nicht so an wie bei mir.«

Zack. Das war einer zu viel. Mein Kopf stellt das Denken ein und die Wut in meinem Bauch verwandelt sich in eine lodernde Flamme, die die letzten Reste meines Verstandes einfach wegbrennt. Ich hole aus und schlage Malik direkt ins Gesicht. Als er realisiert, was passiert, ist es schon zu spät. Seine Nase gibt ein unschönes Knacken von sich und Blut spritzt über die gräulichen Laken. Ich hole noch mal aus und treffe ihn über seinem Auge.

Malik hält seine Hände schützend vor sich.

»Bist du wahnsinnig? FUCK.«

Langsam legt sich das Adrenalin in meinem Blut und mein Hirn nimmt die Arbeit wieder auf. Ich klettere vom Bett und fahre mit den Fingern durch meine Haare. Shit. Was habe ich getan?

»Das wirst du bereuen«, murmelt Malik hinter seinen Händen. »DAS WIRST DU BEREUEN, DU PISSER.«

Panik erfasst mich, denn der Blick, den Malik mir zuwirft, zeigt mir, dass er nicht nur blufft. Ich habe ihn schon viel Scheiß machen sehen und weiß, dass er nur wenige Grenzen kennt.

Also schnappe ich mir den schwarzen Hoodie von der Kommode und meine Tasche und stürme aus dem Haus.

Fuck. Ich muss hier weg. Weg aus Yale. Weg von Malik. Hier kann mir jeden Moment alles um die Ohren fliegen. Aber ich kann nicht einfach abhauen. Angst und Verzweiflung kämpfen in meiner Brust um die Vorherrschaft.

Beruhig dich, Devin. Atmen.

Ich taste meine Taschen ab. Shit. Ich habe meine Kippen liegen lassen. Nichts, um meinen Verstand vorm Durchdrehen zu bewahren. Dann laufe ich einfach los. Ich muss den Kopf frei bekommen. In dieser Gedankensuppe finde ich keine Lösung. Wo werde ich heute Nacht schlafen? Wo morgen?

Als sich der Nebel langsam lichtet, merke ich, wohin mich meine Füße getragen haben. Matt. Ich stehe vor seinem Haus. Bei ihm könnten meine Gedanken zur Ruhe kommen. Ich gehe zu der Buche in seinem Vorgarten und mache mich an den Aufstieg. Wie schon so oft in den vergangenen Jahren.

»Hi. Konntest wohl nicht bis morgen warten?«, fragt er, als ich durchs Fenster klettere. Meine Tasche habe ich unten in der Hecke versteckt.

»Hast du schon geschlafen?« Ich brauche Zeit. Ich muss nachdenken. Was mache ich jetzt?

»Nein. Hab gelesen.« Matt mustert mich. »Wo kommst du her? Eine Bank ausgeraubt?«, fragt er und lacht. Aber mir ist gar nicht zum Lachen zumute. Ich bin obdachlos. Verdammter Mist.

»Ach Quatsch«, antworte ich. »War bei Malik. Nur abhängen.«

Was kann ich machen? Ich muss verschwinden. Zumindest für eine Weile. Mein Plan war es, Easton, den Typen, den ich aktuell treffe, so weit zu bringen, dass ich zu ihm ziehen kann. Er wohnt in Vancouver. Aber wir kennen uns erst seit ein paar Wochen. Ich kann ihn nicht einfach damit überfallen. Dann wird er dichtmachen.

Kanada. Nicht das erste Land, das mir beim Auswandern in den Sinn kommt. Aber es ist weit genug von Malik entfernt und nah genug an Yale. Denn Matt wird nicht mitkommen. Er weiß nichts von der Scheiße, die bei mir gerade abläuft. Er freut sich auf Portland und darauf, dass wir zusammen dort studieren. Oh Gott, ich bin so am Arsch.

Ich werde Matt verlieren. Das ist so sicher wie das Amen in der Kirche. Aber wenn das schon so ist, will ich zumindest noch etwas Zeit mit ihm verbringen.

»Hey, erinnerst du dich an meinen Onkel?«, frage ich, denn ich habe eine Idee. Sie ist bescheuert, aber im Moment fällt mir nichts Besseres ein.

»Der mit dem See und der Hütte?«, fragt Matt.

»Ja, genau.«

»Was ist mit ihm?«

»Er ist für ein paar Wochen im Ausland und hat mich gefragt, ob ich sein Wohnmobil über den Sommer haben will. Ich fahre nach Kanada hoch. Hast du Bock ... also, willst du mitkommen?«, frage ich.

In Matts Blick erkenne ich Verwunderung. Und leichte Panik. Matt ist nicht wirklich spontan. War er noch nie.

»Wie?«, fragt er verdattert.

»Komm schon, Matt. Ein letzter gemeinsamer Roadtrip ... vor dem Studium.«

Ich muss ihn überzeugen. Kein Mittel ist mir zu billig. Ich schiebe meine Unterlippe vor und schaue ihn an wie ein getretener Welpe.

»Bitte, bitte, bitte, bitte, bitte, bitte, bitte ...«

Auf Matts Gesicht zeigt sich ein Schmunzeln.

»Ist das ein Ja?«, frage ich.

»Nein, auf keinen Fall ist das ein Ja. Aber ich denk drüber nach.«

Das ist mehr, als ich erwartet hatte. Matt ist kein Typ für Roadtrips. Aber ich muss es schaffen, dass er mich begleitet. Wenn ich schon alle Zelte abbreche, brauche ich zumindest Zeit, mich von ihm zu verabschieden.

»Wann willst du los?«

»Um ehrlich zu sein, fahre ich schon morgen.«

Ich muss weg. Erstens habe ich kein Dach mehr über dem Kopf und zweitens läuft Malik mit einer gebrochenen Nase durch Yale und sinnt auf Rache.

»Morgen? Bist du verrückt? Ich muss das mit meinen Eltern besprechen und mit Judy. Ich kann doch nicht einfach von heute auf morgen nach Kanada aufbrechen. Ich habe nicht mal frische Sachen im Schrank. Auf keinen Fall.«

Matt bekommt Panik. Damit hatte ich schon gerechnet. Ich habe ja selbst welche. Keine Ahnung, wie es weitergehen soll. Wer weiß, welchen Nierenhaken das Leben in Kanada für mich bereithält. Vielleicht ist Easton ein Serienkiller. Das wäre mal was Neues. Aber ich könnte alles leichter ertragen, wenn Matt mit mir käme. Mich begleitet. Zumindest ein Stück der Reise. Vielleicht kann ich mein Herz unterwegs davon überzeugen, dass es an der Zeit ist, loszulassen. Aber das schaffe ich nicht über Nacht. Im Moment fühlt es sich so an, als würde ich es niemals schaffen. Vielleicht wird es in ein paar Wochen leichter.

»Ach bitte, bitte, bitte, Matt. Deine Eltern sagen bestimmt Ja. Dein Dad redet ständig davon, wie gerne er so einen Roadtrip gemacht hätte, als er jung war. Und Judy … Sie kann auch mal ein paar Wochen auf dich verzichten, jetzt, wo sie so viel trainiert.« Ich glaube nicht wirklich, dass die mit den Cheerleadern probt. Die Schule ist über die Ferien geschlossen und wenn es nicht eine geheime Cheerleader-Untergrundorganisation gibt, verarscht sie Matt. Aber das ist mir gerade egal. Ich muss ihn überzeugen.

»Waschen können wir unterwegs. Die Tour geht über Jasper nach Whistler und dann zurück nach Vancouver. Unterwegs gibt es nur einsame Seen und Berge. Niemanden interessiert, was du anhast. Bitte, bitte, bitte, Matt. Du würdest es dir nie verzeihen, wenn mich unterwegs ein Bär frisst.«

Er verdreht die Augen, schmunzelt aber.

»Als ob ich dir da helfen könnte?«

»Was wenn mich Hinterwäldler entführen oder ich von der Straße abkomme?«

»Du machst mir den Trip gerade richtig schmackhaft, weißt du das? Kann ich wenigstens bis morgen noch darüber nachdenken?«, fragt er.

Innerlich juble ich, denn Matt scheint Kanada ernsthaft in Erwägung zu ziehen. Jetzt muss ich das Ding noch ins Ziel bringen. Nur nicht drängen. Ich muss subtil sein.

»*Was hältst du davon, wenn ich morgen Abend um sechs hier vorbei-komme? Entweder steigst du ein, oder nicht. Matt, ich nehme es dir nicht übel, wenn du lieber hierbleibst. Aber ohne dich wäre es nicht dasselbe.*«

»*Ich denk drüber nach, okay?*«, antwortet er.

Ich nicke. Matt kommt zum Bett.

»*Rutsch rüber*«, sagt er und ich denke kurz darüber nach. *Wie gern würde ich hierbleiben und ein wenig Matt-Power tanken. Die Nacht neben ihm liegen. Wenn er morgen nicht mitkommt, wäre es unsere letzte. Bei diesem Gedanken sticht mein Herz und die Luft weicht aus meiner Lunge.*

Aber es geht nicht. Ich kann nicht bleiben. Ich brauche noch ein Wohn-mobil. Der Nachbar der Moores, Mr. Ruth, hat einen Camper in seinem Garten. Über den Sommer besucht er immer seine Enkel. Heute Nacht werde ich einen Weg finden müssen, um an die Schlüssel zu kommen.

»*Nee, heute nicht*«, antworte ich daher. »*Ich muss noch ein paar Sachen organisieren. Außerdem hast du mich ab morgen jede Nacht in deinem Bett. Also genieß die letzte Nacht allein.*«

Ich zwinkere ihm zu. Versuche, es leicht aussehen zu lassen. Aber im Moment zerfrisst mich die Angst. Sie macht meinen Körper steif und schwer. Was ich vorhabe, wird niemals klappen. Doch ich muss es versuchen. Ich habe keine Wahl.

Nur der Gedanke, dass Matt mich begleitet, lässt mich atmen.

»*Um sechs, Matt. Das wird cool*«, flüstere ich und klammere mich an diese Hoffnung.*

Kapitel 46

Sommer 2025

(DEVIN, 34 JAHRE ALT)

Also wusstest du die ganze Zeit, dass du nicht wieder mit zurückfahren wirst?« Matt hat, während ich erzählt habe, geschwiegen. Die Ellbogen auf seinen Knien, den Blick auf seine braunen Lederschuhe geheftet.

»Ich hatte keine Ahnung, ob die Sache mit Easton klappt«, antworte ich. »Aber wenn nicht, wäre ich wahrscheinlich trotzdem in Kanada geblieben.«

»Und mich hast du gebraucht, um den Camper zurückzufahren.«

»Matt, hör auf«, sage ich sanft. »Du weißt, dass es nicht so war.«

»Ich verstehe es nicht. Warum hast du nichts gesagt? Ich hätte dir helfen können. Meine Familie …«

»Matt, ich habe dich geliebt. Immer. Die ganze Zeit über.«

Er starrt mich an, sagt aber nichts. In seinem Gesicht keine Regung.

»Ich wollte nicht, dass du mich so siehst. Du warst das einzig Gute in meinem Leben. Für dich war ich Superman. Wenn du von meinem Leben gewusst hättest, zu was hätte mich das gemacht?«

»Du warst mein bester Freund«, flüstert er, aber ich ignoriere das.

»Es hätte mich zu einem Versager gemacht.«

»Das stimmt nicht«, protestiert er. Aber es ist schwach. Er weiß genau, dass ich recht habe.

»Es hätte uns kaputtgemacht, wenn ich geblieben wäre.«

»Warum glaubst du nicht, dass es funktioniert hätte?«, fragt er. »Ich habe dich … Wir hätten das hinbekommen.«

»Nein, hätten wir nicht. Du hattest Pläne, wolltest nach Portland ziehen und studieren. Ich weiß noch, wie aufgeregt du deswegen warst.« Ich muss bei der Erinnerung daran schmunzeln. Studieren war für Matt das, was für andere Jungs in seinem Alter Springbreak war. »Matt, ich habe Jahre gebraucht, um auf die Beine zu kommen. Es war alles andere als einfach. Ich weiß, dass du mir geholfen hättest. Aber was hätte das mit dir gemacht? Es gab so viel Wichtigeres, bei dem ich dir nicht im Weg stehen wollte. Ich hätte mir nie verziehen, wenn einer deiner Träume wegen mir geplatzt wäre.« Ich sehe ihn an. »Glaub mir, es war besser so. Auch, wenn es sich nicht so anfühlt.«

»Du hast keine Vorstellung davon, wie ich mich gefühlt habe. In diesem verfickten Camper«, sagt er und beißt seine Zähne fest zusammen. »Ich war noch nie so einsam. Als wäre ich der letzte Mensch auf der Welt. Mein Kopf hat es lange nicht realisieren wollen und ich habe stundenlang darauf gewartet, dass du zurückkommst.«

Seine Worte brennen sich durch meine Brust. Obwohl ich damals wusste, dass es ihm das Herz brechen wird – das Bild davon, wie er allein in diesem Camper hockt, ist unerträglich. Aber es gab keinen anderen Weg.

»In dem einen Moment fühlte sich alles so richtig an«, sagt er. »Es hat plötzlich Sinn gemacht. *Wir* haben Sinn gemacht. Und im nächsten Augenblick hat sich der Boden unter mir aufgetan und alles Gute verschluckt.« In Matts Augen funkelt es. Er sieht auf einmal aus wie der Junge von damals. Seine Haare am Hinterkopf platt gedrückt. Tränen, die über die Ufer der Bergseen treten. Der Anzug, den er heute trägt, passt nicht mehr zu diesem Bild. Er wirkt falsch und viel zu groß. Ich will ihn an mich ziehen. Ich will ihm seinen Schmerz abnehmen.

»Es tut mir so leid«, flüstere ich, obwohl ich weiß, dass die Worte nichts gutmachen. Es gibt nichts, das die alten Wunden heilen könnte. Es gibt nichts, was ich sagen kann.

»Ich habe dich gebraucht, Dev. Ich war zum ersten Mal richtig verliebt und wurde auf die schlimmstmögliche Weise verlassen. Und mein bester Freund war nicht da, um mich aufzufangen.«

Mein Inneres zieht sich bei jedem seiner Worte enger zusammen. Ich habe das Gefühl, keine Luft mehr zu bekommen.

»Ich weiß«, hauche ich und merke, wie es hinter meinen Augen brennt. »Es tut mir so wahnsinnig leid.«

»Ich habe in Yale nach dir gesucht. Wochenlang habe ich im Internet die Unfallmeldungen durchforstet. Irgendwann musste ich das Zimmer im Studentenwohnheim beziehen, aber ich habe meinen Eltern gesagt, dass ich nicht studieren werde. Ich wollte nicht nach Portland. Nicht ohne dich. Ich dachte, dass du irgendwann zurückkommen würdest und dann wollte ich da sein. Bei jedem Geräusch auf meinem Vordach hat mein Herz wie wild geschlagen. Ich dachte: Das ist Dev. Gleich kommt er durchs Fenster.«

Eine Träne rollt meine Wange hinunter und tropft auf den heißen Beton. In meinem Hals brennt es und meine Brust ist wie zugeschnürt.

»Meine Mom hat sich Sorgen um mich gemacht«, fährt er fort. »Sie wollte mich schon zu einer Therapie schleppen.« Matt lacht kurz auf, aber gleichzeitig laufen neue Tränen über sein Gesicht.

»Aber irgendwann habe ich von selbst begriffen, dass du nicht zurückkommen wirst. Ich habe mich gefühlt wie der letzte Idiot. Und ich war so wütend. Auf dich, auf mich selbst, auf die Welt. Verletzt. Ich habe im Selbstmitleid gebadet. In dieser Zeit habe ich mich komplett eingeigelt. Das Vertrauen war weg. In alles und jeden.«

Er atmet zittrig ein und aus.

»Und dann kam Tara.«

Als er den Namen sagt, huscht ein Schmunzeln über sein Gesicht.

»Deine Tochter?«

Kurz sieht er mich an. Aber er fragt nicht, woher ich es weiß.

»Ja. Ein paar Wochen später hat Judy die Bombe platzen lassen. Eigentlich wollte sie es mir sofort nach meiner Rückkehr erzählen. Aber ich bin ihr zuvorgekommen und habe die Sache zwischen uns beendet. Tja, und nachdem Schluss war, habe ich wie ein Eremit in meinem Zimmer gehaust und die Welt verflucht. Und dich.« Ein weiterer kurzer Blick. »Also hat sie es mir erst im fünften Monat erzählt.«

»Wie hast du das alles hinbekommen?«, frage ich.

Matt starrt weiter auf seine Füße.

»Zuerst gar nicht.« Er lacht trocken und wischt sich die Tränen mit dem Ärmel seines Hemdes ab. »Ich wollte kein Baby. Ich wollte nicht studieren. Ich wollte den Tag damit verbringen, auf alles und jeden sauer zu sein und mich zu bedauern.« Er seufzt.

»Aber glaub mir: Babys haben die wahren Superkräfte. Sie haben diese irre großen Augen und winzigen Finger, mit denen sie dich innerhalb von Sekunden wehrlos machen. Als ich Tara das erste Mal im Arm hielt, war es, als hätte jemand einen Resetknopf bei mir gedrückt. Alles, wirklich alles, war egal. Außer ihr. Dieser kleine rosa Fleischmops hatte jeden Raum besetzt.«

Ich lächle, denn man spürt die Liebe für seine Tochter bei jedem Wort.

»Also habe ich mir mit Judy und Tara in Portland eine Wohnung gesucht und innerhalb von sieben Jahren in Umweltwissenschaften promoviert. In dieser Zeit habe ich gefühlt halb Portland Nachhilfeunterricht gegeben, damit wir etwas zu essen haben. Seit ein paar Jahren bin ich Assistenzprofessor mit guten Aussichten auf eine Festanstellung.«

»Wow. Das klingt, als hättest du es geschafft«, sage ich. »Professor Jones. Das ist irgendwie cool.«

Er schüttelt den Kopf und lacht.

»Ja, ich bin wahnsinnig glücklich.« Seine Worte triefen nur so vor Ironie. »Glaub mir, Devin: Wenn ich damals den anderen Weg hätte wählen können, dann wäre ich ihn gegangen. Aber du hast mir keine Wahl gelassen. Und jetzt stecke ich mitten in einer Scheidung mit einer Frau, die ich dafür liebe, dass sie meiner Tochter eine gute Mutter ist. Aber für mehr auch nicht.«

Ich schlucke und sehe selbst zu Boden. Was soll ich dazu sagen.

»Dass du mich damals mit einem blauen Auge in diesem beschissenen Camper zurückgelassen hast, hat mein Leben nicht besser gemacht«, sagt er kühl. »Du kannst dir einreden, was du willst, aber für mich war es nicht der richtige Weg.«

Er sieht auf seine Hände und fügt leise hinzu: »Und vor allem war es nicht der leichte.«

»Und du glaubst, für mich war es leicht?«, frage ich. Meine Stimme kippt. Ich drücke meinen Rücken durch und in mir mischt sich Wut und Verzweiflung. »Ich habe in den vergangenen fünfzehn Jahren kämpfen müssen. Jeden beschissenen Tag. Ja, ich habe damals diese Entscheidung für uns getroffen. Aber glaubst du wirklich, dass das einfach war? Glaubst du, ich bin aus dem Wohnwagen spaziert und habe ein glückliches Leben angefangen?«

Sein Blick huscht immer wieder für Sekundenbruchteile zu mir, bevor er zurück auf seine Hände sieht. Aber das reicht. In meinem Gesicht erkennt er den Schmerz. Ich trage ihn seit damals mit mir herum.

»Mein Leben war nie einfach.« Ich atme schwer. »Glück? Ich war glücklich. Für ein paar Tage. Vor fünfzehn Jahren. Aber ansonsten hat mir das Leben pausenlos in den Hintern getreten. Bis heute. Dieser Morgen, an dem ich gehen musste, war einer der schlimmsten meines Lebens. Daran war nichts einfach. Also hör auf, das zu behaupten.«

Matt schluckt und sieht mich mit großen Augen an.

»Dann sag es mir. Sag mir, warum du fünfzehn Jahre gebraucht hast, um hier aufzutauchen.«

Kapitel 47
Sommer 2010

(DEVIN, 19 JAHRE ALT)

Ich könnte ihn ewig ansehen. Seine weiche Haut an meiner ist mein neues Lieblingsgefühl. Seine Sommersprossen hypnotisieren mich regelrecht. Es ist, als würden sie meinen Körper zu Ruhe bringen, wenn ich sie berühre. Matt-Power in Reinstform. Ich schmunzle bei diesem Gedanken und ziehe ihn noch ein Stück näher an meine Brust. Er gibt einen niedlichen Schnarchton von sich und seine Hand sucht Halt an meiner Seite. Er drückt sich fester an mich, aber es wird nie nah genug sein.

Ich bin glücklich. Wahrscheinlich war die ganze Scheiße in meinem Leben notwendig, um diesen Moment zu erleben. Wo Licht ist, ist auch Schatten. Das muss doch auch andersherum gelten. Immer wirkte alles dunkel und trist. Aber das hier – Matt nackt in meinem Arm – ist die Supernova unter den Lichtern.

Kurz blinkt sein Handy auf der Bettdecke vor mir. Eine Nachricht von Judy. Das erkenne ich auf dem Display. Was sie ihm wohl schreibt?

Ich sehe zurück zu Matt. Auf seinem Gesicht liegt ein zufriedenes Schmunzeln. Nachdem wir uns durch die Laken gejagt haben, stehen seine Haare in alle Richtungen von seinem Kopf ab. Er sieht aus wie ein befriedigter Igel.

Mein Blick huscht zurück zum Smartphone. Was will Judy von ihm? Hat er es ihr gesagt? Einfach nicht darüber nachdenken. Matt will mit ihr reden, wenn wir zurück in Yale sind.

Ich schalte die kleine Lampe am Bett aus, schließe die Augen und versuch, das leichte Gefühl mit in den Schlaf hinüber zu nehmen. Doch mein Kopf will mir das Licht nicht gönnen. Dunkle Gedanken jagen hin und her. Wie *wird es sein, wenn wir nach Yale zurückkehren? Wo werde ich wohnen? Was wird Malik tun?*

Matts Handy scheint eine Tonne zu wiegen. Es brennt förmlich ein Loch in die Decke. Was hat Judy ihm geschrieben?

Ich öffne meine Augen wieder. Es ist stockdunkel, aber die Umrisse seines Smartphones sind deutlich zu erkennen.

Nur kurz auf das Display sehen. Er merkt es doch gar nicht. Dann kannst du endlich schlafen.

Ich greife mir das Handy und drücke auf den Knopf an der Seite. Das Display zeigt mir, dass sie ein Bild geschickt hat. Keinen Text. Aber um es zu sehen, muss ich das Entsperrmuster eingeben. Ich habe Matt tausendmal dabei beobachtet, wie er ein Haus mit seinem Daumen gezeichnet hat. Aber kann ich das machen? Matt wird sauer sein, wenn er das mitbekommt. Andererseits würde er mir das Bild bestimmt zeigen, wenn ich ihn darum bitte. Es sei denn, es ist ein Nacktbild von ihr. Oh Gott. Schickt sie ihm so was? Schickt er ihr auch welche? Versendet Matt Dickpics?

Ich muss es wissen.

Mein Daumen fliegt über das Display, um es zu entsperren. Dann gehe ich in Judys Nachrichten.

Und mit einem Schlag – mit einem einzigen Blick auf das schwarz-weiße, verwaschene Bild, auf dem ich nicht das Geringste erkenne – versinkt meine Welt wieder im Dunkeln.

Mein Kopf schaltet das Licht wieder aus. Mein Herz zieht die Gardinen zu. Ich war so bescheuert. Ich hatte wirklich geglaubt, das Leben hätte sich jemand anderen zum Herumschubsen gesucht. Ich hatte gedacht, jetzt kommt der schöne Teil. Bei dem ich nicht jeden Tag damit rechnen muss, dass mich die nächste Katastrophe überrollt.

Ich lache, während mir Tränen in die Augen steigen. Wie habe ich mich getäuscht? Wahrscheinlich war es meinem Leben zu langweilig geworden. Wer schon unten ist, fällt nicht mehr tief. Also hat es mir Fallhöhe gegeben. Mit Matt, der nackt in meinem Arm liegt und keine Ahnung hat, dass er Vater wird. Dass Judy schwanger ist. Dass sich mein Herz gerade so anfühlt, als würden Glasscherben hindurchfließen. Jeder Schlag tut ein bisschen mehr weh. Aus meinem Lachen wird ein Schluchzen. Immer wieder verschlucke ich mich an den Tränen und den Atemzügen, die meine Lunge nicht wirklich erreichen wollen.

Ich schiebe Matt aus meinem Arm und kämpfe mich aus den Laken frei. Dann greife ich nach meiner Schachtel Zigaretten und renne aus dem Camper. Nackt. Mit zitternden Fingern fummle ich eine Kippe heraus und zünde sie an. Ich schließe die Augen, aber die gewohnte Ruhe will sich nicht einstellen. Mein Herz hämmert wie verrückt und immer wieder sauge ich Luft ein, die ich sofort wieder heraushuste.

Aus meiner Verzweiflung wird Wut. Ich hasse Judy. Ich habe sie immer gehasst. Sie hat Matt nie geliebt. Nicht so wie ich. Und trotzdem bekommt sie alles. Er wird zu ihr zurückgehen. Natürlich wird er das. Und ich? Ich werde mir ansehen müssen, wie sie auf heile Familie machen. Unsere Tage in Kanada werden zu einer blassen Erinnerung für ihn. Ein kleines Abenteuer. Mehr nicht.

Das war's.

Der einzige Gedanke, den mein Hirn zustande bringt. Immer wieder. Aber ich will es nicht akzeptieren. Kann ich nicht noch ein wenig glücklich sein? Nur ein paar Tage? Stunden?

Ich nehme einen Zug der halb verglühten Zigarette und stelle mir vor, dass mit dem Rauch, den ich ausblase, auch die Gefühle für Matt in der kalten Nacht verschwinden. Es funktioniert kein bisschen, aber die Vorstellung lässt mich ruhiger werden. Ich muss nachdenken.

Eigentlich hat sich doch nichts geändert. Ich bin nach Kanada gefahren, um hierzubleiben. Easton weiß, dass ich komme. In Yale habe ich keine Zukunft. Kein Zuhause.

Ich muss nur noch mein Herz überzeugen, dass es richtig ist, das einzig Gute in meinem Leben zurückzulassen – das Glück, das ich mit Matt empfunden habe, wieder loszulassen.

Ich beiße in meine Faust, um nicht zu schreien.

Wenn ich nach Yale zurückgehe, bekommt das Leben einen Fieldday. Es wird mich quälen. Jeden Tag. Selbst wenn Matt bei mir bleibt, wird es keine Ruhe geben, bis alles in Schutt und Asche liegt. Es wird mich treten, bis ich liegen bleibe. Und bis das letzte Gute in meinem Leben verschwindet.

Aber Erinnerungen kann es mir nicht nehmen. Das, was ich in den vergangenen Tagen gefühlt habe, bleibt. Die Gedanken an Matt werden immer hell sein – wenn ich jetzt gehe. Ich kann sie mitnehmen und niemand kann sie mir wegnehmen.

Ich wische mir die Tränen vom Gesicht und laufe zurück zum Camper. So leise wie möglich ziehe ich mich an und packe mein Zeug zusammen. Ich hole die Windjacke, die Matt und ich am Anfang der Reise gekauft haben, aus dem oberen Gepäckfach. Dann atme ich durch und schließe die Augen. Um nicht zu schreien. Um nicht den Verstand zu verlieren. Um mich daran zu erinnern, dass es das Beste für uns beide ist.

Ich nehme Matts Handy und lösche Judys Nachricht. Er muss es nicht so erfahren. Nicht heute oder morgen. Nicht, wenn er merkt, dass ich abgehauen bin. Das wäre kein guter Moment, um zu realisieren, dass er Vater wird.

Dann greife ich nach meinem Handy und den Kippen. Plötzlich höre ich ein Rascheln.

»Devin?« Matt sieht mich aus riesengroßen, verschlafenen Augen an.

»Fuck«, antworte ich. »Ich dachte, du schläfst.«

Aber auch das wäre meinem Leben zu langweilig gewesen. Es ist so schon die Hölle, ihn zurückzulassen. Jeder Muskel in meinem Körper wehrt sich dagegen. Aber wenn er geschlafen hätte, müsste ich nicht in sein schmerzver-zerrtes Gesicht sehen, das all meine Gefühle so gnadenlos widerspiegelt.

»Und was dann? Wärst du einfach abgehauen?«, fragt er. »Verdammt, Devin. Was soll das? Wo willst du hin?«

Ich habe keine Ahnung. Meine Zukunft ist ein dunkler Tunnel, bei dem ich nicht weiß, ob es einen Ausgang gibt. Ich kehre dem einzigen Licht den Rücken und habe keine Worte, um es zu erklären.

»Matt.« Mehr bringt mein Mund nicht zustande.

»Was soll das?«, fragt er. Matt sieht mich an, als hätte ich ihm ins Gesicht geschlagen.

»Ich muss weg«, sage ich und sehe auf meine Schuhe, weil ich den Anblick von ihm nicht ertrage.

»Einen Scheiß musst du. Mitten in der Nacht. Wohin willst du? Wir sind in Kanada.«

»Matt.« Ich kann es nicht erklären, weil ich es selbst nicht verstehe. Ich weiß, dass ich gehen muss, aber mein Herz kennt tausend Gründe, die dagegensprechen.

»Wohin willst du?«, fragt er.

Dann schlägt er die Decke zurück. Matt ist immer noch nackt. Und wunderschön. Oh Gott, er ist so schön. Ich muss hier weg. Wenn er mir mit seinen Sommersprossen noch einen Schritt näher kommt, dann werde ich es nicht mehr schaffen. Dann werde ich bleiben. Und das Leben wird lachen, bevor es mich zerstört.

»Devin, bitte. Erklär mir, was du vorhast.« Seine Stimme ist flehend.

Ich möchte schreien. Aber ich schlucke nur die Tränen in meinem Hals hinunter und schüttle mit dem Kopf.

»Devin, ich liebe dich.«

ICH HASSE MEIN LEBEN. Das erste Mal, dass mich jemand liebt – dass mich der Mensch liebt, von dem ich es mir am meisten gewünscht habe. Der Einzige, bei dem es etwas bedeutet. Bei dem es alles bedeutet. Ich lache, denn dieser Moment ist so furchtbar, dass Weinen nicht genug wäre.

»Das kannst du nicht«, antworte ich.

»Ich tue es aber«, gibt er nicht auf.

Ich schließe die Augen und atme einmal tief durch. In einer anderen Welt, in einem Paralleluniversum, wäre ich glücklich. Mit ihm. Aber dieses Leben – das hier – ist nicht für uns gemacht. Es ist gemein und hinterhältig. Es ist sadistisch und abgrundtief böse. Sonst würden wir nicht hier stehen. Mit kaputtem Herzen und glasigem Blick.

»Im nächsten Leben ... okay?«, flüstere ich, denn ich hoffe, dass es so ist. Dass es im nächsten Leben besser wird und wir uns finden.

Matts Blick wird bei meinen Worten panisch und er springt aus dem Bett. Er darf nicht näher kommen, also drehe ich mich um und laufe. Vor meinen Augen verschwimmt die dunkle Welt und ich renne. Immer schneller, immer weiter.

Hinter mir höre ich ihn rufen und es poltert, aber ich kann mich nicht umdrehen. Ich muss hier weg, sonst schaffe ich es niemals.

Also laufe ich. In die Nacht. Mit meiner Tasche und dem Schmerz, der mich zu erdrücken droht.

Kapitel 48

Sommer 2025

Du hast also von Tara gewusst?«, fragt Matt und fährt sich mit der Hand übers Gesicht.

»Ja. Es gab damals tausend Gründe zu bleiben und tausend Gründe zu gehen. Aber dass du ein Kind bekommst, hat mir die Entscheidung aus der Hand genommen.«

»Ich dachte immer, dass du wegen mir gegangen bist«, sagt Matt. »Dass deine Gefühle nicht gereicht haben.«

Mein Kopf ruckt hoch. Ich sehe ihm in die Augen. Wie kann er das nur glauben?

»Matt, du hast keine Vorstellung, wie sehr ich dich geliebt habe. Hätte es auch nur den Hauch einer Chance gegeben, dann … aber ich wollte es dir nicht schwerer machen, als es eh schon war. Ein Baby und ein Sozialfall. Das hätte dich kaputtgemacht.«

»Du warst kein Sozialfall«, widerspricht er.

»Doch. Genau das war ich. Und es hat eine ganze Weile gedauert, bis ich auf eigenen Beinen stehen konnte.«

»Erzählst du mir von Kanada?«, fragt Matt leise.

Ich nicke.

»Anfänglich hatte ich nichts. Ich war nie offiziell eingereist und hatte weder Papiere noch eine Aufenthaltserlaubnis. Der Mann …«

Matt sieht mich kurz an und schaut dann schnell weg.

»Der Mann, bei dem ich gelebt habe, hat sich darum gekümmert, dass ich alle Dokumente bekomme, die es braucht, um in Kanada zu bleiben.

Er hat mir auch eine Krankenversicherung organisiert und geschafft, dass mein Name wieder in Fletscher geändert wurde.« Ich sehe Matt entschuldigend an und räuspere mich. »Ich wollte nicht gefunden werden. Nicht von Malik … und nicht von dir.«

Er schaut mir lange in die Augen. Dann nickt er.

»Nach einem Jahr haben sich unsere Wege getrennt. Er suchte eigentlich etwas Lockeres und niemanden, der dauerhaft bei ihm einzieht und um den er sich täglich kümmern muss. Also saß ich wieder mehr oder weniger auf der Straße. Ich hatte noch ein wenig Geld, das ich über die Jahre gespart hatte.«

Matt wirft mir einen finsteren Blick zu, denn mittlerweile weiß er, woher die Kohle stammte. Aber er sagt nichts.

»In Kanada gibt es viele reiche Leute, also habe ich schnell wieder jemanden gefunden. Zum Glück. Denn weit wäre ich mit dem Geld nicht gekommen. Vancouver ist wahnsinnig teuer und ich hatte immer noch keine Arbeit. Ich hatte hin und wieder ein paar Aushilfsjobs, aber nichts wirklich Festes, von dem ich hätte leben können.«

Als ich Matt meine Schachtel Zigaretten hinhalte, schüttelt er den Kopf. Ich nehme mir selbst eine und zünde sie an, denn die Erinnerungen an die Zeit sind finster.

»Der Typ, bei dem ich dann gewohnt habe …« Ich sehe zu Boden. »Er war nicht besonders nett.«

Matt sieht mich an und in seinem Blick erkenne ich Entsetzen. Angst. Wut. Alles Gefühle, die ich kenne. Alles Gefühle, die ich damals viel zu oft empfunden habe.

»Deshalb bin ich nach Calgary gegangen«, überspringe ich das dunkle Kapitel, das sich nicht mehr ändern lässt. Ich brauche Matt nicht mit Details quälen. Die Vergangenheit ist vergangen. Wichtig ist, dass ich es da rausgeschafft habe. Das ich heute hier bin. Mit Matt auf diesem Dach. Alles andere ist egal.

»In Calgary habe ich dann John kennengelernt. Er war anders als die Männer davor. Er gab mir kein Geld und machte mir keine Geschenke. Dafür gab er mir etwas Wertvolleres als das. Er erkannte meine Affinität für Computer und bezahlte meine Ausbildung. John hatte ein riesiges Netzwerk an Geschäftspartnern, die alle eine Homepage oder Unterstützung bei ihren Social-Media-Profilen benötigten. Also war ich nach meinem Abschluss in Onlinemarketing ausgebucht. Ich habe eine Firma gegründet und in den vergangenen Jahren so viel Umsatz gemacht, dass ich mittlerweile zwei Angestellte habe. Greg und Rachel.« Ich bin stolz darauf, was ich erreicht habe, und freue mich, es Matt endlich erzählen zu können. Auch wenn ich kein Professor bin, ich bin nicht mehr der Versager von früher.

Matt lächelt.

»Das ist wirklich toll, Dev.« Dann runzelt er die Stirn und knetet seine Finger. Das hat er früher getan, wenn er nervös war, und ich frage mich, was in seinem Kopf vor sich geht.

»Und John? Ich meine …« Matt wird rot. »… seid ihr noch zusammen?« Mein Herz beginnt zu tanzen. Ich habe ihm tausend Dinge erzählt. Er hätte zu so vielem Fragen stellen können. Aber er knetet seine Finger und fragt nach John. Ich habe Mühe, mein Gesicht unter Kontrolle zu halten, denn am liebsten würde ich vor Freude lachen.

»Wir haben uns schon vorm Ende meiner Ausbildung getrennt«, antworte ich. Dann schiebe ich schnell hinterher: »Es gibt schon seit Jahren niemanden mehr.«

Matt sieht auf seine Schuhe und nickt. Die roten Flecken an seinem Hals arbeiten sich seinen Hemdkragen hoch und ich kann mich nicht satt daran sehen. Es erinnert mich an früher und es ist schön und schmerzlich zugleich.

»Gibt es bei dir jemanden?«, frage ich.

Matt sieht mich an und zieht eine Braue nach oben.

»Ich habe dir doch erzählt, dass ich mich gerade von Judy trenne.«

»Das heißt ja nicht, dass es nicht jemand anderes gibt. Der Flurfunk sagt, dass ihr schon fast ein Jahr getrennt lebt.«

»Der Flurfunk also«, sagt er schmunzelnd.

»Ja«, antworte ich lässig. »Uns Studenten entgeht nichts. Wusstest du, dass der Leiter des Wirtschaftsbereiches etwas mit Bronsons Assistentin hat?«

»Summers und Priscilla? Nein.« Matt schaut entsetzt.

Ich nicke wissend. »Hm-hm.«

Wir lachen beide, bevor es wieder still wird.

»Nein«, sagt Matt nach einer Weile und ich verstehe nicht sofort, was er meint. »Es gibt niemanden.«

Mein Herz tanzt eine weitere Runde. Er zuckt nur mit den Schultern, bevor er wieder wegsieht.

Wenn ich eins über das Leben verstanden habe, dann, dass es sich in jeden Moment ändern kann. Von einer Sekunde auf die andere kann deine Welt zusammenbrechen, kann dir der Boden unter den Füßen einstürzen. Aber genauso können sich Chancen aus dem Nichts auftun. Das Glück kann dich überrumpeln und der schwärzeste Tag wandelt sich in pures Licht.

Ich bin kein Idiot.

Wenn mir das Schicksal diese Tür auch nur einen Millimeter öffnet, werde ich sie mit aller Kraft einrennen. Ich werde das Türblatt zertreten und nicht stoppen. Seit fünfzehn Jahren warte ich auf diesen Moment. Und ich werde keine Sekunde zögern. Dafür ist das Leben zu kurz und zu unbeständig. Und dafür ist Matt zu wichtig.

»Würdest du … also … können wir uns wiedersehen?«, frage ich. Matt sagt nichts und starrt weiter auf seine Füße. »Ich meine ein Date«, mache ich es deutlicher.

Matt schmunzelt. Dann sieht er mich an.

»Weiß nicht, ob ich mit jemandem ausgehen will, der müffelt. Es könnte peinlich werden, wenn du dir im Restaurant unter den Achseln riechst.«

Ich muss grinsen.

»Wer hat gesagt, dass wir in ein Restaurant gehen?«, frage ich. »Außerdem hält kein Deo der Welt diesem Pizzaofen hier stand.« Ich deute auf den heißen Beton um uns herum.

»Nicht auszuhalten, oder?«, fragt Matt. »Lass uns gehen.«

Wir lachen und rennen zu der Tür, die hinunter ins kühle Unigebäude führt. Die Gänge sind mittlerweile leer und es ist dunkel. Ich folge Matt durchs Treppenhaus. Dann stehen wir vor der großen Eingangstür des Haupthauses.

»Matt«, fange ich an, aber er hebt die Hand und stoppt mich.

»Dev. Es war viel heute.«

Ich schlucke und nicke.

»Kann ich … Wäre es okay, wenn ich mich bei dir melde?«, fragt er. »Gib mir ein paar Tage. Ich brauche ein bisschen Zeit.«

Wieder nicke ich, obwohl alles in mir rebelliert. Ich verstehe Matt. Natürlich braucht er Zeit. Ich warte schon so viele Jahre. Aber jetzt, wo er so nah ist – zum Greifen nah –, ist jede Sekunde eine Folter. Was, wenn er es sich doch anders überlegt? Was, wenn das Leben mir erneut die Beine stellt? Er öffnet die Tür und tritt ins Freie. Ich folge ihm. Auf dem Gehweg trennen sich unsere Wege und ich merke, wie die Angst an mir hinaufklettert.

Mein Handy zeigt zwei Uhr, als ich mich erneut auf die andere Seite drehe. Ich wälze mich schon seit Stunden herum. Immer wieder greife ich zu meinem Handy. Er hat von Tagen gesprochen. Wie soll ich das bloß aushalten? Wir haben uns heute erst gesehen und das Warten ist jetzt schon die Hölle.

Ich drehe mich zurück auf den Rücken. Noch eine Zigarette? Nein, mein Mund fühlt sich jetzt schon wie ein Aschenbecher an. Wieder sehe ich auf das Display und raufe mir die Haare.

Ich öffne seinen Kontakt und lasse meinen Daumen über dem Nachrichtensymbol kreisen. Wenn ich Matt bedränge, kann es sein, dass er dichtmacht. Ich muss ihm Zeit geben. Am liebsten würde ich mich selbst mit einer Keule bewusstlos schlagen, denn solange mein Hirn und mein Herz funktionieren, werde ich keine Ruhe finden.

Ach, was soll's. Meine Finger tippen, ohne dass ich etwas dagegen tun könnte.

Devin:

BIST DU WACH?

Ich bin so ein Idiot. Matt braucht Zeit. Warum kann ich ihm nicht ein paar Tage geben? Plötzlich vibriert mein Handy und mein Herz bleibt für eine Sekunde stehen.

Matthew:

JA.

Keine zehn Sekunden nach meiner Nachricht. Ich kann mein Glück nicht fassen und strample mich wie ein Fünfjähriger unter der Decke frei. Was schreibe ich ihm jetzt? Was schreibe ich ihm jetzt? Oh Gott. Was schreibe ich ihm jetzt?

Devin:
ICH KANN KEINE TAGE WARTEN.

Ich drücke auf Senden. Die Haken werden sofort blau und ich sehe, dass er antwortet. Mein Herz hüpft, genau wie die Pünktchen.

Matthew:
ICH AUCH NICHT ...

Ich nehme mein Handy und drücke es fest gegen meine Brust. Das Grinsen in meinem Gesicht schmerzt. In meinem Magen flattert es.

Devin:
HAST DU MORGEN SCHON ETWAS VOR?

Matthew:
NEIN ...

Devin:
ICH HOLE DICH UM 18 H AN DER UNI AB.

Matthew:
OKAY ... WAS MACHEN WIR???

Devin:
LASS DICH ÜBERRASCHEN.

Matthew:
WAS MACHEN WIR???

Devin:
:)

Matthew:
SAG MIR WENIGSTENS, WAS ICH ANZIEHEN SOLL!!!

Devin:
KEINEN ANZUG.

Matthew:
WAS DANN???

Devin:

FÜR EINEN PROFESSOR VERWENDEST DU GANZ SCHÖN VIELE SATZZEICHEN :)

Matthew:

DEV!!!

Devin:

ICH FREUE MICH :)

Ich schließe die Augen und lasse mich rückwärts in die Kissen fallen. Ich habe ein Date. Mit Matt. Ich bin der größte Glückspilz auf dem Planeten.

Matthew

&

Devin

Kapitel 49

Sommer 2025

(DEVIN, 34 JAHRE ALT)

Halb sechs und ich stehe mit schwitzigen Händen vor dem Haupteingang der Uni. Noch eine halbe Stunde. Ich versuche, möglichst lässig auszusehen, obwohl ich innerlich fast durchdrehe. Diesmal habe ich zwei Schichten Deo aufgetragen, aber wenn er nicht bald kommt, werden auch die nicht halten, denn ich bin schon einen halben Marathon auf dem Gehweg hin und her gelaufen. Wann kommt er endlich?

Zehn nach sechs und ich habe kaum noch Haare auf dem Kopf. Ich raufe sie mir schon seit einer Viertelstunde. Hat er es sich anders überlegt?

»Na, alles frisch?«, höre ich seine Stimme hinter mir. Als ich mich umdrehe, steht Matt mit einem dämlichen Grinsen da und deutet auf meine Achseln.

»Ha, ha«, antworte ich, aber innerlich fällt mir ein Stein so groß wie das Unigebäude vom Herzen. Er ist gekommen. Und er sieht wahnsinnig gut aus. Matt hat den obersten Knopf seines hellblauen Hemds geöffnet und die Ärmel bis unter die Ellbogen hochgekrempelt. Dazu trägt er Jeans und Sneakers. Seine Haare sind verwuschelt, so als hätte er versucht, sie mit Gel in den Griff zu bekommen. Das Resultat bringt mich zum Schmunzeln. Eine typische Matt-Frisur.

»Wollen wir los?« Er wirkt etwas nervös und sieht sich immer wieder um. Klar, die Uni war sicher nicht der beste Ort, um sich zu treffen. Matt steckt in einer Scheidung und jeder Student an der Uni kennt ihn. Deshalb können wir auch unmöglich in ein Restaurant oder ins Kino gehen.

Die gestrige Nacht war kurz, denn mein Hirn hat Überstunden geschoben und überlegt, wohin ich mit ihm gehe. Das erste Date. Eigentlich ist es dazu da, sich kennenzulernen. Aber was, wenn man sich bereits kennt? Ein erstes Date ist dafür da, sich näherzukommen. Aber wir waren uns schon einmal ganz nah. Wir hatten erste Küsse und erste lange Blicke. Wir wissen voneinander, wie wir nackt aussehen.

Das einzige Problem ist diese riesige Mauer zwischen uns, deren Mörtel fünfzehn Jahre lang Zeit hatte, zu trocknen. Bevor wir uns wieder nah sein können, müssen wir sie überwinden. Einreißen. Aber schaffen wir das?

Auf jeden Fall geht es heute nicht um die Frage, ob Matt ein Katzen- oder Hundemensch ist oder wie seine Lieblingsband heißt. Es geht darum, dass er sich wohlfühlt. Dass wir ein bisschen von der unsichtbaren Kraft, die uns damals verbunden hat, wiederfinden. Es geht um Vertrauen und Ehrlichkeit.

Also habe ich im Rucksack zwei Tacos von Taco Bells und Pop-Tarts. In meinem Wohnzimmer steht eine Playstation, die ich gestern Nacht noch bei eBay ersteigert habe. Es musste ein altes Gerät sein, denn Octodad wurde nie weiterentwickelt, was mich im Übrigen kein bisschen wundert. Die Grafik war mies und ich habe den Sinn hinter der Story nie verstanden. Aber Matt hat es geliebt. Mein Kühlschrank ist voller kleiner Fanta-Flaschen.

Das alles klingt sicher nach dem unromantischsten Date aller Zeiten. Aber wenn ich Vertrauen schaffen will, dann muss ich authentisch sein. Ich bin kein Typ für Herzen und Lichterketten. Matt weiß das. Ich bin jemand, mit dem man stundenlang auf Vordächern in die Sterne sehen kann. Mit mir kann man über Filme lachen und darüber rätseln, wie Hulk seine vielen Hosen finanziert. Aber die Anti-Mücken-Kerze auf meinem Balkon ist schon das Maximum an Romantik. So bin ich eben und ich habe mich lange genug für andere verstellt.

»Mein Auto steht da drüben.« Ich gehe zu dem kleinen Parkplatz auf der gegenüberliegenden Straßenseite und Matt folgt mir. Immer wieder wischt er seine Hände an der Jeans ab.

»Wohin fahren wir?«, fragt er.

»Zu mir«, antworte ich.

»Wow, so einer bist du also?« Matt lacht verlegen.

»Nur zocken«, sage ich mit einem Grinsen, denn die Nervosität hat ihm bereits eine leichte Röte ins Gesicht gezaubert. Ich liebe diesen Anblick.

»Hab ich schon seit Jahren nicht mehr«, antwortet er. »Ich hoffe, du hast kein Spiel mit Zombies rausgesucht.« Matt sieht mich vom Beifahrersitz aus an. Seine Schultern kratzen beinahe an seinen Ohren, so angespannt scheint er zu sein.

»Nein, es geht um einen Tintenfisch.«

Matts Augen werden riesig. Dann manifestiert sich ein Lächeln auf seinem Gesicht. Diesmal wirkt es echt.

»Octodad?« Jetzt fallen die Schultern von seinem Hals. »Cool.« Er lehnt sich im Sitz zurück und ich merke, wie auch ich lockerer werde. Das war anscheinend schon mal ein Treffer. Ich biege an der Ampel ab.

Noch zwei Straßen, dann sind wir bei mir. Oder besser gesagt in meinem Airbnb. Plötzlich klingelt Matts Handy. Er sieht mich entschuldigend an.

»Geh ruhig ran«, sage ich.

Matt wirft einen Blick aufs Display, dann hält er das Smartphone ans Ohr.

»Hey, was ist los?« Seine Stimme klingt beunruhigt. Ich kann den Anrufer nicht verstehen.

»Was? Wo bist du?« Matts Stimme klingt jetzt hektisch. Er fährt sich mit der Hand übers Gesicht.

»Kannst du …?« Wieder Gemurmel auf der anderen Seite, aber ich verstehe nicht, was die Stimme sagt.

»Kannst du …? Tara, hör mir zu!« Seine Stimme ist laut und bestimmt. Aber ich höre auch Angst und Anspannung.

»Wo bist du?« Gemurmel.

»Warte dort. Ich hole dich ab. Ich bin in einer halben Stunde da. Rühr dich nicht vom Fleck.«

Er legt auf und lehnt die Stirn für einen Moment gegen die Scheibe meines Autos. Dann knurrt er.

»Ich bringe diesen kleinen, pickeligen Trottel um. Ich werde ihn in ganz, ganz kleine Stücke hacken und dann verfüttere ich ihn an Taras Hamster. Es wird ewig dauern, bis Mr. Pebbels ihn aufgefressen hat und ich werde jede Sekunde davon genießen.«

»Okay. Wow. Das ist unheimlich. … und irgendwie krank«, sage ich.

»Nein«, antwortet Matt. »Das war noch nicht der kranke Teil. Kannst du mich bitte zurück zu meinem Auto bringen? Dann beginnt der kranke Teil.«

»Was ist denn passiert?«, frage ich und wende den Wagen an der nächsten Seitenstraße.

»Tara hat Judy gesagt, dass sie heute bei einer Freundin übernachtet. Dabei war sie bei James.«

»Wer ist James?«

»Besser du weißt nicht, wer James ist, denn morgen gibt es keinen James mehr.«

Wieder knurrt er und seine Finger zerdrücken das Smartphone in seiner Hand beinahe.

»Matt. Wer ist James?«

»James ist der sechzehnjährige Freund meiner Tochter. Sie war bei ihm ... und jetzt weint sie. Dieser kleine, miese ...«

»Hat sie gesagt, was passiert ist?«

»Nein.« Matt wird still und sein Gesicht verzieht sich schmerzlich.

»Vielleicht haben sie sich nur gestritten. Du weißt, wie Teenager sind«, versuche ich ihn zu beruhigen.

»Ja, vielleicht.« Aber in seinem Gesicht erkenne ich Angst.

»Wo ist sie? Ich fahre dich hin«, sage ich. So wie er drauf ist, kann ich ihn unmöglich allein zu James fahren lassen. Die Vorstellung, wie Matt einen sechzehnjährigen Jungen an einen Hamster verfüttert, ist mir zu krass. Er sieht mich eine Sekunde lang an und scheint zu überlegen. Dann gibt er eine Adresse ins Navigationssystem ein.

Er nimmt sein Handy und tippt darauf herum. Wieder hält er es sich ans Ohr.

»Hallo.«

Auf der anderen Seite höre ich erneut eine weibliche Stimme. Judy.

»Ja. Nein. Ja ... jetzt lass mich doch mal ...« Matt verdreht die Augen.

»Ich hole sie jetzt ab.«

Die Stimme, die aus dem Smartphone poltert, überschlägt sich beinahe. Aber ich kann nicht verstehen, was sie sagt.

»Soll ich sie mit zu mir ...? Nein ... Okay ... Okay ... Ja, ist gut.«

Dann legt er auf.

Wir schweigen eine Weile, während ich den Anweisungen der Computerstimme folge.

»Was wirst du tun, wenn wir da sind?«, frage ich.

Matt zuckt mit den Schultern. Seine anfängliche Wut scheint verflogen zu sein. Jetzt wirkt er irgendwie ... hilflos.

Als wir das Ziel erreichen, parke ich den Wagen in einer Parkbucht am Straßenrand. Matt reißt die Tür auf und läuft zu einer Bank, auf der ein Mädchen sitzt. Sie hat blonde Locken und wirkt in sich zusammengesunken. Matt setzt sich neben sie und legt seinen Arm um ihre Schultern. Er drückt sie an sich. Minuten verstreichen und während ich ihn betrachte, wird es warm in meiner Brust. Vorbei sind die Hamsterfantasien und Rachegelüste. Für ihn geht es nur um Tara. Seine Tochter. Seine vierzehnjährige Tochter, die ich heute zum ersten Mal sehe. Das Bild der beiden zusammen ist schön und ich schmunzle.

Im Auto kann ich nicht hören, was sie sagen, aber immer wieder streichelt er ihr über die Haare. Er liebt sie. Dafür muss man kein Wort verstehen. Das kann man sehen.

Nach einer Weile stehen die beiden auf und kommen zum Auto. Ich rutsche unruhig auf dem Ledersitz hin und her. Was soll ich sagen, wer ich bin? Onkel Dev? Nein, dafür ist sie wahrscheinlich zu alt. Mist!

Matt steigt auf der Beifahrerseite ein. Ich schiebe meinen Rucksack und ein paar Jacken zur Seite, damit Tara hinten Platz hat.

»Hi ... ähm ... ich bin Devin.«

Sie starrt mich mit roten Augen an und blickt schnell zur Seite. Verstehe ich. Wahrscheinlich ist ihr die ganze Nummer peinlich.

Matt tippt erneut auf seinem Handy herum. Dann höre ich wieder die Frauenstimme.

»Hallo ... Ja, sie ist bei mir ... Nein ... Nein, Judy. ... Ja.« Matt massiert sich die Schläfe und seufzt. Aus dem Handy hört man viele hochfrequente Töne. Judy scheint außer sich.

»Ja ... Nein ... Ich bring sie morgen früh zu dir.«

Matt drückt den Anruf weg und dreht sich zu Tara.

»Deine Mom ist nicht gerade happy.«

»Tut mir leid, Dad.«

Dad. Auf einmal fühle ich mich wahnsinnig alt.

»Jetzt lass uns erst mal nach Hause fahren«, sagt er.

Im Rückspiegel erkenne ich, dass Tara zu Boden sieht und nickt.

»Hast du schon was gegessen?«, fragt Matt.

Wieder ein Blick in den Rückspiegel. Diesmal schüttelt sie den Kopf.

»Ich habe Tacos …«, sage ich, froh darüber, irgendwas beisteuern zu können.

Matts Kopf dreht sich ruckartig zu mir und seine Augenbrauen ziehen sich fragend zusammen.

»Ähm … also im Rucksack.« Ich zeige mit dem Daumen nach hinten auf die Rückbank. Matts Gesicht verwandelt sich in ein breites Grinsen.

»Wirklich?«, fragt er und ich werfe ihm einen gespielt finsteren Blick zu, bevor ich schmunzle.

»Tacos?«, fragt Tara. »Darf ich einen?« Sie wirft mir ein schüchternes Lächeln zu und ich nicke.

»Klar, bedien dich.«

Tara öffnet den Rucksack und zieht die Tüte von Taco Bells heraus.

»Geil, Crispy Chicken. Dad, das ist dein Lieblings-Taco.«

Während es auf der Rückbank raschelt, schmunzelt Matt erneut.

»Als hätte Dev es geahnt.« Er wirft mir einen dankbaren Blick zu.

»Greif zu«, sage ich zu ihm. »Es sind zwei Portionen.«

»Und du?«, fragt Matt.

»Hab schon gegessen«, antworte ich und zwinkere ihm zu. Er nimmt die Tüte, die ihm Tara von hinten reicht, und ich freue mich über meinen zweiten Treffer an diesem Abend.

Kapitel 50
Sommer 2025

(DEVIN, 34 JAHRE ALT)

ach einer halben Stunde verkündet das Navigationssystem, dass wir unser Ziel erreicht haben. Wir halten vor einem mehrstöckigen Wohnhaus. Rote Ziegelsteine geben der Fassade einen Touch New York. Aber der Efeu daran schreit Portland.

»Hier wohne ich«, sagt Matt. »Zumindest vorübergehend.«

Er dreht sich nach hinten zur Rückbank.

»Geh schon mal rein. Ich komme gleich.« Tara steigt aus und verschwindet durch die Eingangstür des Gebäudes.

»Tja …«, sagt er und sieht auf seine Hände.

»Tja …«, antworte ich und eine Weile ist es still im Auto.

»Danke, dass du uns gefahren hast«, fängt er an. »Und sorry … na ja … also für das verpatzte … Date.«

Ich winke ab. »Kein Ding. Es waren nur Tacos und eine Playstation. Deine Tochter ist wichtiger. Wirklich … kein Ding.«

Er lächelt mich an.

»Ich muss Tara morgen zu Judy bringen und danach habe ich Vorlesung. Wird wahrscheinlich spät werden.« Er zupft am Zipfel seines Hemdes herum und kaut auf der Unterlippe, was mich beinahe wahnsinnig macht. Matt hat keine Vorstellung davon, wie gerne ich dasselbe tun würde. Bei ihm – nicht bei mir.

»Vielleicht können wir … das hier …« Matt räuspert sich. »Vielleicht können wir das am Wochenende nachholen.«

»Gerne.« Ich strahle übers ganze Gesicht und Matt lächelt mich an.

Dann steigt er aus und geht zum Hauseingang. Kurz bevor er in der Tür verschwindet, dreht er sich noch einmal um. Er schmunzelt und macht eine kleine Winkbewegung. In meiner Brust flattert es. Ich kann das Wochenende kaum erwarten.

Falsch. Ich habe mich geirrt. Ich kann auf keinen Fall bis zum Wochenende warten. Drei lange Tage. Das ist eindeutig zu viel. Also stehe ich keine 24 Stunden später schon wieder vor seinem Haus, obwohl Matt mir gesagt hat, dass er heute lange arbeiten muss. Ist das krank? Wahrscheinlich nicht viel mehr als sein verrücktes Hamsterding, beruhige ich mich selbst.

Ich habe stundenlang überlegt, ob ich ihn anrufe oder es nicht doch irgendwie schaffe, die Tage bis Samstag durchzustehen. Aber keine Chance. Mittlerweile ist es dunkel und niemand ist mehr auf der Straße unterwegs. Definitiv ein wenig krank.

Soll ich klingeln? Mist, ich habe mir meinen nächsten Schritt schlecht überlegt. Ich wusste einfach nur, dass ich herkommen muss.

Neben Matt gestern im Auto zu sitzen, ohne ihn berühren zu können, war die Hölle. Wird er das jemals wieder zulassen? Nur weil wir es ein Date nennen, heißt das noch lange nicht, dass es auch ein Date ist. Was, wenn er recht damit hatte und ich damals etwas Unwiederbringliches abgeschnitten habe? Das würde bedeuten, dass wir das Besondere, das zwischen uns war, verloren haben. Vielleicht gibt er mir eine Chance und wir können etwas Neues zwischen uns aufbauen. Aber ist es dann wirklich eine gute Idee, mitten in der Nacht bei ihm zu klingeln? Wahrscheinlich nicht.

Wie soll ich mein Herz nur davon abhalten? Es will zu ihm und seit ich in Portland bin, hat es deutlich mehr zu melden als mein Kopf. Mein Verstand hätte mich schon viel eher zum Aufgeben überredet. Er wollte schon vor Wochen, dass ich zurück nach Calgary fahre, mich um meine Firma kümmere und mein Leben lebe. Aber mein Herz ließ keinen Zweifel daran, dass es bleiben wird. Und wenn es ewig gedauert hätte. Dauert? Gedauert hat? Oh Gott, ich dreh noch durch.

Tja, da mein Verstand eh nichts mehr zu sagen hat, kann ich auch einfach klingeln.

Oder aber …

Mein Blick wandert an der Ziegelfassade hinauf. Der Efeu wird nicht halten, aber die Feuerleiter wäre ein angemessener Ersatz für die Buche, die mir damals in fast jeder Nacht den Aufstieg zu Matts Zimmer ermöglicht hat. Die Idee ist gut – findet zumindest mein Herz –, aber es gibt zwei Haken. Erstens bin ich keine achtzehn mehr, sondern Mitte dreißig. Und zweitens hängt die Feuerleiter ungefähr zwei Meter über meinem Kopf. Wie soll ich da rankommen?

Ich sehe mich um und mein Blick fällt auf eine Mülltonne, die in einer dunklen Gebäudeecke steht. Wahrscheinlich bringt mich diese Aktion direkt ins Krankenhaus oder aber in den Knast. Egal – ich will zu Matt. Also los. Ich schnappe mir den Griff der Tonne und ziehe sie unter die Feuerleiter. Es scheppert und kracht, als die Räder über die Risse im Asphalt rollen. Hoffentlich hört mich niemand. Ein Großeinsatz der Polizei bringt mich Matt sicher kein bisschen näher. Die ganze Aktion ist sowieso verrückt.

Ich positioniere die Tonne an der richtigen Stelle und klettere hoch. Mist! Ich komme immer noch nicht an die unterste Sprosse. Wenn ich springe und keinen Halt bekomme, falle ich tief. Das wird verdammt wehtun. Aber auch hier dominiert mein Herz, also sammle ich meine Kraft, gehe in die Hocke und springe.

Kapitel 51

Sommer 2025

(MATTHEW, 33 JAHRE ALT)

Klack, klack … klack, klack, klack.

Toll. Jetzt drehe ich also durch. Es reicht ja nicht, dass ich von Dev träume. Mittlerweile höre ich ihn an meinem Fenster klopfen. Im dritten Stock. Völlig bescheuert.

Na ja, wahrscheinlich ist das der Schlafmangel. Ich habe mich gestern stundenlang im Bett hin und her gewälzt. Denn die Gedanken an ihn lassen mich nicht zur Ruhe kommen. Es ist irre. Ich fühle mich wie ein Teenager. Mein Kopf ist leicht und mein Körper ist hibbelig. So als hätte ich viel zu viel Zucker vor dem Schlafengehen gegessen. Dabei hatte ich gestern nur Tacos. Devs Tacos. Die Tacos, die er für unser Date besorgt hat. Ich schmunzle. Er weiß noch, dass ich die von Taco Bells am liebsten mag. An was er sich wohl sonst noch erinnert?

Wahrscheinlich sehnt sich mein Herz so sehr nach der Zeit von damals zurück, dass es schon halluziniert. Die Momente mit ihm – in Kanada – waren einmalig. Unvergesslich. Unvergleichlich. Ich habe danach nie wieder so gefühlt. Als er gegangen ist, war ich wie betäubt. Später hat das Leben überschwängliche Emotionen einfach geschluckt. Studium, Tage mit Judy und Nächte mit Tara. Es hat mich so viel Energie gekostet. Der Tank für meine Gefühle war einfach immer leer.

Aber seit Dev in Portland ist, scheint er förmlich überzulaufen. Zuerst war es Wut und Schmerz. Aber in den letzten Wochen hat sich der Sturm, der mein Herz fast zerrissen hätte, gelegt. Er ist etwas Schönem gewichen. Ich kann es noch nicht genau benennen. Aber es lässt mich nicht schlafen und Dinge hören, die unmöglich sein können.

Klack, klack ... klack, klack, klack.

Da. Schon wieder. Einfach verrückt. Ich dachte, die Dusche vorhin hätte meinen Kopf nach diesem langen Tag wieder etwas geklärt. Aber ich höre es ganz genau. Ist es ein Vogel? Welcher Vogel klopft in einem Rhythmus gegen eine Scheibe? Zombies? Langsam werde ich unruhig. Also gehe ich zum Schlafzimmer, denn dort kommt das unheimliche Geräusch her. Im Flur lehne ich mich mit dem Rücken neben der offenen Tür an die Wand. Mein Herz klopft wild. In meinem Kopf schwirrt das Wort Zombieapokalypse umher.

»Matt«, höre ich Devs gedämpfte Stimme. Mein Kopf schnellt um die Ecke und ich blinzle in den dunklen Raum hinein. *Das kann nicht sein.* Tatsächlich. Hinter der Scheibe meines Schlafzimmers erkenne ich Devin auf der Feuerleiter sitzen. Ist er wahnsinnig?

Ich laufe zum Fenster und schiebe es auf.

»Sag mal, hast du sie noch alle?«, frage ich und muss gleichzeitig grinsen.

»Hi«, sagt er und fährt sich mit der Hand durch die Haare. Ich mag seine Frisur auch heute noch lieber zerstrubbelt. Und wieder ergießt sich ein Schwall der Gefühlssuppe über den Boden meines Herzens. Erinnerungen daran, wie ich mit meinen Fingern durch die weichen Strähnen gefahren bin. Wie ich daran gezogen habe ... *Schluss jetzt!*

»Darf ich reinkommen?« Er deutet auf mein Schlafzimmer und ich nicke. Schnell weg von der Feuerleiter, bevor noch jemand aus dem Haus die Bullen ruft.

»Der ältere Herr unter dir ...«, beginnt er.

»Mr. Higgens?«, frage ich und mir schwant nichts Gutes.

»Ja, genau der. Also ich würde ihm an deiner Stelle in den nächsten Tagen etwas aus dem Weg gehen.« Dev lächelt entschuldigend.

»Was hast du ...? Ach, vergiss es. Was machst du hier?«, frage ich mit gerunzelter Stirn.

Dev kratzt sich im Nacken. Dann blickt er auf seine Schuhe, die aussehen, als hätte er draußen im Matsch gespielt.

»Ich konnte nicht bis Samstag warten«, murmelt er in Richtung Boden. Mein Herz überschlägt sich bei seinen Worten beinahe. Es klopft so laut, dass ich mir sicher bin, dass er es hört.

»Tut mir leid«, flüstert er. Ich habe Mühe, mein Gesicht unter Kontrolle zu halten und beiße mir auf die Innenseite meiner Wangen, denn ein kopfumspannendes Grinsen zupft schmerzhaft an meinen Mundwinkeln. Aber ich darf ihm nicht zeigen, wie glücklich ich darüber bin, dass er hier ist. Dass ich selbst fast die Wände hochgegangen wäre bei der Vorstellung, ihn bis Samstag nicht zu sehen. Das wäre ... uncool.

»Willst du was trinken?«, frage ich. Er sieht mich an und nickt. Dann folgt er mir ins Wohnzimmer. Ich schiebe einen Stapel Bücher von der Sitzfläche der Couch.

»Oh, ist das die Klausur?«, fragt Dev und nimmt ein Blatt Papier vom Beistelltisch. »Schade, dass ich seit gestern exmatrikuliert bin. Die Eins hätte ich gut gebrauchen können.« Er zwinkert und erneut flattert es in meiner Brust. Ich schüttle lachend den Kopf.

»Die Eins hätte dich auch nicht vorm Durchfallen bewahrt.«

»Das ist jetzt gemein. Sollten Professoren ihre Studenten nicht motivieren und bestärken?« Dev schiebt seine Unterlippe nach vorn und für einen Moment fühle ich mich zurückversetzt. Wie einfach es doch damals war. Ein Blick aus seinen schokobraunen Augen – die Unterlippe vorgeschoben – und ich hätte alles für ihn getan.

Aber reicht das heute auch noch? Ich habe ein Kind, einen Job und bald eine Ex-Frau. Was genau erhoffe ich mir? Ist dieses High, das ich in seiner Nähe empfinde, den Absturz, der darauf folgen wird, wirklich wert?

»Bier?«, frage ich und räuspere mich, denn meine Gedanken verstopfen mir den Hals.

»Keine Fanta?«, fragt Dev und lächelt.

»Ich bin dreiunddreißig. Nicht mehr achtzehn«, antworte ich. Für einen Moment sehen wir uns schweigend an. Diese Tatsache ist nicht neu, aber sie auszusprechen, lässt den Kloß in meiner Kehle größer werden. In Devs Augen steht Schmerz.

Wir wissen beide, warum er hier ist. Wir wissen beide, was er will. Nur ich weiß nicht, ob ich das kann.

Ich gehe in die Küche, die gleich an das Wohnzimmer grenzt, und fasse an den Griff der Kühlschranktür. Ohne ihn zu öffnen, lehne ich meine Stirn gegen die kühle Front. Dann schließe ich die Augen und atme. Einmal. Zweimal.

In meinem Kopf tobt ein Sturm, der alle Argumente und Gründe umherwirbelt, die das hier – Devin – so unvernünftig und aussichtslos erscheinen lassen. Doch in meiner Brust sticht es. Mein Herz wütet und rebelliert. Es war so lange vernünftig. Es war so viele Jahre verständnisvoll und besonnen. Kein Grund dieser Welt kann es mehr bremsen und zur Einsicht zwingen. Es will zu ihm. Schon viel zu lange. Viel zu sehr. Viel zu schmerzlich.

Als ich Schritte hinter mir höre, kneife ich meine Augen noch fester zusammen.

Dev.

Was soll ich tun? Was soll ich bloß machen?

Ich spüre seinen warmen Atem in meinem Nacken und meiner Kehle entfährt ein Wimmern, so als hätte sich der Knoten in meinem Hals gerade gelöst. Doch die Gefühle, die sich in meiner Brust zusammengebraut haben – die schon seit Jahren zu viel Raum fordern –, sie passen nicht durch das enge Ventil. Ein weiterer Hauch streift mein Ohr. Die Luft um mich herum riecht nach Zigaretten und Abenden auf dem Vordach, in einem Leben, in dem alles einfach war. Alles möglich schien.

»Ich werde dich nicht anfassen«, flüstert Dev und seine Stimme ist so nah. »Wenn du es nicht willst, werde ich dich nicht berühren.«

Mein Puls ist so schnell, dass meine Finger zu zittern beginnen.

»Aber wenn du mich darum bittest, werde ich keine Sekunde zögern.«

Meine Nackenhaare stellen sich auf und eine Gänsehaut zieht sich über meine Arme. Meine Beine. Mein Herz.

»Ich weiß nur nicht …« Dev atmet zittrig ein. »… ob ich dann jemals wieder aufhören kann.«

»Was …« Ich schlucke, denn meine Worte kommen heiser und kratzig. »Was, wenn du wieder damit aufhörst?«

Ich spüre seine Präsenz, so deutlich, als würde sich sein Körper an mich schmiegen. Als würde er mich gegen den Kühlschrank pressen. Die Wärme seiner Haut legt sich über meine, als er die Hand ein paar Zentimeter neben mir am Kühlschrank platziert.

»Matt«, flüstert er.

Ich schüttle den Kopf und presse dann meine Stirn so sehr gegen das Plastikgehäuse der Tür, dass es schmerzt.

»Dev. Ich habe Angst.«

Sein Atem streichelt erneut über die Haut in meinem Nacken. Meine Nerven kribbeln, so sehr verlangen sie nach einer Berührung von ihm.

»Wenn ich loslasse, werde ich fallen«, hauche ich. Meine Hand schließt sich fester um den Griff der Kühlschranktür. »Und wenn ich aufkomme, werde ich zerspringen. In Millionen kleine Teile. Ich werde kaputtgehen.«

»Matt.« Seine Finger fahren über das graue Plastik, das mittlerweile nicht mehr kühl ist, sondern kochend heiß zu sein scheint. Millimeter vor meiner Hand hält er an.

»Matt. Ich liebe dich«, flüstert er. Ein Stich fährt durch meinen Körper. Es tut für einen Moment so sehr weh, dass mir Tränen in die Augen schießen. Die Knöchel meiner Finger werden weiß, als ich den Griff der Tür fester umfasse.

»Tu das nicht«, sage ich. »Ich schaffe das nicht noch mal.«

»Matt. Ich liebe dich. Und ich muss … ich kann nicht … ich muss dich berühren.« Er stößt die Luft aus und sein Atem streift mein Ohr. Er ist so nah.

»Bitte.« Seine Stimme ist nur ein Wispern, aber ich kann so viel darin hören. Angst. Verlangen. Verzweiflung. »Bitte«, flüstert er erneut.

»Fünfzehn Jahre …«, sage ich und meinem Mund entfährt ein Schluchzen. »Fünfzehn Jahre hast du mich allein gelassen.«

»Ich weiß«, haucht er. »Aber jetzt bin ich da. Bitte, Matt.«

Mein Verstand legt ein letztes Mal alle Argumente auf den Tisch. Die Nacht im Camper, als er mich verlassen hat. Er hat so oft gelogen. Die Tatsache, dass er in Calgary lebt. Alles Gründe, es nicht zu tun. Aber mein Herz wischt sie mit einer einzigen Bewegung weg. Ich drehe mich um und sehe in seine Augen.

Darin erkenne ich alles. Alles, was ich wissen muss. Alles, was die letzten Reste meiner Vernunft zu Staub zerfallen lässt.

Er beugt sich zu mir. Seine Lippen sind so nah. Mein Herz hämmert in meiner Brust und ich atme viel zu schnell. Denn noch immer berührt er mich nicht. Seine Hände, seine Haut, seine Brust – er ist nur Millimeter von mir entfernt und doch so weit weg. Wie ein Verdurstender, der die Quelle schon sehen kann, flehe ich ihn innerlich an.

Braune Augen, die mich mustern. Die auf ein Signal von mir warten.

»Dev.«

Kapitel 52

Sommer 2025

(DEVIN, 34 JAHRE ALT)

Berühr mich.«

Seine Worte erreichen meine Ohren und noch bevor sie in mein Hirn vordringen, setzen sich meine Hände in Bewegung. Ich ziehe Matt zu mir und schließe meine Augen. Meine Lippen finden seine. Meine Finger streichen durch die weichen Haare, legen sich in seinen Nacken. Halten ihn fest.

Es ist, als hätte sich das Glück alles für diesen einen Moment aufgehoben. Als hätte es sich mit Absicht mein Leben lang rargemacht, damit sich dieser Kuss so unglaublich intensiv anfühlt. So überwältigend.

Eine Ewigkeit stehen wir da. Unsere Lippen erzählen sich von den vielen Jahren, in denen sie sich vermisst haben. Unsere Herzen versuchen denselben Takt zu finden. Unsere Finger krallen sich aneinander, so als würden wir uns in Luft auflösen, wenn wir den Kontakt verlieren.

Mein Mund wandert an seiner Wange hinauf zu den blassen Sprenkeln. Ich will jede seiner Sommersprossen küssen. Und dann will ich von vorn beginnen. Immer wieder.

Als ich meine Augen öffne, sehe ich in tiefe, grün-graue Bergseen. Man kann den Grund nicht erkennen, aber ein Glanz zieht sich über die Oberfläche. Matts Wangen sind gerötet und ich schmunzle bei diesem Anblick. Er fährt mit seinen Fingern immer wieder durch meine Haare. Dann klammert sich seine Hand in mein Shirt.

»Ich will dich nicht loslassen«, flüstert er.

»Du musst mich nicht loslassen«, antworte ich. »Nie mehr.«

»Doch.« Matt schaut verlegen an die Decke. »Ich muss ganz dringend pinkeln.« Ich lache und auf Matts Gesicht legt sich ein Grinsen. Dann sieht er mich wieder an.

»Ich will dich nicht loslassen«, sagt er, aber diesmal klingt er ernst. Das Grinsen verschwindet. Und ich verstehe.

Ich nehme sein Gesicht in meine Hände und streichle mit den Daumen über seine Wangen. Dann gebe ich ihm einen sanften Kuss.

»Matt, wenn du aus dem Bad kommst, werde ich hier sein.«

Seine Augenbrauen ziehen sich zusammen. In seinem Blick erkenne ich Unsicherheit und mein Herz sticht. Warum sollte er mir auch glauben? Ich habe ihn damals mitten in der Nacht verlassen. Ohne Vorwarnung. Aus dem Nichts habe ich sein Vertrauen in mich zerstört.

»Ich werde hier sein«, wiederhole ich meine Worte. »Versprochen.« Dann küsse ich ihn ein weiteres Mal.

Matt nickt und verschwindet im Bad. Als er weg ist, lege ich meine Handflächen an den Kühlschrank. Seine Körperwärme ist noch zu spüren und ich grinse. Alles fühlt sich so surreal an. Ich habe Matt geküsst. Endlich. Nach so vielen Jahren. Ich bin der größte Glückspilz auf dieser Erde. Das ist das absolute Hoch und ich habe keine Ahnung, warum mir das Universum diese Chance gibt. Aber ich schwöre, dass ich es diesmal nicht vermasseln werde. Ich werde Matt auf Händen tragen. Wenn er will, gehe ich mit ihm aufs Klo, bis er wieder Vertrauen fasst. Ich würde mich an ihn ketten. Oh, wie gern würde ich mich an ihn ketten. Das ist sicher doppelt so krank wie die Feuerleiteraktion, aber das Kribbeln hat nicht nur meinen Körper vernebelt. Ich will, dass dieses watteweiche Gefühl niemals aufhört.

»Kaum kehre ich dir den Rücken, machst du mit dem Kühlschrank rum.« Matts Worte reißen mich aus meinen Zuckerwatte-Einhorn-Glücks-bärchie-Gedanken. Er steht mit einem breiten Grinsen im Durchgang zum Wohnzimmer. Seine Lippen sind rot und seine Haare sehen noch chaotischer aus als sonst.

»Lust auf einen drittklassigen Thriller?«, fragt er. Ich nicke und gehe zu ihm. Dann drücke ich ihn mit meinem Körper gegen die Holzver-kleidung der Zarge.

»Können wir dabei knutschen?«, frage ich und zucke mit den Augenbrauen.

Bei meinen Worten wird sein Grinsen breiter.

»Auf jeden Fall«, antwortet er.

»Avengers oder Justice League?«

Ich reibe meine Schläfen und schüttle mit dem Kopf.

»Ernsthaft, Matt? Ist das eine rhetorische Frage oder muss ich dir wirklich erklären, warum die Avengers gegen Superman und Batman abstinken?«

Er lacht und kneift seine Augen zusammen, die mittlerweile klein und gerötet sind. Wir sitzen auf dem Teppich im Wohnzimmer, mit den Rücken an die Couch gelehnt, und diskutieren seit Stunden über die wichtigsten Fragen des Lebens. Keine Ahnung, wie oder wann wir auf dem Fußboden gelandet sind. Ich glaube, nach dem zweiten Film, von dem ich genauso wenig gesehen habe wie vom ersten. Ich könnte nicht mal sagen, ob er in Farbe oder Schwarz-Weiß war. Meine Lippen sind wund und mein Kiefer krampft vom vielen Küssen. Aber wenn ich Matt so ansehe, könnte ich schon wieder über ihn herfallen. Hinter den Fensterscheiben wird es langsam hell und es wäre sicher an der Zeit zu gehen, doch jede Faser meines Körpers sträubt sich gegen diesen Gedanken.

»Batman vs. Superman war wirklich schlecht«, führt er ein schwaches Argument ins Feld. Ich ziehe meine Augenbrauen nach oben.

»Aber lange nicht so schlecht wie Avengers eins bis vierzig.«

Wieder lacht Matt. Dann reibt er mit Daumen und Zeigefinger über seine Augen. Ich weiß, dass er müde ist, denn ich bin es auch.

»Ich muss ins Bett«, sagt er und in meinem Magen entsteht ein unangenehmer Druck.

»Kann ich heute hier schlafen?«, frage ich viel zu schnell und viel zu laut. Ich will nicht gehen. Auf keinen Fall. Und wenn ich auf der Couch bleiben muss oder auf dem Boden schlafe. Ich will in seiner Nähe sein. Am liebsten für immer – ab jetzt.

»Bitte, bitte, bitte, bitte, bitte«, nerve ich, denn das hat früher schon funktioniert.

»Ich hätte dich eh nicht gehen lassen«, antwortet Matt und sieht mich an, als wäre ich verrückt geworden. Dann folge ich ihm ins Schlafzimmer und klatsche gedanklich mit dem Glück ab. Zum ersten Mal scheint es auf meiner Seite zu sein.

Wenige Stunden später holt mich der Geruch von Kaffee aus einem tiefen Schlaf. Als ich ein weiteres Mal einatme, rieche ich noch etwas anderes. Etwas viel Besseres. Es riecht nach Waschmittel und Sommer. Ich drücke mein Gesicht in die Kissen, um so viel wie möglich von dem berauschenden Duft aufzusaugen. Mein Hirn und mein Herz jubeln bei der Erkenntnis, die mich überrollt. Ich liege in seinem Bett. In Matts Bett. Matt, mit dem ich gestern rumgeknutscht habe wie ein liebeskranker Teenager. Ich grinse. Dann nehme ich einen weiteren tiefen Atemzug.

»Du bist ganz schön kitschig, dafür, dass du eigentlich immer der Coolere von uns beiden warst«, höre ich ihn sagen.

Als ich meinen Kopf aus den Kissen hebe, sehe ich Matt. Er trägt ein Shirt und Boxershorts und hält zwei Kaffeetassen in der Hand.

»Guten Morgen«, sage ich und grinse ihn an.

»Guten Morgen.« Er reicht mir eine Tasse und ich beuge mich zu ihm. Noch bevor ich seine Lippen erreiche, stoppt er mich mit der Hand.

»Nicht vorm Zähneputzen. Im Bad liegt eine Zahnbürste für dich.«

Ich stelle die Kaffeetasse auf den Nachttisch, springe aus dem Bett und renne, so schnell ich kann, ins Bad. Dann putze ich mir die Zähne in Höchstgeschwindigkeit, während ich auf dem Klo sitze. *Zeiteffizienz.* Jede Sekunde, die ich hier im Bad verplempere, kann ich ihn nicht küssen. Also schnell. Ich wasche mir Hände und Gesicht und fahre mir einmal durch die Haare, die in alle Richtungen stehen. Das muss reichen. Ich reiße die Klinke der Tür beinahe ab, als ich aus dem Bad stürme. Matt sitzt noch genau wie eben auf der Kante des Bettes. Er sieht mich überrascht an, als ich gehetzt um die Ecke biege. Mit einem halben Hechtsprung stürze ich mich auf ihn und begrabe ihn unter meinem Körper. Zwischen Laken und fliegenden Kissen ertönt sein Lachen. Dieser wunderschöne Klang, von dem ich nie genug bekommen werde. Ich lege meine Hände an seine Wangen und sehe ihm in die Augen. Meine Lippen legen sich auf seinen Mund und Matts Lachen verstummt augenblicklich. Unsere Zungen streichen sanft aneinander und wie von selbst finden seine Hände ihren Weg unter mein Shirt. Ich spüre Matts Fingerspitzen, die unruhig auf meinem Rücken auf und ab wandern. Und ich spüre noch etwas, das meinen Körper schlagartig in Flammen setzt. Ich drücke meine Hüfte gegen seine Härte und hebe meinen Kopf. Als ich ihn ansehe, schaut er mich mit glänzenden Augen an. Weite Pupillen und ein Blick, der keinen Zweifel daran lässt, dass er mehr als nur Knutschen im Sinn hat. Das Glück scheint mit der Überraschungsparty noch nicht fertig zu sein. Matt hat keine Vorstellung davon, wie sehr ich das will. Wie sehr ich ihn will.

Seine Finger raffen mein Shirt am Saum zusammen. Dann zieht er es mir über den Kopf. Mit den Augen wandert er an meinem Körper hinab und bleibt kurz über meinem Nabel hängen.

»Wie kannst du immer noch so gut aussehen?«, fragt er. »Du bist Mitte dreißig.«

Es klingt wie ein Vorwurf, aber ich habe nicht den Eindruck, als würde ihm missfallen, was er sieht. Ich schmunzle und zucke mit den Schultern.

»Toll«, sagt er. »Kann ich mein Shirt anlassen?«

Ich lache und beuge mich zu seinem Hals. Dann lecke ich eine Spur nach unten zu Matts Schlüsselbein.

»Auf keinen Fall«, murmle ich in seinem Shirtkragen. Meine Hände fassen den Saum und ziehen es in einer fließenden Bewegung über seinen Kopf. Matts Körper ist schlank. Von wegen Shirt anlassen. Ich kann nicht aufhören, die blasse Haut mit den Sommersprossen auf seinen Schultern zu betrachten. Meine Zunge will die vielen Punkte miteinander verbinden und jeden Zentimeter seines Körpers kosten. Ich lecke über seine Brust und tauche meine Nase in die feinen Haare, die seine Haut bedecken. Da ist es wieder: Waschmittel und Sommer. Der Duft nach purem Glück.

Meine Zunge wandert tiefer. Als sie an seinem flachen Bauch ankommt, atmet Matt zittrig ein. Seine Hände fummeln unruhig an der Bettdecke herum. Ich hake die Finger in seine Boxershorts und ziehe sie nach unten. Dann streichle ich seine Beine wieder hinauf und verteile Küsse auf seinen Oberschenkeln. Meine Zunge schlägt eine Richtung ein, die klarmacht, was ich vorhabe. Aber das scheint nicht das zu sein, was Matt will. Kurz bevor mein Mund sein Ziel erreicht, greift er in meine Haare. Er zieht mich sanft, aber bestimmt zu sich nach oben und ich sehe ihn fragend an.

»Du bist zu weit weg«, flüstert er. Ein Grinsen zieht sich über mein Gesicht.

»Wer ist jetzt der Kitschige von uns beiden?«

Ich küsse Matt. Doch diesmal ist es kein bisschen sanft. Es ist hitzig. Ungefiltert. Seine Finger zupfen hektisch am Bund meiner Shorts. Ich schiebe sie ein Stück nach unten. Den Rest des Weges strample ich sie mit den Füßen ab. Keiner von uns will den Kuss unterbrechen. Und selbst wenn ich es wollte, Matt zieht mich so fest an sich, dass es beinahe schmerzt. So als wäre jeder Zwischenraum zwischen unserer Haut unerträglich für ihn. Seine Finger bohren sich in meine Taille. Sie greifen nach meiner Hüfte. Ich atme schnell und mit jeder Bewegung seines nackten Körpers unter mir wird es schwerer, nicht die Kontrolle zu verlieren. Matt ist alles, was ich je wollte. Alles, was ich begehre. Ich möchte jede Sekunde mit ihm genießen – wie bei einem Menü will ich Teil für Teil von ihm verzehren. Aber Matt gibt es nicht in Portionen. Er ist das Schlaraffenland. Sanfte Haut, weiche Lippen, heisere Laute, die meinen Kopf leicht werden lassen – alles prasselt auf mich ein und raubt mir den Verstand. Die Beherrschung. Meine Hände fliegen über seinen Körper. Sie streichen über seine Haut, fassen seinen Hintern und ich presse ihn an mich. Noch fester. Noch mehr Reibung. Es ist nicht nah genug. Matt drückt den Rücken durch und beißt sich auf die Unterlippe. Dieser Anblick ist zu viel für mein lustdurchtränktes Hirn. Seine Hände suchen Halt in meinem Nacken und er gibt ein Seufzen von sich. In diesem Moment reißen meine Leinen. Ich hebe ab und habe das Gefühl, nie wieder Boden unter den Füßen zu spüren. Mit einem heiseren Laut vergrabe ich mein Gesicht in Matts Halsbeuge. Ich atme. Pures Glück. Ich merke noch, wie sich seine Finger in meine Haare krallen und er sich unter mir verkrampft. Dann schaltet sich mein Kopf ab. Stand-by. Mein Verstand ist in dicke Wolken gehüllt und ich nehme nichts mehr wahr außer der wundervollen Wärme, die mich umgibt, und seinem Herzschlag. Er trommelt im selben Takt wie meiner.

Lose Zellen wirbeln in meinem Kopf umher und formen sich nur langsam wieder zu einem halbwegs funktionierenden Hirn. Ich will mich hochstützen, um Matt anzusehen, doch meine Arme haben keine Kraft. Mein ganzer Körper hat seine Energie gegen ein berauschtes Kribbeln eingetauscht. Das Gefühl ist neu und es ist herrlich.

Ich mobilisiere meine letzten Reserven und küsse Matts Hals. Er kichert und zieht seine Schulter in Richtung Kopf. Ist er etwa kitzelig? Ich arbeite mich erneut zu seinem Nacken vor und knabbere an der zarten

Haut. Matt windet sich und lacht immer mehr. Ich schmunzle. Dann puste ich auf die Stelle, an der meine Zunge gerade eine feuchte Spur hinterlassen hat.

»Hör auf, Dev!« Er lacht. Gleichzeitig versucht er, sich unter mir zu befreien. Aber keine Chance. Ich genieße meine neue Entdeckung viel zu sehr, als dass ich ihn jetzt gehen lasse.

»Dev, bitte … hör auf«, fleht er. Sein Körper schüttelt sich unter mir.

»Seit wann bist du kitzelig?«, frage ich in seine Halsbeuge.

»Bin ich nicht … na ja … nur jetzt. Hör auf«, quietscht er und schnappt lachend nach Luft. Ich grinse bei seinem Anblick wie ein Idiot. Matt zählt zu den schönsten Menschen, die ich in meinem Leben je gesehen habe. Er ist Licht und Wärme. Aber wenn er lacht, erzeugt er ein Gefühl in meiner Brust, das mich beinahe verbrennt. Matts Lachen ist seine Superkraft. Sie ist besser und wirkungsvoller als jeder Laserblick. Damit kann er mich in Sekunden in einen liebeskranken Trottel verwandeln. Völlig wehrlos, aber absolut glücklich.

Ich beuge mich zu ihm und gebe ihm einen Kuss. Dann ziehe ich ihn an mich und döse mit einem Lächeln auf dem Gesicht ein.

Kapitel 53

Sommer 2025

(Matthew, 33 Jahre alt)

D addy, bist du zu Hause?«
Tara!
Ogottogottogott.

Ich richte mich in Sekundenbruchteilen im Bett auf. Dabei touchiert mein Ellbogen Devs Schläfe.

»Aua«, murmelt er aus den Kissen.

Mein Herz hämmert gefühlte zweitausend Mal pro Minute. Was macht sie hier?

»Meine Tochter«, flüstere ich zu Dev. Er hebt den Kopf und sieht mich genauso panisch an, wie ich mich fühle.

»Was sollen wir …?«, fragt Dev, doch weiter kommt er nicht.

»Bist du hier drin?«, ruft Tara vom Flur aus. Ihre Stimme ist viel zu nah. Ich stehe kurz vor einem Nervenzusammenbruch. Fuck. Fuck. Fuck.

»Ja«, antworte ich. »Warte, ich … ich komm gleich raus, okay?«

Doch da bewegt sich die Klinke schon nach unten.

»Nein … nicht!«, rufe ich noch.

Zu spät. Tara steht mit weit aufgerissenen Augen in der Tür meines Schlafzimmers.

»Was? Oh mein Gott.« Sie schlägt sich die Hände vor den Mund. »Taco-Devin?«

Dev fährt sich mit der Hand übers Gesicht.

»Er ist nicht Taco-Devin«, gebe ich die bescheuertste Verteidigung aller Zeiten zum Besten und sehe im Augenwinkel, wie Dev den Kopf schüttelt.

»Doch«, erwidert Tara. »Er ist Taco-Devin.« Dann scheint ihr ein Licht aufzugehen. Sie schnappt nach Luft und fragt dann viel zu laut: »Oh Gott, Dad. Bist du schwul? Hast du dich deshalb von Mom getrennt?«

Mein Leben ist ein Albtraum. Gerade noch habe ich mit Dev die schönsten Momente der letzten Ewigkeit erlebt und plötzlich das. Ich greife nach der Decke, um aufzustehen. Ich muss mit ihr reden, es ihr erklären. Am besten im Wohnzimmer. Vielleicht fällt mir bis dorthin auch etwas Sinnvolles ein, was ich ihr sagen kann. Denn im Augenblick herrscht in meinem Kopf blankes Chaos.

»Halt, Dad. Momomoment«, quietscht Tara. »Bist du etwa nackt?« Schnell werfe ich die Decke zurück über meinen Schoß. Mein Gesicht brennt wie Feuer. Fuck. Tara dreht sich um und stürmt aus dem Raum. Ich springe auf und ziehe mir eine Jogginghose und ein Shirt an.

»Ogottogottogottogott«, murmle ich immer wieder. Mit zittrigen Fingern versuche ich die Schleife am Bund der Hose festzuziehen.

»Beruhig dich«, sagt Dev sanft.

»Wie soll ich mich beruhigen?«, frage ich panisch. »Sie denkt, ich habe ihre Mom wegen Taco-Devin verlassen.«

Dev verzieht das Gesicht, als ich den Namen sage. Aber im Moment geht es um meine Tochter und nicht um ihn. Tara ist für ihr Alter sehr erwachsen. Sie ist offen und wir haben die Bienchen-und-Blümchen-Vorträge längst hinter uns. Doch was macht es mit einem Mädchen, das mitten in ihrer Pubertät steckt, wenn sie ihren Vater mit einem Mann im Bett erwischt?

Ogottogottogottogott.

Ich stürme aus dem Schlafzimmer und lasse Dev mit einem besorgten Blick auf dem Gesicht zurück.

Als ich in die Küche komme, sitzt Tara am Tresen und tippt auf ihrem Handy herum. Sie sieht nicht auf, als ich mich neben sie stelle.

»Tara …«

»Komm mir jetzt bloß nicht mit irgendeinem Es-ist-nicht-so-wie-es-aussieht-Müll«, sagt sie. Ihr Daumen fliegt dabei weiter über die Tasten. Es ist mir ein Rätsel, wie die Kids heutzutage so etwa beherrschen. Tippen, während sie lebensveränderte Gespräche führen. Ich bekomme nicht mal ohne Handy in der Hand die richtigen Worte zusammen.

»Nein«, antworte ich. »Ich meine, ja. Es ist … es ist kompliziert. Aber …
aber das ist nicht der Grund, warum deine Mom und ich uns getrennt
haben.«

Sie zieht die Augenbrauen zusammen, sagt aber nichts. Das Handy
gibt bei jedem Anschlag von ihr diesen nervigen leisen Klicklaut zurück
und es macht mich wahnsinnig.

»Tara. Kannst du das Ding kurz weglegen?«

Sie sieht mich an und ihr Blick wirkt zornig.

»Ich habe Mom geschrieben, dass sie mich abholen soll.«

»Nein.« Ich raufe mir die Haare. »Du musst nicht gehen. Können wir
nicht darüber reden?«

Sie sieht zu Boden und auf einmal wirkt sie hilflos. Irgendwie verloren.
Am liebsten würde ich sie in den Arm nehmen, aber ich glaube, das wäre
gerade keine gute Idee.

»Hör zu«, fange ich an. »Das mit Devin ist … ziemlich frisch.« Dann
lache ich trocken und schüttle den Kopf. »Nein, eigentlich nicht. Wir
kennen uns schon fast zwanzig Jahre.«

Ihre weit aufgerissenen Augen verraten mir, was sie denkt. Aber ich
will sie nicht belügen und ich will nicht, dass sie glaubt, er wäre einfach nur Taco-Devin. Irgendein Typ, den ich kaum kenne. Er ist *mein*
Devin.

»Wir waren früher beste Freunde.«

»Als du mit Mom zusammen warst?«, fragt sie.

»Eigentlich schon davor. Ich glaube …« Ich kneife die Augen zusammen und überlege. »Ich glaube, ich war so alt wie du jetzt, als ich ihn
kennengelernt habe. Ein paar Jungs hatten mich geärgert. Aber dann
kam Dev mit einem Comic um die Ecke. Na ja … und irgendwie hat er
meinen Tag besser gemacht. Und die Tage danach auch.«

»Und dann habt ihr euch verliebt, oder was? Warum bist du dann mit
Mom zusammengekommen?«

»Nein, wir haben uns nicht gleich verliebt«, sage ich. »Dev war jahrelang mein bester Freund. Wir haben ständig zusammen rumgehangen.«
Ich lächle beim Gedanken an früher. »Oma Tracy hat ihn vergöttert. Sie
hat ihm immer die Pancakes mit Blaubeergesicht gemacht, die du so
magst.«

Tara sieht wieder zu Boden.

»Deine Mom habe ich ein paar Jahre nach ihm kennengelernt. Sie war das hübscheste Mädchen an der Schule und ich war tierisch verknallt.« Ich schmunzle.

»Warum seid ihr dann nicht mehr zusammen? Und warum ist *Er* hier?«

Ich hole tief Luft und puste sie langsam wieder aus.

»Gefühle ändern sich manchmal. Liebe ist eine komische Sache. Sie kann sich in Freundschaft wandeln, wie bei deiner Mom und mir. Ich liebe deine Mom immer noch, aber es ist eine andere Art Liebe. Ich will, dass sie glücklich ist und … ich mache sie nicht mehr glücklich.«

In Taras Augen bilden sich Tränen. Es tut mir weh, sie so zu sehen.

»Aber manchmal ist es auch andersrum. Dann wird aus Freundschaft Liebe.« Ich sehe sie an und versuche ihren Blick zu fangen. »So wie bei Devin und mir. Wir haben keinen Einfluss darauf, wann es passiert. Und mit wem. Das entscheidet unser Herz.«

»Also liebst du ihn?«

»Ja«, flüstere ich, ohne zu zögern. Ohne dass ich darüber nachdenken muss. »Ja, ich liebe ihn.«

Tränen rollen Taras Wangen hinab und ich nehme sie in den Arm. Mir ist egal, ob sie das will oder nicht. Ich ertrage es nicht, wenn meine Prinzessin weint. Schon gar nicht, wenn ich der Grund dafür bin.

»Und es gibt keine Chance, dass sich deine Gefühle noch mal ändern?« Sie sieht mich mit hoffnungsvollem Blick an. »Vielleicht wird es bei Mom wieder mehr. Vielleicht liebst du sie wieder und dann könnten wir …«

Ich drücke sie fester an mich und küsse ihre Haare.

»Nein, Süße. Das glaube ich nicht.«

Wieder schluchzt sie und es zerreißt mir beinahe das Herz.

»Aber du kannst es nicht wissen. Du hast doch selbst gesagt, dass du keinen Einfluss darauf hast.«

»Das stimmt«, antworte ich. »Es gibt nur einen Menschen auf der Welt, bei dem ich mit Sicherheit weiß, dass sich meine Gefühle niemals ändern werden. Und das bist du.«

Sie vergräbt ihr Gesicht in meinem Shirt.

»Am meisten liebe ich an deiner Mom, dass sie deine Mom ist. Ohne sie wärst du nicht auf der Welt. Dafür werde ich ihr ewig dankbar sein und dafür hat sie in meinem Herz einen ganz besonderen Platz.«

Tara hebt den Kopf und sieht mich aus roten Augen an. Dann huscht ein kleines Lächeln über ihr Gesicht.

»Aber ein anderer Teil meines Herzens gehört Devin«, sage ich und gebe ihr einen Kuss in die Haare. »Und das schon ziemlich lange. Ich habe es viele Jahre nicht wahrhaben wollen, aber … Ich weiß nicht, ob du das verstehen kannst. Aber irgendwie fühlt es sich an, als wäre ich wieder komplett, seit er da ist.«

Sie runzelt die Stirn.

»Oh Gott …« Ich lasse meine Augen groß werden und meine Stimme verschwörerisch klingen. »Ich glaube Taco-Devin ist mein Seelenverwandter.«

»Uuuugh. Hör auf, Dad. Du bist kitschig.« Aber sie lacht und drückt mich. »Und peinlich.«

Tara ist nicht die Einzige, die lacht. Dev steht im Durchgang zur Küche. Die Hände in den Taschen vergraben, mit einem breiten Grinsen auf dem Gesicht. Verdammt, wie viel hat er gehört?

»Hey, belauschst du uns?«, frage ich entrüstet.

»Stehe erst seit einer Sekunde hier«, antwortet er und zwinkert mir dann zu.

»Taco-Devin also«, sagt Dev. »Ich nehme an, den Spitznamen werde ich nicht mehr los, oder?«

Ich sehe Tara an. Sie schmunzelt. Dann drehen wir uns beide zu ihm und schütteln gleichzeitig den Kopf. Ich bin erleichtert, dass sie ihm eine Chance gibt. Sie muss ihn nicht lieben. Aber dass sie ihn gerade anlächelt, anstatt auf ihn loszugehen, ist ein erster Schritt.

Kapitel 54

Sommer 2025

(DEVIN, 34 JAHRE ALT)

Ich nicke den beiden zu und drehe mich in Richtung Flur. Meine Gefühle für Matt standen bereits auf der obersten Stufe alles Messbaren. Aber ihn zusammen mit Tara zu sehen, lässt sie weiter klettern. Er hat ihr gesagt, dass er mich liebt.

Mich.

Er.

In mir tobt ein Sturm aus Hochgefühl und Glück. Mein Herz schlägt so schnell, als hätte ich hundert Jumbokaffee getrunken.

Ich ziehe meine Schuhe an und schwebe förmlich die Treppen im Hausflur hinab. Matt liebt mich. Keine Ahnung, ob ich mit so viel Glück überhaupt umgehen kann. Wahrscheinlich laufe ich aus Versehen vor einen Bus, denn mein Hirn ist gar nicht mehr imstande, an etwas anderes zu denken als an ihn. Matt-Overdose.

Als ich die Haustür öffne, rennt eine Frau in mich hinein. Oder ich in sie. Egal. Ich freue mich gerade noch über die Tatsache, dass sie kein Bus war, als ich im Augenwinkel braune Locken erkenne. Schlagartig lichtet sich der Nebel in meinem Kopf und der Himmel wird wolkenlos. Judy. Sie läuft an mir vorbei und geht zwei Stufen die Treppe hinauf. Dann stoppt sie. Wie in Zeitlupe dreht sie sich zu mir um.

»Devin Moore.« Ihr Blick ist ausdruckslos. »Warum überrascht mich das nicht?«

Mein Herzschlag ist noch genauso schnell wie eben, nur der Grund hat sich geändert.

»Judy«, antworte ich.

Ich versuche mich an einem Lächeln, aber es scheint mir zu misslingen, denn Judy verzieht das Gesicht und schüttelt mit dem Kopf.

»Bist du der Grund, warum ich sie abholen soll?«, fragt sie und in meinem Magen entsteht ein Klumpen. Wenn Tara ihrer Mom gesagt hat, dass sie kommen muss, dann scheint sie die Sache wohl doch mehr mitzunehmen, als ich dachte.

Ich zucke mit den Schultern. »Wahrscheinlich.«

»Bist du mit Matthew … Seid ihr …?«, fragt sie weiter und wieder zucke ich nur mit den Schultern.

Sie presst die Lippen zusammen und lacht dann humorlos.

»Und ich dachte, ich wäre der Grund, warum es aus ist.« Ein weiteres Lachen. Es klingt schrill und bitter. »Ich dachte, ich wäre die böse Hexe, die unsere Familie kaputtgemacht hat.«

Ich stehe schweigend da. Die Euphorie sickert langsam aus meinem Körper.

»Aber du …« Judy kommt einen Schritt auf mich zu und streckt ihren Zeigefinger aus. »Du lagst schon immer zwischen uns im Bett. Ich habe ihn betrogen, ja. Nach vielen Jahren bin ich einmal schwach gewesen. Aber er … er hat es die ganze Zeit getan.« Noch ein Schritt näher und ihr Finger tippt auf meiner Brust herum. »Er hat mich wieder und wieder mit dir betrogen.« Ihr Gesicht wirkt gequält und ihr Lachen verwandelt sich in ein Schluchzen. »Ich habe alles versucht … aber …« Ihre Augen füllen sich mit Tränen. Als sie blinzelt, laufen sie ihre Wangen hinab. »Ich hatte nie eine Chance.«

Keine Ahnung, ob es daran liegt, dass Matt die Wände meines Herzens hat dünner werden lassen. Oder daran, dass das ganze Auf und Ab der vergangenen Stunden alle meine Gefühle durcheinandergewirbelt hat. Aber ohne weiter darüber nachzudenken, ziehe ich Judy an mich. Sie weint und schluchzt und ich stehe einfach nur da und halte sie. Ich verstehe ihren Schmerz. Ich kann ihn beinahe selbst fühlen. Von Matt geliebt zu werden, ist ein Privileg. Er ist das Einhorn, das sich jeder in seinem Leben wünscht und das nur die wenigsten finden.

Minuten vergehen. Judys Körper entspannt sich nach und nach, also entlasse ich sie aus meinen Armen. Sie sieht mich aus feuchten Augen an. Ihr Mascara ist verschmiert. Verlegen wischt sie sich eine Träne von der Wange.

»Danke«, sagt sie und ihre Stimme kratzt. Ein dünnes Lächeln huscht über ihr Gesicht. »Du musst denken, dass ich vollkommen bescheuert bin.«

Ich schüttle mit dem Kopf.

»Nein, Judy. Das denke ich nicht.« Ich runzle die Stirn: »Es tut mir leid.«

Sie nickt.

»Seid ihr ... Seid ihr jetzt zusammen?«, fragt sie.

»Keine Ahnung. Heute war... also ... na ja.« Ich sehe zu Boden.

»Verstehe schon«, sagt sie. »Ich brauche keine Details.«

Sie fummelt ein Taschentuch aus ihrer Handtasche.

»Glaub mir: Er wollte immer zu dir. Daran hat er nie einen Zweifel gelassen.« Judy wischt sich den Mascara vom Gesicht. Dann geht sie an mir vorbei. Sie steigt ein paar Stufen nach oben, bevor ich sie flüstern höre: »... auch wenn er es nie gesagt hat.«

»Es tut mir leid«, wispere ich ein weiteres Mal. Judy steht mit dem Rücken zu mir auf der halben Treppe. Wieder nickt sie.

»Devin, du wirst es mir nicht glauben, aber ... ich will einfach nur, dass er glücklich ist.«

Dann läuft sie die Treppen nach oben. Ich höre ihre Absätze auf dem Boden klackern und stehe wie versteinert vor der Haustür.

Im dritten Stock ertönt die Klingel.

Dann Gemurmel.

Ein Türknallen.

Stille.

War das ...? Hat sie mir gerade ihren Segen gegeben, oder war das irgendeine passiv-aggressive Scheiße, die ich nicht verstehe.

Ich muss dringend ins Bett. Meine Gefühle haben einen Marathon zurückgelegt und mein Herz kann nicht mehr. Am liebsten würde ich mich mit Matt zusammen unter einer Decke verkriechen und nie wieder darunter hervorkommen. Doch das geht nicht. Denn das Leben hat anscheinend noch ein paar Partykracher in der Tasche.

Zurück in meinem Appartement lasse ich mich auf die Couch fallen. Ich schließe die Augen und fühle mich, als würde ich langsam von einem Trip runterkommen. Ohne Matt empfinde ich Leere. Ich will zurück zu ihm. Schnell. Unbedingt. Ich musste fünfzehn Jahre auf Matt verzichten, aber seit unserem Kuss ertrage ich keine Minute ohne ihn.

Also ziehe ich mein Handy aus der Hosentasche und tippe.

Devin:
> *WIE GEHT ES TARA?*

Matthew:
> *GOTT SEI DANK!!! DU LEBST. :)*
> *HAB GEHÖRT, DASS DU JUDY GETROFFEN HAST …*
> *TARA IST OKAY.*

Devin:
> *JUDY LIEBT DICH.*
> *ICH ÜBRIGENS AUCH :)*

Matthew:
> *DU BIST KITSCHIG … DITO!!!*

Devin:
> *WANN SEHEN WIR UNS WIEDER?*
> *GIBT ES ANSTANDSFRISTEN?*

Matthew:
> *KEINE ANSTANDSFRISTEN.*
> *HEUTE ABEND???*

Devin:
> *BIN 18 H DA.*
> *TACOS ODER SUSHI?*

Matthew:
> *ICH KOCHE …*

Devin:
> *ERNSTHAFT, WAS SOLL DAS MIT DEN VIELEN*
> *SATZZEICHEN???*

Matthew:
> *RUHE!!!*

Devin:
> *ZWANGSNEUROSE???*

Matthew:
> *RUHE!!!*

FREU MICH AUF DICH :)

Ich drücke mein Handy an die Brust und grinse wie ein Irrer. Heute Abend sehen wir uns wieder. Ich kann es kaum erwarten.

Kapitel 55
Herbst 2010

(Matthew, 18 Jahre alt)

Klack, klack … Klack, klack, klack.
Immer wieder trommle ich den Rhythmus mit meinen Fingern auf die raue Dachpappe.

Sechs Wochen. Seit sechs Wochen bin ich wieder zu Hause. In Yale. Ohne ihn. Mein blaues Auge ist verschwunden, aber die Wunden auf meinem Herz sind noch frisch. Sie bluten immer wieder. Mit jedem Schlag pumpen sie Hoffnung aus meinem Körper. Hoffnung, dass Dev zurückkommt. Das alles nur ein dummes Missverständnis war.

Aber was könnte ich missverstanden haben? Mein Hirn spielt den Abend wieder und wieder durch. Die Tage davor, unsere Gespräche. Alles läuft wie ein Film in meinem Kopf ab.

Klack, klack … Klack, klack, klack.

Was habe ich übersehen? Welche Zeichen habe ich falsch gedeutet?

»Kommst du irgendwann mal wieder runter?« Kathy sieht durch das Fenster meines Schlafzimmers zu mir nach draußen. Es ist dunkel, aber der Mond zeichnet die Silhouetten der Umgebung in einem kalten Blau. Sie klettert zu mir hinaus und setzt sich neben mich. Es fühlt sich falsch an, dass sie hier ist. Das ist sein Platz. Hier saß Dev, wenn die Luft in meinem Zimmer zu schwer war, um die Sorgen des Tages loszuwerden. Wenn wir Platz brauchten, um unsere Gedanken kreisen zu lassen. Er mit einer Zigarette und ich mit dem Gesicht in Richtung Sterne.

»Hey, Großer.« Sie stupst mich mit ihrer Schulter an, aber ich reagiere nicht. »Wie geht's dir?«

Klack, klack ... Klack, klack, klack.

Ich zucke mit den Schultern und starre in die Dunkelheit.

Wie soll es mir gehen? Ich fühle mich halb. Nicht mal halb. Es funktionieren nur noch wenige Teile von mir. Mechanisch. Kaputt.

»Matthew, ich weiß, dass du dich elend fühlst. Aber meinst du nicht ... na ja ... dass es Zeit ist, nach vorn zu blicken?«

»Er war mein nach vorn«, antworte ich müde. »Ich weiß nicht, wie es ohne ihn weitergehen soll.« Am Ende ist meine Stimme nur noch ein Flüstern.

»Großer, ich habe Angst um dich.« Dann flüstert auch sie: »Ich glaube nicht, dass er zurückkommt.«

Über meine Wange rollt eine Träne und tropft auf die Dachpappe, die vom Tag noch ganz warm ist.

»Er muss zurückkommen«, sage ich und meine Stimme bricht. »Kathy, er muss.«

»Ich weiß«, antwortet sie leise. »Aber was, wenn nicht?«

»Er muss zurückkommen«, wiederhole ich immer wieder, so als würde es dadurch wahr werden. Kathy legt ihren Arm um mich. Sie drückt mich an ihre Seite und ich habe das Gefühl, dass nur noch ihr Körper mich aufrecht hält. Meine zittrigen Finger sausen auf das Vordach hinab.

Klack, klack ... Klack, klack, klack.

Als könnte ich ihn mit diesem Klopfzeichen zu mir locken. Als hätte er einfach nur den Weg verloren und würde zurückkommen, sobald er mein Trommeln hört. Aber Kathy hat recht. Was, wenn er mich nicht hört? Was, wenn er mich nicht hören will?

Ich habe in den vergangenen Wochen mit jedem Krankenhaus von hier bis Alaska telefoniert. Jeder hier weiß, dass ich ihn suche, weil ich wie ein Irrer die Häuser in Yale abgeklappert habe. Mittlerweile hat jeder Einwohner meine Handynummer, um mich sofort zu informieren, wenn er Dev sieht.

Aber er ist wie vom Erdboden verschluckt. Kein Lebenszeichen. Stumme Leere.

»Matthew, ich liebe dich. Wir haben immer schon gefühlt, wie es dem anderen geht«, sagt sie und ich schlucke. »Ich will mich nicht mehr so furchtbar fühlen«, haucht sie. »Ich bekomme kaum Luft.«

»Ich weiß«, antworte ich und ziehe die Augenbrauen zusammen. »Dev ... Ich dachte wirklich, er wäre mein Mensch für immer. Wahrscheinlich hätte

ich jede Version akzeptiert. Solange er bei mir gewesen wäre. Aber damit, dass er weg ist ... damit komme ich nicht klar.«

Eine weitere Träne tropft auf das Dach.

»Kann ich irgendetwas tun?«, fragt Kathy und ich sehe sie an.

»Lass mich einfach noch ein wenig hier oben auf ihn warten. Er wird kommen ... Irgendwann kommt er zurück.«

»Was wirst du dann tun?«

»Ich werde ihn lieben«, antworte ich. Was sollte ich auch sonst tun? Ich tue es die ganze Zeit und ich kann mir keinen einzigen Grund vorstellen, der das ändern würde.

Sie lächelt mich an, aber in ihren Augen stehen Tränen.

»Er wird zurückkommen«, flüstere ich. »Er muss.«

Klack, klack ... Klack, klack, klack.

»Ich wünsche es dir«, antwortet Kathy tonlos. Dann steht sie auf und klettert zurück ins Schlafzimmer. Sie steckt ihren Kopf noch einmal durchs Fenster.

»Ach so, Judy wartet unten in der Küche auf dich. Es ist wohl wichtig.«

Ich drehe mein Gesicht wieder in die Dunkelheit.

Nichts ist mehr wichtig.

Nichts außer ihm.

Kapitel 56

Sommer 2025

(MATTHEW, 33 JAHRE ALT)

1 8.42 Uhr. Mein Puls rast, als wäre ich eine Meile gerannt. Jeder Muskel in meinem Körper krampft. Schmerzt. Vor Anspannung. Vor Angst.

Vor zwanzig Minuten habe ich mir noch eingeredet, er wäre einfach nur ein wenig zu spät.

»Hey, noch mal ich«, sage ich, als ich zum tausendsten Mal die Stimme der Mailboxansage höre. Es ist nicht Devs Stimme, sondern eine Frau, die mir mechanisch und monoton mitteilt, dass er nicht erreichbar ist. »Bitte melde dich, okay?« Ich lausche kurz, so als würde irgendjemand antworten. Aber weder die Frau noch Dev sagen etwas. »Okay?«, frage ich noch einmal leise, bevor ich den roten Hörer antippe.

Es ist genau wie damals. Du dachtest, diesmal würde es anders werden. Wie dumm du doch bist.

Mein Rücken rutscht am Küchentresen nach unten, das Handy schmerzhaft umklammert. Immer wieder drücke ich auf das Display. Vielleicht hat er sich in den letzten fünf Sekunden gemeldet. Vielleicht klingelt es einfach nur nicht. Kann doch sein.

Nein, kann es nicht. Du hast ihm dein Herz auf einem Silbertablett serviert. Wie schnell du doch bereit warst, ihm zu verzeihen. Weil du dir so sehr gewünscht hast, dass er genauso fühlt wie du. Dass er dich genauso liebt, wie du es all die Jahre getan hast.

Mein Atem geht schnell. Ich habe das Gefühl, dass zu wenig Sauerstoff in meine Lungen gelangt. Ein Flashback von damals zerreißt mir die

Brust. Hilflos. Schutzlos. Mit dem nackten Rücken auf dem kalten Boden des Campers. Mit zersplittertem Herzen. Ein Herz, das bis heute noch nicht ganz wieder zusammengesetzt wurde. Das noch Sprünge hat. Einen weiteren Absturz wird es nicht überstehen.

Warum warst du nur so dumm? So leichtsinnig?

Ich kneife die Augen fest zusammen. Dann öffne ich sie und drücke ein weiteres Mal auf mein Display. Eine neue Nachricht. Mein Herz springt beinahe aus der Brust. Aber meine Finger zittern so stark, dass ich die App nicht öffnen kann.

Ruhig, Matt. Du musst atmen. Atme!

Ich lege den Kopf in den Nacken und schließe meine Augen. Dann sehe ich erneut auf das Smartphone in meiner Hand. Mein Daumen wischt über die Symbole. Travor. Die Nachricht ist von Travor. Er fragt, ob er einen weiteren Aufschub für seine Hausarbeit bekommt.

Ich lache und beginne gleichzeitig zu weinen. Dann schlage ich meinen Hinterkopf immer wieder gegen den Tresen. Nicht sehr fest, aber so, dass der leichte Schmerz mich von dem Kampf in meinem Inneren ablenkt. Rettet. Denn ich kann nicht dabei zusehen, wie sich mein Herz und mein Hirn zerfleischen.

Dass die Klingel ertönt, nehme ich zuerst nur gedämpft wahr. Ich will meinem Verstand jede Hoffnung verbieten. Vielleicht ist es der Postbote. Oder Travor.

Quatsch. Travor weiß nicht, wo du wohnst.

Ich rapple mich nur mit Mühe hoch. Ein weiterer Blick auf das Display meines Handys. 19.56 Uhr. Keine Nachricht. Keine Antwort auf meine vielen Versuche, ihn zu erreichen.

Mach dir keine Hoffnung.
Mach dir keine Hoffnung.
Mach dir keine Hoffnung.

Die Klinke liegt kalt in meiner Hand. Als ich sie nach unten drücke, springt mir das Türblatt beinahe gegen den Kopf.

»Matt. Es tut mir leid. Oh Gott. Matt.« Dev stürmt in die Wohnung. Auf seiner Stirn zeichnen sich tiefe Falten ab. Seine Haare stehen in alle

Richtungen. Er legt seine Hände an meine Wangen und sieht mich an. »Es tut mir so leid. Du musst … ach, verdammt.«

Ich sehe ihn nur stumm an. Seine Daumen streichen immer wieder über meine Haut, die noch feucht ist von den Tränen. Mit seinen Augen sucht er mein Gesicht nach einer Emotion ab. Ich bin erschöpft. Zu erschöpft, um erleichtert zu sein. Zu erschöpft, um etwas zu sagen.

»Auf dem Weg zu dir ist mein Reifen geplatzt und mein Handy hatte keinen Saft. Bitte entschuldige. Eine Frau hat für mich den Pannendienst gerufen, aber ich kenne deine Nummer nicht auswendig.«

Ein Schluchzen entfährt meinem Mund, aber ich will nicht weinen. Nicht schon wieder. Also schließe ich die Augen.

»Singst du gerade das Pop-Tart-Lied?«, fragt Dev und ich öffne die Augen und sehe ihn an. Die Falte auf seiner Stirn ist tief. »Bitte. Bitte sing nicht das Pop-Tart-Lied. Nicht wegen mir.« Sein Blick ist liebevoll. Flehend. Sanft zieht er mich an seine Brust und ich lasse es zu.

»Sobald mein Handy wieder Strom hat, werde ich deine Nummer auswendig lernen. Ich werde sie nie vergessen. Versprochen.«

»Aber was, wenn du kein Telefon hast«, hauche ich. »Was, wenn etwas passiert und du mich nicht anrufen kannst?«

»Ich werde einen Weg finden«, antwortet er und drückt mich fester. »Ich finde einen Weg. Bestimmt.«

»Dev, ich kann das nicht.«

Er entlässt mich aus seinem Arm und sieht mich an. In seinen Augen erkenne ich Angst. »Matt, tu das nicht. Mach nicht zu. Rede mit mir.«

»Das heute …« Ich schlucke. »Es war nicht nur eine kleine Verspätung. Für mich war es die Hölle.«

»Es tut mir so leid«, wiederholt er und ich sehe die Hilflosigkeit in seinem Blick. Er scheint krampfhaft nach einer Antwort zu suchen. Nach einem einfachen Weg, der es leichter für mich macht. Aber den gibt es nicht. Er hat mich damals ohne Vorwarnung zurückgelassen und nichts in der Welt kann mir versichern, dass es nicht wieder passiert. Dass es nicht wieder so wehtut.

»Was, wenn du zurück in Calgary bist und ich dich nicht erreiche? Ich werde mich immer wieder fragen, ob du gegangen bist … Ob es wie damals ist.«

Wieder legt er seine Hände an meine Wangen. In meinen Augen sammeln sich Tränen.

»Das hält mein Herz nicht aus«, füge ich hinzu und meine Stimme ist nur ein Hauchen.

Seine Stirn runzelt sich, so als würde er meine Worte nicht verstehen. »Ich gehe nicht zurück nach Calgary«, sagt er. »Wie kommst du darauf?«

»Du lebst dort«, antworte ich und runzle ebenfalls die Stirn. »Du hast ein Unternehmen und Angestellte.«

»Na und?«

»Wie: na und?«

»Ich bleibe hier, Matt. Wenn du nicht nach Calgary gehst, dann gehe ich auch nicht.«

»Und was ist mit deiner Firma?«

»Mein Unternehmen macht *Online-Marketing.*« Dev hebt eine Augenbraue. »Es ist egal, von wo aus ich arbeite. Internet. Coole Sache.« Er schmunzelt und seine Grübchen erscheinen auf seinen Wangen. »Außerdem gibt es auch in Portland schlechte Social-Media-Auftritte und miese Homepages.«

Mein Herz schöpft Hoffnung. In meinem Bauch beginnt es zu kribbeln und die Erleichterung, die ich die ganze Zeit nicht zulassen konnte, überschwemmt mich förmlich. Umfließt meinen Verstand – mein Herz – und umhüllt die Risse, die noch vor Sekunden aufzuplatzen drohten.

»Wo wirst du wohnen?«, frage ich. Ein leichtes Grinsen zupft an meinen Mundwinkeln.

»Hier.« Dev sieht sich um und nickt dann, so als würde er sich selbst für diesen Vorschlag beglückwünschen.

Ich ziehe die Augenbrauen nach oben.

»Hier?«, frage ich und meine Mundwinkel verlieren den Kampf. Ich grinse von einem Ohr zum anderen.

»Ja«, antwortet Dev. »Früher oder später ziehe ich sowieso hier ein. Also warum nicht früher?«

»Du scheinst dir deiner Sache ja wirklich sicher zu sein.«

Sein Lächeln verschwindet und er reibt mit seinen Daumen einmal sanft über meine Wangen. »Noch nie war ich mir bei etwas so sicher.«

Kapitel 57

Sommer 2025

(DEVIN, 34 JAHRE ALT)

D anke, stimmt so.« Ich drücke dem Lieferjungen fünfundzwanzig Dollar in die Hand und nehme die Tüte mit schwitzigen Händen entgegen. Die Aufregung in meinem Körper hat sich nicht ganz gelegt, als ich ins Wohnzimmer zurückkehre. Noch vor einer halben Stunde stand meine Welt ein weiteres Mal kurz davor, zu zerbrechen. Das Leben hatte bereits zu einem Schlag ausgeholt und diesmal hätte es den K. o. bedeutet. Ich wäre nicht wieder aufgestanden, wenn Matt uns keine Chance gegeben hätte. Dieser dumme Reifen. In seinen Augen war blanke Panik, als ich viel zu spät vor seiner Tür stand. Ich ohrfeige mich innerlich dafür, mein Handy nicht geladen zu haben. Wie konnte ich nur so bescheuert sein? Klar dachte Matt, ich hätte ihn ein weiteres Mal verlassen. Wahrscheinlich hätte ich an seiner Stelle dasselbe gedacht.

Aber früher oder später wäre es sowieso passiert. Irgendwann hätte ich mich verspätet. Irgendwo hätte ich keinen Empfang gehabt und hätte Matt nicht anrufen können. Es war eine Frage der Zeit. Vielleicht ist es gut, dass es jetzt passiert.

Es hat ein paar Dinge geklärt. Und vorangebracht. Ich wohne jetzt bei Matt. Glaube ich zumindest. Er hat seit meinem Entschluss nichts mehr dazu gesagt. Also werte ich das als Zustimmung.

»Willst du Stäbchen oder Besteck?«, frage ich.

»Stäbchen«, ruft Matt. »Sind im Küchenwürfel.«

Ich gehe in die Küche und ziehe eine Schublade auf. Darin befinden sich Schneidbretter und jede Menge Schnipsgummis. Hier also nicht.

Dann ziehe ich einen weiteren Schieber heraus. Darin befinden sich viele einzelne Zettel. Als ich das Fach schon wieder zuschieben will, fällt mein Blick auf einen Ausdruck.

Kamasutra für Männer – Sexstellungen für schwule Paare

Ich runzle die Stirn und ziehe den Zettel aus der Schublade. Darunter liegt ein weiterer Artikel.

Mango oder Erdbeere? – Gleitgel im Geschmackstest

10 Wege, ihn süchtig nach dir zu machen

Er hat doch nicht … Hat er? Ich schmunzle und schließe den Schieber. Dann öffne ich das Fach daneben und finde endlich die Stäbchen.

Als ich zurück ins Wohnzimmer gehe, kann ich meine Mimik kaum unter Kontrolle halten. Mit verkrampften Lippen drücke ich ihm einen Kuss auf und reiche Matt die Stäbchen.

»Was ist los?«, fragt er, als ich mich neben ihn setze. Er mustert mich von der Seite.

»Nichts«, antworte ich und öffne eine der Asia-Boxen.

»Devin«, sagt Matt mit mahnendem Ton. »Was. Ist. Los?«

Das Grinsen, gegen das ich schon die ganze Zeit ankämpfe, zieht sich augenblicklich über mein Gesicht.

»Matt«, sage ich. »Ich stell dir jetzt eine Frage und will, dass du ganz ehrlich bist.«

Sein Blick wirkt besorgt, aber er nickt.

»Gibt es eine Liste?«

Er runzelt die Stirn. Ich kann seinem Gesicht förmlich dabei zusehen, wie der Groschen bei ihm fällt. Es wechselt seine Farbe von blass zu Rosa, bevor es in einen roten Ton übergeht, der an den Ohren am dunkelsten scheint.

»Verdammt. Die Schublade«, sagt er. Dann schlägt sich Matt die Hände vors Gesicht. »Ogottogottogottogott.«

Ich muss bei seinem Anblick lachen. Dann ziehe ich ihm die Hände sanft vom Gesicht weg und gebe ihm kleine Küsse. Ich beginne bei seinen Augenbrauen und arbeite mich zu den Wangen hinunter. Mein Weg führt mich weiter zu seinem Ohr und ich flüstere: »Ich bin schon süchtig nach dir.«

Auf Matts Nacken bildet sich eine Gänsehaut und ich arbeite mich weiter zu seinem Kinn herunter. Sekunden später erreiche ich endlich

Matts Lippen und mein Lächeln verschwindet. Auch Matt scheint keinen Gedanken mehr an die Schublade zu verlieren. Vergessen sind die Liste, das Essen und die Tränen von vorhin. Es gibt nur noch ihn und mich. Münder und Hände, die nicht voneinander lassen können. Wir verlieren uns in einem Kuss, der ewig zu sein scheint. Wunderschöne Ewigkeit. Meine Finger wandern in sein Haar und erst jetzt merke ich, dass wir bereits auf dem Wohnzimmerteppich liegen. Ich sehe Matt an, der mit leicht geröteten Wangen und glasigen Augen zu mir aufblickt.

»Schlafzimmer?«, frage ich.

»Dev«, sagt Matt und weicht meinem Blick aus. »Es … es gibt wirklich eine Liste.«

Ich setze mich auf und sehe ihn an.

»Okay«, antworte ich und fahre mit meinen Fingern durch meine Haare. »Was steht alles drauf?«

»Das ist peinlich«, antwortet er. Seine Gesichtsfarbe gleicht schon wieder einer Himbeere.

»Wieso?«

»Weil erwachsene Männer keine Listen haben sollten.«

»Matt, du machst für alles Listen, das dir wichtig ist. Es ist gut. Ich will wissen, was dir Kopfzerbrechen bereitet.« Dann schmunzle ich. »Außerdem kann ich dabei vielleicht auch noch was lernen. Um ehrlich zu sein, habe ich mir noch nie Gedanken über den Geschmack von Gleitgel gemacht.«

Seine Ohren stehen kurz davor, Feuer zu fangen.

»Und so wie ich dich kenne, hast du alle möglichen Geschmackssorten da. Oder?«

Er schlägt sich erneut die Hände vors Gesicht, aber ich kann sehen, dass er darunter lächelt. »Ogottogottogottogott.«

Ich lache. »Na komm. Hol deine Liste. Wir gehen sie Punkt für Punkt durch.«

Dann laufe ich ins Schlafzimmer.

Ich bin wirklich der glücklichste Glückspilz auf diesem Planeten.

Kapitel 58

Sommer 2025

(DEVIN, 34 JAHRE ALT)

Mit einem Scheppern stellt sie den Teller vor mich. Hühnchen-salat-Sandwich. Den Rand hat sie dran gelassen. Ob sie ihn jemals wieder für mich abschneiden wird?

Tracy setzt sich direkt gegenüber von mir an den Tisch. Dann stellt sie die Ellbogen auf und starrt mich an. Mein Hals ist unfassbar trocken. Wahrscheinlich werde ich keinen Bissen von dem Sandwich herunter-bekommen. Und das, obwohl ich mich jahrelang nach dem Geschmack gesehnt habe. Tausendmal habe ich versucht, den Salat nachzumachen. Aber nie bin ich nur annähernd an ihr Rezept herangekommen. Das Geheimnis liegt wahrscheinlich in der Mayonnaise. Aber ich werde es wohl niemals erfahren, so wie sie mich gerade ansieht.

»Du wohnst also jetzt bei Matthew?«, fragt sie.

Ich habe mich bewusst dafür entschieden, allein zu Matts Mom zu fahren. Klar hätte ich ihn mitnehmen können. Als Schutz. Ich hatte keine Ahnung, wie sie reagiert. Von einer herzlichen Umarmung bis zum Ver-buddeln in ihrem Vorgarten war alles möglich. Schließlich habe ich nicht nur ihrem Sohn das Herz gebrochen. Ich habe auch ihr ohne ein Wort den Rücken gekehrt.

»Ja, Ma'am«, antworte ich und rutsche auf meinem Stuhl hin und her. Ich fühle mich, als wäre ich vierzehn und hätte Mist gebaut.

»Lass den Blödsinn. Ma'am. Ich habe damals deine Schlafshorts ge-waschen.«

Mein Blick wandert auf die Tischplatte.

»Devin, warum glaubst du, dass ich sauer bin?«

Ich sehe sie wieder an und zu dem wütenden Funkeln in ihren Augen mischt sich Schmerz.

»Weil ich ... damals einfach abgehauen bin und Matt ...«

»Ja«, unterbricht sie mich. »Das war nicht einfach. Zu sehen, wie er leidet. Matthew war immer so lebenslustig, aber als du weg warst ...« Sie schluckt. »Aber das ist nicht der Grund, warum der Rand an dem Ding noch dran ist.« Sie zeigt auf das Sandwich. Ich sehe sie fragend an und auf ihrem Gesicht zeigt sich zum ersten Mal ein kleines Schmunzeln. »Mir ist dein enttäuschter Blick gerade nicht entgangen.«

Ich nicke.

»Devin, du hättest doch nur etwas sagen müssen.« Sie greift über den Tisch und fasst nach meiner Hand. »Ein einziges Wort. Wir hätten uns um dich gekümmert. Du hast doch ... Du warst doch eh schon ein Teil unserer Familie.« Plötzlich bilden sich Tränen in Tracys Augen.

»Er hat es dir erzählt, oder?«, frage ich.

Sie nickt stumm und schlägt sich die Hände vor den Mund.

»Tracy«, sage ich, aber sie schüttelt nur mit dem Kopf, so als könnte sie nicht ertragen, wenn ich weiterspreche.

»Warum bist du nicht zu uns gekommen?«

»Ich wollte nicht ... Ich wollte es ihm nicht noch schwerer machen.«

»Ach, so ein Quatsch«, unterbricht sie mich harsch. »Matthew hat dich immer schon gebraucht. Du hättest es einfacher für ihn gemacht. Mit dir an seiner Seite wäre er vielleicht nicht diese lieblose Ehe mit Judy eingegangen, in der er seit Jahren feststeckt.«

Mein Herz sticht bei ihren Worten. Ich weiß, dass sie recht hat. Ich weiß, dass es ein Fehler war. Ich bereue ihn, aber ich kann die Zeit nicht zurückdrehen. In meinen Augen brennt es und in meinem Hals bildet sich ein Kloß.

»Du hast ihn schon immer glücklich gemacht. Doch als du gegangen bist, hast du sein Glück mitgenommen.«

»Ich war neunzehn Jahre alt«, platzt es aus mir heraus und erste Tränen laufen meine Wangen hinab. Tracy sieht mich mit weit aufgerissenen Augen an. »Ich hatte keine Familie, keine Perspektive. Und ich dachte, ich habe keine Wahl.« Ein Schluchzen entfährt meinem Mund und ich schäme mich dafür, vor Tracy so die Kontrolle zu verlieren. Aber es lässt sich nicht mehr aufhalten. Als wäre ein Damm gebrochen und die Gedanken, die sich seit Jahren dahinter aufstauen, fließen plötzlich aus mir heraus. Die ganzen miesen Gefühle. Die Schuld.

»Ich hatte keine Ahnung, wie es weitergeht. Ich hätte Matt nichts bieten können. Er ist so schlau und ich … ich wäre eine Last für ihn gewesen.«

Tracy steht auf und eilt um den Tisch. Dann schlingt sie ihre Arme um mich und hält mich ganz fest.

»Nein, du warst für niemanden von uns eine Last. Am wenigsten für Matthew.«

»Es war ein Fehler, Tracy«, schluchze ich und weine jetzt wie ein kleines Baby. »Es war falsch und ich werde es jeden Tag meines Lebens bereuen.«

Tracys Umarmung wird fester.

»Es war so furchtbar ohne ihn.« Ich weine und ihr Pullover ist schon ganz nass. »Tracy, ich war so allein.«

»Ich weiß«, flüstert sie und gibt mir einen Kuss in meine Haare. »Ich weiß.«

Minutenlang hält sie mich im Arm. Sie sagt mir immer wieder, wie stark ich war und wie stolz sie auf mich ist und ich kann nicht aufhören, in ihren Pulli zu weinen. Sie flüstert mir zu, wie sehr sie mich vermisst hat und wie sehr sie mich liebt. Zum ersten Mal habe ich das Gefühl, loslassen zu können. Manchmal muss dich jemand ganz festhalten, damit du zerbrechen kannst.

Ich habe in den ganzen Jahren nicht geweint. Nicht so wie jetzt. Es tut gut. Alte, falsche Gefühle, werden mit jeder Träne aus meinem Kopf gespült. Aus meinem Herz. Ich merke, wie ich leichter werde. Freier.

Irgendwann spüre ich, wie sie ihre Arme um mich lockert. Sie sieht mich an und ihr Mascara ist verlaufen. Auf dem grünen Pullover ist ein riesiger dunkler Fleck.

»Tut mir leid«, sage ich und zeige auf die nasse Stelle.

»Devin, hör auf dich zu entschuldigen.« Dann fasst sie meine Wangen. »Hör auf, deine Entscheidung von damals zu bereuen. Mach es einfach besser. Ab jetzt. Die Frage nach dem Warum und Was-wäre-wenn bringt niemanden weiter. Sie verschlingt nur Zeit.« Sanft streichelt sie mit ihren Daumen über meine Haut. Die Geste ist warm und schön. Wie habe ich Tracy vermisst.

»Ihr habt genug Jahre verloren. Macht das Beste aus der Zeit, die euch bleibt.«

Ich nicke und sauge zittrig Luft ein. Dann versuche ich mich an einem Lächeln.

»Schneidest du mir den Rand ab? Bitte, bitte.«

Sie schmunzelt. Dann nimmt sie meinen Teller und geht in die Küche.

Epilog

(MATT, HEUTE)

Lass uns eine kleine Pause machen.« Dev zeigt auf eine Bank und ich folge ihm. Mit einem Ächzen lässt er sich darauf sacken. Seine Gelenke machen ihm in letzter Zeit mehr Schwierigkeiten als sonst. Ich werde morgen Dr. Frey anrufen und einen Termin vereinbaren.

»Komm, setz dich her.« Dev deutet auf den Platz neben sich. »Lass uns ein paar Minuten Leute gucken.«

Ich schmunzle. In den letzten Jahren ist das zu unserem Ding geworden. In Urlauben, auf Spaziergängen – egal wo wir sind –, wir setzen uns an belebte Plätze und beobachten die Menschen um uns herum. Meist rätseln wir, was ihre Geschichte sein könnte. Schauen sie grimmig drein, weil sie Arschlöcher sind oder weil ihnen gerade etwas Schlimmes widerfahren ist? Haben sie es eilig, weil sie zu lange bei ihrer Geliebten waren, obwohl sie ihrer Frau versprochen haben, zeitig zu Hause zu sein, oder hasten sie zum Krankenhaus, weil sie ihr erstes Kind erwarten und vor Freude platzen?

Damit können wir Stunden verbringen. Wir lachen. Wir diskutieren. Wir streiten darüber, welche unserer Geschichten plausibler klingt. Unsere Hände liegen dabei stets aufeinander, so als könnten wir uns sonst verlieren.

»Hallo, Rektor Jones«, spricht mich ein junger Mann an. Ich kenne ihn noch aus meiner Zeit an der Universität. Er hatte seine Juniorprofessur begonnen, kurz bevor ich in Rente ging.

»Houston, hallo.« Ich lache. »Rektor. Klingt gut, aber das ist schon eine Weile her.«

»Leider. Seit Sie weg sind, haben sich einige Dinge verändert. Und das nicht zum Guten.«

»Sie müssen Smith eine Chance geben, mein Junge«, erwidere ich.

»Das mache ich jetzt seit fast zehn Jahren. Aber er streicht meine Mittel bei jeder Gelegenheit.« Der Mann fährt sich durch die Haare und sieht zu Boden. »Um ehrlich zu sein, habe ich mich gerade in Vancouver beworben.«

»Tut mir leid, das zu hören.« Ich runzle die Stirn. »Aber wenn Sie wollen, kann ich dort gern ein gutes Wort für Sie einlegen. Ich kenne den Fachbereichsleiter Wirtschaft. Wir spielen zweimal im Jahr Golf.«

Dev beginnt neben mir zu glucksen. »Nenn es ruhig Golf. Aber eigentlich spielt ihr nur zwei Löcher und setzt euch dann in den Schatten, um über Kollegen herzuziehen. Bei einem Bourbon.«

Ich zwicke Dev in die Seite und er lacht.

Houston schmunzelt.

»Es wäre toll, wenn ich Sie als Referenz für meine Bewerbung angeben könnte, Professor Jones.«

»Gerne, mein Junge. Ich habe von meinen alten Kollegen nur Gutes über Sie gehört. Melden Sie sich einfach bei mir.«

Der junge Mann nickt und verschwindet dann zwischen den Leuten auf dem Campus.

»Hör auf, mich vor meinen ehemaligen Angestellten in Verlegenheit zu bringen«, sage ich.

»Sonst was?« Dev funkelt mich an. In seinen Augen blitzt der Schalk. »Versohlen Sie mir etwa den Hintern, Professor Jones?«

Unsere wilden Jahre sind längst vorbei. Ich habe vor Kurzem eine künstliche Hüfte bekommen und Dev kämpft mit seiner Arthrose. Trotzdem lässt er keine Gelegenheit für eine schmutzige Anspielung aus. Es scheint Ewigkeiten her, seit wir nicht aufhören konnten, meine Liste von oben nach unten und von unten nach oben durchzugehen. Wir konnten die Finger keine Sekunde voneinander lassen. Tara fand uns peinlich und meine Mom hat die Augen verdreht, wenn wir in der Öffentlichkeit rumgeknutscht haben wie notgeile Teenager. Aber wir ließen uns davon nicht abhalten.

Dev ist noch am selben Tag, an dem er es verkündet hatte, bei mir eingezogen. Seitdem waren wir eigentlich immer zusammen. Eine Nacht ohne ihn versetzt mich in Panik. Während meiner Zeit als Rektor musste ich viel reisen. Dev war stets dabei. Er konnte von überall aus arbeiten. Und ich konnte nur schlafen, wenn er neben mir lag.

Vor einigen Jahren hat er sein Unternehmen an Tara übergeben, die ihren Sohn Jeff vor Kurzem zum Geschäftsführer ernannt hat. Sie will sich selbst bald zur Ruhe setzen. Reisen. Die Welt entdecken. Alles Dinge, die Dev und ich schon getan haben. Wir waren wirklich überall. Dubai. Moskau. Singapur.

Jetzt genießen wir die Zeit hier in Portland. Hängen auf dem Campus rum und spekulieren darüber, ob der Typ am Trinkbrunnen eher auf die Rothaarige neben ihm oder den blonden Jungen steht, den er immer wieder ansieht.

Ich schaue zu Dev, der immer noch das anzügliche Grinsen auf dem Gesicht trägt, als wäre er Mitte zwanzig und nicht Anfang achtzig. Für einen Moment verliere ich mich in seinen braunen Augen und denke an all die schönen Jahre, die wir zusammen hatten. All die Abenteuer, Herausforderungen. All die Liebe. So viel Liebe. Ich schmunzle und gebe ihm einen kleinen Kuss. Sein Schnauzbart kitzelt mich an der Nase.

»Im nächsten Leben … okay?«, antworte ich und Dev nickt. Er weiß, was ich meine, denn wir haben oft darüber geredet.

Im nächsten Leben werden wir uns eher finden. Wir werden uns genauso lieben, aber wir werden uns keine Sekunde aus den Augen lassen.

Das haben wir uns versprochen.

Ende

Georgie Severin
Juli, Sam und die heißen Kisten

ISBN: 978-3-95949-729-9

Janas Golf *Hupsie* ist in Gefahr – und das nicht etwa durch Sams Fahrübungen. Irgendjemand interessiert sich auffällig für Bad Godesbergs alte Autos, Andreas' Fuhrpark eingeschlossen.
Während Juni flegelt und Rado vom Ausstieg träumt, bekommt Olivia einen neuen Verbündeten. Damit ist sie nicht alleine: Auch Juli und Sam erhalten unerwartete Hilfestellung. Nur gehen deren neue Teammitglieder nicht auf Janas Kosten …

Martha Scot
**Manchmal braucht es ein
Zimtbrötchen**

ISBN: 978-3-95949-691-9

Was ist das zwischen Calvin und Clemens? Sie streiten, sobald sie aufeinandertreffen, um in der nächsten Sekunde wieder übereinander herzufallen, bis alles eines Tages eskaliert und damit endgültig vorbei ist.

Ihre Freunde spielen Amor, und es scheint, als würde ihnen das tatsächlich gelingen. Doch als das Happy End zum Greifen nahe ist, funkt das Schicksal dazwischen. Schaffen Clemens und Calvin es, sich einander zu vertrauen?

Claudia Haase
Einspruch zwecklos
(K)Eine Schwalbe zur Untermiete

ISBN: 978-3-95949-693-3

Balletttänzerin zu werden, bleibt für viele ein Traum. Svenja lebt ihn – bis sie ihn aufgeben muss. Sich zu Hause bei der Familie zu verkriechen, ist allerdings auch keine Lösung. Eine neue Ausbildung und eine andere Wohnung müssen her. Nur klappt weder das eine noch das andere so recht. Dagegen steht die über 10 Jahre ältere Merle mit beiden Beinen voll im Leben. Als die beiden sich treffen, sprühen ganz unerwartet die Funken. Svenja öffnet sich Merle und schöpft neuen Mut, bis klar wird, dass die junge Liebe zwischen ihnen der Tanz auf dem schmalen Grat zwischen Hoffnung und Enttäuschung ist …

Silke Berg
Laufsteg in ein besseres Leben

ISBN: 978-3-95949-655-1

Nach einem Zusammenstoß mit der Polizei landet Pflegekind Tyler in einer Schule für Modedesign – als Model für den jährlichen Abschlusswettbewerb. Sein Designer: Ben. Mit seiner lockeren Art schafft es Ben schnell, Tyler nicht nur zu einem besseren Zuhause zu verhelfen, sondern sich auch in Tylers Gedanken zu schleichen, bis dieser in Betracht zieht, doch nicht so hetero zu sein, wie er immer dachte.

Alles wäre toll, gäbe es da nicht die frustrierte Ex-Freundin, einen gemeinen Lehrer und einen Wachstumsschub, der alles gefährdet. Kann die junge Liebe all diese Hürden überwinden, oder ist am Ende jemand anders der große Sieger?